TAMARA MCKINLEY
Sehnsucht nach SKYE

Weitere Titel der Autorin:

Mathildas letzter Walzer
Anemonen im Wind
Der Duft des Jacaranda
Das Versprechen des Opals
Das Lied des Regenpfeifers
Die Farm am Eukalyptushain
Träume jenseits des Meeres
Insel der Traumpfade
Legenden der Traumzeit
Der Himmel über Tasmanien
Der Zauber von Savannah Winds
Das Land am Feuerfluss
Jene Tage voller Träume

Titel auch als Hörbuch erhältlich

Über die Autorin:

Tamara McKinley wurde in Tasmanien geboren und verbrachte ihre Kindheit im australischen Outback. Heute lebt sie an der Südküste Englands in Sussex und Cornwall und schreibt sowohl zeitgenössische als auch historische Romane, die sich international höchst erfolgreich verkaufen. *Sehnsucht nach Skye* ist bereits ihr fünfzehnter Roman.

www.tamaramckinley.co.uk

Tamara
McKinley

Sehnsucht nach Skye

Roman

Übersetzung aus dem Englischen
von Ariane Böckler

lübbe

Dieser Titel ist auch als E-Book erschienen

MIX
Papier aus verantwortungsvollen Quellen
FSC
www.fsc.org
FSC® C014496

Vollständige Taschenbuchausgabe
der bei Bastei Lübbe erschienenen Hardcoverausgabe

Titel der englischen Originalausgabe: »Spindrift«
Originalverlag: Quercus Publishing Ltd.

Für die deutschsprachige Ausgabe:

Textredaktion: Anne Fröhlich, Bremen
Umschlaggestaltung: Manuela Städele-Monverde
Unter Verwendung eines Motivs von © CLICKMANIS/shutterstock
Satz: Dörlemann Satz, Lemförde
Gesetzt aus der Adobe Caslon
Druck und Verarbeitung: GGP Media GmbH, Pößneck
Printed in Germany
ISBN 978-3-404-17919-0

2 4 6 5 3

Sie finden uns im Internet unter: www.luebbe.de
Bitte beachten Sie auch: www.lesejury.de

Anmerkung der Autorin

Die Insel Skye – auf Gälisch *An t-Eilean Sgitheanach* – hat ihren Namen von dem altnordischen Wort *sky-a*, welches »Wolkeninsel« bedeutet und mit dem sich die Wikinger auf die von Nebel umhüllten Cuillin Hills bezogen, die die Insel überragen. *Sehnsucht nach Skye* ist meine Hommage an die Kleinbauern, »Crofter« genannt, deren Existenz durch die von der Kartoffelfäule ausgelöste Hungersnot zerstört wurde. Infolge der *Highland Clearances* – gälisch *Fuadach nan Gàidheal* –, der Vertreibung der ansässigen Bevölkerung im achtzehnten und neunzehnten Jahrhundert, verloren sie ihre Heimat und blickten einer ungewissen Zukunft entgegen. Abgesehen von den verfallenen Ruinen der Crofterhäuser und ein paar gut erhaltenen Feldsteinmauern gibt es kaum Spuren, die an die Ereignisse von damals erinnern. Doch an stillen Tagen in den Highlands, wenn die Wolken die Cuillin Hills und die verlassenen Täler einhüllen, erzählt die Atmosphäre ihre eigene Geschichte.

Die Orte MacInnes Bay und Gilleasbuig gibt es nicht, doch bei meinen Schilderungen der Vertreibungen auf der Insel Skye habe ich mich auf tatsächliche Ereignisse gestützt.

Der geschützte Hafen in der Mündung des Tamar in Tasmanien wurde 1798 Port Dalrymple genannt, ehe 1804 rund um den Hafen George Town entstand. Ein Jahr später gründete William Paterson ein Stück flussaufwärts eine weitere Siedlung, die er Patersonia nannte. 1907 wurde sie zu Ehren von Gouverneur Philip King – der aus Launceston in Cornwall, England, stammte – in Launceston umbenannt.

Prolog

Bellerive, Tasmanien

Es war einer der letzten Tage des Jahres 1904. Christy saß auf dem Lieblingsplatz ihres verstorbenen Mannes neben der Verandatür und sah auf die Storm Bay und die Tasman-Halbinsel hinaus. Die sommerliche Hitze wurde von einer kühlen Brise gelindert, die übers Wasser heranwehte und den Duft von Eukalyptus und Kiefern hereintrug. Obwohl das Zwitschern der Honigfresser in den Bäumen und der weite Blick sich meist beruhigend auf Christy auswirkten, war sie starr vor Anspannung, denn sie fragte sich, wie ihre Familie wohl auf ihre Ankündigung reagieren würde.

Die Familie fand sich nur noch selten zusammen, seit Christys Kinder quer über Australien verstreut waren, doch anlässlich der Beerdigung ihres Vaters waren sie vor zwei Wochen nach Hobart gekommen. Da sie alle am nächsten Tag abreisen wollten, hatte Christy dieses Mittagessen organisiert, um die Stimmung aufzuhellen und zu feiern, dass ihre Enkelin zum Geschichtsstudium an der Universität Sydney zugelassen worden war. Christy war unglaublich stolz auf Kathryn, denn ein solcher Erfolg war in diesen Zeiten eine beachtliche Leistung für ein Mädchen.

Doch der Champagner war kaum ausgetrunken und das üppige Mahl verspeist, da hatte sie in das anschließende Schweigen hinein ihre Bombe platzen lassen, und seitdem war die Atmosphäre in ganz anderer Weise belastet.

Ihr ältester Sohn Hamish und seine Frau Beryl waren den weiten Weg von der Rinderfarm der Familie im Outback von Queensland angereist. Stämmig, schroff und meist sehr direkt, wurde Hamish gelegentlich laut und markierte gern den starken Mann, wenn er nicht seinen Willen bekam. Christy hatte die zunehmende Röte in seinem Gesicht ebenso registriert wie das streitlustige Blitzen in seinen blauen Augen, das nichts Gutes verhieß.

Der um zwei Jahre jüngere James war ein ganz anderer Charakter. Er hatte Yarrabinda übernommen, das Weingut der Familie im Barossa Valley, und war ein nachdenklicher Mann Ende dreißig, der Konflikte hasste. Erst vor kurzem hatte er die schüchterne und reichlich weltfremde Clarice geheiratet, die an seiner Seite saß und von dem plötzlichen Stimmungsumschwung erschrocken wirkte. Christy hatte stark darauf gehofft, James würde auf ihrer Seite sein, da sie sich immer gut verstanden hatten, doch seinem finsteren Stirnrunzeln nach zu urteilen, gab es keine Garantie dafür, dass er ihrem aktuellen Plan zustimmen würde.

Christy drehte sich auf ihrem Stuhl herum und sah zu Anne hinüber, ihrer Erstgeborenen. Wieder einmal verspürte sie Schmerz darüber, dass sie sich entfremdet hatten und keinen Weg mehr fanden, die Fäden, die sie einst so eng verbunden hatten, neu zu knüpfen. Sie wusste, was der Grund dafür war, doch es gab nichts mehr, was sie hätte tun können, um den Bruch zu kitten, solange Anne nicht bereit war, ihr zu vergeben.

Christy musterte Anne. Sie trug einen eleganten Hut, hochhackige Knöpfstiefel und einen modernen knöchellangen Rock zu einer schmalen Jacke, die bei der Hitze unerträglich beengend sein musste. Es war eigentlich nichts Matronenhaftes an Anne, die jetzt Anfang vierzig war, Ehefrau von Harold Ross und Mutter der achtzehnjährigen Kathryn, doch ihre oft so säuerliche Miene überschattete ihre dunkeläugige Schönheit. Heute konzentrierte sich ihr böser Blick voll auf Christy – eine Warnung vor dem drohenden Gewitter.

Christys Hände auf ihrem Schoß verkrampften sich, als sie

von Schuldgefühlen überflutet wurde. Sie hatte an diesem so besonderen Tag keinen Ärger heraufbeschwören wollen, doch die Dringlichkeit, ihre Pläne zu offenbaren, hatte sich als zu groß erwiesen. Sie hatte gehofft, ihre Familie würde sich, durch den Champagner und ein üppiges Mahl milde gestimmt, zugänglicher zeigen, bereit, sie anzuhören und zu begreifen, wie wichtig es für sie war, ihre Träume wahrzumachen. Doch dieser Wunsch schien sich nicht zu erfüllen.

»Mach dich nicht lächerlich«, fauchte Hamish, und sein wettergegerbtes Gesicht wurde rot bis zu den Wurzeln seiner hellen rotbraunen Haare. »Du trauerst noch um Vater und kannst nicht klar denken.«

Christy musterte ihren ältesten Sohn, der von Tag zu Tag mehr wie ihr Vater aussah. Sie wusste, wie schwer es sein würde, ihn davon zu überzeugen, dass ihre Pläne vernünftig und wohldurchdacht waren. »Natürlich trauere ich noch«, versetzte sie ruhig, »das bedeutet aber nicht, dass ich nicht im vollen Besitz meiner Geisteskräfte wäre.«

»Ich bin ganz Hamishs Meinung«, sagte Anne. »Es schickt sich nicht für eine Frau deines Alters, ohne Begleitung eine so weite Reise anzutreten. Was ist, wenn du krank wirst – oder, Gott behüte, stirbst?«

»Ich mag ja fünfundsechzig Jahre alt sein«, gab Christy zurück, »aber ich bin noch nicht senil, und ich habe nicht die leiseste Absicht, tot umzufallen, ehe es an der Zeit dazu ist.«

»Du wirst nicht viel mitreden können, was den Zeitpunkt betrifft«, versetzte Anne.

»Das ist doch purer Wahnsinn«, stieß Hamish hervor. »Und ich verbiete es mit aller Entschiedenheit.«

»Euer Vater hat mir nie etwas verboten«, erinnerte Christy ihn gelassen, »und ich lasse mir auch von meinen Kindern nichts vorschreiben.« Sie rutschte auf dem Stuhl ein Stück nach vorn, um ihren Argumenten mehr Nachdruck zu verleihen. »Ihr scheint alle vergessen zu haben, dass ich reichlich Erfahrung darin habe, allein zu reisen, und wenn ich nicht so abenteuerlustig und entschlossen wäre, gäbe es nichts von alldem, was ihr heute habt.«

»Damals warst du jung, und alles war anders«, tat Anne das Argument ab. »Außerdem hattest du die meiste Zeit Vater an deiner Seite, also kannst du das nicht dir allein zugutehalten.«

Ihre selbstgefällige Miene genügte, um Christy innerlich aufzubringen. Nur mit Mühe konnte sie sich eine scharfe Entgegnung verkneifen.

»Was du da vorhast, ist völliger Irrsinn«, fuhr Anne ungerührt fort. »Und ich bin sicher, dass die anderen mir da zustimmen werden.« Gebieterisch ließ sie den Blick durch den Raum schweifen und musterte ihre Brüder, deren Ehefrauen, ihre Tochter und ihren Mann, fast, als wollte sie sie davor warnen, ihr zu widersprechen.

»Ich finde, wir sollten Mutters Wünsche respektieren«, durchbrach James ruhig das nun folgende Schweigen. »Schließlich hat sie im Lauf der Jahre so viel für uns getan, und sie hat schon immer davon geträumt, ihren Geburtsort einmal wiederzusehen.«

»Dann hätte sie hinfahren sollen, solange Vater noch lebte«, blaffte Hamish und wand seinen Arm aus dem Griff seiner Frau, die ihn zurückhalten wollte. »Eine solche Reise ist etwas ganz anderes als eine Überfahrt über die Bass-Straße, die nur ein paar Stunden dauert. Ich werde nicht zulassen, dass Ma aus einer albernen Laune heraus ihr Leben aufs Spiel setzt.«

»Es ist keine Laune«, protestierte Christy erbost. »Es ist ein lange gehegter Wunsch, und du weißt ganz genau, dass dein Vater eine derartige Seereise niemals in Erwägung gezogen hätte – nicht nach dem, was er als Junge durchgemacht hat.«

Als sie das sagte, tauchten fast unerträgliche Bilder vor ihr auf, und Christy musste sich zusammenreißen, um weiterzusprechen. »Traurigerweise ist er aber nicht mehr da. Ihr Kinder habt euer eigenes Leben, und nun bin ich an der Reihe zu tun, was mir gefällt.«

»Das ist eine sehr egoistische Einstellung«, sagte Anne mit leisem Schnauben. »Du hast Verpflichtungen hier und kannst uns und deine Enkelkinder nicht einfach sitzen lassen.«

»Abgesehen von Kathryn sehe ich meine Enkelkinder kaum«, erinnerte Christy sie. »Sie wohnen viel zu weit weg. Und was meine Verpflichtungen angeht, so habe ich einen Anwalt und einen Buchhalter, die sich darum kümmern können. Ich habe einen Nachbarn, der meine Pferde versorgt, und drei Söhne, die fraglos imstande sind, die Geschäfte der Familie ohne mich zu führen.« Sie blickte zu Harold hinüber, um ihn einzubeziehen, denn sie empfand ihn ebenfalls als Sohn.

»Statt diesen hirnrissigen Plan zu verfolgen, könntest du die freie Zeit, die du jetzt hast, dazu nutzen, uns zu besuchen und unsere Kinder kennenzulernen«, knurrte Hamish ärgerlich.

»Das tue ich, wenn ich wieder da bin«, erwiderte sie. »Fürs Erste werden Postkarten und Briefe genügen müssen.«

»Du wirkst sehr entschlossen, Mutter«, sagte James und schwenkte den tiefroten Yarrabinda Shiraz in seinem Glas. »Aber bist du sicher, dass das klug ist? Es ist eine weite Reise für eine alleinstehende Frau.«

»Die ganze Sache ist völlig lächerlich«, schnaubte Hamish und schenkte sich ein weiteres Glas Wein ein. »Natürlich ist es unklug, auf Reisen zu gehen – noch dazu bei dieser Entfernung, und ohne Begleitung.«

»Hamish hat recht, Christy«, sagte seine Frau Beryl voller Ernst. »Die Reise ist für eine Frau jeden Alters gefährlich, und du wirst an zwielichtigen Orten Aufenthalt haben.«

Clarice blickte zu James hinüber, ehe sie das Wort ergriff. »Ich bin der gleichen Meinung«, sagte sie und blinzelte hinter ihren Brillengläsern hervor wie eine Eule. »Du könntest Menschenhändlern zum Opfer fallen oder eine dieser schrecklichen Krankheiten bekommen, die im Ausland so verbreitet sind. James und ich verstehen ja, dass du die Reise machen willst, aber es ist wirklich unvernünftig, Christy.«

»Wenn einer von uns mitfahren würde, wäre uns vielleicht allen wohler«, schaltete sich Kathryn, die bisher geschwiegen hatte, ins Gespräch ein.

»Ich kann Yarrabinda nicht so lange allein lassen. Weinstöcke sind kapriziös, selbst bei gutem Wetter. Die muss ich mit Argusaugen überwachen.« James sah zu seinem Bruder hinüber, der finster dreinblickte. »Und ich bezweifle, dass Hamish sein Vieh allein lassen kann, nicht bei der Dürre, die nach wie vor so erbarmungslos in Queensland wütet.«

Er warf Christy ein verständnisvolles Lächeln zu, das ihr das Herz wärmte. »Allerdings klingt es ganz danach, als würden wir alle ein sagenhaftes Abenteuer verpassen.«

Kathryn beugte sich vor, und ihr Gesicht leuchtete vor Begeisterung. »Aber ich könnte mitfahren«, sagte sie leise. »Ich fange erst im Oktober an der Universität an, und die Erfahrung wäre viel mehr wert als alles, was ich in einer Bibliothek lernen könnte.«

Während sich ein Proteststurm erhob, schwoll Christy vor Liebe zu ihrer Enkelin das Herz. In ihrer Sanftmut hatte Kathryn zwar auch ein wenig von der Eigenwilligkeit ihrer Mutter, aber die äußerte sich bei ihr ganz anders: Im Gegensatz zu Anne wusste Kathryn ganz genau, dass sie mit ihren Worten am meisten bewirken konnte, wenn sie sie mit Bedacht wählte und gezielt einsetzte.

»Du wirst nichts dergleichen tun«, zischte Anne. »Du bist viel zu jung, um allein mit Mutter auf Reisen zu gehen. Man kann sich nicht darauf verlassen, dass sie länger als fünf Minuten nichts anstellt. Wisst ihr noch, was passiert ist, als sie letzten Sommer unbedingt mit Pferd und Wagen an diesem Rennen teilnehmen wollte? Am Schluss hatte sie eine Gehirnerschütterung und ein gebrochenes Handgelenk.«

»Immerhin hat sie es ausprobiert«, entgegnete Kathryn ungerührt. »Ich verstehe nicht, warum sie nicht all das tun soll, was sie will, solange sie es noch kann.«

»Hört, hört«, sagte James und zwinkerte seiner Nichte zu. »Es ist ja nicht so, als stünde Mutter schon mit einem Fuß im Grab. Ja, wahrscheinlich hat sie mehr Energie als wir alle zusammen. Ich finde, das ist eine geniale Idee, Kathryn, und mich würde es auf jeden Fall beruhigen.«

Christy schmunzelte, denn sie konnte sich nichts Schöneres vorstellen, als die lange Reise in Gesellschaft ihrer Enkelin zu machen.

Doch dann lehnte sich Anne über Kathryn hinweg und stieß ihren schweigenden Ehemann in die Rippen. »Sag doch ausnahmsweise auch mal was, Harold«, fauchte sie, »und unterstütze mich.«

Christy sah beklommen zu, wie Harold Ross sich räusperte und auf dem Stuhl hin und her rutschte. Man sah ihm an, wie unangenehm es ihm war, in diesen Familienstreit hineingezogen zu werden. Er war ein reicher Mann und von scharfem Verstand, wenn es um die Leitung seines Exportimperiums ging, jedoch reichlich hilflos, wenn er mit seiner herrschsüchtigen Frau fertigwerden musste. In häuslichen Angelegenheiten widersetzte er sich ihr fast nie – schon gar nicht vor Publikum.

»Mir scheint, deine Mutter ist fest entschlossen, und die Erfahrung hat gezeigt, dass unsere Einwände nichts daran ändern werden«, begann er vorsichtig. »Allerdings«, fuhr er fort, während er dem zornigen Blick seiner Frau geflissentlich auswich, »glaube ich auch, dass es unklug wäre, eine so weite Reise ganz alleine zu unternehmen.«

Annes finstere Miene hellte sich kurzfristig auf, bis Harold weitersprach. »Wenn die Universität nichts dagegen hat, dass

Kathryn auf Reisen geht und dadurch womöglich die Einführungsphase versäumt, dann gebe ich ihr meine Erlaubnis, Christy zu begleiten.«

Diese Aussage wurde mit allgemeinem Schweigen quittiert. Alle warteten mit angehaltenem Atem auf Annes Reaktion.

Anne starrte ihren Mann schockiert an, und die Spannung stieg, bis sie sich genug gefasst hatte, um eine Antwort zu formulieren. »Unsere Tochter ist gerade mal achtzehn Jahre alt«, stieß sie schließlich hervor. »Sie ist noch ein Kind. Hast du komplett den Verstand verloren?«

Harold lief rot an – Christy wusste nicht, ob vor Wut oder vor Verlegenheit –, doch dann, als sich Kathryns Hand in seine stahl, setzte er sich aufrecht hin, umfasste die Finger seiner Tochter fest und begegnete Annes Zornesfunkeln mit gleichmütigem Blick.

»Reisen erweitert den Horizont«, erklärte er entschieden, »und da unsere Tochter noch nie im Ausland war, glaube ich, dass sie von dieser Erfahrung enorm profitieren würde.«

Christy spendete ihm im Stillen Beifall – sie war ihm ausnehmend dankbar für seine Unterstützung –, doch Anne kochte offensichtlich immer noch vor Wut. »Ich verlange nicht viel von dir«, sagte sie tonlos, »und Gott weiß, dass du die wirklich wichtigen Entscheidungen meistens mir überlässt. Aber ich wäre froh gewesen, wenn du ausnahmsweise einmal Verantwortung für unsere Tochter übernommen hättest.«

Sein Mund wurde schmal, und seine grünen Augen glitzerten. »Genau das tue ich«, versetzte er kühl. »Und ich bin in dieser Sache fest entschlossen. Wenn Kathryn mit Christy fahren will, dann hat sie meinen Segen.«

Während Kathryn seine Hand drückte und ihn anlächelte und Anne um Fassung rang, war rund um den Tisch verlegenes Räuspern und Stühlerücken zu vernehmen.

Es war Christy, die das unbehagliche Schweigen brach,

denn sie hatte keinen Streit zwischen ihrer Tochter und ihrem Schwiegersohn vom Zaun brechen wollen. Dennoch konnte sie nicht leugnen, dass Kathryn zur Reisegefährtin zu haben die Patentlösung für die Bedenken ihrer Familie wäre.

»Es tut mir leid, Anne, aber nachdem Harold seine Zustimmung gegeben hat und Kathryn mich offenbar sehr gerne begleiten möchte, begreife ich nicht, warum du dich weiter hartnäckig dagegenstemmst.« Sie wich dem zornigen Blick ihrer Tochter aus und lächelte Kathryn an. »Ich würde dein Angebot mit großer Freude annehmen, meine Liebe.«

Kathryns grüne Augen, die denen ihres Vaters so ähnlich waren, funkelten aufgeregt. »Wir werden ein richtiges Abenteuer erleben, Großmutter«, sagte sie. »Ich kann es kaum erwarten.«

»Das kann und werde ich nicht zulassen«, zürnte Anne.

»Es sieht nicht danach aus, als hättest du eine andere Wahl«, warf James mit schelmisch blitzenden Augen ein. »Spiel, Satz und Sieg für Harold, würde ich sagen.«

Annes böser Blick hätte einen wilden Stier auf Abstand gehalten, doch James konnte er nicht schrecken. Als Jüngster der drei Geschwister hatte er ihn im Lauf der Jahre nur allzu oft erlebt, und so hob er sein Glas und trank seinem Schwager zu, der ihm seinerseits freundlich zuzwinkerte.

»Ich halte die ganze Idee für kompletten Irrsinn«, knurrte Hamish. Nach Harolds Erklärung war er nicht mehr ganz so wütend. Er ließ seinen Blick von einem zum anderen wandern und schnaubte verdrossen. »Doch da nun Harold seine Einwilligung gegeben hat, sollten wir vielleicht akzeptieren, dass man manche Schlachten einfach nicht gewinnen kann.«

Anne warf Harold einen giftigen Blick zu und setzte sich noch aufrechter hin. »In diesem Fall habe ich keine andere Wahl, als meinen mütterlichen Pflichten nachzukommen und meine Tochter zu begleiten.«

Ein Raunen wie das Rascheln von Herbstlaub zog sich durch den Raum, und als Kathryn entsetzt ihre Mutter ansah, hatte Christy Mühe, ihren eigenen Schrecken im Zaum zu halten.

»Das ist wirklich nicht nötig, Anne«, versetzte sie rasch. »Kathryn und ich werden bestens zurechtkommen, ohne dir zur Last fallen zu müssen.«

»Es ist allerdings eine Last, vor allem, weil für das kommende Jahr schon so viele gesellschaftliche Verpflichtungen in meinem Kalender stehen. Doch das Wohlergehen und der Ruf meiner Tochter sind mir weitaus wichtiger, und es wäre nicht schicklich, wenn Kathryn unbegleitet eine so weite Reise unternähme.«

»Sie hat doch mich«, sagte Christy. Bei dem Gedanken, dass ihre herrische und feindselige Tochter all ihre sorgfältig geschmiedeten Pläne durchkreuzen und ihr das Leben zur Hölle machen würde, wurde ihr ganz schwindelig.

Anne tat Christys Proteste mit einer wegwerfenden Handbewegung ab. »Du bist viel zu unzuverlässig«, entgegnete sie. »Du könntest krank werden oder irgendwo auf Abwege geraten und euch dadurch beide in Gefahr bringen. Du weißt selbst, dass du dich immer wieder von deiner Neugier hinreißen lässt, was enorme Schwierigkeiten nach sich ziehen kann.«

Von Annes barschem Ton und ihrer Gefühllosigkeit gekränkt, fühlte sich Christy trotzdem schmerzhaft an den Vorfall erinnert, wie sie einmal mit der fünfjährigen Kathryn in den Busch gezogen war, um einen seltenen Vogel aufzuspüren. Die Männer, die am Gordon River arbeiteten, hatten ihn gesichtet. Sie hatte geglaubt, es wäre ein Abenteuer für die Kleine, doch dann hatte sie sich hoffnungslos verirrt und mehr Glück gehabt als Verstand, als sie schließlich wieder nach Hause zu ihrem Mann und ihrer Tochter gefunden hatte, die beide außer sich vor Sorge gewesen waren.

»Offensichtlich erinnerst du dich an diesen Tag«, sagte Anne finster. »Und das war nicht das einzige Mal, dass du der Familie durch deine Unbesonnenheit große Sorgen beschert hast.«

Christy registrierte auf einmal, dass die anderen mit erhöhtem Interesse zuhörten und auf ihre Reaktion warteten, und begriff, dass das Ganze allmählich zu einem Zirkus ausartete, dem sie rasch ein Ende machen musste. Sie strich ihren Leinenrock glatt, zog die Schleife an ihrer schmalen Taille zurecht und holte tief Luft, ehe sie jeden Zentimeter ihrer wenig imposanten Körpergröße aufrichtete, um ihrer Tochter stehend entgegenzutreten.

»Du würdest es nicht wagen, so mit mir zu sprechen, wenn dein Vater noch lebte, und ich lasse mir das nicht länger bieten«, erklärte sie entschlossen. »Wenn du darauf bestehst mitzufahren, musst du die Tatsache respektieren, dass ich deine Mutter bin, und mich entsprechend behandeln. Diese Reise ist etwas sehr Persönliches, und ich lasse sie mir von dir nicht verderben. Hast du das verstanden?«

Annes Wangen röteten sich, doch sie hielt dem Blick ihrer Mutter trotzig stand. »Oh, das verstehe ich nur allzu gut«, sagte sie, »aber Respekt muss man sich …«

Christy merkte, dass ihre Tochter im Begriff war, etwas zu sagen, was sie bitter bereuen würde, und fiel ihr schnell ins Wort. »Ich weiß, dass es dir vor allem um Kathryns Wohl geht – und dass du manchmal Dinge sagst, ohne dir zu überlegen, wie verletzend sie sein können. Ich hoffe nur, dass du ein wenig Demut und Verständnis für andere gelernt hast, wenn wir wieder nach Tasmanien zurückkehren.«

Hamish schnaubte. »Demut? Anne? Das will ich sehen.«

Die anderen kicherten nervös, bis Christy ihnen einen strengen Blick zuwarf und James bat, noch eine Flasche Yarrabinda-Wein aufzumachen, damit sie miteinander anstoßen konnten.

Als die Gläser gefüllt waren, lächelten sie und ihr Sohn sich voller Zuneigung an. »Auf wen oder was stoßen wir denn an?«, fragte er.

»Wir erheben die Gläser auf die Insel Skye und meine lange ersehnte Heimkehr«, antwortete sie. Mit einem entschlossenen Lächeln verbarg sie die Bedenken, die plötzlich in ihr aufkeimten. Was mochten die kommenden Monate und die lange Reise an den Tag bringen? Nicht nur über sie selbst, sondern auch über ihre Beziehung zu ihrer einzigen Tochter.

1

Inverness
Juni 1905

Sie waren mit dem Dampfschiff aus London gekommen und hatten sich schnurstracks zu dem alten Gasthaus am Ufer des Moray Firth in Inverness begeben. Nach einem gemütlichen Spaziergang durch die Stadt mit ihren Kirchtürmen, steinernen Brücken und eleganten Häusern aus Granit hatte Christy vorgeschlagen, früh zu Abend zu essen und sich zur Nachtruhe zurückzuziehen, um sich für den nächsten Tag zu rüsten. Zur Begründung hatte sie die lange Weiterreise angeführt, damit sie sich ausruhen konnte, ohne Besorgnis zu erregen. Ganz im Gegensatz zu sonst spürte Christy jedes einzelne ihrer fünfundsechzig Jahre.

Die alten Holzbalken des Hotels ächzten und knarrten, vom Moray Firth wehte salzige Luft herein, und auf dem Kopfsteinpflaster unter ihrem offenen Fenster waren Pferdegetrappel und das Rumpeln von Fuhrwerken zu vernehmen, als Christy an ihrem Frisiertisch saß und sich versonnen die dunklen Haare bürstete. Sie trug sie immer noch lang, obwohl sie nicht mehr so kräftig waren wie früher, stattdessen aber von silbernen Strähnen durchzogen wurden. Ihr verstorbener Mann hatte es geliebt, seine Finger durch ihr Haar gleiten zu lassen, und ihr graute vor dem Gedanken, es abzuschneiden – das würde sich anfühlen, als trennte sie sich von allem, was sie geteilt hatten. Nichts als eine schreckliche Leere würde zurückbleiben, und dazu war sie noch nicht bereit.

Seufzend musterte sie ihr Spiegelbild und stellte fest, dass ihre dunklen Augen ihren Verlust verrieten. Die Jahre hatten ihr Gesicht gezeichnet. Sie wandte sich ab, nicht bereit zu akzeptieren, dass das Mädchen, das sie einst gewesen war, nur noch in ihrem Geist existierte, während die Welt – und ihre Familie – lediglich eine alte Frau in ihr sah.

Sie streifte den Morgenmantel ab, schloss das Fenster, drehte die Gaslampe aus und stieg in das hohe Himmelbett. Die schweren Vorhänge waren muffig von Staub, Feuchtigkeit und Alter, doch die Bettwäsche war sauber, die Decken schützten sie vor der nächtlichen Kälte, und Christy schmiegte sich in die Kissen und sehnte sich nach Schlaf. Doch trotz der Müdigkeit brodelte Vorfreude in ihr, und ihr Geist fand keine Ruhe.

Von dieser Reise hatte sie fünfzig Jahre lang geträumt, und sie konnte kaum glauben, dass sie nun schon fast zuhause war. Allerdings war ihr die Freiheit, sich diesen lange gehegten Traum zu erfüllen, nicht in den Schoß gefallen. Sie hatte einen hohen Preis dafür zahlen müssen, da sich die Gelegenheit erst durch den Verlust ihres geliebten Mannes ergeben hatte, und der anfängliche Widerstand ihrer Familie hätte ihren Entschluss beinahe ins Wanken gebracht.

Sie starrte in die Dunkelheit, während die Geräusche von der Straße nach oben wehten. Möwen kreischten über den nahen Hafenanlagen, wo die Takelage der Schiffe im scharfen Ostwind disharmonische Klänge erzeugte. Ihre Erinnerung an diese Auseinandersetzung verblasste, und sie stellte sich den scharfen Geruch von Seetang an einer Felsküste vor, die klagenden Schreie der Brachvögel, die über den Cuillin Hills schwebten, und das stachelige Heidekraut der Bergtäler unter ihren nackten Füßen.

Christys Lider wurden schwer. Wie hätte ihre Familie den tieferen Sinn dieser Wallfahrt begreifen sollen? Schließlich hatte sie ihren Kindern so wenig wie möglich über die Mühsal erzählt, die sie in ihrer Kindheit und Jugend hatte erdulden müssen. Sie hatte die ungeschönte Wahrheit darüber in sich verschlossen und nur ihrem Mann anvertraut, weil sie wusste, dass auch er durch andere gelitten hatte. Die Erinnerungen an diese Zeit waren zu schmerzhaft, um sie zu teilen, zu dunkel, und sie sollten das Leben, das sie sich in diesem neuen Land voller Sonnenschein und Chancen aufgebaut hatten, nicht überschatten.

Doch das Bedürfnis, ihre Erinnerungen aus der Versenkung zu holen, wurde immer dringlicher, je näher sie dem Ziel ihrer Reise kamen. Als sie endlich in den Schlaf fiel, spürte Christy, dass der Zeitpunkt, an dem sie ihre Geschichte erzählen konnte, sich mit großen Schritten näherte. Dann würde sie endlich wahren Frieden finden.

Kathryn lag in dem schmalen Bett, ihr üppiges kastanienbraunes Haar auf dem Kissen ausgebreitet, und starrte in die Finsternis des holzgetäfelten Zimmers mit den schweren Deckenbalken, das sie mit ihrer Mutter teilen musste. Sie konnte kein Auge zutun vor lauter Vorfreude auf den nächsten Tag und das, was er bringen mochte.

Sie drehte sich um und schlang die Arme um ihr Kopfkissen, während ihr die leuchtenden Bilder ihrer bisherigen Reiseerlebnisse durch den Kopf gingen. Sowie ihre Großmutter ihre Absicht verkündet hatte, nach Skye zu fahren, war ihr klar geworden, dass dies eine einmalige Gelegenheit wäre, die sie sich nicht entgehen lassen durfte. Trotz des Aufhebens, das ihre Mutter darum machte, und ihrer ständigen Nörgelei, war sie nicht enttäuscht worden.

Die *SS Celtic* hatte sich als ausgesprochen prachtvolles Schiff erwiesen, mit großzügigen Kabinen für die erste Klasse, einem eleganten Speisesaal, einer gut sortierten Bibliothek und einem Swimmingpool aus Zeltplane auf dem Vorderdeck. Es gab sogar einen herrlichen Ballsaal, wo die Schiffsoffiziere in ihren weißen Jacken dafür sorgten, dass jede allein reisende Frau, egal welchen Alters, einen Tanzpartner fand. Kathryns Mutter hatte das Ganze sehr frostig beäugt, doch Gran hatte sie streng ermahnt, keine Spielverderberin zu sein, und Kathryn ermuntert, ihre Tanzkarte jeden Abend vollzumachen.

Die Überfahrt war dankenswerterweise sehr glatt verlaufen – selbst bei der Umrundung des berüchtigten Kap Hoorn –, sodass keine von ihnen seekrank geworden war. Kathryn hatte alles unglaublich romantisch gefunden. Jeden Abend war sie von all der Aufmerksamkeit, die ihr zuteilwurde, ganz verzückt ins Bett gesunken, und sie hatte lange Briefe an ihre Freundinnen in Melbourne geschrieben, in denen sie ihnen die Vorzüge einer Seereise schilderte und einen ganz besonders gut aussehenden Ersten Offizier beschrieb, mit dem sie auf dem vom Mondlicht beschienenen Deck ein paar ziemlich aufregende Küsse getauscht hatte.

Beim Gedanken an diese gestohlenen Momente grinste sie in ihr Kissen, akzeptierte sie aber als das, was sie waren – ein belangloses Vergnügen, passend zur Romantik einer Seereise über ein Meer, das unter dem funkelnden Sternenhimmel magisch leuchtete. Sie vermutete, dass der Offizier seine Zuwendung schon bei der nächsten Überfahrt einem anderen Mädchen schenken würde.

Hinzu kamen all die exotischen Dinge, die sie bei ihren Landgängen sahen, die fremden Düfte und Geräusche. Sie hatte alles in ihrem Tagebuch festgehalten, um auch nicht das kleinste Detail zu vergessen. Sie hatten die traumhaft schönen palmenbestandenen Inseln Vanuatu und Fidschi besucht und waren dann weitergefahren nach Tonga und an die chilenische Küste. Nachdem sie das Kap umrundet hatten, machten sie Halt in Montevideo und in dem quirligen, lauten Rio de Janeiro, ehe sie in Richtung Afrika weiterfuhren und die exotischen Häfen Senegals und Marokkos anliefen.

Die marokkanische Hafenstadt Safi stand in scharfem

Kontrast zu allen anderen Orten, die sie besucht hatten. Es herrschte dort nicht nur eine unerträgliche Hitze, sondern sie mussten auch Schmutz und üble Gerüche ertragen. In der Stadt wimmelte es von Menschen, und es stank nach verbranntem Müll und Tierkot, gemischt mit dem Geruch von Gewürzen, was Kathryn verstört hatte. Doch trotz der unverschämt penetranten Blicke der Männer in ihren Kaftanen und der klagenden Stimmen der Bettler hatte sie fasziniert die antiken Ruinen und die scheinbar endlose Wüste bestaunt, die sich jenseits der Festungsmauern am Stadtrand erstreckte. Diese Wüste war die Heimat der Nomaden mit ihren Kamelkarawanen, der bunt gekleideten Frauen und Kinder.

Ihre Mutter hatte sich, seit sie Melbourne verlassen hatten, anmaßend und grotesk pingelig gezeigt – sie hatte an allem herumgemäkelt, Christy wegen jeder Kleinigkeit zurechtgewiesen und ihnen die Freude an der Reise gründlich verdorben. Doch bei ihrem kurzen Aufenthalt in Safi hatte sie das alles auf die Spitze getrieben, und Kathryn war über die Feindseligkeit ihrer Mutter gegenüber Christy erschrocken.

Christy, deren Neugier unersättlich war, hatte sich von ihrem Reiseführer entfernt und war allein durch die Ruinen einer portugiesischen Festung geschlendert, umgeben von einer Horde einheimischer Bettler und Straßenverkäufer. Es hatte Kathryn und Anne enorme Mühe gekostet, ihr nachzukommen, als sie im Souk verschwand, um dort mit den Marktleuten zu handeln, und sich dann in dem Labyrinth aus engen Gassen ihren Weg durch die Menschenmenge gebahnt hatte. Irgendwann hatten sie Christy aus den Augen verloren.

Die beiden jüngeren Frauen hatten eine Stunde lang immer panischer nach Christy gesucht, bis sie sie schließlich inmitten einer Gruppe verschleierter Frauen auf der Erde sitzend fanden, wo sie einen lebhaften Vortrag hielt, während die Frauen ihre Kinder in Blechschüsseln wuschen.

Kathryn hatte vor Erleichterung fast geweint, doch ehe sie ihre Großmutter umarmen konnte, hatte Anne Christy am Arm gepackt und sie grob durchs Gedränge in Richtung Schiff gezerrt.

Entsetzt hatte Kathryn eingreifen wollen, doch schon bald schaffte Christy es selbst, sich aus dem Griff ihrer Tochter zu befreien, und war mit grimmiger Miene stehengeblieben. Anne hatte sie derart heruntergeputzt, dass die Leute haltmachten und hersahen. Vor Angst, dass ihre Mutter zu körperlicher Gewalt gegenüber Christy greifen könnte, um ihrem Ärger Luft zu machen, wollte Kathryn sich schon zwischen die beiden stellen. Doch da tat ihre Großmutter die Tirade einfach mit einem Schulterzucken ab, lächelte zuckersüß und ohne jedes Schuldbewusstsein und schritt eilig mit ihren vielen Einkäufen die Gangway hinauf, um den Nachmittagstee einzunehmen.

Kathryn hatte versucht, ihre Mutter zu besänftigen, hatte sich bei ihr eingehängt und sie angebettelt, an Bord zu gehen, um sich auf Deck mit Christy zu versöhnen. Doch Anne hatte nicht einlenken wollen, sondern war, nach wie vor völlig außer sich, in ihre Kabine gegangen und bis zum nächsten Morgen dort geblieben.

Kathryn kuschelte sich tiefer in ihre Kissen und fragte sich, warum ihre Mutter eine solche Abneigung gegenüber Christy hegte. Das war nicht immer so gewesen, denn sie konnte sich daran erinnern, dass in ihrer frühen Kindheit ein sehr herzliches Verhältnis zwischen den beiden geherrscht hatte.

Sie konnte nur den Schluss ziehen, dass etwas passiert war, das diesen Wandel herbeigeführt hatte. Sie hatte gehofft, die lange Reise würde den Riss zwischen den beiden kitten. Doch trotz all ihrer sanften Überredungsversuche waren die beiden Frauen bisher verschlossen und distanziert geblieben. Allmählich fragte sie sich, ob sie wohl je erfahren würde, was zwischen ihnen stand.

2

Sie hatten Inverness im Morgengrauen verlassen, nach einem schnellen Frühstück aus köstlichem Porridge und mehreren Tassen starkem Kaffee. Die lange Reise mit Pferd und Kutsche zum westlichen Ende des Kyle of Lochalsh hatte den ganzen Tag in Anspruch genommen. Sie hatten die Nacht in einem heruntergekommenen kleinen Gasthof verbracht und dann für den letzten Teil ihrer Reise die Inselfähre *SS Pioneer* bestiegen.

Das Wetter war über Nacht schlechter geworden, und während sich die *Pioneer* entschlossen durch die rauen Fluten vor der Südküste von Skye kämpfte, stand Christy allein auf dem regennassen Deck und blinzelte ihre Tränen weg. Trotz der langen Zeit und der großen Entfernung hatte ihre Erinnerung sie nicht getrogen, denn alles war genauso, wie sie es zuletzt gesehen hatte. Ohne auf den Wind zu achten, der an ihrem Hut und ihrem viel zu dünnen Regenmantel zerrte, oder auf ihren Rock, der so nass war, dass er an ihren Knöcheln klebte, blickte sie auf die schwarzen Felswände hinaus. Wasserfälle stürzten daran herunter ins Meer, und die aufsprühende Gischt vermischte sich mit einem weichen Regenschleier.

Christy suchte mit den Füßen festeren Halt auf dem glitschigen Deck, das unter ihr hüpfte und wankte, und umklammerte die Reling. Ihre Gefühle, die sie sonst immer so fest unter Verschluss hielt, gerieten in Aufruhr, als sie den satten, torfigen Geruch des scheinbar so kargen Landes einatmete, das nun vor ihr lag. *»An t-Eilean Sgitheanach«*, flüsterte sie auf Gälisch, der Sprache ihrer Kindheit. Das hier war ihre »Wolkeninsel«, wie die Wikinger sie genannt hatten, und sie war froh, dass sie die ersten Augenblicke ihrer Heimkehr allein und ungestört in sich aufsaugen konnte.

Während die *Pioneer* mit ihrer Fracht aus Passagieren, Post, Versorgungsgütern und lebendem Vieh langsam nordwärts stampfte, betrachtete Christy die unveränderte Landschaft, die sich allmählich vor ihr entfaltete. Es war ein seltsames, aufwühlendes Gefühl, denn ihr schien, als wären die fünfzig Jahre ihrer Abwesenheit im Handumdrehen verstrichen, und die Erinnerungen, die sie die ganze Zeit mit sich herumgetragen hatte, überschlugen sich – sie waren heute noch ebenso klar und schmerzhaft wie einst.

Schließlich fand sie ein wenig Schutz unter dem schmalen Sims am Dach des Steuerhauses. Sie strich liebevoll über ihren abgewetzten Karoschal, der einst ihrer Mutter gehört hatte, und zog ihn enger um ihre schmalen Schultern. Als sie die Nase in den feuchten Falten vergrub, glaubte sie beinahe, in der Wolle aus den Highlands den Duft der Frau, die sie so geliebt hatte, wahrzunehmen. Ihre Großmutter hatte den Schal gewoben, in Blau- und Grüntönen und von wenigen schmalen, orangefarbenen Streifen durchzogen – das war der alte Tartan des MacInnes-Clans. Sie hing an dem Stück, da es voller Erinnerungen steckte und das einzige Besitztum war, das ihr aus diesen längst vergangenen Tagen geblieben war.

»Um Gottes willen, Mutter. Was treibst du denn hier?«

Annes herrischer Ton riss Christy aus ihren Gedanken, und sie brauchte einen Moment, ehe sie etwas erwidern konnte. »Ich genieße meine Heimkehr«, erklärte sie fest.

»Du holst dir den Tod«, versetzte Anne bissig, wobei sie ihren Hut festhielt und den Kopf vor der Gischt senkte, die der Wind vom Bug der Fähre herbeiwehte.

»Ich hab schon Schlimmeres überlebt«, erwiderte Christy knapp und wandte sich erneut dem vorüberziehenden Panorama zu, in der vagen Hoffnung, dass ihre Tochter den Wink verstehen und wieder hineingehen würde. Doch offenbar wollte Anne ihren Wachposten partout nicht aufgeben.

»Das glaube ich dir durchaus«, entgegnete Anne, »aber jetzt bist du älter und nicht mehr so robust.«

Christy ignorierte sie geflissentlich. Sie hatte gehofft, dass diese lange Reise sie einander etwas näherbringen würde, aber trotz all ihrer Versuche, Anne zu besänftigen, schien diese fest entschlossen, ihre Mutter auf Abstand zu halten, indem sie unentwegt nörgelte und alles beanstandete, was Christy tat und sagte. Nach all den Wochen erzwungener Nähe fühlte sie sich zermürbt von dem endlosen Ringen darum, nicht die Geduld zu verlieren und die Attacken ihrer Tochter zu parieren.

Anne war nach ihrer schon lange verstorbenen schottischen Großmutter getauft worden, doch verband sie keinerlei Ähnlichkeit mit der Frau, die mit solch stoischer Geduld Armut und Elend ertragen und einen tragischen, allzu frühen Tod gefunden hatte. Christy bedauerte, dass das unversöhnliche Wesen ihrer Tochter sie zu einer unangenehmen Xanthippe machte, die beinahe jeden gegen sich aufbrachte – selbst ihren duldsamen Ehemann. Schon lange hegte Christy den Verdacht, dass Annes Ehe unglücklich war. Wie Harold an jenem Tag in Hobart gegen Anne rebelliert hatte, war sehr verräterisch gewesen.

Christy rang sich ein Lächeln ab und tätschelte Anne beschwichtigend den Arm. »Bitte mach dir meinetwegen keine Umstände, meine Liebe. Ich bin ganz zufrieden hier draußen, und dieser Frühlingssturm wird bald ein Ende haben.«

Anne schüttelte sich geziert, zog sich die feine Pelzstola enger um den Hals und hielt ihren Hut fest. »Man sollte kaum glauben, dass wir Juni haben«, murmelte sie. »Hört es eigentlich nie auf zu regnen?«

»Natürlich tut es das, aber du darfst nicht vergessen, wie weit nördlich wir sind, und das Wetter ist hier immer unberechenbar.« Sie schob ein paar Strähnen ihres von Silberfäden durchzogenen Haars zurück, die sich aus den Spangen gelöst hatten. »In Tasmanien ist es doch genauso, Anne. Ich kann mich an etliche Weihnachten erinnern, an denen wir drinnen saßen und dem Regen zugeschaut haben.«

Anne schnaubte verächtlich. »Wie das Wetter auch sein mag, du bist viel zu alt, um hier im Freien herumzustehen«, sagte sie.

Christy seufzte innerlich. Sie hatte es gründlich satt, diesen verletzenden Satz immer wieder von ihrer Tochter zu hören.

»Was hast du da überhaupt für einen erbärmlichen Fetzen um die Schultern? Wo ist die Pelzstola, die du in London gekauft hast?«

Christy vergrub die Finger in ihrem Schal und musterte Anne gelassen. »Die liegt sicher verwahrt in meinem Koffer«, erwiderte sie. »Und das hier ist ein Familienerbstück, das für diesen Anlass bestens geeignet ist.«

»Es ist eine Schande«, versetzte Anne und griff hastig nach der Reling, als das Schiff einen Satz machte und sie fast das Gleichgewicht verloren hätte. »Du kannst manchmal reichlich schwierig sein«, grollte sie. »Was werden die Leute denken, wenn sie dich damit sehen?«

Christy schmunzelte. »Das ist mir ganz egal. Außerdem bezweifle ich, dass mich die Leute überhaupt ansehen werden, so alt und hinfällig, wie ich bin. Allerdings werden sie hier in der Gegend das MacInnes-Tartan erkennen und wissen, dass ich es mit Stolz trage, ganz egal, wie zerschlissen es ist.«

Sie sah ihre Tochter frösteln. »Geh hinein, Anne«, sagte sie sanft, »und überlass mich meinen Erinnerungen.«

»Du warst schon immer dickköpfig«, erklärte Anne und ging damit ungeniert über ihren eigenen Starrsinn hinweg. »Diese ganze Reise ist eine einzige Zumutung, und ich weiß nicht, warum ich mich von dir dazu habe zwingen lassen.«

Das war ziemlich unverschämt, denn schließlich hatte Anne darauf bestanden mitzukommen, ohne dass Christy oder Kathryn sie dazu ermutigt hätten. »Du hättest nicht mitfahren müssen«, erklärte Christy trocken.

»Natürlich musste ich«, entgegnete Anne missmutig. »Ich konnte meine Tochter nicht um die halbe Welt reisen lassen, wo ich doch genau weiß, wie verantwortungslos du sein kannst. Schau dich nur an, wie du dastehst und dir den Tod holst.«

Christy unterdrückte einen tiefen Seufzer. »Geh rein, Anne, und ich komme dann wieder zu euch, wenn wir angelegt haben.«

»Es ist extrem unangenehm in der Kajüte, wo man dicht an dicht neben ungehobelten Leuten und ihren stinkenden Tieren sitzen muss. Ich weiß nicht, wie Kathryn das aushält.«

»Dann bleib hier draußen und sei still«, wies Christy sie scharf zurecht. »Du verdirbst mir meine Heimkehr.«

Anne bewegte sich nicht von der Stelle. »Ich habe auf die Landkarte geschaut, die ich gekauft habe, und mir scheint, diese schreckliche Bootsfahrt war vollkommen unnötig – zweifellos wieder eine deiner Launen, um uns das Leben schwer zu machen. Wir hätten für die kurze Strecke nach Portree die Fähre nehmen und dann eine Kutsche mieten können, also warum haben wir das nicht gemacht?«

Christy blickte beiseite und biss sich auf die Unterlippe. Portree barg Erinnerungen an dunkle Zeiten, und sie fühlte sich noch nicht bereit für eine Konfrontation. »Ich wollte die Küste hier sehen«, erwiderte sie, »und dachte, du und Kathryn könntet sie auch interessant finden.«

Anne sah sie weiter unverwandt an. »›Interessant‹ ist nicht gerade das Wort, das ich verwenden würde«, sagte sie barsch. »Es ist kalt, nass und unbehaglich. Und was den Blick angeht …«, sie schaute verächtlich auf die tiefhängenden Wolken über den Hügeln, »… es gibt ja gar nichts zu sehen.« Damit machte sie auf dem Absatz kehrt und eilte in den Passagierraum zurück.

Dass Anne die atemberaubende Küste so grausam geringschätzte, schmerzte Christy, doch war sie froh, wieder allein zu sein. Sie wusste, dass ihre Tochter grundsätzlich gereizt auf sie reagierte, was auf Gegenseitigkeit beruhte. Doch es schien keine Möglichkeit zu geben, eine Versöhnung zwischen ihnen herbeizuführen, und es brachte sie ziemlich auf, wenn Anne sie ständig wie eine schwachsinnige Tattergreisin behandelte. Trotzdem liebte sie ihre Tochter und bedauerte, ihr gegenüber so spitz geworden zu sein. Dass sie auf Deck erschienen war, zeigte ja auch, dass ihr etwas an ihrer Mutter lag und sie sich um ihr Wohlbefinden sorgte. Es war nur schade, dass sie eine so herrische Art hatte.

Sie wandte sich wieder der Reling zu und erkannte auf einmal Ardtreck Point und die schmale Halbinsel von Ullinish. Wenn der Himmel aufklarte, könnte sie bald den alten hölzernen Leuchtturm und die Reste des alten Duns sehen, eines steinernen Forts, das der Legende nach vor Christi Geburt erbaut worden war und noch heute auf den Klippen wachte.

Und dann würden sie wieder Kurs nach Westen nehmen, bevor sie der Küste in nördlicher Richtung folgten, um den Hauptteil der Insel herum bis zum Loch Dunvegan. Das war ihr Reiseziel – ein Ort, der ebenfalls schwere Erinnerungen barg, auch wenn sie für Christy leichter zu verkraften waren als jene aus Portree.

Sie jauchzte vor Freude, als sie die Robben sah, die glatt und schwarz auf den Felsen lagen, und die Vögel, die ihre Nester hoch oben in den Klippen gebaut hatten. In früheren Zeiten hatten die Männer ihr Leben riskiert, um ihre Eier einzusammeln und damit ihre Familien zu ernähren.

Trotz ihrer Freude fühlte sie sich auf einmal mutlos. Der ständige Widerstand Annes hatte an ihrer Entschlossenheit gezehrt und seinen Tribut gefordert. Zweifel nagten an ihr, während sie da stand und weiter Wind und Regen trotzte. War es töricht von ihr, in ihrem Alter um die halbe Welt zu fahren und an den Ort zurückzukehren, wo sie so viel Kummer und Elend erlitten hatte? Hätte sie auf die eindringlichen Warnungen von ihren Freunden und von Hamish hören sollen, dass eine solche Reise äußerst waghalsig war und nur in bitterer Enttäuschung enden konnte? Was wollte sie eigentlich mit ihrer Rückkehr erreichen?

Erneut kamen ihr die Tränen, die sie entschlossen wegblinzelte. Sie durfte nicht zulassen, dass Anne ihr alles verdarb, nicht jetzt, wo die Erfüllung ihres Traums zum Greifen nah war. Sie hatte die Gelegenheit beim Schopf gepackt, ohne auf die Einwände ihrer Familie zu achten, ohne Rücksicht auf ihr Alter und auf die Mühen, die eine solche Reise unweigerlich mit sich brachte. Nun würde sie die Sache zu Ende bringen.

Christy hörte Schritte näher kommen, drängte die Tränen zurück und wappnete sich für eine weitere Auseinandersetzung. Doch als sie sich umwandte und die kleine Person erkannte, die sich nun schweigend neben sie stellte, lächelte sie erleichtert.

»Na, Kathryn, wie gefällt dir meine Insel?«

Die grünen Augen über der von hellen Sommersprossen gesprenkelten Stupsnase blickten besorgt. »Sie erinnert mich an die tasmanische Küste«, antwortete sie und ergriff Christys Hand.

Christy nickte. »Es gibt einige Ähnlichkeit«, stimmte sie zu. »Genau deshalb fühle ich mich dort auch so zuhause.«

»Ist alles in Ordnung, Grandma?«

»Mir fehlt nichts, ganz egal, was deine Mutter behauptet hat. Heute ist ein wichtiger Tag, und ich finde, ich habe das Recht, ausnahmsweise mal ein bisschen sentimental zu werden, findest du nicht?«

Sie warf ihrer Enkelin ein trauriges Lächeln zu und hielt

ihre Hand fest, während sie an atemberaubenden Felsformationen entlangfuhren und sich allmählich Dunvegan Head näherten. Dicht nebeneinander standen sie in kameradschaftlichem Schweigen da und betrachteten die verlassenen Buchten mit ihren schwarzen Felsen und dem grobkörnigen Sand. Zahlreiche Ruinen verlassener Steinhäuser und Bauernkaten standen im Schatten der Hügelketten unter dahinjagenden Wolken.

Christy konnte sich nur allzu gut an die Zeiten erinnern, als sie hier Seetang gesammelt hatte, während ihre jüngeren Brüder in den Felsenbecken nach Schalentieren suchten. Wie kahl alles aussah – die einsamen Wachposten der verwitterten Steinmauern hoben sich scharf vom Himmel ab. Auf dem spröden Gras weideten Schafe, und das Heidekraut, schwarz von Winter und Frost, war noch nicht zu neuer Blüte erwacht.

Verstohlen betrachtete Christy das Gesicht ihrer Enkelin, die ebenfalls die Szenerie in sich aufnahm. Es war unverkennbar, dass das Mädchen von dem Anblick bewegt war. Vielleicht verstand sie jetzt besser, warum Christy diese lange und scheinbar unnötige Fahrt mit der Fähre gebraucht hatte. Christy schwoll das Herz, und sie war froh, Kathryn auf dieser Reise an ihrer Seite zu haben, denn ohne sie wäre es sehr einsam gewesen.

»Oh, wie wundervoll«, hauchte Kathryn, als die Fähre einen Bogen machte und sie einen klaren Blick auf Dunvegan Castle am Ende des Sees hatten. »Es sieht aus wie ein Märchenschloss. Jetzt begreife ich, warum du diese Strecke nehmen wolltest.« Strahlend wandte sie sich zu Christy um. »Was ist es für ein Gefühl, nach so langer Zeit wieder in der Heimat zu sein?«

Christy brannten wieder die Tränen in den Augen, und sie zog den Schal enger. Sie mied den Blick auf das verhasste Schloss – sie hasste alles, wofür es stand; dennoch konnte sie ihre Vorfreude auf die baldige Ankunft nicht verhehlen. »Ich weiß nicht, ob ich lachen oder weinen soll«, gestand sie und tupfte sich die Augen. »Ich habe beinahe Angst vor dem, was mich in MacInnes Bay erwartet.«

Kathryn legte ihr einen Arm um die Schultern. »Ich bin bei dir, Grandma, und wenn dir nach Weinen ist, dann wein ruhig – dafür muss man sich nicht genieren.«

»Du liebes Kind.« Christy tätschelte ihr die Wange. »Du weißt gar nicht, wie dankbar ich dafür bin, dich an meiner Seite zu haben.«

Kathryn lächelte. »Ich hätte mir die Reise um nichts auf der Welt entgehen lassen. Die Gelegenheit, dich zu begleiten und mehr über die Familiengeschichte zu erfahren – zu sehen, wo du gelebt hast, und mir deine Geschichten anzuhören … Das wird etwas sein, was ich für den Rest meines Lebens in mir tragen werde. Ein wunderbares Erlebnis, das ich meinen eigenen Kindern weitergeben kann, wenn es so weit ist.«

»Nicht alle Geschichten sind heiter«, warnte Christy. »Aber es ist an der Zeit, dass du und deine Mutter sie hört. Dieser Ort, die Menschen, die einst hier gelebt haben, und dieses schreckliche Schloss sind Teil unserer Familiengeschichte.«

Kathryn runzelte die Stirn über Christys plötzlich so harschen Tonfall, und Christy wandte sich ab, um die Wut in ihren Augen zu verbergen. Sie würde bald genug darauf zu sprechen kommen, wie die MacDonalds und ihre Gutsverwalter ihr Leben für immer verändert hatten.

Um sich von diesen finsteren Gedanken abzulenken, hob sie den Blick. Der Himmel war aufgerissen und ließ einen breiten Sonnenstrahl hindurch, der die steilen Klippen beleuchtete und das helle Schloss, das gebieterisch über dem See thronte. Der Regen hatte aufgehört.

Wortlos zeigte sie auf den perfekten Regenbogen über ihnen. Jede einzelne Farbe war deutlich zu erkennen, und er zog sich wie ein Geschenk des Himmels über die wilde, karge Landschaft, um sie zuhause willkommen zu heißen.

Während Kathryn hingerissen den Anblick bewunderte, fröstelte Christy und vergrub die Finger tief in ihrem Karoschal. Es war kein Regenbogen dagewesen, als sie die Insel verlassen hatte, nur ein rauer Wind unter zerfetzten Regenwolken und ein Gefühl von abgrundtiefer Hilflosigkeit und Verzweiflung.

Christy reckte das Kinn, entschlossen, ihre Gefühle im Zaum zu halten, damit sie diesen Moment genießen konnte. Die Geschichte ihres Lebens und all jener, die einst hier gelebt hatten, würde erzählt werden – jedoch nicht heute. Heute wollte sie dankbar sein, dass sie noch am Leben war und hierher zurückkehren konnte.

Anne hatte sich in eine Ecke zurückgezogen, weit weg von den aufgestapelten Fischkisten und zwei an den Beinen gefesselten Ziegen, die sie mit ihren Teufelsaugen zu fixieren schienen, während sie überall ihre Köttel fallen ließen. Ihr war ganz schlecht von dem Gestank nach Räucherhering und ungewaschenen Menschen sowie dem Stampfen und Rollen der Fähre, doch war sie fest entschlossen, ihr Frühstück bei sich zu behalten. Das Letzte, was sie wollte, war, sich vor diesen Leuten, die offenbar nicht einmal korrektes Englisch beherrschten, zu blamieren.

Sie drehte ihnen allen den Rücken zu, wischte das Kondenswasser von der salzverklebten Scheibe des Bullauges und beobachtete eifersüchtig ihre Mutter und ihre Tochter, die dicht beieinander an der Reling standen. Von Kathryns Geburt an hatte zwischen den beiden ein enges Band bestanden. Sosehr sie es auch versuchte, Anne konnte nichts dagegen tun, dass sie sich daran störte.

Sie sah beiseite, indem sie die unverhohlene Neugier der anderen Passagiere geflissentlich ignorierte, und zog ihre Puderdose hervor. Während sie sich in dem kleinen Spiegel betrachtete, registrierte sie, dass ihr dunkles Haar dort, wo der

Wind es aus den Spangen gerissen hatte, feucht und zerzaust und ihr Hut nahezu ruiniert war.

Sie gab sich die größte Mühe, ihr Haar glattzustreichen, obwohl sie wusste, dass ihre Frisur wieder von dem grässlichen Wetter zerstört werden würde, sobald sie von Bord gingen. Auch ihr Teint würde leiden, wenn sie nicht aufpasste, dachte sie und tupfte sich ein wenig Puder auf Nase und Wangen. Die Elemente, denen sie in letzter Zeit ausgesetzt war, sabotierten ihre kosmetischen Bemühungen, und Gott allein wusste, was ihre eleganten Freundinnen denken würden, wenn sie sie jetzt sähen.

Sie klappte die goldene Puderdose zu und ließ sie in ihre lederne Handtasche fallen. Dann schüttelte sie die Regentropfen aus ihrer Pelzstola und legte sie sich wieder um die Schultern. Ihr adretter Gabardinerock und die dazu passende Jacke waren feucht, und die Rüschen an ihrer weißen Bluse hingen schlaff herunter. Sie war gezwungen gewesen, sie einen zweiten Tag anzuziehen, da ihr großer Schrankkoffer über Nacht im Lagerhaus am Kai verwahrt worden war. Sie konnte nur hoffen, dass sich die nächste Unterkunft als komfortabler erweisen würde als die letzte, denn sie hatte auf der klumpigen und äußerst dubiosen Matratze kein Auge zugetan. Nun freute sie sich auf ein langes Bad und wärmere Kleidung.

Ein weiterer Blick aus dem Fenster bestätigte ihr, dass ihre Mutter und ihre Tochter noch immer dort draußen standen, doch zumindest hatte der Himmel aufgeklart, und ein herrlicher Regenbogen schimmerte über einem imposanten Schloss. Das Bauwerk schien sogar noch in einem guten Zustand zu sein, im Gegensatz zu vielen anderen, die sie auf dieser strapaziösen Reise gesehen hatte.

Wohl wissend, dass sie von den anderen Passagieren reichlich unverfroren begafft wurde, und nicht bereit, sich in ein Gespräch verwickeln zu lassen – im Gegensatz zu ihrer Mutter, die mit jedem redete – straffte Anne die Schultern und beobachtete die beiden Frauen auf dem Deck.

Als Kind hatte sie ihre Mutter innig geliebt und ihre Energie, ihren Humor und ihre Abenteuerlust bewundert. Sie hatte sie für klug und aufrichtig gehalten und war fest davon überzeugt gewesen, dass das Band zwischen ihnen niemals reißen würde. Doch dieses Vertrauen war erschüttert worden, und nun brachte Anne es nicht übers Herz, ihr zu verzeihen. Die Kälte zwischen ihnen war unangenehm, vor allem, wenn sie mit dem Rest der Familie zusammen waren – der glücklicherweise nichts von Christys verheerendem Geständnis wusste. Im Lauf der Jahre hatte ihre Verletztheit sich immer mehr festgefressen, und mittlerweile beherrschte sie alles.

Nun fragte sie sich, ob es von ihrer Seite aus jemals eine Versöhnung geben konnte – und ob sie überhaupt eine wollte. Es lag nicht daran, dass sie ihre Mutter nicht mehr geliebt hätte, denn natürlich tat sie das, tief in ihrem Inneren, unter all der Bitterkeit und dem Schmerz. Doch die Lüge, die man ihr aufgetischt hatte, war allzu schockierend gewesen, hatte ihre Welt auf den Kopf gestellt und alles zerstört, was ihr lieb und teuer gewesen war.

Ihre Mutter hatte versucht, es ihr zu erklären, sie hatte Tränen der Reue vergossen und sie angefleht, sie doch zu verstehen. Annes Vertrauen in sie war jedoch unwiderruflich zerstört, und ohne dieses Vertrauen war es unmöglich, ihr gutes Verhältnis wiederherzustellen.

Anne seufzte, denn sie hatte ihrer Tochter zuliebe ihr Möglichstes getan, um auf dieser Reise nett zu ihrer Mutter zu sein. Aber sie war sich wohl bewusst, dass ihre gut gemeinte Sorge um Christys Wohlbefinden reichlich barsch und herrisch gewirkt und ihre Mutter nur noch mehr gegen sie aufgebracht hatte.

Sie zog sich den Pelz enger um den Hals, um die Zugluft

abzuwehren, die durch die verzogene Tür drang, und rechtfertigte ihr Verhalten im Stillen vor sich selbst. Da in ihrer Ehe mit Harold die wichtigsten häuslichen und gesellschaftlichen Entscheidungen stets ihr überlassen blieben, hatte sie sich angewöhnt, Anweisungen zu erteilen und andere herumzukommandieren. Das war ihre Art, die Dinge zu erledigen, und sie hatte nicht die Absicht, sich zu ändern.

Erschauernd sah sie zu, wie Kathryn Christy umarmte, wie sie die Köpfe zusammensteckten und lachten. Sie wusste nicht, wann sie das letzte Mal so mit Kathryn gelacht oder einen derart vertrauten Moment geteilt hatte, und sie spürte einen Stich reinen Neids. Kathryn war ihr einziges Kind, das einzige Gute, das ihrer enttäuschenden Ehe mit Harold entsprungen war, und sie wünschte ihr nur das Beste – Kathryn sollte die Dinge haben, die ihr als Kind versagt geblieben waren. Anne hatte sich gewünscht, das Band zwischen ihnen würde im Lauf der Jahre immer enger werden, bis sich dann der richtige Mann für Kathryn fände, der sich um alles kümmern, sie verehren und verwöhnen würde, so wie sie es verdient hatte.

Doch Kathryn hatte sich als ebenso dickköpfig erwiesen wie ihre Großmutter. Eine Einführung in die Gesellschaft lehnte sie ab, stattdessen wollte sie ihre Ausbildung fortsetzen und an der Universität studieren. Anne, die wie ihre Mutter lediglich das Nötigste an Schulbildung mitbekommen hatte, begriff nicht, wo dieser Wissensdurst herrührte. Harold war ein Selfmade-Man, der seine prägenden Jahre damit zugebracht hatte, gemeinsam mit seinem verwitweten Vater auf den Opalfeldern zu graben. Er hatte zwar einen scharfen Geschäftssinn, aber beim Lesen und Schreiben hatte er sich von seiner Frau Nachhilfe geben lassen müssen. Anfangs hatte sie das liebenswert gefunden, doch es verlor seinen Reiz, sowie der Rausch der Flitterwochen vorüber war und sie vom Wirbel des Gesellschaftslebens aufgesogen wurden.

Anne biss sich auf die Lippe, während sie ihre Tochter beobachtete. Obwohl auch sie von den Elementen in Mitleidenschaft gezogen worden war, sah sie reizend aus. Für so ein gut erzogenes Mädchen war es in Annes Augen nicht ganz passend, ein »Blaustrumpf« zu werden. Sie hatte einige von Kathryns gleichgesinnten Freundinnen kennengelernt, die ihr mit ihren kurzen Haaren und der wenig schmeichelhaften, ja fast männlichen Kleidung wunderlich und reichlich suspekt wirkten, und konnte nur hoffen, dass ihre hübsche Tochter es ihnen nicht gleichtun würde.

Tiefer Groll stieg in ihr auf, als ihr Blick auf Christy fiel. Ihre Mutter hatte Kathryn natürlich ermutigt, und Harold hatte sich ihr angeschlossen, also war ihr selbst wenig anderes übriggeblieben, als sich zurückzuhalten und Kathryn einen Weg einschlagen zu lassen, der ganz anders war als der, den sie jahrelang für sie geplant hatte. Und nun waren sie hier, meilenweit von der Zivilisation entfernt, auf einer schmutzigen alten Fähre, die wie ein bockiges Wildschwein durch das eisige Wasser stampfte, und die beiden standen offenbar völlig unbeschwert dort draußen.

Die Scheibe war schon wieder beschlagen, doch diesmal wischte Anne das Kondenswasser nicht weg. Sie hatte genug gesehen. Sie zog sich die Handschuhe straffer über die Hände, um all die Keime abzuwehren, die zweifellos in jedem Winkel dieser schmutzigen Schaluppe lauerten, und griff nach dem Tagebuch, das sie seit Beginn dieser Reise führte.

Sie hatten Melbourne auf der *SS Celtic* verlassen – extra wegen ihres Namens von ihrer Mutter ausgewählt, die auf ihre alten Tage eindeutig übersentimental wurde. Harold war stellvertretend für die Familie da gewesen, um sie zu verabschieden, und während die Band spielte und zwischen Schiff und Kai Luftschlangen geworfen wurden, hatte sie auf ihn hinabgesehen und sich gefragt, ob er wohl in diesem Augenblick genauso erleichtert war wie sie. Die Atmosphäre zwischen ihnen war in letzter Zeit erdrückend geworden.

Das Tagebuch blieb ungeöffnet in ihrem Schoß liegen, während sie an ihren Mann dachte. Harold war ein anständiger Mann, das ließ sich nicht bestreiten. Er war sogar gutaussehend, mit seinem von der Sonne gebleichten dichten braunen Haar und seinem markanten Gesicht. Er hatte jede Menge Charme, wenn er etwas haben wollte, und Anne hatte er vom Augenblick an haben wollen. Sie hatte sich von seinen Avancen, seinem offenkundigen Reichtum und der lässigen Art, mit der er sich unter die Melbourner Gesellschaft mischte, angezogen gefühlt. Dann hatte sie sich in ihn verliebt – oder es sich zumindest eingebildet – und sich trotz der Warnung ihrer Mutter, nichts zu übereilen, Hals über Kopf in diese Ehe gestürzt.

Alle Hoffnungen und Träume waren im Lauf der Jahre durch Enttäuschungen und ihre wachsende Distanz nach und nach zerstoben. Eine gedankenlose Missachtung der Gefühle und Ansichten des jeweils anderen hatte dazu geführt, dass sie praktisch getrennte Leben führten. Die Situation wurde dadurch noch verschärft, dass Kathryn zugunsten ihres neuen Lebens in Sydney bald ihr gemeinsames Zuhause verlassen würde. Dann wären sie allein auf sich gestellt.

Rasch schob Anne diesen entsetzlichen Gedanken beiseite und blätterte in ihrem Tagebuch. Sie hatte diese grässliche Reise eigentlich gar nicht antreten wollen, doch ihr war klar gewesen, dass sie ihr die Chance bot, für eine Weile zu entkommen, durchzuatmen und eingehend darüber nachzudenken, was die Zukunft für sie bereithielt, wenn Kathryn in Sydney wäre. Was sie allerdings nicht erwartet hatte, war dieses Gefühl der Befreiung, das all die neuen Erfahrungen in ihr auslösten.

Sie überflog eine Seite und erlebte noch einmal die Schönheit der ruhigen Pazifikinseln, die in krassem Kontrast zu den bunten, lärmenden Menschenmassen in Rio und den überfüllten, stinkenden Souks von Marokko standen. Am Morgen nach ihrer Auseinandersetzung mit Christy in Marokko hatte sie im Hafen an Deck gestanden, auf die Wüste hinter den Stadtmauern geblickt und dann die kleinen Jungen beobachtet, die im trüben Wasser nach den Münzen tauchten, die ihnen manche Passagiere zuwarfen.

Ihre Mutter hatte sich natürlich an dieser Verrücktheit beteiligt und zusammen mit allen Münzen, die sie in ihrer Tasche fand, auch sämtliches Obst aus ihrer Kabine hinuntergeworfen. Daran, dass sie ihnen durch ihr Verschwinden den Landgang ruiniert hatte, schien sie keinen einzigen Gedanken mehr zu verschwenden. Anne erschauerte bei der Erinnerung, wie außer sich vor Sorge sie gewesen war und wie gefährlich nahe dem Impuls, ihre Mutter zu ohrfeigen, und so blätterte sie rasch um.

Die Weiterreise nach Portugal war reibungslos verlaufen, und sie hatte sich schließlich entspannen und die Zeit genießen können. Lissabon hatte sich als wunderbar geordnete Stadt erwiesen, mit Parks und breiten, von Bäumen gesäumten Straßen voller eleganter Häuser, die sie ein wenig an Melbourne erinnerten. Mutter hatte sich benommen und sich, als sie schließlich in London eingetroffen waren, als kenntnisreiche und anregende Stadtführerin erwiesen, obwohl sie noch nie einen Fuß in diese Stadt gesetzt hatte und ihr Wissen ausschließlich aus den vielen Reiseführern bezog, die sie erstanden hatte.

Anne schlug das Tagebuch zu und steckte es in ihre Handtasche, als sie Rufe vom Kai her sowie die schnellen Schritte der Bootsmänner auf dem Deck vernahm. Endlich hatten sie ihr Ziel erreicht. Sie konnte nur hoffen, dass ihre Mutter keinen allzu langen Aufenthalt plante. Bereits Schottland war ihr ziemlich leer vorgekommen, doch hier auf dieser Insel gab es außer ein paar Schafen und alten Ruinen offenbar überhaupt nichts.

3

Christy holte tief Luft, als sie zu Dunvegan Castle aufblickte, denn die steinernen Festungsmauern, die lange Schatten über den winzigen Hafen warfen, erinnerten sie an die Macht und die Grausamkeit der Gutsverwalter der MacDonalds. Sie hatte gehofft, dass die Jahre ihre Spuren hinterlassen hätten, dass bröckelnde Mauern und eingefallene Türme auf eine selbstverschuldete Verarmung und den tiefen Fall der MacDonalds hindeuten würden – doch das Schloss stand nach wie vor wuchtig auf der Anhöhe, unverändert.

Während die Fähre langsam zum Anlegeplatz tuckerte, verschwand das Schloss außer Sichtweite, sodass Christy ihre dunklen Gedanken abschütteln und der Crew beim Anlegemanöver zusehen konnte.

»Das ist dein besonderer Augenblick, Gran«, sagte Kathryn. »Ich kümmere mich um Mutter, damit du allein an Land gehen kannst.«

Christy nickte, dankbar für das Verständnis des jungen Mädchens. Dies war tatsächlich ihr Augenblick, und sie wollte ihn mit niemandem teilen. Lächelnd wechselte sie mit den anderen Passagieren, die die Fähre verließen, ein paar Worte auf Gälisch, und erst als alle an Land gegangen waren, trat sie auf die Rampe, die auf den hölzernen Kai führte.

»Beannachd leat«, verabschiedete sich der Kapitän auf Gälisch von ihr.

Christy antwortete in altehrwürdiger Form: *»Mar sin leat.«*

Seine Augen in dem alten, wettergegerbten Gesicht waren tiefblau. Er betrachtete ihren verblichenen Schal mit dem

MacInnes-Tartan und half ihr auf die Rampe. Es war, als wüsste er, warum sie hier war, und als begriffe er, dass sie keine weitere Hilfe benötigte, denn er wich sogleich zurück und bedachte sie mit einem kurzen Gruß. »*Sealbh math dhuit!*«

Sie quittierte seine guten Wünsche mit einem breiten Lächeln und bedankte sich. »*Tapadh leat.*« Und dann ging sie die Rampe hinunter, den hölzernen Kai entlang und auf die aus groben Steinen gemauerte Mole.

Als ihre Füße den Boden berührten, blieb sie für den Moment eines Herzschlags stehen, ehe sie zu dem von Heidekraut und sprödem Gras bewachsenen Streifen Land hinübereilte, der auf der anderen Seite des Feldwegs an der südlichen Biegung des Loch Dunvegan entlangführte.

Ungeachtet dessen, dass der Kapitän und seine Leute sie ebenso beobachteten wie ein junger Mann mit seinem Karren, und obwohl die Erde nass war, setzte sie sich ins Gras, band ihre Stiefel auf und warf sie beiseite. Dann stand sie auf und stellte beide Füße fest auf Gras und kratziges Heidekraut, froh, dass sie in weiser Voraussicht keine Strümpfe angezogen hatte.

Sie schloss die Augen, als sie das feuchte Erdreich zwischen den Zehen spürte. Sie hörte die Seevögel schreien, während sie die frische Luft von Skye einatmete und den lange in ihrer Erinnerung verschlossenen Geruch eines Torffeuers in der Nähe erschnupperte. Sie war wieder ein Kind, barfuß und zerlumpt im Schal ihrer Mutter – aber eins mit dem Land, das sie liebte. Jetzt konnte sie wirklich glauben, dass sie wieder zuhause war.

Kathryn hatte ihre Mutter abgelenkt, indem sie ihre Sachen zusammensammelte und die Sorge äußerte, sie habe es vielleicht nicht warm genug. Jetzt gab es keinen Vorwand mehr, um sich noch länger an Bord aufzuhalten, denn ein Blick durchs Bullauge zeigte, dass ihr Gepäck bereits von einem kräftigen jungen Mann in Tweedsakko und scharlachrotem Kilt vom Schiff auf einen großen Karren verladen worden war. Von den anderen Passagieren und von Christy war nichts mehr zu sehen, und die Crew schrubbte bereits eifrig das Deck.

»Wo ist Mutter?«, wollte Anne wissen.

»Sie wartet an Land auf uns. Ich glaube, sie wollte eine Weile allein sein, um alles auf sich wirken zu lassen.«

»Hm. So, wie sie sich benimmt, könnten wir ebenso gut Luft sein.« An der Rampe angelangt, spähte Anne kurzsichtig in Richtung Mole. »Ich hoffe, sie hat sich nicht schon wieder selbstständig gemacht. Ich bin viel zu erschöpft für weitere Sperenzchen.«

Kathryn erspähte Christy augenblicklich und war ausnahmsweise einmal dankbar dafür, dass ihre Mutter zu eitel war, um ihre Brille aufzusetzen. Ihre Großmutter hatte die Stiefel abgestreift und stand wie in Trance in Gras und Heidekraut. Sie hatte die Arme ausgestreckt und den Kopf so weit in den Nacken gelegt, dass ihr Gesicht von der Sonne beleuchtet wurde und ihr Hut herabzufallen drohte.

»Sie steht gleich da drüben«, sagte Kathryn ruhig. »Komm, Mutter. Und pass auf, wenn du die Rampe runtergehst.«

Anne ließ zu, dass ihre Tochter sie beim Arm nahm, während sie in ihren hochhackigen Stiefeln und dem engen Rock die Rampe hinuntertrippelte. Auf festem Boden angelangt, sah sie sich um und schnappte entsetzt nach Luft. »Guter Gott. Was treibt sie denn da?«

»Lass sie, Mutter«, sagte Kathryn, als Anne Anstalten machte, hinüberzueilen. »Es ist ein sehr privater Moment für sie, und es wird ihr nicht recht sein, wenn du sie störst.«

»Es ist mir egal, ob ihr das recht ist oder nicht«, fauchte Anne. »Sie holt sich noch eine Lungenentzündung, und wer muss sie dann pflegen? Ich natürlich, denn ich bezweifle doch sehr, dass es auf dieser gottverlassenen Insel auch nur eine Krankenschwester gibt, geschweige denn einen richtigen Arzt.«

Sie zerrte ihren Arm aus Kathryns beruhigendem Griff und stakste vorsichtig über den unebenen Weg. »Hör sofort damit auf und reiß dich zusammen«, zischte sie wütend. »Du machst dich ja lächerlich.«

Aus ihren Erinnerungen gerissen und aus dem sinnlichen Genuss, die gute Erde von Skye unter ihren Füßen zu spüren, schlug Christy die Augen auf und starrte ihre Tochter verständnislos an.

»Warum bist du eigentlich immer so wütend, Anne?«

»Weil du selbst die Geduld eines Heiligen auf die Probe stellen würdest«, erwiderte sie. Sie griff nach den Stiefeln und hielt sie ihr hin. »Zieh sie an und versuch ausnahmsweise mal ein bisschen Anstand an den Tag zu legen. Die Leute müssen ja glauben, du hättest den Verstand verloren, wenn du dich so aufführst.«

Seufzend nahm Christy die Stiefel entgegen, machte aber keinerlei Anstalten, sie anzuziehen, sondern blieb einfach stehen. »Ich wollte wieder wissen, wie es sich anfühlt«, sagte sie leise. »Weißt du, ich habe nur sonntags zur Kirche Stiefel getragen, und da die von meinem älteren Bruder stammten, waren sie furchtbar unbequem.« Sie grinste verschmitzt. »Es ist ein herrliches Gefühl, die Zehen in den nassen Torf zu graben. Du solltest es auch mal ausprobieren, Anne.«

»Grandma, lass die Scherze«, sagte Kathryn rasch, ehe die scharfe Zunge ihrer Mutter für weiteren Ärger sorgen konnte. »Es wird langsam spät, und wir sollten uns auf den Weg zum Hotel machen, bevor es dunkel wird.«

Christy presste sich die schlammbespritzten Stiefel an die Brust, zog den Karoschal über ihren Schultern zurecht und blickte nach Westen. »Es bleibt noch stundenlang hell«, sagte sie verträumt. »Hier im Norden wird es zu dieser Jahreszeit erst spät dunkel.«

»Tja, wir können aber nicht länger bleiben«, erklärte Anne.

»Du musst aus diesen nassen, schmutzigen Kleidern raus, und ich brauche ein Bad und was Vernünftiges zu essen. Hast du eine Kutsche bestellt, die uns zum Hotel fährt?«

In Christys Augen lag ein Glitzern, das Kathryn vor neuem Unheil warnte, und sie wartete einigermaßen amüsiert ab, was ihre Großmutter wohl diesmal im Schilde führte.

»Oh ja, ich habe ein Gefährt für uns bestellt«, sagte Christy heiter. »Es steht dort drüben.«

Kathryn und Anne wandten sich um und blickten über die nahezu verlassene Mole und den holprigen Feldweg hinweg. »Ich sehe nur diesen Pferdekarren, der unser Gepäck transportiert«, sagte Anne verdrossen. »Wo ist unsere Kutsche?«

»Du solltest wirklich deine Brille aufsetzen, Liebes«, ermahnte Christy sie sanft. »Ich fürchte, ohne sie bist du so gut wie blind.« Sie rückte sich ihren Hut zurecht, indem sie ihn schief über einem Auge sitzen ließ, schob sich die Stiefel unter den Arm und trat – nach wie vor barfuß – auf den matschigen Feldweg.

Kathryn sah die entsetzte Miene ihrer Mutter und musste die Lippen zusammenkneifen, um ein Kichern zu unterdrücken. Grandma war wirklich ganz schön frech, und es war ein bisschen unfair, von ihrer armen Mutter zu verlangen, dass sie auf einem derben Karren fuhr.

»Damit fahre ich nicht«, protestierte Anne.

Christy gab ihr keine Antwort, sondern spazierte durch Matsch und Pfützen, um mit dem jungen Fuhrmann ein angeregtes Gespräch zu beginnen.

»Offenbar haben wir keine andere Wahl«, murmelte Kathryn. »Bitte mach kein Theater und verdirb Grandma nicht ihren besonderen Tag, Mutter.«

»Es ist also in Ordnung, dass *mir* der Tag verdorben wird, solange sie sich aufführen kann wie eine verzogene Göre?« Anne blickte auf den schlammigen Weg und funkelte die Frau neben dem Karren böse an. »Das hat sie absichtlich getan. Ich weiß es einfach.«

Kathryn nahm sie beim Arm, um ihr zu helfen, Spurrillen und Pfützen auszuweichen. »Das bezweifle ich«, sagte sie. »Wahrscheinlich haben sie hier keine Kutschen.«

»Es ist alles so unzivilisiert«, klagte Anne. »Wissen die denn nicht, dass wir im zwanzigsten Jahrhundert leben?«

Kathryn wusste, dass es wenig Sinn hatte, darauf etwas zu erwidern, und obwohl ihre Mutter ihr leidtat, sah sie auch die komische Seite der Situation. Wie könnte man Anne wohl überreden, auf diesen Karren zu steigen?

Als sie näher kamen, drehte sich Christy mit einem unschuldigen Lächeln um. »Das ist Gregor MacGregor, und stellt euch vor, er ist sogar ein entfernter Cousin von mir.« Sie strahlte vor Begeisterung. »Die Clans MacInnes und MacGregor waren schon immer miteinander verbunden, wisst ihr.«

Kathryn schüttelte ihm die raue Hand, nicht ohne die goldenen Flecken in seinen haselnussbraunen Augen und das belustigte Lächeln in seinem zerfurchten Gesicht zu registrieren. Sein Händedruck war kräftig.

Anne berührte seine ausgestreckte Hand nur mit den Spitzen ihrer behandschuhten Finger und gönnte ihm ein angedeutetes Kopfnicken.

»Gregor wird uns während unseres Aufenthalts auf Skye als Kutscher und Fremdenführer dienen«, erklärte Christy. »Er hat sogar versprochen, uns mit seiner Familie bekannt zu machen. Ist das nicht wunderbar?«

Annes Gesicht verlor jegliche Farbe. »Du meinst, wir müssen immer dieses … dieses *Ding* benutzen, wenn wir irgendwo hinwollen?«

»Aye, so kann man es sagen«, antwortete Gregor, während er seine haselnussbraunen Augen neugierig auf Anne richtete. »Ist Ihnen scheint's nicht so recht.«

»Ich bin komfortablere Fahrzeuge gewöhnt«, erwiderte sie kalt, während sie ihren Blick verächtlich über den Karren und das offenbar ans Arbeiten gewohnte Pferd schweifen ließ. »In Melbourne habe ich eine eigene Kutsche und zwei edle Rassepferde.«

Gregor legte den Kopf schief, und sein wettergegerbtes Gesicht bekam ein paar attraktive Falten, als er lächelte. Er tätschelte seinem robusten Pferd den Hals. »Na ja, mein alter Jock kommt langsam 'n bisschen in die Jahre, und auch wenn er kein edler Rassegaul ist, hört er nicht so gern kritische Worte. Aber wo Sie ja so 'ne große Dame sind, wird er Ihnen sicher verzeihen.«

Kathryn biss sich auf die Lippe, als sie den Blick ihrer Großmutter auffing. Offenbar ließ sich Gregor MacGregor nicht im Geringsten von Annes Art einschüchtern, was interessante Aussichten für die nächsten Tage versprach.

»Und wie weit ist dieses unselige Hotel entfernt?«, fragte Anne steif.

»So in etwa drei Meilen den Weg lang, wenn wir erst mal auf der Anhöhe sind«, antwortete er.

Anne spähte den Weg entlang. »Dann gehe ich zu Fuß«, erklärte sie. »Die Bewegung wird mir guttun, nachdem ich auf diesem miesen kleinen Boot so durchgeschüttelt worden bin.«

Kathryn und Christy sahen sie entsetzt an. Anne ging nie zu Fuß irgendwohin.

Gregor schob seine Kappe in den Nacken und fuhr sich durch das kräftige braune Haar, bis es zu Berge stand. »Aye, das können Sie natürlich machen, aber da werden Sie sich schätzungsweise Ihre feinen Stiefelchen ruinieren.«

Anne schwankte, offenkundig hin- und hergerissen zwischen der Wahl, auf den hölzernen Balken zu klettern, der als Sitz diente, oder sich ihre sehr teure Fußbekleidung zu verderben.

»Komm schon, Anne«, sagte Christy ungeduldig. »Ich weiß, es ist nicht das, was du gewohnt bist, aber du musst es als Abenteuer begreifen – als neue Erfahrung.«

Annes Miene legte sich in Zornesfalten. »Wie kannst du es wagen, darüber zu spotten«, zischte sie und registrierte, dass Gregor, der am Karren lehnte, genüsslich lauschte. »Das hast du mit Absicht getan, nur um mich zu demütigen.«

»Oh, Anne, ich wäre niemals so grausam«, seufzte Christy. »Es ist nicht meine Schuld, dass es hier keine anderen Fuhrwerke gibt, und wenn ich nur eine Sekunde lang gedacht hätte, dass dich das so aus der Fassung bringt, hätte ich Reitpferde bestellt.« Sie sah geknickt drein. »Ich habe mich ja sogar erkundigt, aber leider gibt es davon hier nur wenige«, endete sie.

Anne sah ihre Mutter unverwandt an und stieß schließlich einen spitzen kleinen Seufzer aus. »Offenbar bleibt mir kaum eine Wahl«, räumte sie ein. »Aber es gehört nicht zu meinen Gewohnheiten, irgendwo hochzuklettern, und ich weiß nicht, wie ich da raufkommen soll.«

»Gregor hilft dir, nicht wahr, Gregor?«

Seine Mundwinkel zuckten. »Aye, kein Problem. Sie ist ja nur 'ne halbe Portion.«

Anne errötete angesichts seiner Unverfrorenheit bis zu den Haarwurzeln. »Ich kann mich doch nicht einfach … ich meine … bestimmt schaffe ich es auch irgendwie ohne Hilfe.«

»Ich zeig dir, wie«, sagte Christy. Sie drückte Gregor ihre Stiefel in die Hand, raffte den Rock bis zu den Knien und stellte einen nackten, schlammigen Fuß auf den Bügel, der als Trittbrett fungierte. Dann packte sie die Seitenwand des Wagens und zog sich hoch, bis sie die Kutschbank erklommen hatte.

Vergnügt lachte sie die anderen an. »Komm hoch, Kathryn. Wenn ich es schaffe, schaffst du es auch.«

Kathryn kletterte rasch hinauf, dann sahen sie beide erwartungsvoll zu Anne hinunter. »Komm, Mutter. Jetzt du.«

Anne trat zögerlich von einem Bein aufs andere. Dann bat sie Gregor, sich umzudrehen, damit sie ihren Rock raffen konnte.

Er grinste breit, tat jedoch wie befohlen. Dann lehnte er sich mit verschränkten Armen gegen die breite Flanke seines Ackergauls und murmelte dem Tier irgendetwas auf Gälisch in sein zuckendes Ohr.

Anne zog unwillig ihren engen Rock nach oben, klammerte sich an das schlammverschmierte Wagenrad, um nicht umzufallen, und hob ihren zarten Fuß zu dem provisorischen Trittbrett. Doch ihr Rock war zu eng, ihre Arme erwiesen sich als zu schwach, um sich hochzuziehen, und die ausgestreckte Hand ihrer Tochter blieb außer Reichweite.

Sie biss die Zähne zusammen, raffte den Rock wagemutig noch ein Stückchen höher, sodass der Rand ihres knielangen Unterkleids zum Vorschein kam, und versuchte es noch einmal – vergebens. »Es hat keinen Sinn. Ich schaffe es einfach nicht«, keuchte sie mit vor Anstrengung gerötetem Gesicht. »Vielleicht wäre es am besten, wenn ich zu Fuß gehe.«

»Och, das lassen Sie mal lieber, kleines Frauchen«, dröhnte Gregor. »Außerdem vergeuden wir hier unsere Zeit. Jock braucht sein Abendessen.« Er musterte Anne kurz, ehe er sie ohne Vorwarnung packte, hochhob und ein bisschen zu energisch neben Kathryn absetzte.

»So«, sagte er, als er neben Christy auf den Kutschbock sprang und die Zügel ergriff. »Das war doch gar nicht so schlimm, oder?«

Sein spöttischer Blick und sein breites Grinsen ließen Annes Gesicht vor Verlegenheit glühen, und sie wusste nicht, wohin sie schauen sollte, als das Pferd langsam den Feldweg entlangzutrotten begann.

»Schon gut, Mutter«, sagte Kathryn beschwichtigend und nahm ihre Hand. »Wie Grandma gesagt hat, es ist ein Abenteuer – und deshalb müssen wir versuchen, es zu genießen.« Sie kicherte. »Schließlich zieht dich ja nicht jeden Tag ein junger Mann in seine Arme, oder?«

»Dein Vater wird langsam ein bisschen zu alt für so etwas«, erwiderte Anne steif. »Und ich verbitte mir strengstens, auf so ungehörige Art und Weise behandelt zu werden.« Sie kramte in ihrer Tasche und fächelte sich mit einem parfümierten Taschentuch Luft in das erhitzte Gesicht.

Anne war ihrer Tochter dankbar für ihre freundlichen Worte, doch ihr Herz raste bei dem Gedanken daran, dass sie sich, wenn ihr keine würdigere Methode einfiel, in dieses Ding ein- und wieder auszusteigen, bei jedem Ausflug von Gregor hinauf- und wieder herunterheben lassen müsste.

Sie tupfte sich das Gesicht mit dem Taschentuch ab und zwang sich zur Ruhe. Gregor erinnerte sie allzu sehr an den jugendlichen Harold – die Muskelkraft, der wissende Blick und das gewinnende Lächeln. Und als Gregor sie mit seinen starken Armen hochgehoben hatte, hatte sie den gleichen Geruch nach Pferd und Heu und frischer Luft, vermischt mit dem Duft von Pfeifenrauch und gutem Tweed wahrgenommen, den auch Harold einst verströmt hatte. Es war alles höchst verwirrend.

Kathryn hatte Mitleid mit ihrer derart in Verlegenheit gebrachten Mutter, auch wenn diese selbst schuld war. Großmutter hatte ihnen eingeschärft, sich passend für die Reise zu kleiden, auf der sie Boote besteigen und über Rampen gehen mussten. Sie selbst hatte den Rat beachtet, aber Anne hatte ihn wie üblich ignoriert.

Sie warf einen verstohlenen Blick über ihre Großmutter hinweg auf den jungen Mann, der die Zügel in der Hand hielt, während sie den Weg entlangrumpelten. Gregor MacGregor war schätzungsweise Ende zwanzig und sah auf natürliche Art sehr gut aus, sodass er sie ein bisschen an ihre Onkel erinnerte. Er hatte ein sonnenverbranntes Gesicht mit ein paar ersten feinen Lachfältchen um die Augen und die rauen Hände eines Mannes, der im Freien lebte und arbeitete.

Ihr Blick wanderte zu seinen kräftigen braunen Knien, die zwischen dem Kilt und den langen Wollstrümpfen zu sehen waren. Eine solche Kluft konnten nicht viele Männer tragen, doch ihm stand sie irgendwie, und sie passte zu seiner Umgebung und zu seiner angenehm sonoren Stimme.

Gregor fing ihren Blick auf und grinste, als könnte er ihre Gedanken lesen. Kathryn wandte sich rasch ab und legte übertriebenes Interesse an ihrer Umgebung an den Tag, während der Wagen auf seinen hölzernen Rädern schwankte und gelegentlich einen Satz machte, wenn er auf einen Stein oder eine besonders tiefe Spurrille traf.

Das zottige braun-weiße Pferd trottete brav den gewundenen Weg am Ufer entlang, und der Rhythmus machte Kathryn allmählich schläfrig. Die Sonne stand mittlerweile sehr tief am Himmel. Zumindest regnete es nicht, und der Wind hatte nachgelassen.

Schon bald war sie von der Landschaft verzaubert. Die Hügel auf der anderen Seite des Sees hatten ihren Wolkenschleier abgelegt, und sie konnte nicht nur Täler und Hänge deutlich erkennen, sondern auch das vergilbte Gras und das schwarze Heidekraut. Grandma hatte ihr erklärt, warum es sich erst später lila färbte, doch sie war trotzdem enttäuscht, denn nach Christys lebhaften Beschreibungen hatte sie sich darauf gefreut, es in weiten Flächen über die Glens wuchern zu sehen.

Sie wandte sich von der Landschaft ab und blickte über die breite Kruppe des Ackergauls und seine aufgestellten Ohren hinweg auf den Feldweg vor ihnen. Er war nach wie vor matschig und uneben, doch ein Stück weiter vorn war er mit großen, flachen Steinen gepflastert, und jetzt erspähte sie auch schon vereinzelte Dächer und einen Kirchturm. Sie warf einen Blick auf ihre Mutter, die sich an der Seitenwand des Wagens festklammerte, als ginge es um ihr Leben, und tätschelte ihr den Arm. »Anscheinend sind wir bald da«, sagte sie aufmunternd.

Anne nickte nur, ihre Miene war nach wie vor grimmig.

Kathryn beachtete sie nicht weiter und lauschte dem Gespräch auf dem Kutschbock. Grandma hatte ihr erzählt, sie habe früher nur Gälisch gesprochen, da dies die Sprache der Inseln war, doch Kathryn war erstaunt, wie fließend sie es nach all den Jahren, die sie in Australien verbracht hatte, noch immer beherrschte. Es klang zwar ganz melodisch, schien aber auch schrecklich zungenbrecherisch zu sein. Sie wünschte, sie könnte verstehen, was sie redeten. Was auch immer es war, es schien sie jedenfalls beide zu amüsieren. In Gregors tiefes Glucksen mischte sich das herzhafte Lachen ihrer Großmutter.

Kathryn schmunzelte. Sie freute sich, dass ihre Großmutter wieder froh war, denn Großvaters Tod war ein schwerer Schlag für sie gewesen, und sie wusste, wie sehr sie darunter gelitten hatte. Sie waren ein wirklich glückliches Ehepaar gewesen. Kathryn hoffte, dass ihr eines Tages auch das Glück vergönnt sein würde, eine Liebesheirat einzugehen – allerdings erst, wenn sie ihr Studium abgeschlossen und eine Laufbahn als Lehrerin eingeschlagen hätte.

Durch das Holpern des Wagens wurde Christy immer wieder gegen Gregor geworfen, und das brachte Erinnerungen an ihre Jahre im Outback zurück – und an den Mann, der damals in einem ganz ähnlichen Wagen neben ihr gesessen hatte.

»Es muss ein seltsames Gefühl sein, nach all den Jahren zurückzukommen«, sagte Gregor leise, als sie den gepflasterten Teil des Wegs erreicht hatten.

»Ja«, sagte sie auf Gälisch. »Es ist tatsächlich ein seltsames Gefühl, aber ein ziemlich wundervolles.« Lächelnd sah sie zu ihm hinüber. »Ich bin froh, dass ich noch Verwandte hier habe und dass Sie uns die ganze Zeit begleiten werden.«

Er grinste. »Ich glaube, Ihre Tochter hält nicht viel von mir, und es tut mir leid, wenn ich sie in Verlegenheit gebracht habe.«

»Meine Tochter darf man gerne mal ein bisschen von ihrem hohen Ross herunterholen. Sie sollte lernen, lockerer zu werden. In letzter Zeit ist sie ein bisschen zu hochnäsig geworden, aber sie wird bald merken, dass hier alles anders läuft. Ich wäre Ihnen allerdings dankbar, wenn Sie sie nicht allzu hart anfassen würden.« Sie kicherte. »Sie ist es nicht gewohnt, so mir nichts, dir nichts hochgehoben zu werden.«

Sie tauschten einen amüsierten Blick, ehe er mit den Zügeln auf Jocks breite Kruppe schlug, um ihm Beine zu machen. »Das Dunvegan Hotel ist dort unten am Ufer«, erklärte er und zeigte auf ein weiß gestrichenes Gebäude mit einem Schieferdach und einer Holzveranda an der Vorderseite.

Christy las das verwitterte Schild über der Tür. »Ich nehme an, es gehört den MacDonalds?«

»Aye, es hat ihnen gehört, genau wie fast alles hier auf der Insel. Aber sie mussten den größten Teil ihres Grunds verkaufen, um ihre Schulden zu bezahlen, und so hat es letztes Jahr ein reicher Geschäftsmann aus Inverness gekauft und einen Geschäftsführer eingesetzt – Mungo MacGregor, das ist auch ein entfernter Cousin. Er und seine Frau Betsy werden sich gut um Sie kümmern.«

»Haben die MacGregors eigentlich alles hier am Ort in ihrer Verantwortung?«, fragte sie leichthin.

Er grinste. »Nicht ganz, aber wir arbeiten dran.« Er brachte den Karren vor dem Hotel zum Stehen und wickelte die Zügel um die Kutschbank. Dann sprang er vom Wagen und hielt Christy die Hand hin, um ihr beim Aussteigen zu helfen.

»Die brauchen Sie vielleicht noch«, sagte er und reichte ihr ihre Stiefel. »Oder wollen Sie überall barfuß herummarschieren?«

Sie erwiderte sein spöttisches Grinsen, nahm die Stiefel und steckte ihre schmutzigen Füße hinein. »Ich bin schwer in Versuchung«, gestand sie, während sie die Stiefel hastig zuschnürte. »Aber ich glaube, es ist höchste Zeit, dass ich mich benehme, meinen Sie nicht?«

»Aye. Aber gewöhnen Sie sich das nicht an, Christy MacInnes. Sie wären überhaupt nicht mehr amüsant, wenn Sie immer ordentlich und korrekt wären.« Er zwinkerte ihr verschwörerisch zu und wandte sich nach den anderen beiden um. Kathryn hatte es bereits von selbst geschafft, aus dem Wagen zu steigen, deshalb hielt er nun Anne die Hand hin.

»Ich schaffe es sicher alleine«, verkündete Anne, während sie sich an den Seitenwänden des Karrens festklammerte, sich umdrehte und einen Fuß nach unten senkte, um nach dem Bügel zu angeln.

Gregor blickte zu Christy hinüber, um zu sehen, ob er Hilfe leisten sollte, doch sie schüttelte den Kopf, und so warteten sie alle drei mit angehaltenem Atem. Annes Fuß baumelte oberhalb des Bügels hin und her, bis ihr allmählich die Hände abrutschten.

Gregor fing sie gerade noch auf, als sie rückwärts vom Wagen fiel und dabei Handtasche und Pelzstola verlor. »Alles in Ordnung; ich hab Sie«, sagte er und drückte sie ein bisschen länger gegen seine Brust als nötig.

»Danke«, sagte sie und lief rot an, während sie seinem belustigten Blick auswich. »Sie dürfen mich jetzt absetzen.«

Ganz vorsichtig stellte er sie auf die Beine. Kathryn sammelte eilig Pelz und Ledertasche vom feuchten Boden auf.

Anne nahm ihre Habseligkeiten an sich und wandte sich mit missmutiger Miene dem Hotel zu, während Gregor begann, ihr Gepäck auszuladen. »Ist das das einzige Hotel hier?« Als Christy nickte, stieß sie einen ärgerlichen Seufzer aus. »Dann wird es wohl genügen müssen.«

Christy und Kathryn wechselten einen Blick und folgten Anne, die bereits durch die Eingangstür ins Hotel rauschte.

4

Melbourne

Harold war kein Mann, den es nach Tagesanbruch noch im Bett hielt, und so war er angezogen und hatte gefrühstückt, als die Uhr im Esszimmer acht schlug. Es war ein kalter Wintermorgen, mit Wind aus den kargen Frostregionen des Südens und einem bedeckten Himmel, der weitere Regenfälle verhieß. Das Wetter entsprach seiner Stimmung, denn auch wenn er sich darauf gefreut hatte, das Haus für sich zu haben und einmal nicht Annes ständiges Nörgeln ertragen zu müssen, begann er sie doch zu vermissen. Eigentlich war das albern, wenn man bedachte, dass sie sich inzwischen angewöhnt hatten, einander weitgehend zu ignorieren.

Er vermisste auch seine Tochter, denn sie brachte Licht und jugendliche Energie ins Haus, und es war ihm immer ein Vergnügen gewesen, ihre Freundinnen kennenzulernen und ihrem munteren Geplapper zu lauschen, während sie langsam zu jungen Frauen erblühten. Er war unglaublich stolz auf Kathryn, und obwohl es jede Menge Ärger mit Anne gegeben hatte, war er nach wie vor davon überzeugt, dass diese Auslandsreise von gewaltigem Nutzen für Kathryn wäre. Die Reise bereitete sie auf das selbstständige Leben vor, das sie führen würde, wenn sie ihr Zuhause verließ und nach Sydney zog.

Auch er lernte etwas daraus, dachte er, als er seine Pfeife ansteckte und ins Kaminfeuer starrte. Die letzten Monate hatten ihm klargemacht, dass er ohne Kathryn und ihre Mutter verloren war – und dass die Freude über einen neuen Geschäftsabschluss kein Vergleich war zu dem, was ihm wirklich am Herzen lag.

Zuerst war es natürlich befreiend gewesen, bis in die Nacht hinein mit seinen Freunden tafeln zu können oder zum Pferderennen zu gehen, ohne dass Anne zeterte, weil er zu viel trank oder Geld verwettete. Er konnte auch einfach ein paar Sachen zusammenpacken, um auf seinem Pferd in den Busch zu reiten und dort ein paar Tage zu kampieren. Anne hatte nie Verständnis für diese Eskapaden aufgebracht, doch manchmal erdrückte ihn die Melbourner Gesellschaft, und er musste flüchten, allein sein und im Busch umherstreifen, um wieder zu sich selbst und seinen Ursprüngen zu finden. Es war leicht, seine Wurzeln und die harten Jahre seiner Vergangenheit zu vergessen, jetzt, wo er in einem eleganten Haus im besten Viertel Melbournes lebte und blendende Geschäfte mit dem Transport von Rindern und Schafen sowie dem Export von Wolle, Zucker und Rindfleisch machte. Er hatte genug Geld, um zu tun und zu lassen, wonach ihm der Sinn stand.

Doch im Laufe der Wochen hatte sich der Reiz des Neuen abgenutzt. Er war sich der hallenden Räume und der Stille bewusst geworden, in einem Haus, das abgesehen von den Bediensteten leer war. Nun zog er an seiner Pfeife und betrachtete die Fotos auf dem Kaminsims. Es waren vor der Abreise gemachte Studioaufnahmen von Anne und Kathryn in steifen Posen. Er betrachtete Annes hochmütige Miene und fragte sich, wie es dazu gekommen war, dass ihnen ihr anfängliches Glück entgleiten konnte. Was war mit dem lachenden Mädchen passiert, das er einst in seinen Armen gehalten hatte und das ihn mit so viel Liebe und Vertrauen angeblickt hatte? Was war mit dem jungen Mann passiert, der so viele Träume für ihr gemeinsames Leben gehabt hatte?

Bedrängt von seinen Gedanken und betrübt von der Erkenntnis, dass seine Träume verwelkt und abgestorben waren, während er sein Firmenimperium aufgebaut hatte, und das lachende Mädchen zänkisch und verdrießlich geworden war, entfernte er sich vom Kamin und schritt zu den hohen Glastüren hinüber, die auf die Phillip Bay hinausgingen. Der Regen prasselte gegen die Scheibe, die gegenüberliegende Küste verbarg sich hinter den tiefen Wolken, und wie er da so stand, fühlte er eine Träne über seine Wange rinnen.

Das leise Klopfen an der Tür ließ ihn zusammenzucken, und er wischte rasch die Träne weg. »Ja? Was gibt es?«

»Sie haben Besuch, Sir.«

Er zog seine Taschenuhr heraus und wandte sich zu dem kleinen Dienstmädchen um, das nervös in der Tür stand. »Es ist noch zu früh für Besucher«, sagte er barsch. »Schicken Sie sie weg.«

»Es ist Mr Baker, Sir. Er sagt, er muss Sie dringend sprechen.«

Er erschrak und eilte zur Tür, um den beleibten Rechtsberater der Familie zu empfangen, der ungeduldig in der Empfangshalle wartete. »Was ist denn so dringend, dass es nicht bis zur Geschäftszeit warten kann?«

»Entschuldigen Sie, Harold, aber das hier wurde mir per Sonderkurier an meine Privatadresse zugestellt. Ich finde, Sie müssen sich das so schnell wie möglich ansehen.«

Harold nahm den dicken braunen Umschlag entgegen, wies das Mädchen an, Tee zu bringen, und bat Baker in sein Arbeitszimmer. Er setzte sich an seinen Schreibtisch und zog den Inhalt des Umschlags heraus, der sich als ein Konvolut aus zahlreichen juristischen Dokumenten entpuppte, begleitet vom Brief eines Anwalts in Adelaide. Er überflog das Anschreiben und spürte, wie ihm die Farbe aus dem Gesicht wich.

»Es tut mir leid, dass ich Ihnen so schlechte Nachrichten überbringen muss, Harold«, murmelte Baker, nachdem das Mädchen den Tee gebracht und wieder hinausgegangen war. »Aber in dieser Sache muss dringend etwas unternommen werden.«

»Da haben Sie verdammt recht«, grollte Harold und warf die Papiere auf den Tisch. »Was meinen Sie, womit wir anfangen sollen?«

»Wir könnten die Klage zurückweisen und Gegenklage erheben.«

»Ich will nicht, dass die Sache vor Gericht kommt. Die Zeitungshaie würden sich gierig darauf stürzen, und dann wären mehrere Leben und so mancher Ruf ruiniert.«

Harold kaute an seinem Daumennagel, während ihm ein Gesprächsfetzen durch den Kopf schoss, den er vor ein paar Jahren unten in Bellerive, Tasmanien, aufgeschnappt hatte. Die Worte hatten ihm damals nicht viel gesagt, und da er sie ganz zufällig vernommen hatte, als er an einem offenen Fenster vorüberging, hatte er es für unklug gehalten, sich näher nach etwas zu erkundigen, das eindeutig ein sehr intimer und persönlicher Austausch gewesen war. Nun suchten ihn diese Worte erneut heim, und er spürte den kalten Hauch einer bösen Vorahnung.

»Wir müssen die Sache aufhalten, bevor sie noch weitere Kreise zieht«, murmelte er. Außerstande, seinen Ärger und die wachsende Angst unter Kontrolle zu halten, erhob er sich vom Schreibtisch und ging im Zimmer auf und ab.

»Ich könnte jemanden engagieren, der sich mal die Kanzlei ansieht, die hiermit befasst ist«, schlug Baker vor. »Womöglich handelt es sich ja um einen Haufen unqualifizierter Schwindler, die einfach mal ihr Glück versuchen.«

»Die Papiere kommen mir aber recht überzeugend vor«, sagte Harold und musterte Siegel und Kordeln.

Baker schnaubte. »Man braucht nur mal als Gehilfe in einer Anwaltskanzlei gearbeitet zu haben, dann weiß man, wie man solche Dokumente zusammenbastelt.«

»Das mag ja sein, aber Thomasina Brown ist eindeutig darauf aus, Ärger zu machen. Was, wenn diese Forderung – was Gott verhüten möge – gerechtfertigt ist?«

»Dann müssen wir sehr vorsichtig agieren«, meinte Baker. Er musterte Harold stirnrunzelnd. »Besteht denn die Möglichkeit, dass ihre Behauptung einen gewissen Wahrheitsgehalt haben könnte?«

»Das weiß ich wirklich nicht«, gestand Harold, »aber wer auch immer diese Frau ist, sie scheint eine Menge über unsere Geschäfte zu wissen.« Er ging weiter auf und ab und fühlte sich gefangen und hilflos, bis er begriff, dass er etwas tun konnte, statt hier im eigenen Saft zu schmoren. Er wandte sich zu Baker um, auf einmal vom Wunsch getrieben, diese Besprechung zu beenden.

»Beauftragen Sie jemanden damit, die Anwaltskanzlei und diese Brown auszuforschen. Und man soll tief graben, Baker. Wir müssen genau wissen, mit wem und womit wir es zu tun haben, ehe wir weitere Schritte unternehmen.«

»Ich kümmere mich noch heute darum und ziehe auch die Urkunden für den Familienbesitz mit heran«, erklärte Baker und kam mühsam aus dem Sessel hoch. »Wenn ich etwas höre, sage ich Ihnen sofort Bescheid.«

»Dann telegrafieren Sie mir lieber. Ich werde nämlich nicht hier sein.«

Baker sah verblüfft drein. »Der Zeitpunkt ist denkbar ungeeignet für …«

»Ich muss mich mit meinen Schwägern besprechen«, versetzte Harold barsch. »Hamish und James werden vielleicht imstande sein, die Geschichte aufzuklären. Sie können womöglich helfen zu beweisen, dass die Klage substanzlos ist. Ich fahre noch heute ins Barossa Valley.«

Das Hotel erwies sich als erstaunlich komfortabel, mit großen Zimmern, die eine Aussicht auf den See boten, und einem geschmackvoll möblierten Aufenthaltsraum, wo ein höchst willkommenes Feuer brannte. Sie wurden von den freundlichen Wirtsleuten begrüßt, die sich sehr darüber freuten, Mitglieder ihrer weit verzweigten Familie kennenzulernen. Während Gregor das Gepäck hereinbrachte, wärmten sich Christy und die anderen mit Tee am Kaminfeuer, ehe sie auf ihre Zimmer geführt wurden.

Christy stellte erleichtert fest, dass nicht einmal Anne einen Grund zur Klage fand, obwohl sie sich fragte, ob ihre Tochter vielleicht nur müde war und am nächsten Morgen wieder mit ihrer Nörgelei anfangen würde. Hoffentlich nicht, denn sie hatte Pläne für den morgigen Tag, und die wollte sie sich nicht verderben lassen.

Sowie das Mädchen die Krüge mit heißem Wasser gebracht und die kleine Wanne gefüllt hatte, die man vor den munter flackernden Kamin in ihrem Zimmer gestellt hatte, ließ sich Christy mit einem genüsslichen Seufzer hineingleiten. Sie war erschöpft und schmutzig, und sie spürte noch immer die Kühle des nassen, torfigen Grases an Füßen und Knöcheln. Es war reichlich verwegen gewesen, die Stiefel auszuziehen – doch sie bereute es keine Minute lang.

Sie musterte ihre wunden Füße und die schmutzverkrusteten Zehennägel und fragte sich einen flüchtigen Moment lang, ob ihre emotionale Reaktion darauf, die Insel Skye erneut zu betreten, womöglich das erste Anzeichen beginnender Senilität war. Es war Jahre her, seit sie zuletzt barfuß gelaufen war, und sie wusste noch genau, wie rot und geschwollen ihre Füße in ihrer Kindheit immer gewesen waren, wenn sie über Berg und Tal marschiert war, auf dem schmalen Streifen Pachtland gearbeitet oder auf den scharfkantigen Felsen der Bucht Seetang und Krustentiere gesammelt hatte. Damals waren ihre Füße abgehärtet und ihre Fußsohlen wie Leder gewesen – bei Kälte und Nässe waren sie allerdings aufgesprungen, obwohl ihre Mutter sie stets mit ihrem speziellen Kräuterbalsam eingecremt hatte, und sie hatte vor Schmerz gewimmert.

Sie nahm sich die Nagelbürste und schrubbte, bis ihre Zehennägel sauber waren. Dann wusch sie die Füße sanft mit Schwamm und Seife. Im Lauf der Jahre war sie definitiv zu sehr verweichlicht und würde ihre Füße heute Abend mit Handcreme behandeln müssen. Sie ließ sich bis zum Kinn ins Wasser sinken und entspannte sich in der Wärme.

Das Abendessen war eine herzhafte Mahlzeit aus Haggis, Rüben und Kartoffeln. Anne hatte argwöhnisch in ihrem Essen herumgestochert, ehe sie ihren Teller leeraß. Christy verzichtete wohlweislich darauf, ihr zu beschreiben, wie Haggis zubereitet wurde, klärte aber ihre beiden Reisegefährtinnen darüber auf, dass die Rüben keine Steckrüben, sondern eher weiße Rüben oder Kohlrabi waren, vermischt mit sahnigem Kartoffelbrei.

Unter den anderen Gästen waren zwei pensionierte, aber resolute und ziemlich muntere Lehrerinnen. Sie waren zum Wandern nach Skye gekommen und liebten nichts mehr als eine Partie Bridge nach dem Abendessen. Als sie fragten, ob Christy oder die anderen vielleicht Lust hätten, ein oder zwei Runden mit ihnen zu spielen, lehnte Christy ab. Sie hatte den Reiz des Spiels nie verstanden, und so schlüpfte sie hinaus, um Mantel und Schal zu holen, sobald Anne und Kathryn am Spieltisch saßen.

Den Karoschal ihrer Mutter um den Hals, spazierte sie langsam am See entlang und betrachtete das Spiegelbild des Mondes auf dem stillen Wasser. Der Himmel war klar, die milde Luft barg ein Versprechen von Sommer, und das einzige Geräusch war das ihrer Schritte auf dem gekiesten Weg.

Sie machte Halt, blieb eine Zeitlang stehen und ließ Skye auf sich wirken. Dann kehrte sie zum Hotel zurück, um sich auf den nächsten Tag vorzubereiten.

Anne schwieg während des Frühstücks, und da dies sehr ungewöhnlich war, fragte sich Christy, was sie wohl jetzt wieder hatte. »Ich habe einfach wunderbar geschlafen«, erklärte sie fröhlich, in dem Bemühen, ihre Tochter aus ihrer schlechten Laune herauszuholen.

»Ich auch«, freute sich Kathryn und strich gelbe Butter auf eine dicke Scheibe frisch gebackenes Brot, ehe sie hausgemachtes Brombeergelee darüber verteilte. »Das muss von der vielen frischen Luft kommen.«

»Und was ist mit dir, Anne?«

»Das Bett war recht bequem«, antwortete sie missmutig, »aber ich habe nicht gut geschlafen. Ich glaube, ich bekomme eine Erkältung.« Sie schniefte geziert und tupfte sich die Nase, um ihrer Behauptung Nachdruck zu verleihen.

»Oh nein, Mutter, du darfst nicht krank werden. Grandma will heute mit uns ihren Geburtsort besuchen und uns ihre Geschichten erzählen.«

»Ich glaube nicht, dass ich noch eine Fahrt auf diesem Karren verkrafte«, erwiderte Anne. »Ich war schon immer von zarter Konstitution, und wenn ich den ganzen Tag Wind und Wetter ausgesetzt bin, fordert das seinen Tribut. Ich bleibe lieber hier und kuriere meine Erkältung.«

»Aber das geht nicht«, rief Kathryn. »Es ist so wichtig, dass du mitkommst.«

»Wenn du dich warm anziehst, wird dir sicher nichts fehlen«, sagte Christy, der völlig neu war, dass ihre Tochter von zarter Konstitution gewesen wäre, es sei denn, es passte ihr gerade ins

Konzept. »Ich habe Mungos Frau gebeten, uns einen Picknickkorb zu packen, und sie gibt uns auch zusätzliche Decken mit.«

Anne blickte aus dem Fenster auf den strahlend blauen Himmel. »Wenn es regnet, werden wir patschnass«, knurrte sie.

»Dann nehmen wir eben vorsichtshalber unsere Schirme und Regenmäntel mit«, erklärte Christy und beäugte Annes dünne Bluse, ihren leichten Rock und die ebenso leichte Jacke. »Außerdem würde ich dir raten, die Tweedsachen anzuziehen, die wir in Inverness gekauft haben, und die wollene Unterwäsche, die ich euch aus Hobart geschickt habe. Und ich hoffe, du hast daran gedacht, feste Stiefel einzupacken, wie ich es euch empfohlen habe. Wir werden heute ein ganzes Stück über unwegsames Gelände marschieren.«

»Aber die Stiefel sind so hässlich«, protestierte Anne. »Und diese grässliche Unterwäsche kratzt auf der Haut, deshalb habe ich sie daheim gelassen.«

Christy verkniff sich eine spitze Bemerkung. »Dann leihe ich dir eben welche von mir«, sagte sie.

»Begreifst du nicht, dass ich kein Interesse daran habe mitzukommen?«, zischte Anne über den Tisch hinweg. »Ich will hier im Warmen bleiben, nicht auf einem offenen Wagen durchgeschüttelt werden und mir deine albernen Geschichten anhören – die vermutlich genauso erfunden sind wie die Geschichten, die du mir in meiner Kindheit erzählt hast.«

»Mutter!«, rief Kathryn erschrocken.

Die Worte ihrer Tochter und die kaum verhohlene Anspielung hatten Christy bis ins Mark getroffen, doch sie tätschelte Kathryn die Hand und rang sich ein Lächeln ab. »Es ist jammerschade, dass uns deine Mutter nicht begleiten will, aber dann brechen wir eben zu zweit zu unseren Abenteuern auf«, erklärte sie. »Und jetzt iss auf. Gregor wird bald da sein.«

Als das junge Mädchen fertig gefrühstückt hatte und nach oben gegangen war, um sich einen Mantel zu holen, wandte sie sich erneut der schmollenden Anne zu. »Ich weiß, worauf du anspielst«, sagte sie leise, damit die Gäste an den anderen Tischen sie nicht hörten. »Aber ich lasse nicht zu, dass du es benutzt, um Kathryn zu bestrafen.«

»Ich bestrafe sie nicht«, entgegnete Anne.

»Doch. Du verdirbst ihr diese Reise mit deiner Unfreundlichkeit und deinem permanenten Schimpfen. Du hast dich uns aufgedrängt – und ich habe dich gewarnt, dass ich ein solches Benehmen nicht dulden werde.«

»Ich fühle mich nicht wohl«, klagte Anne voller Selbstmitleid. »Bei schlechtem Wetter bekomme ich es immer auf der Brust.«

Christy warf ihre Serviette auf den Tisch und beugte sich zu Anne hinüber. »Du kannst vielleicht Harold und Kathryn mit dieser Masche an der Nase herumführen, aber ich lasse mich davon nicht beeindrucken. Du hattest schon immer eine Rossnatur, und eine Erkältung hat dich noch nie an irgendetwas gehindert. Spiel keine Spielchen mit mir, Anne. Das ist riskant.«

Sie musterten einander über den Tisch hinweg, und es war Anne, die das angespannte Schweigen brach. »Dann hättest du vielleicht keine Spielchen mit der Wahrheit spielen sollen«, sagte sie trocken. »Du kannst so viele Geschichten erzählen, wie du willst, aber ich werde dir nie wieder glauben.«

Christy lehnte sich zurück und seufzte. »Das bedaure ich mehr als irgendetwas sonst«, sagte sie, wobei ihr vor Schmerz die Stimme brach. »Und mir ist klar, dass nichts mehr so sein kann wie zuvor, wenn das Vertrauen erst einmal verloren ist. Aber irgendwann kommt ein Punkt, Anne, an dem wir beide einen Weg finden müssen, zu akzeptieren und zu verstehen, dass das, was passiert ist, der Vergangenheit angehört und dass keine von uns daran etwas ändern kann. Im Interesse unserer gesamten Familie müssen wir versuchen, eine Lösung zu finden und nach vorn zu blicken.«

Sie griff nach der Hand ihrer Tochter, doch Anne riss sie weg.

»Ich werde nie aufhören, dich zu lieben, Anne«, sagte sie ernst, »und ich bin bereit, so lange auf deine Vergebung zu warten, wie es eben dauert.«

Annes Lippen waren nur ein schmaler Strich, und ihr Kinn zuckte leicht, als sie die Zähne zusammenbiss und dem Blick ihrer Mutter auswich.

»Ich bitte dich, heute mitzukommen, weil es wichtig ist«, fuhr Christy fort. »Es ist höchste Zeit, dass du erfährst, wo wir alle herkommen – wie wir zu den Menschen geworden sind, die wir heute sind. Bitte, Anne, wenn schon nicht mir zuliebe, dann tu es für Kathryn.«

»Das ist emotionale Erpressung«, sagte Anne erbittert.

»Es ist die einzige Waffe, die ich habe.« Anne erhob sich vom Tisch und wollte gerade den Speiseraum verlassen, als Gregor durch die Tür kam.

»Sind Sie bereit für Ihren Ausflug, Ladys?«, fragte er mit einem breiten Grinsen.

»Wir müssen nur noch unsere Mäntel holen und festeres Schuhwerk anziehen«, antwortete Christy. »Leider hat meine Tochter beschlossen, uns nicht zu begleiten.«

»Ach, das ist aber schade, wo ich doch eine ganz besondere Überraschung für Mrs Ross habe.«

Anne lief tiefrosa an und konnte nicht ganz verbergen, dass er ihre Neugier geweckt hatte. Doch sie hob das Kinn und sah ihn hochnäsig an. »Ich bezweifle, dass Sie irgendetwas haben könnten, was ich als besonders oder als Überraschung empfinden könnte.«

Er hob eine Braue und sah sie herausfordernd an. »Tja, warum kommen Sie nicht einfach mit und sehen selbst? Und wenn es Ihnen nicht gefällt, lassen wir Sie in Ruhe.«

Auf einmal merkte Anne, dass die anderen Gäste diesen

Wortwechsel mit regem Interesse verfolgten. Sie reckte das Kinn und erwiderte seinen Blick. »Dann werde ich wohl nachsehen müssen, worum es sich handelt, wenn ich meine Ruhe haben will«, murmelte sie verdrossen. »Wo ist es denn?«

»Draußen«, antwortete er knapp. Er wich zurück, damit sie den Speiseraum verlassen konnte, dann sah er Christy an und zwinkerte ihr zu.

Neugierig geworden, folgte Christy den beiden in die große Empfangshalle und hinaus auf die Veranda. Was sie dort sah, ließ sie vor Vergnügen kichern.

Jock war gestriegelt worden, bis sein staubiges Fell unter dem polierten Geschirr glänzte, und stand nun stolz vor der Deichsel einer altmodischen, aber auf Hochglanz gewienerten Kutsche.

»Ich dachte, Sie hätten gesagt, es gäbe keine Kutschen auf der Insel«, sagte Anne vorwurfsvoll.

»Mungo ist wieder eingefallen, dass hinten im Stall noch eine stand«, sagte Gregor und zeigte auf die baufälligen Schuppen hinter dem Hotel. »Sie war ein bisschen schmutzig, und eines der Räder musste repariert werden, aber es war nichts so schlimm, dass ein bisschen Farbe und ein paar kräftige Arme es nicht hätten richten können.«

Anne trat von der Veranda, um einen kritischen Blick auf die Kutsche zu werfen. »Die Lederpolsterung ist in sehr schlechtem Zustand«, monierte sie. »Das macht das Ganze ausgesprochen unbequem.«

Christy sah, wie Gregor die Stirn runzelte, und griff rasch ein. »Also, ich finde, das ist ein wunderbarer Fund, Gregor. Sie müssen ja die halbe Nacht auf gewesen sein und an der Kutsche gearbeitet haben.«

»Ach, so lang hat es gar nicht gedauert. Mungo und Betsy haben mir geholfen.« Er wandte sich zu Anne um. »Bei den Lederpolstern war leider nicht viel zu machen, aber wenn Sie ein paar von Betsys dicken Decken darüber legen, werden Sie es ganz bequem haben.«

Christy beobachtete die Miene ihrer Tochter und sah ihr an, dass sie verzweifelt nach einem Grund suchte, nicht mitkommen zu müssen.

»Dann hoffe ich, dass wenigstens die Federung in Ordnung ist«, sagte Anne. »Ich möchte nicht durchgerüttelt werden.«

Gregors Lächeln reichte nicht bis zu seinen warmen, hellbraunen Augen, doch seine Stimme ließ keinerlei Ungeduld erkennen. »Sie wurde überprüft und gründlich geölt, Mrs Ross. Sie werden garantiert nicht durchgerüttelt.«

»Ich muss mir etwas Geeigneteres anziehen«, erklärte sie und wich dem belustigten Blick ihrer Mutter aus. »Ihr werdet warten müssen, bis ich fertig bin.«

Christy und Gregor sahen sich an. Dieser Ausflug konnte zu einer echten Belastungsprobe werden.

Kathryn wollte gerade nach unten eilen, als sie auf dem Treppenabsatz ihrer Mutter begegnete. »Bitte sag, dass du uns begleitest«, bat sie. »Ohne dich wäre es nicht das Gleiche.«

»Ich habe bereits eingewilligt«, antwortete Anne. »Aber nur, weil ihr so erpicht darauf wart, dass ich mitkomme. Und nachdem MacGregor nun auch noch eine Art Kutsche besorgt hat, habe ich ja gar keine Wahl.«

»Eine Kutsche?«, rief Kathryn. »Wie wunderbar!«

»Sie ist ganz und gar nicht wunderbar«, versetzte Anne. »Aber sie wird genügen müssen.«

Kathryn unterdrückte ein Kichern über den Snobismus ihrer Mutter und lief die Stufen hinunter, um zu sehen, was Gregor mitgebracht hatte. Als sie Jock so gepflegt vor dem Haus stehen sah, mit sorgfältig gestriegelter Mähne, und dazu die auf Hochglanz polierte altmodische Kutsche, klatschte sie vor Entzücken in die Hände.

»Wie reizend«, freute sie sich und tätschelte Jock den Hals, ehe sie das Innere der Kutsche inspizierte. »Du liebe Güte, Mr MacGregor, da haben Sie ja einen tollen Fund gemacht.«

Sie sah, wie ihm die Röte in die Wangen stieg, und begriff, dass sie ihn mit ihrer Begeisterung verlegen gemacht hatte. Rasch wandte sie sich um, um Mungos Frau Betsy zu helfen, die mit einem riesigen Picknickkorb und einem Arm voller Decken aus dem Haus kam.

Sobald sie die Decken über das rissige Leder gelegt hatten und der Picknickkorb unter dem Sitz verstaut war, stiegen Kathryn und Christy in die Kutsche und warteten auf Anne.

Sie mussten lange warten. Jock begann sich zu langweilen, und Gregor wurde unruhig. Kathryn war drauf und dran, hineinzugehen, um zu schauen, warum ihre Mutter so lange brauchte, als sie endlich in der Tür erschien.

Kathryn sah ihr den Ärger darüber an, dass sie ihre modischen Sachen gegen das Tweedkostüm und feste Wanderstiefel hatte eintauschen müssen, die sie offenkundig hasste. Um den Hals hatte sie die üppige Pelzstola geschlungen, dazu trug sie ihren Regenmantel und hielt einen Schirm in der behandschuhten Hand. Die Haare hatte sie unter dem wenig schmeichelhaften Filzhut zu einem festen Knoten gebunden.

Kathryn seufzte innerlich, als ihre Mutter Gregor kühl zunickte und mit seiner Hilfe über das Trittbrett in die Kutsche stieg, ehe sie sich von ihm eine Decke über die Knie legen ließ. Wenn ihre Mutter sich den ganzen Tag so benahm, wäre alles verdorben.

Gregor verschwand außer Sichtweite, und die Kutsche geriet ins Schwanken, als er den Kutschbock erklomm und Jock sich voller Elan die Dorfstraße hinab in Bewegung setzte.

Die Hufe des Ackergauls klapperten auf den Pflastersteinen, die Räder ratterten und die frisch geölte Federung fing die Erschütterungen ab. Sie passierten die Anlegestelle am See, wo am Vorabend die Fischerboote festgemacht hatten, und dann das winzige Dorf, in dem es eine alte Holzkirche, einen Gemischtwarenladen und einen Schmied gab. Die Häuser waren fast alle einstöckige Steinbauten, die sich weiß verputzt an den Hügel schmiegten, die robusten Fensterläden geöffnet, um die Sonne einzulassen.

»Wie weit ist es zur MacInnes Bay, Grandma?«, fragte Kathryn, als sie das Dorf hinter sich gelassen hatten und den Hügel hinauffuhren. Hier bot sich eine atemberaubende Aussicht auf den See.

»Es ist schon noch ein Stück«, antwortete Christy. »Du kannst dich also entspannen und die Landschaft genießen.«

Kathryn lehnte sich zurück, während die Kutsche über den holprigen Weg schaukelte, der sich in vielen Kurven über die Anhöhe zog, als könnte er sich nicht entscheiden, wohin er wollte. Sie blickte über die fast verlassene Landschaft, auf die weidenden Schafe und die verstreuten Häuschen in der Ferne, und fragte sich, wie ihr Vater wohl all das gefunden hätte. Sie hatte die Geschichten aus seiner Jugendzeit gehört und wusste, dass er diese Zeit gern wieder aufleben ließ, indem er nur mit seinem Pferd und seiner Schlafmatte in den Busch zog – aber diese Landschaft hier war so offen, es gab keinen Baum weit und breit, man hörte nicht einmal Vogelzwitschern, nur das Rauschen des Windes im Gras.

Sie dachte an die Rinderfarm ihres Onkels Hamish mitten im Outback von Queensland. Die lag genauso isoliert, doch boten verschiedene Arten von Eukalyptus – Stringybark und Rotgummi – einen gewissen Schutz vor der erbarmungslosen Hitze. Schwärme von Wellensittichen, Papageien und Gelbhaubenkakadus saßen auf den Zweigen, und ihr leuchtend buntes Gefieder kontrastierte mit dem tiefen Rot der Erde, während ihre Schreie die große Stille eines Landes durchbrachen, das seit Beginn der Zeit unverändert war.

Kathryn konnte sich noch lebhaft an ihren einzigen Besuch in Wallangarra erinnern, und obwohl es ihr zu abgelegen und im Vergleich mit dem gemäßigten Klima von Melbourne zu heiß gewesen war, hatte sie doch die erhabene Schönheit der Landschaft wahrgenommen.

Als sie nun auf das schwarze Heidekraut und die endlosen Weiten aus bleichem Gras und dunklen Hügeln blickte, fragte sie sich, wie es ihrer Großmutter wohl in einer Landschaft ergangen war, die so ganz anders war als die, welche sie gewohnt war – doch das würde sie bestimmt bald erfahren, wenn Christy begann, ihnen ihre Lebensgeschichte zu erzählen.

5

Christy registrierte, dass Anne die Aussicht bereits langweilte, da sie mit geschlossenen Augen dasaß. Kathryn schien sich lebhaft für ihre Umgebung zu interessieren, obwohl die Landschaft im Grunde immer gleich blieb und es wenig zu sehen gab.

Sie gönnte sich diesen ruhigen Moment, um ihre Enkelin zu bewundern. Kathryn trug die hübsche lavendelfarben gesprenkelte Tweedjacke und den weiten Rock, den sie sich in Inverness gekauft hatte. Ihr üppiges kupfergoldenes Haar wurde im Nacken locker von einem passenden Band zusammengefasst. Sie hatte ihre dunkelviolette wollene Baskenmütze schräg aufgesetzt, und ihr jugendfrischer Teint deutete auf ihre gute Gesundheit hin. Sie wuchs zu einer sehr hübschen jungen Frau heran und hatte ein wunderbares Stilgefühl.

Christy wandte ihre Aufmerksamkeit wieder der Aussicht zu. Der Weg wurde ebener, und in der Ferne konnte man allmählich das Glitzern des Meeres erspähen, getupft von kleinen Inseln am Horizont. Ihr Herz begann schneller zu schlagen, und ihr Mund wurde trocken, als die Kutsche schwankend den Hügel hinabfuhr, hin zu dem Weg durchs Tal, hin zu der weiten Bucht, aus der ihre ersten Erinnerungen stammten. Die Bilder kamen zurück, so lebhaft, als hätte sie alles erst gestern durchlebt, und sie musste all ihre Kraft zusammennehmen, um damit umzugehen.

Gregor brachte die Kutsche zum Stehen, stieg hinunter und zog die Tür auf. »Näher kann ich nicht ranfahren«, entschuldigte er sich. »Sonst sinken die Räder ein, und wir stecken fest.«

Christy hatte nur noch Augen für die Bucht. »Es ist schon gut so«, murmelte sie, während sie sich bereits von ihm wegbewegte und das raue Land mit seinen Steinbrocken und Felsnadeln betrat, die zwischen den schützenden Armen der hohen schwarzen Klippen an beiden Seiten der Bucht aus dem Sand ragten.

Ohne auf die anderen zu warten, stapfte sie über die von dunklen Bächen durchzogenen Grashügel, den Blick auf die andere Seite der Bucht und die Ruine des kleinen Steinhauses gerichtet. Als sie schließlich dort anlangte, vernahm sie den klagenden Schrei eines Brachvogels, der ihr einen Schauer über den Rücken jagte. Die Alten hatten den Schrei des Brachvogels für einen Todesboten gehalten, und hier hatte es Tote gegeben – viele Tote.

Christy erschauerte, nicht vor Kälte, sondern wegen der Erinnerungen und der geisterhaften Stimmen, die der Wind zu ihr herüberzutragen schien. Sie grub die Finger in den Schal ihrer Mutter, holte tief Luft und begann sich den Weg durch verstreute Felsbrocken und Geröll zu bahnen, bis sie an den Überresten dessen angelangt war, was einmal ihr Zuhause gewesen war.

Ihr Großvater hatte das kleine Crofterhaus einst als Heim für seine Familie gebaut, aus Steinen, die er an den Klippen fand. Es stand oberhalb der Strandlinie auf einer flachen Landzunge, und Christy erinnerte sich noch gut, wie sicher sie sich innerhalb seiner dicken Mauern gefühlt hatte, wenn das warme Torffeuer sanft in der Dunkelheit leuchtete und draußen der Wind die See aufwühlte und über die Bucht heulte. Nun war nichts mehr davon übrig außer ein paar Mauerreste und der Kamin mit dem Schornstein.

Christy berührte den rußgeschwärzten Stein, der von Wind und Regen verwittert war, jedoch durch Menschenhand gefallen. Es war, als enthielten diese wenigen Überreste noch immer den Geist derer, die einst hier gelebt hatten. Sie glaubte fast, ihre Stimmen zu hören und den torfigen Duft des Feuers zu riechen.

»Alles in Ordnung, Grandma?«

Christy nickte, eine Hand immer noch auf die Steine gelegt, die zu ihr zu sprechen schienen. Sie war von der Vergangenheit erfüllt, und ihre Augen sahen Dinge, die niemand sonst sah – Dinge, die kein Kind jemals mit ansehen sollte.

Christy wandte sich ab von all den Bildern und Geräuschen und registrierte, dass Anne und Gregor sich zu ihnen gesellt hatten. »Das hier war einmal mein Zuhause«, sagte sie leise. »Gebaut hat es mein Großvater Alasdair MacInnes, kurz vor seiner Heirat mit Morag MacGregor.« Sie warf Gregor ein angedeutetes Lächeln zu. »Ihr jüngster Sohn Angus war mein Vater, und als er meine Mutter Anne MacInnes heiratete, eine entfernte Cousine, sind sie hier eingezogen.«

»Es muss ganz schön eng gewesen sein«, sagte Kathryn und musterte die unregelmäßigen Umrisse dessen, was einst die Grundfläche des winzigen Häuschens gewesen war.

»Das war es wohl, aber das ist mir nicht aufgefallen. Alle Crofterhäuser waren gleich, weißt du.«

»Wie sah es aus, Grandma? Und war es das einzige hier in der Bucht?«

Christy löste sich von der Mauer und wandte sich dem weiten, heute verlassenen Tal zu, wo nur noch wenige grob behauene Steine darauf hinwiesen, was einst das Pachtland der Crofter gewesen war. Erneut hörte sie den Brachvogel schreien, und das Geräusch ließ sie erschauern.

»Hier lebte eine ziemlich große Gemeinschaft von Croftern – eine sogenannte *baile* –, und übers Tal verstreut gab es auch noch andere Crofterhäuser.«

Sie blickte über das Tal und den leeren Strand hinweg. »Wir hatten alle ein Stück Land, auf dem wir etwas anbauen konnten, aber der Boden war nicht gut – zu nass und zu salzig. Es gab ein paar Kühe und Schafe, und die meisten Crofter hielten Hühner. Mein Großvater war Fischer gewesen, und als er starb, hat mein Vater das Boot übernommen, aber im Grunde seines Herzens war er Bauer. Im Sommer hat er uns oft verlassen, um sich während der Erntezeit auf den Feldern des Gutsherrn zu verdingen, damit wir die Miete bezahlen konnten und im Winter etwas zu essen hatten.«

Sie stieg über die Steinfundamente hinweg und begann, den Hügel hinterm Haus zu erklimmen, bis sie eine Steinplatte unter einem überhängenden Felsen erreicht hatte. »Das hier war mein Lieblingsplatz. Hier habe ich gesessen und gewartet, bis ich das Boot meines Vaters kommen sah«, erklärte sie, während sich Kathryn zu ihr gesellte und Gregor Anne die Anhöhe hinaufhalf.

Sie wartete, bis Gregor die Decken über den kalten Stein gebreitet hatte, und sobald alle bequem saßen, holte Christy tief Luft und begann zu erzählen.

»Du hast mich gefragt, wie unser Cottage ausgesehen hat«, sagte sie zu Kathryn. »Also, es war mit Schilfrohr gedeckt, das wir am Bachufer schnitten, und der Boden bestand aus einer flach getretenen Mixtur aus Erde und kleinen Steinchen. Wir haben sie mit Stroh und Wildkräutern bestreut, damit es gut roch. Die beiden Fenster und die Tür lagen tief in den dicken Mauern und zeigten nicht zur Küste, sondern ins Tal, damit wir besser vor den Winterstürmen geschützt waren. Deshalb war es im Haus sehr dunkel, denn Licht kam nur von einer Öllampe und dem Feuerschein.«

Sie schlang die Arme um ihre Knie und vergrub das Kinn in ihrem Schal. »So etwas wie Betten oder Matratzen hatten wir nicht, also schliefen wir auf Strohsäcken auf dem Fußboden, dicht am Feuer. Aber wir waren reich an Liebe und dem Gefühl zusammenzugehören.«

Während sie weitersprach, rückte die Gegenwart in immer weitere Ferne, und auf einmal war sie wieder ein zehnjähriges Mädchen, das im matten Licht eines Spätnachmittags Ende August barfuß durchs violette Heidekraut zu ihrer Mutter lief, die den schlechten Boden beackerte.

»Ich hab dir Brot und Käse mitgebracht«, stieß sie außer Atem hervor. »Die Witwe Cameron hat mir für zwei von unseren Eiern ein Stück Käse gegeben.«

Ihre Mutter stützte sich auf die Hacke und streckte erst einmal den Rücken durch, bevor sie sich mit einer Hand über ihren stark gerundeten Bauch strich. »Das war nett von ihr«, sagte sie. Ihr dunkles Haar war vom Wind zerzaust, und sie blickte mit ihren braunen Augen zu dem Cottage in der Ferne hinüber. »Ich hoffe, du hast ihr heute Morgen beim Melken geholfen. Es ist sehr mühselig für sie, seit sie solche Schmerzen hat.«

»Aye, natürlich«, antwortete Christy, leicht gekränkt, dass ihre Mutter glauben könnte, sie habe eine so wichtige Aufgabe vergessen. »Und Onkel Fergus hat versprochen, rechtzeitig zurück zu sein, damit er es heute Abend übernehmen kann.«

Anne MacInnes nickte, setzte sich auf einen trockenen Grashügel und nahm den Kanten Brot und das Stück Käse entgegen. »Wo sind deine Brüder?«

»Jamie ist mit Callum zum Strand runtergegangen, um in den Felstümpeln nach Krustentieren zu suchen.« Sie setzte sich neben ihre Mutter und sah zu, wie sie sich über das Brot hermachte. Beim Gedanken an den köstlichen, würzigen Käse lief ihr das Wasser im Mund zusammen – doch sie gönnte ihn ihrer Mutter, denn sie brauchte ihn dringender, wo doch ein Kind in ihr heranwuchs.

Ihre Mutter riss ein Stück Brot und eine Ecke Käse ab und reichte ihr beides. »Hier, Christy, du brauchst auch etwas, damit du bis zum Abendessen durchhältst.«

Da konnte sie nicht widerstehen, und so nahm sie, ermuntert durch das Nicken ihrer Mutter, die Bröckchen entgegen und verspeiste sie genüsslich.

»Granny ist mit deinem Schal fertig geworden«, sagte sie schließlich. »Und sie hat versprochen, es mir noch mal zu zeigen, damit ich eines Tages auch so gut weben kann.«

Anne MacInnes lächelte. »Und hast du heute auch noch etwas Richtiges gearbeitet, abgesehen davon, dass du die Kuh von Witwe Cameron gemolken und deiner Großmutter beim Weben zugesehen hast?«

»Als Ebbe war, habe ich Seetang gesammelt und zum Trocknen ausgelegt, genau wie du es mir beigebracht hast, und Jamie und ich haben den schon fertig getrockneten Seetang zum Kiln gebracht, damit Iain MacGregor ihn brennt und er in die Fabrik geliefert werden kann.«

Anne MacInnes umfasste Christys kleines Gesicht mit ihrer von der Arbeit rauen Hand. »Du wächst langsam zu einem hübschen jungen Mädchen heran«, sagte sie zärtlich. »Ich weiß gar nicht, was ich ohne dich täte.« Sie strich sich mit der Hand über den Bauch, und ihr Gesicht wurde schlagartig traurig. »Bald haben wir noch ein kleines Maul zu stopfen«, murmelte sie und musterte die fauligen Kartoffeln, die sie ausgegraben hatte. »Wenn die Ernte wieder schlecht ausfällt …«

Christy wusste nur allzu gut, wie hart der Winter werden würde. Ohne Kartoffeln, um den mit Seetang gestreckten Haferbrei und die Brennnesselsuppe zu ergänzen, hatten sie schon die letzten beiden nur mit Mühe überlebt. Sie wusste noch gut, wie hungrig sie gewesen war. Sie sah den Kummer ihrer Mutter und nahm sie bei der Hand. »Wir schaffen es schon, Mum«, erklärte sie fest. »Daddy fängt massenhaft Heringe, und wenn die erst mal gesalzen und eingelegt sind, kommen wir schon durch.«

Anne MacInnes warf ihr ein heiteres Lächeln zu, das die

Sorge in ihren Augen aber nicht ganz verbergen konnte. »Aber sicher«, sagte sie und griff wieder nach ihrer Hacke. »Und jetzt geh lieber und schau nach den Kindern und nach Granny, während ich hier noch alles fertig mache. Dein Vater und Finlay werden bald nach Hause kommen, und dann wollen sie ihr Abendessen.«

Christy hüpfte davon und patschte mit nackten Füßen durch die kleinen Bäche, die das Tal durchzogen. Sie rannte über den Streifen Kies, der vor dem harten, nassen Sand lag, und als sie sah, dass ihre Brüder noch mit ihrer Jagd in den Felstümpeln beschäftigt waren, lief sie auf schnellstem Weg nach Hause. Kurz winkte sie ihrer Großmutter zu, die vor dem Cottage saß und immer noch an ihrem kleinen Webstuhl arbeitete, sauste den Hügel hinauf zu dem flachen Stein unterhalb des überhängenden Felsens und suchte den Horizont nach einem Segel ab.

Sie liebte ihren Vater, denn er war groß und gutaussehend, mit wilden roten Locken, einem ebenso roten Bart und einer tiefen Stimme, der sie hingerissen lauschte. Am liebsten mochte sie es, wenn er sie und ihre jüngeren Brüder auf seine kräftigen Knie setzte und sie sicher und warm in seinen starken Armen hielt, während er ihnen Geschichten von den Wikingern erzählte, die mit ihren sagenhaften Schiffen aus dem Norden gekommen waren, um das Leben der Inselbewohner für immer zu verändern.

Ihr älterer Bruder Finlay sah seinem Vater sehr ähnlich, musste sich allerdings erst noch einen Bart wachsen lassen und war weder so groß noch so breit. Und er hatte auch nicht so viel Geduld mit ihr, daher wusste Christy nicht, ob sie ihn so gernhatte, wie es vielleicht angebracht gewesen wäre.

Schließlich erspähte sie das Segel weit draußen in der Bucht und begriff, dass die Jungen es auch gesehen hatten, denn sie gaben ihre Jagd in den Tümpeln auf und standen nun aufgeregt winkend im seichten Wasser der hereinkommenden Flut. Sie wollte schon zum Strand hinuntereilen, als sie etwas hörte, das sie erstarren ließ.

Sie drehte sich zu dem Geräusch um, und was sie sah, ließ ihr den Atem stocken. Männer zu Pferd oder zu Fuß, Hunde, die an ihren Leinen zerrten und im Blutrausch bellten. Alle zusammen im Anmarsch auf die *baile*. Der brutale Verwalter des Gutsherrn und seine Armee genauso brutaler Sassenachen aus den Lowlands waren gekommen, um sie zu vertreiben.

Christy stand reglos da und konnte kaum atmen, als sie ihre Mutter schwerfällig vom Feld davonlaufen sah, ihre Warnrufe fast erstickt von dem schrecklichen Gebrüll, das hinter ihr ertönte. Jamie und Callum standen Hand in Hand am Strand, die Augen schreckgeweitet, Granny war leichenblass und zitterte wie Espenlaub – und das Boot ihres Vaters befand sich noch immer jenseits des Riffs im tiefen, rauen Wasser.

Christys Entsetzen ließ sie ungeschickt werden, und sie fiel fast hin, als sie den Hügel hinablief. Ihre Mutter war bereits am Cottage, hatte einen Arm um Grannys Schultern gelegt und half ihr aus dem Stuhl. »Hol deine Brüder und versteckt euch da drüben zwischen den Felsen«, wies sie sie an. »Bleibt dort, bis wir euch holen.«

»Aber was ist mit dir und Granny?«

»Sie ist zu gebrechlich, um weit zu gehen, und ich glaube, nicht mal die Leute des Verwalters werden einer so alten und hilflosen Frau etwas zuleide tun«, erklärte sie grimmig. »Lauf, Christy, und rede nicht lang.«

Trotz ihrer Angst um Mutter und Großmutter rannte Christy los. Ihre nackten Füße flogen leicht über die groben Steine, und ihre Augen waren tränenblind, während sie auf den Strand zuhielt. »Lauft davon und versteckt euch«, rief sie ihren Brüdern zu. »Zwischen die Felsen, da rüber.«

Als die Jungen losliefen, blickte Christy aufs Meer hinaus. Das Boot war inzwischen näher gekommen, musste jedoch noch die schmale Einfahrt in die Bucht bewältigen. Sie sah ihren Vater und ihren Bruder am Bug stehen, nach wie vor zu weit entfernt, um ihre Gesichter zu erkennen. Ein Blick nach hinten zeigte ihr die orangefarbenen Flammen und die dicke schwarze Rauchsäule, die aus den abgelegeneren Cottages stieg, welche bereits in Brand gesteckt worden waren.

Jamie und Callum waren kleine, magere Jungen von acht und fünf Jahren, und da Callums verkrüppelter Fuß ihn behinderte, konnten sie nicht besonders schnell laufen. Also packte Christy die beiden und klemmte sie sich unter die Arme, während sie schutzsuchend auf die Felsen am anderen Ende der Bucht zulief.

Ihr Herz raste, und sie war völlig außer Atem, als sie endlich bei den Felsen anlangte und die beiden absetzte. »Wir müssen uns verstecken«, erklärte sie den verängstigten Jungen keuchend. »Schnell, kriecht da rein, so weit wie möglich.«

Jamie kämpfte mit den Tränen, als er und der schluchzende Callum in den tiefen Felsspalt am Rand der Klippen krochen. Christy quetschte sich nach ihnen hinein und drückte sie eng an sich. »Still jetzt«, flüsterte sie. »Wir müssen ganz leise sein. Daddy und Finlay werden bald hier sein und aufpassen, dass uns nichts passiert.«

»Wo ist Mama?«, wimmerte Callum. »Ich will zu meiner Mama.«

»Sie ist bei Grandma, und sie weiß, dass du und Jamie tapfere, große Jungs seid und dass ihr gehorchen werdet, indem ihr still seid und euch gut versteckt.«

»Aber wer sind die bösen Männer? Warum sind sie gekommen?«, bedrängte er sie unter Tränen.

»Sie wollen uns hier nicht haben«, erklärte Jamie wütend, und in seinen tränenfeuchten Augen glitzerte der Hass eines Erwachsenen, als er die kleinen Fäuste ballte.

»Aber warum?«

Jamie zog ihn unsanft an sich. »Weil sie uns hassen«, sagte er mit grimmiger Miene. »Still, Cal. Du bist kein Baby mehr, und du willst doch nicht, dass Daddy dich flennen sieht, oder?«

Das schien Callum zu beruhigen, und Christy warf Jamie einen dankbaren Blick zu. Doch während sie sich in der Tiefe des Felsspalts mit den scharfkantigen Seepocken und dem stinkenden, nassen Seetang aneinanderdrängten, trug der Wind die beängstigenden Schreie und das Bellen der Hunde zu ihnen herüber. Außerstande, ihre Neugier noch länger zu bezwingen, riskierte Christy einen Blick an der scharfen Kante des Felsspalts vorbei.

Die Männer waren noch nicht bei ihrem Cottage angelangt. Ihre Mutter schleppte hastig all ihre Habseligkeiten aus dem Häuschen und stapelte sie zu einem unordentlichen Haufen, während Granny dasaß und den frisch gewobenen Schal fest umklammerte. Offenbar war sie zu gebrechlich und zu verschreckt, um sich zu regen. Ihr Vater war inzwischen durch die schmale Einfahrt gesegelt und zog hart an der Ruderpinne, um so schnell wie möglich an Land zu kommen.

»Daddy ist gleich da«, murmelte sie, ehe sie wieder von den schrecklichen Geräuschen in Anspruch genommen wurde, die aus dem Tal drangen.

Rauch stieg aus den brennenden Cottages auf, füllte das Tal und verdunkelte den Himmel. Menschen lagen im Heidekraut, Frauen und Kinder flüchteten schreiend, und die Reiter ringsum versuchten, ihre Pferde zu beruhigen. Männer und Hunde umringten nun das Häuschen von Witwe Cameron.

Christy schluchzte vor Mitleid und Entsetzen laut auf, als sie sah, wie die gebrechliche alte Frau aus ihrem Cottage gezerrt und zu Boden geworfen wurde. Die Männer hatten Fergus MacInnes niedergeknüppelt, der ihr beizustehen versucht hatte, und er lag gebrochen und geschlagen auf seinem fauligen Kartoffelfeld, während die Männer sich drohend über die hilflose

Frau zu ihren Füßen hermachten. Grölend holten sie mit ihren Knüppeln nach ihr aus, während die Hunde zähnefletschend an ihren Leinen zerrten und die verstörten Pferde die alte Witwe mit ihren wild ausschlagenden Hufen zu zertrampeln drohten.

Christy wollte nichts mehr sehen, konnte aber den Blick nicht abwenden, als die Witwe Cameron versuchte, sich kriechend in Sicherheit zu bringen. Doch als einer der Männer mit seinem schweren Stiefel brutal gegen ihren zarten Körper trat, regte sie sich nicht mehr. Brennende Fackeln machten kurzen Prozess mit ihrem reetgedeckten Häuschen und ihren wenigen Besitztümern.

Christy zitterte dermaßen, dass sie mit weichen Knien in ihren Unterschlupf zurücksank. Sie spürte nicht, wie die scharfen Steine ihre Arme zerkratzten, da in ihrem Kopf unablässig diese Bilder abliefen. Angst um ihre Mutter und ihre Großmutter wallte in ihr auf, und heiße Tränen rannen ihr über die Wangen, während ihr eiskalter Körper von Schüttelfrost erbebte.

»Was ist denn, Christy? Was hast du gesehen?« Jamie hatte sie an den Armen gepackt und rüttelte sie grob, bis sie wieder zu sich kam.

Sie schüttelte den Kopf, außerstande, ihm zu antworten. Dann aber begriff sie, dass sie die Jungen damit verschreckte. Sie musste das, was sie gerade gesehen hatte, unbedingt ausblenden und die beiden Kleinen beruhigen. »Ich habe nur Sand in die Augen gekriegt«, stieß sie mit bebender Stimme hervor.

Jamie musterte sie scharf. Er glaubte ihr eindeutig nicht, doch da Callum sich schluchzend an ihn klammerte, schwieg er, hielt jedoch den Blick fest auf Christy gerichtet.

Ein Schrei vom Strand her ließ sie hochschrecken, und als sie aufblickten, sahen sie in das aschfahle Gesicht ihres Vaters. »Ihr bleibt hier!«, wies er sie an, ehe er sich abwandte und wieder verschwand.

Christy warf ihren Brüdern ein dünnes Lächeln zu und versuchte, ihr Zittern in den Griff zu bekommen. »Seht ihr? Jetzt sind Daddy und Finlay da und kümmern sich um Mum und Gran.«

Die Jungen klammerten sich an sie, Tränen der Angst in den Augen, aber auch ein bisschen Erleichterung in den schmutzigen Gesichtern. Christy hielt sie fest in den Armen und flehte innerlich darum, dass ihrem Vater und Finlay nichts zustieß. Doch sie hatte den Hass in den Gesichtern der brutalen Männer gesehen, die eine alte Frau zu Boden knüppeln und treten konnten, bis sie sich nicht mehr regte. Sie hatte gesehen, wie sie auf ihren Onkel Fergus und jeden anderen losgegangen waren, der sich ihnen in den Weg stellte. Sah Gott wirklich zu? Konnte er dem Gemetzel kein Ende machen?

Als die Schreie lauter wurden und man vor lauter Rauch die untergehende Sonne nicht mehr sehen konnte, befahl Christy den Jungen, in Deckung zu bleiben, und spähte vorsichtig über die Felsen.

Ihr stockte der Atem, als sie sah, dass das gesamte Tal ein Flammenmeer war. Die Männer des Gutsverwalters hielten jetzt rasch auf das Cottage ihrer Familie zu. Ihr Vater hatte seine Mutter auf die Arme genommen, während Finlay Anne abschirmte. Alle zusammen wichen sie vor den schnappenden, knurrenden Hunden und den Männern zurück, die ihre Knüppel drohend erhoben hatten.

Christy sah, dass ihr Vater mit den Männern reden wollte, während er seine Mutter in seinen Armen barg und die Hunde mit seinen schweren Stiefeln abzuwehren versuchte.

Doch die Männer rückten immer weiter vor, und die Hunde spürten seine Angst. Den felsigen Hügel im Rücken und außerstande, sich zu wehren, erlitt ihr Vater mehrere Knüppelschläge auf den Kopf, bis er in die Knie ging. Seine Mutter fiel ihm aus den Armen und stürzte schwer auf den felsigen Boden.

Christy schrie entsetzt auf, als die Hunde über die hilflose

Gestalt auf dem Boden herfielen. Finlay trat nach ihnen, während er, das Anglermesser fest in der Hand, über seiner Großmutter stand und damit in alle Richtungen stach. Gegen zehn Männer konnte er sich jedoch nicht behaupten. Das Messer wurde ihm aus der Hand geschlagen, und dann prasselten die Knüppel auf ihn herab, bis auch er reglos dalag.

Anne MacInnes sank neben ihrer besiegten Familie auf die Knie, das Gesicht schmerzverzerrt, und flehte verzweifelt um Gnade. Ein Stiefel traf sie direkt unterm Kinn. Ihr Flehen verstummte, und sie flog wie eine Flickenpuppe gegen die Felswand.

»Mummy!« Jamie und Callum waren aus ihrem Versteck gekrochen und hatten alles mit angesehen.

Christy zitterte dermaßen, dass sie sich kaum bewegen konnte, doch sie schaffte es, die beiden an sich zu ziehen und ihre Gesichter gegen ihren Rock zu pressen, während sie das grausame Gelächter der Männer vernahm und sah, wie sie mit ihren Fackeln das Cottage in Brand steckten. Sie schluchzte laut, und als ihr schließlich das ganze Grauen der Ereignisse bewusst wurde, begann sie zu schreien. Ihre Wehlaute mischten sich mit den Schreien, die durch das Tal gellten, bis sie sich im Bellen der Hunde, dem Wiehern der Pferde und dem Gebrüll der Männer verloren.

Ganz allmählich tauchte Christy aus diesen finsteren Erinnerungen auf, erstaunt, dass es hell war und das Tal friedlich im Sonnenschein dalag. Doch sie hörte noch immer die Schreie und roch den Rauch, und spürte die Last der entsetzlichen Stille, die sich über die *baile* gesenkt hatte, nachdem die Männer abgezogen waren.

»Als die Männer weg waren, nahmen wir all unseren Mut zusammen und krochen aus unserem Versteck. Mittlerweile war es dunkel geworden, und das Tal glühte von Feuer, und der aufgehende Mond lag unter schwarzen Rauchschwaden. Haar und Bart unseres Vaters waren blutverschmiert. Er hielt unsere Mutter in den Armen und deckte unsere Großmutter mit dem Stück Tartanstoff zu, das er um die Schultern getragen hatte. Finlay war noch immer benommen – *glaikit* – von den Schlägen, und unsere Mutter krümmte sich vor Schmerzen.«

Sie musterte Anne und Kathryn, registrierte, wie betroffen ihre Geschichte die beiden machte, und sah die Wut, die in Gregors Augen aufblitzte. »Die Frau, die im ganzen Tal Geburten betreute, war getötet worden, und so half ich meiner Mutter, das Kind zur Welt zu bringen, indem ich ihren Anweisungen folgte. Doch es war zu früh geboren, und noch ehe es wieder Tag wurde, war mein winziges Schwesterchen tot.«

Tränen schossen ihr in die Augen, doch sie wischte sie nicht weg. »Bevor die Männer gekommen waren, hatte es im Tal ein Dutzend Cottages gegeben. Unter dem roten Feuerschein verlor unsere Gemeinschaft in dieser Nacht acht Seelen, darunter die Witwe Cameron und zwei Kinder. Vier der Männer, die sich den Angreifern entgegengestellt hatten, wurden nach Portree ins Gefängnis gebracht, auch mein Onkel Fergus. Wir haben keinen von ihnen jemals wiedergesehen.«

Bedrücktes Schweigen senkte sich herab, und es dauerte eine Weile, bis Christy fortfahren konnte. »Die Überlebenden suchten ihre wenigen Habseligkeiten zusammen, und wir fanden alle Zuflucht in den Höhlen. Es war eine Nacht der Trauer. Wir hatten geliebte Menschen verloren, unsere Häuser waren zerstört, unsere Tiere verjagt, die Felder zertrampelt und die Ernte verbrannt.«

Sie holte flach und zitternd Atem. »Bei Sonnenaufgang begannen die Brachvögel mit ihren beklemmenden Schreien. Es war, als riefen die Seelen der Toten uns etwas zu, und noch heute jagt mir das Geräusch kalte Schauer über den Rücken.«

Sie schob die Hände unter ihrem Schal und ließ den Blick

durch das Tal schweifen. »An diesem Tag begruben wir unsere Toten, und dann gingen nach und nach alle fort – manche suchten Schutz und Arbeit auf dem Festland, andere auf den Schiffen, die nach Kanada fuhren. Hier gab es nichts mehr für sie, und außerdem fürchteten sie die Rückkehr des Gutsverwalters und seiner Männer.«

»Und was habt ihr gemacht?«, fragte Kathryn.

»Wir haben in der Höhle gewohnt und uns mühsam durchgeschlagen, bis sich unsere Mutter soweit erholt hatte, dass sie die lange Reise zu ihrer Familie in der *baile* Gilleasbuig an der Westküste antreten konnte.«

Annes Gesicht war aschfahl. »Das wusste ich nicht … Warum hast du uns davon nicht schon früher erzählt?«

»Diese Geschichte ist zu schlimm für ein Kind«, sagte Christy.

»Oh, Gran«, murmelte Kathryn unter Tränen. »Du warst ja selbst noch ein Kind, als du das erlebt hast. Kein Wunder, dass es dich noch immer verfolgt.«

Christy nickte. »Ja, das tut es, aber es gibt noch so viele andere, die auf den Inseln die Schrecken der Clearances erlebt haben, also bin ich nicht allein.« Sie blickte zu Gregor hinüber. Auch seine Familie hatte darunter gelitten, und er hatte schon ähnliche Geschichten gehört, das konnte sie ihm ansehen.

Sie stand auf, klopfte sich den dicken Wollrock ab und wollte auf einmal nur noch weg von diesem Ort, an dem die Ereignisse von damals noch immer nachhallten.

Als hätte er ihre Gedanken gelesen, half Gregor Anne auf und begann, die Decke zusammenzufalten. »Wenn Sie Lust haben«, sagte er, »ich kenn 'ne nette Stelle eine Stunde weit weg von hier, die wär genau richtig für'n Picknick.«

»Ich glaube nicht, dass ich nach dieser Geschichte auch nur einen Bissen herunterbringe«, sagte Anne und erschauerte. »Mutter hat es so drastisch geschildert, dass ich das Gefühl hatte, alles mit eigenen Augen zu sehen – wahrscheinlich werde ich wochenlang Albträume haben.«

Christy hatte zeit ihres Lebens mit diesen Albträumen fertigwerden müssen, also sagte sie nichts, sondern wandte sich an Gregor. »Das klingt wunderbar«, sagte sie mit gespielter Heiterkeit. »Heute ist ein viel zu schöner Tag, um ihn sich von der Vergangenheit verderben zu lassen – und ich nehme an, dass uns Betsy ein üppiges Picknick eingepackt hat, das wir uns auf keinen Fall entgehen lassen dürfen.«

Sie berührte seinen Arm und sah ihm ins Gesicht. »Aber zuerst möchte ich die Kirche besuchen und den Opfern meinen Respekt erweisen.«

Als er nickte, schritt sie entschlossen den Hügel hinab, fort von dem zerstörten Haus, das sie nie wieder sehen würde, zu dem geduldigen Jock, der in seinem Futtersack wühlte. Die Wahrheit war grausam – vor allem, wenn man sie an einem solchen Ort erzählte –, doch indem sie hierher zurückgekehrt war und die schrecklichen Stunden noch einmal durchlebt hatte, war sie gezwungen, sich ihren Dämonen zu stellen. Dadurch würde sie lernen, sich ein für alle Mal mit ihnen zu arrangieren.

Die hölzerne Kirche und das Pfarrhaus waren verschwunden, ihr Standort lediglich von den einstürzenden Mauern des vernachlässigten Friedhofs umrissen. Einsam und abgelegen, meilenweit von allem entfernt, stand das Gras hier hoch, und Unkraut und Dornenranken wucherten über die Heide. Ein paar Grabsteine standen noch, doch die einst so sorgfältig in die Granitflächen eingravierten Worte waren durch Wind und Wetter verwittert.

Das hohe Gras streifte Christys Rock, als sie über den vergessenen Friedhof schlenderte. Der Name MacInnes war auf so vielen Grabsteinen eingraviert. Schließlich hatte sie die Stelle gefunden, wo ihre Großmutter und ihr Schwesterchen vor so vielen Jahren gemeinsam begraben worden waren. Brombeerranken hatten sich um den grob behauenen Grabstein gewunden, klammerten sich entschlossen mit ihren Dornen fest und trotzten dem Wind, der zwischen den steilen Hügeln durch das Tal pfiff.

Christy versuchte die Dornenranken zu entfernen, doch sie saßen zu fest, und ihre Handschuhe hielten ihnen nicht stand. Sie richtete sich auf und ließ den Blick schweifen. Sie musste an das schreckliche Wehklagen der Frauen denken, als man die Toten zu Grabe getragen hatte. Nach schottischer Sitte durften sie nicht mit den Männern auf den Friedhof gehen. Als sie das herzzerreißende Weinen nicht mehr ertragen hatte, war sie, den Gebräuchen zum Trotz, davongehuscht und hatte sich hinter einem Felshügel versteckt. Von dort aus hatte sie zugesehen, wie sich die überlebenden Männer und Jungen aneinanderdrängten und der Pfarrer, dem keiner von ihnen traute, von einem Grab zum nächsten schritt und seine Gebete herunterleierte.

»Wir dachten, unser Pfarrer würde uns beschützen«, erzählte sie den anderen, als sie bei ihr angelangt waren. »Er hatte uns versichert, dass er mit dem Gutsherrn und dessen Verwaltern gesprochen und ihnen das Versprechen abgenommen habe, dass uns nichts geschehen werde, solange wir unsere Pacht bezahlten und ihre Anordnungen befolgten.«

»Als ein Mann Gottes war das seine Pflicht«, sagte Anne.

Christy schüttelte den Kopf. »Wir hatten uns in ihm getäuscht. Letztlich hat er sich als Schwächling entpuppt, dem man nicht vertrauen konnte.« Seufzend musterte sie den verlassenen Friedhof. »Immer wieder hat er uns eingeredet, er würde zu uns stehen und als Vermittler beim Gutsherrn agieren, damit wir in unseren Häusern bleiben könnten – trotz der Aufforderung, unser Land zu verlassen, die der Verwalter an die Kirchentür genagelt hatte. Es stand kein Datum auf der Mitteilung, und so haben wir dem Pfarrer vertraut und geglaubt, uns könne nichts passieren.«

Sie holte bebend Luft. »Der Pfarrer muss wesentlich mehr gewusst haben als wir, denn an dem Tag, als die Männer kamen, waren er oder seine Angehörigen nirgends zu sehen. Später haben wir erfahren, dass er nur an sich selbst gedacht hatte, indem er sich auf die Seite der Treuhänder der MacDonalds stellte. Nachdem die *baile* entvölkert worden war, bekam er eine wesentlich reichere Gemeinde auf dem Festland zugeteilt.«

Kathryn runzelte die Stirn. »Aber warum hat der Gutsherr sein Versprechen gebrochen, euch nicht zu vertreiben?«

Christy zuckte die Achseln. »Mein Vater hat mir erzählt, dass sie sich eigentlich gar nicht sicher waren, ob er tatsächlich ein solches Versprechen gegeben hatte – und ob er das überhaupt konnte«, antwortete sie. »Verstehst du, der Gutsherr war bankrott, und seine Ländereien wurden von Treuhändern übernommen, die entschlossen waren, die Schulden zu tilgen, indem sie Schafe herbrachten, Bäume pflanzten und reiche Leute aus dem Süden dazu einluden, hierherzukommen und auf Hirschjagd zu gehen.« Sie biss sich auf die Lippe. »Und dazu musste das Land von Croftern und Köttern befreit werden.«

Schweigen senkte sich über sie, ehe Christy fortfuhr: »Doch es gab ein Versprechen, das der Gutsherr gehalten hat: Wenn wir freiwillig gingen, sollten wir eine kostenlose Schiffspassage bekommen sowie eine Parzelle auf dem Land, das er in Kanada besaß.«

»Und warum hat dein Vater das Angebot nicht angenommen?«, fragte Kathryn. »Das wäre doch bestimmt besser gewesen, als auf Skye zu bleiben? Ich habe gelesen, dass die Bedrohung durch die Clearances nach dem, was hier passiert ist, noch viele weitere Jahre anhielt.«

»Mein Vater war ein stolzer Mann – ein echter Gäle aus

Skye, der seine Vorfahren bis zu den Wikingern zurückverfolgen konnte, die sich hier niedergelassen hatten. Niemand konnte ihn zum Gehen zwingen.«

»Aber irgendwann muss er es sich doch anders überlegt haben«, sagte Anne. »Denn wie wärst du sonst in Tasmanien gelandet? Und warum dort, wo der Gutsherr euch doch Land in Kanada angeboten hat und die freie Überfahrt dorthin?«

»Das ist eine Geschichte für einen anderen Tag«, sagte Christy. Sie berührte leicht den Grabstein, sandte ein stilles Gebet gen Himmel, dass die hier Begrabenen ihren Frieden gefunden hätten, und ging zurück zur Kutsche.

Kathryn sah der kleinen, aufrechten Gestalt nach, wie sie den Friedhof verließ. Sie war voller Bewunderung für ihre Charakterstärke und ihre unermüdliche Entschlossenheit, das Leben voll auszuschöpfen – trotz der Schrecken ihrer Kindheit. Vielleicht war sie gerade deshalb so stark, weil sie diese Gräueltaten erlebt hatte; vielleicht hatte dieses frühe Leid ihren Elan und ihren Ehrgeiz genährt und sie zu der reichen, unabhängigen Frau gemacht, die sie heute war. Das Leben, das sie sich aufgebaut hatte, war vermutlich ihr Weg, denen, die sie verraten und vertrieben hatten, zu zeigen, dass sie sich nicht unterkriegen ließ – und dass sie wesentlich mehr wert war als ihre Schafherden und es überall zu etwas bringen konnte.

Kathryn ließ den Blick über das Tal wandern. Die Sonne stand nun hoch am Himmel, und die Falten und Scharten der umgebenden Hügel bildeten scharfe Kontraste. Eine leichte Brise strich durch das Gras. Christys Geschichte war ihr sehr nahegegangen. Die dadurch heraufbeschworenen Bilder hatten sich fest in ihr Gedächtnis eingebrannt. Ähnliche Bilder waren auch vor ihr aufgestiegen, als sie die Memoiren anderer schottischer Einwanderer Australiens gelesen hatte. Auch in den Geschichtsbüchern hatte sie kurze Passagen zu diesem Thema gefunden. Offenbar waren die Crofter von Skye – genau wie die Aborigines, die von den ersten Siedlern dahingemetzelt worden waren, oder die amerikanischen Ureinwohner – Opfer großer Ungerechtigkeit geworden. Und die war so stark beschönigt worden, dass man schon von Geschichtsklitterung sprechen konnte. Die nachfolgenden Generationen hatten nie die Wahrheit erfahren.

Sie erschauerte, als sie den Klageschrei der Brachvögel hörte. An diesem Ort und mit Christys Geschichte noch lebhaft im Ohr, war es ein Leichtes, dem alten Glauben anheimzufallen, dass sie tatsächlich die Geister verlorener Seelen waren.

Kathryn wandte sich ab und registrierte, dass ihre Mutter bereits an der Kutsche war. Gregor dagegen stand noch immer neben ihr und blickte abwesend und betrübt in die Ferne.

»Darf ich Sie etwas fragen?«, sagte sie zögernd.

Er riss sich von seinen traurigen Gedanken los und sah zu ihr herab. »Klar dürfen Sie fragen, *bonny lass*, aber ich kann nicht versprechen, dass ich antworte.«

»Als Grandma über ihre Kindheit gesprochen hat, hatte ich das Gefühl, dass Sie das, was sie geschildert hat, genau kennen. Ist Ihrer Familie etwa das Gleiche passiert?«

Er schwieg lange, sodass sich Kathryn schon dafür entschuldigen wollte, eine so intime Frage gestellt zu haben. Doch schließlich holte er tief Luft und sah ihr in die Augen.

»Aye, allerdings. Aber nachdem sein Cottage zerstört und mehrere Familienmitglieder umgekommen waren, hat mein Großvater das Angebot eines Stücks Land in Kanada angenommen und ein neues Leben angefangen.«

»Dann ist er bestimmt Farmer geworden.«

Gregor zuckte die Achseln. »Er hätte Farmer werden können, wie die anderen, die mit ihm nach Kanada gefahren sind, aber er hat sich ein Stück Land ausgesucht, das sonst keiner wollte. Es lag hoch in den Bergen und war dicht mit Bäumen und Sträuchern bewachsen und wurde von einem reißenden Fluss durchquert.«

»Aber dann hatte es ja gar keinen Nutzen, oder?«

Gregor lächelte trocken. »Es hatte einen großen Nutzen für einen Mann wie meinen Großvater, denn er hatte eine Vision, Miss Ross, und er war nicht dumm.« Auf ihr fragendes Stirnrunzeln hin fuhr er fort: »Damals ist die kanadische Bevölkerung schnell gewachsen, die Städte der Pioniere haben sich von der Küste her ausgebreitet. Da begriff er, dass seine Bäume das Holz für die vielen neuen Häuser liefern konnten. Er nutzte den Fluss, um die Stämme direkt nach Chesterfield an der Hudson Bay zu transportieren, wo er dann auch noch ein Sägewerk und eine Handelsstation für Pelze aufgebaut hat.«

»Meine Güte!«, staunte sie. »Das war ganz schön clever von ihm.«

»Aye, das war er auch, hat mir jedenfalls mein Vater erzählt. Dann hat er noch mehr Land gekauft, noch mehr Bauholz und Pelze verkauft, noch mehr Sägewerke gebaut und ist ein schwerreicher und sehr angesehener Mann geworden. Leider habe ich ihn nie kennengelernt.«

»Warum? Was ist denn mit ihm passiert?«

Gregor kicherte. »Er ist jetzt ein würdevoller alter Mann Mitte neunzig und lebt mit seiner dritten – und wesentlich jüngeren – Frau in Alberta.«

Kathryn lächelte. »Und Sie? Warum sind Sie nicht in Kanada?«

»Mein Vater hat das Gleiche gemacht wie Ihre Großmutter«, sagte er. »Er kam zurück, um sich die Orte anzusehen, von denen ihm seine Eltern erzählt hatten. Dann hat er in Inverness eine süße kleine Schottin kennengelernt, sie haben geheiratet und sich nach einem kurzen Besuch in Kanada hier niedergelassen.« Sein Grinsen wurde breiter. »Und deshalb bin ich hier, an dem Ort, wo alles begann.«

»Ihr Großvater war sicher sehr enttäuscht, dass Ihr Vater nicht seine Geschäfte übernommen hat.«

»Dad ist einer von sechs Söhnen, also herrschte kein Mangel an Erben für Großvaters Imperium. Dad wollte sowieso nie was damit zu tun haben und ist stattdessen Arzt geworden, nachdem er bei den Holzfällern so viele Unfälle mit ansehen musste. Er betreibt seine Praxis viel lieber in Portree und arbeitet nebenher an seinem Golf-Handicap als in Kanada, wo er durch zehn Meter hohen Schnee stapfen muss, um zu seinen Patienten zu gelangen. Außerdem müsste er dort seine Tiere vor wild gewordenen Braunbären und Timberwölfen schützen.«

Der Gedanke an Wölfe, Braunbären und Schnee, der bis zum Hausdach reicht, beschwor faszinierende Bilder in Kathryns Kopf herauf, doch ihr war klar, dass es naiv von ihr wäre, darüber zu sprechen.

»Und was ist mit Ihnen, Gregor? Was haben Sie für Ziele?«, fragte sie stattdessen.

Schmunzelnd fuhr er sich durch das windzerzauste Haar. »Also, ich muss sagen, ich bin zufrieden mit meinem Leben, so wie es ist. Ich habe ein Dach über dem Kopf, genug zu essen und angenehme Gesellschaft, wenn ich welche will.«

Ohne nachzudenken, platzte Kathryn heraus: »Aber Sie brauchen doch bestimmt ein richtiges Einkommen?« Sie merkte, wie ihr die Röte ins Gesicht stieg, und wich seinem belustigten Blick aus. »Entschuldigung, das war unhöflich von mir«, murmelte sie.

»Ach, das macht mir nichts aus, junge Frau.« Er blickte zur Kutsche hinüber, wo Anne eine ungeduldige Geste machte. »Ich habe genug Einkommen«, murmelte er, »aber wir setzen dieses Gespräch lieber ein andermal fort. Ich glaube, Ihre Mutter verlangt nach Ihnen.«

Dankbar für die Chance zu flüchten, eilte Kathryn auf die Kutsche zu, das Gesicht nach wie vor heiß vor Verlegenheit.

»Was treibst du da nur, Kathryn?«, zischte Anne und warf einen Seitenblick auf Gregor, der zu ihnen herübergeschlendert kam.

»Wir haben uns nur unterhalten, Mutter.«

»Es schickt sich nicht, auf so persönliche Art und Weise mit Bediensteten zu sprechen. Er ist ein junger Mann aus der Arbeiterschicht, und dein Benehmen könnte ihm einen völlig falschen Eindruck vermitteln.«

Kathryn seufzte innerlich und stieg in die Kutsche, wo sie von ihrer Großmutter mit einem verständnisvollen Lächeln und einem tröstenden Schulterklopfen begrüßt wurde. Gott sei gedankt für Großmutter, dachte sie und erwiderte das Lächeln. Ohne sie wäre das endlose Gemecker ihrer Mutter unerträglich gewesen.

6

Australien

In Melbourne war Harold zum Telegrafenamt geeilt, sowie Baker das Haus verlassen hatte. Was er den Brüdern mitteilen konnte, war begrenzt, denn seine Nachricht würde im Morsecode übermittelt und an der dem Empfänger nächstgelegenen Station wieder dekodiert werden. Von dort aus würde die Botschaft dann per Funk übermittelt werden.

Die Funkkontakte waren lebenswichtig für all jene, die in den isolierten Landgemeinden lebten, doch Informationen boten auch Stoff für Klatsch und Tratsch. Daher hatte Harold seine Nachricht knapp formuliert und seinen Schwägern lediglich mitgeteilt, dass es den Reisenden gut gehe, er jedoch eine dringende Angelegenheit mit ihnen zu besprechen habe und sich in Yarrabinda mit ihnen treffen wolle.

Zuerst hatte er erwogen, mit dem Zug nach Adelaide zu fahren, wo er dann den Güterzug auf der Privatstrecke hätte nehmen können, der ihn ins Herz des Barossa Valley gebracht hätte. Doch die Zugverbindungen waren unzuverlässig und frustrierend langsam und die Anschlüsse unbequem. Trotz der Regierungspläne, das Eisenbahnnetz zu regulieren, gehörten die meisten Linien zwischen Melbourne und Adelaide nach wie vor verschiedenen Gesellschaften, von denen jede ihre eigene Spurweite hatte. Dies bedeutete lange Aufenthalte beim Wechseln der Züge oder Wartezeiten an entlegenen Bahnhöfen in der Einöde, in der Hoffnung auf einen Zug, der womöglich niemals kam.

Als ihm klar wurde, dass es weniger mühsam wäre, auf eigene Faust dorthin zu reisen, wies er seine Bediensteten an, sein kräftigstes und verlässlichstes Pferd zu satteln, denn der Weg war weit. Jetzt saß er mit den Zügeln locker in der Hand auf seinem Fuchswallach und ließ sich in gemächlichem Trab an ausgedehnten Weideflächen entlangtragen, auf denen wohlgenährte Rinder im saftigen hohen Gras standen.

Er hatte seinen Buschhut gegen den strömenden Regen tief ins Gesicht gezogen. Das Wasser tropfte von der Krempe auf die Schultern seines langen, wasserdichten Viehtreibermantels, während das Pferd durch den Matsch trabte. Er war nun seit zwei Tagen unterwegs, unterbrochen von regelmäßigen Pausen, um dem Pferd Ruhe zu gönnen, etwas zu essen und ein bisschen zu schlafen. Er kam gut voran, und am nächsten Nachmittag würde er den ersten Blick auf die Stadt Tanunda werfen und das weite grüne Tal aus endlosen Reihen von Weinreben sehen, das Yarrabinda umgab.

Seine Augen schmerzten vom Mangel an richtigem Schlaf, und Mantel wie Stiefel waren über und über von Matsch bespritzt. Doch trotz der Kälte und Nässe, trotz seines steifen Nackens und der Rückenschmerzen waren seine Gedanken klar und zielgerichtet. Die Papiere steckten gut verwahrt in einer Brusttasche unter seinem Viehtreibermantel. Ihr zerstörerischer Inhalt lastete ihm auf der Seele. Er musste einen Weg finden, um gegen diese Sache vorzugehen. Er musste die Menschen, die ihm am meisten am Herzen lagen, beschützen und die Geschichte vor der Außenwelt geheim halten. Hoffentlich hatte Hamish sein Telegramm erhalten und sich ebenfalls auf den Weg nach Yarrabinda gemacht. Zu dritt würden sie vielleicht eine schnelle und nicht allzu schmerzhafte Lösung finden.

Er brachte das Pferd zu einem langsameren Tempo und ließ seine Gedanken schweifen, während sie den langen Aufstieg auf die Hügelkette begannen. Baker war ein zuverlässiger Mann und hatte überall in Australien Kontaktleute, darunter auch etliche Privatdetektive. Wenn sein Mann in Adelaide Beweise dafür finden konnte, dass die Anwaltskanzlei zwielichtig und die Klägerin eine Schwindlerin war, die eine der reichsten Familien Australiens erpressen wollte, dann würde sich diese Reise als unnötig erweisen.

Er hoffte inständig, dass dies der Fall wäre – dennoch fürchtete er, dass es sich um Wunschdenken handelte, und war aufs Schlimmste gefasst. Denn wie war die Klägerin an eine so vernichtende Menge an Wissen über das Familiengeheimnis gelangt? Und es war eindeutig ein tief verborgenes Geheimnis, eines, das seine Hüterin aus Angst vor den Folgen niemals preisgegeben hätte.

Doch angesichts der Forderung wurde ihm nun erschreckend klar, was der Gesprächsfetzen bedeutete, den er vor etwa acht Jahren aufgeschnappt hatte – und er erklärte auch die anschließenden Ereignisse. Auf jeden Fall stand fest, dass noch jemand anders die Wahrheit erfahren hatte und ihnen nun androhte, sie damit zugrunde zu richten.

Es ging nun wieder bergab, und Harold überließ es seinem Pferd, hinunter ins Tal zu finden, über den steilen, von dichtem Gebüsch überwucherten Hügel. An der Baumgrenze angelangt, reckte er sich, um seine steifen Schultern zu lockern. Es konnte keine Lösung geben, ehe er von Baker gehört und mit seinen Schwägern gesprochen hatte. Als der düstere Tag noch finsterer wurde, beschloss er, dass es an der Zeit war, sein Lager aufzuschlagen und sich auszuruhen.

Unter einem dichten Laubbaldachin, der einen guten Regenschutz abgab, brachte er sein Pferd zum Stehen und stieg ab. Während er Rücken und Hüften lockerte, lächelte er trocken. Er war erst zweiundvierzig Jahre alt und hatte sich eigentlich für einen Mann in den besten Jahren gehalten, doch von dem jahrelangen guten Leben war sein Körper offenbar verweichlicht, und der lange Ritt forderte seinen Tribut.

Bei dem Gedanken, wie schnell die Jahre verstrichen und

dass er nicht mehr so jung und stark war, wie er geglaubt hatte, seufzte er. Er nahm dem Pferd den Sattel ab, rieb es trocken und legte ihm lockere Fußfesseln an, damit es ein bisschen grasen konnte.

Dann zog er den wasserdichten Segeltuchsack auf, der seine Schlafmatte enthielt, breitete die größere von zwei Planen über ein paar tiefer hängende Zweige, um ein behelfsmäßiges Zelt zu schaffen, und legte die zweite auf den Boden. Nachdem er etwas trockenes Reisig gesammelt hatte, hob er eine Grube für das Feuer aus und wartete, auf einem Baumstamm sitzend, darauf, bis es brannte. Dann hängte er den Kessel darüber, um Teewasser zu kochen.

Über die Deckplane hinweg blickte er durch die Bäume. Der Himmel klarte langsam auf, und die ersten Sterne kamen zum Vorschein. Schon bald würden sie am schwarzen Firmament stehen. In ihrem silbernen Licht würden die Nachttiere aktiv werden, um in einer seit Anbeginn der Zeit unveränderten Landschaft auf Beutezug zu gehen.

Harold seufzte zufrieden, als er langsam schläfrig wurde, denn trotz des unerfreulichen Anlasses seiner Reise war er in seinem Element. Hier konnte er den alten Bahnen folgen, so leben, wie er und sein Vater gelebt hatten, und unter einer alten Pferdedecke auf einem Bett aus zerdrückten Eukalyptusblättern liegen, während allmählich das Lagerfeuer verglomm.

Geweckt wurde er von den kichernden Rufen der Kookaburras, die über ihm in den Zweigen saßen, und dem heiseren Kreischen eines Schwarms bunter Papageien, die unter heftigem Flügelschlagen von einem Busch aufflogen. Ihm tat alles weh, und er hätte noch stundenlang schlafen können, doch die Zeit reichte nicht für solche Extravaganzen, und so kam er mühsam auf die Beine und rieb sich mit beiden Händen kräftig das Gesicht, um die Müdigkeit zu vertreiben.

Rasch fachte er das Feuer mit frischem Reisig wieder an und aß die letzten Reste Buschbrot und Hammelfleisch, während im Kessel das Wasser kochte. Nachdem er den frisch gebrühten Tee geschlürft hatte, packte er alles wieder in seinen Sack, scharrte Erde über die Feuerstelle, damit garantiert keine Glut zurückblieb, und sattelte sein Pferd. Die Sonne ging gerade auf, und es war höchste Zeit für den Aufbruch.

Die Mittagssonne brannte vom wolkenlosen Himmel, als er am Gipfel des Mengler Hill anlangte und auf das weite Tal hinabblickte, das in der ersten Hälfte des neunzehnten Jahrhunderts von Bayern besiedelt worden war, die der religiösen Unterdrückung in ihrer Heimat hatten entkommen wollen. Tanunda war ein Aborigine-Wort und bedeutete »Wasserstelle«, und die Stadt war heute umgeben von endlosen Reihen ordentlich gepflanzter Rebstöcke, die in der satt durchfeuchteten Erde im milden Klima Südaustraliens bestens gediehen.

Er ließ das Pferd noch ein wenig im hohen Gras weiden, ehe er ihm sacht die Hacken in die Flanken drückte, um es anzuspornen, den Hügel hinabzutrotten, auf die Dächer und Lagertürme von Yarrabinda zu, die er in der Ferne ausmachen konnte.

Als er an der weiß verputzten Steinmauer und dem imposanten schmiedeeisernen Tor vor dem Anwesen anlangte, nickte er anerkennend. James wusste offenbar ganz genau, wie er seine Besucher beeindrucken konnte, denn die gesamte Anlage wirkte wie aus dem Bilderbuch. Hinter dem Haus und auf den sanften Hängen in der Ferne erstreckten sich unzählige Reihen von Weinreben. Weinpresse und Tanks befanden sich hinter einer Gruppe Pfefferbäume; Maschinenschuppen, Schmiede und mehrere Scheunen standen dicht nebeneinander ein Stück weiter hinter dem Haus.

Da die Tore offen standen, ritt er den langen Kiesweg entlang, der sich durch samtgrüne Wiesen und bunte Blumenbeete zog, die von mehreren Gärtnern gepflegt wurden. In der Mitte des Wendekreises vor dem Haus stand ein verzierter Brunnen, in dessen Kaskaden die Sonne und winzige Regenbögen glitzerten. Das Plätschern des Wassers in der weißen Marmorschale klang an diesem außergewöhnlich heißen Tag besonders angenehm.

Das Haus selbst war 1842 von einem der ersten bayerischen Siedler gebaut worden. Er hatte die kostbaren Reben um die halbe Welt bis ins Barossa Valley gebracht und hier ein neues Leben angefangen. In die Familie gelangt war das Haus, als Christy und ihr Mann es viele Jahre später gekauft hatten. Es war ein anmutiger, zweistöckiger Bau aus hellem Stein unter einem roten Ziegeldach. Die Läden vor den zahlreichen Fenstern waren dunkelgrün lackiert und passten zu den vielen Hektar Weinbergen ringsum. Der breite Säulenvorbau vor der wuchtigen Eichentür spendete den leuchtend roten Geranien in den Pflanzenschalen willkommenen Schatten.

Auf der einen Seite des Hauses, ein bisschen versetzt hinter einer Mauer, befanden sich mehrere aus Backsteinen gebaute solide Ställe, die Sattelkammer und das Futterlager, alles um einen gepflasterten Hof gelegen. Allerdings waren nirgends Pferde zu sehen. Harold vermutete, dass sie sich auf einer der Koppeln aufhielten.

Als er vom Pferd stieg, registrierte er, dass seine Ankunft nicht unbemerkt geblieben war. Ein Junge kam aus dem Hof und lief auf ihn zu. Er nahm sein Bündel, reichte dem Jungen die Zügel und gab ihm Anweisung, sein Pferd zu tränken und zu füttern, ehe er es auf die Koppel ließ. Schließlich klopfte er seinen Mantel ab und bereitete sich darauf vor, seinen Schwägern zu begegnen.

»Du siehst aus, als könntest du auch ein Bad und eine kräftige Mahlzeit vertragen!«, rief James, der in der Tür lehnte und wie immer ein weißes Hemd, Reithosen und auf Hochglanz polierte braune Lederstiefel trug. »Komm rein, Harry.«

Sie schüttelten sich die Hände, und Harold folgte ihm in die kühle Empfangshalle, wo ein Dienstmädchen stand und ihm Hut und Mantel abnahm. »Ist Hamish schon da?«

»Er hat sich per Funk gemeldet, sowie er deine Nachricht bekommen hatte, und ist kurz darauf in Wallangarra aufgebrochen. Worum geht es eigentlich, Harry? Was ist so dringend? Es ist doch nichts mit Mutter, oder?«

»Soweit ich weiß, geht es den dreien bestens. Es handelt sich um etwas völlig anderes.« Er sah sich in der Halle um. »Wo ist Clarice?«

»Ich habe sie für eine Weile zu ihrer Mutter geschickt, damit sie sich nicht aufregt. Aufregung ist nicht gut für eine Frau in ihrem Zustand.«

Harold lächelte und klopfte ihm auf die Schulter. »Herzlichen Glückwunsch, mein Guter. Das hast du aber bisher für dich behalten.«

»Es ist noch ein bisschen zu früh, um es hinauszuposaunen«, erwiderte James unwirsch und trat von einem Bein aufs andere. »Und? Erzählst du mir, worum es überhaupt geht, oder muss ich raten?«

»Es wundert mich, dass man dich noch nicht direkt kontaktiert hat, aber ich halte es wirklich für das Beste, wenn wir auf Hamish warten.«

James riss die Augen auf. »Ach komm, Harry. Es kann noch Stunden dauern, bis Hamish hier ist, und die Spannung bringt mich um. Nichts kann doch derart ernst sein, dass man ein solches Geheimnis daraus machen muss, oder?«

»Es ist aber ernst, James – sogar sehr ernst, und es könnte uns allen schaden.« Er rieb sich den schmerzenden Rücken und konnte ein Gähnen nicht ganz unterdrücken, als er den braunen Umschlag hervorholte und ihn seinem Schwager hinhielt.

»Lies dir das mal durch, während ich ein Bad nehme. Wenn ich gewaschen bin und etwas zu mir genommen habe, bin ich in besserer Geistesverfassung, um die Sache mit dir zu besprechen.«

James musterte den Umschlag und ließ ihn stirnrunzelnd von einer Hand in die andere wandern. »Du weißt, wo die Gästezimmer sind«, murmelte er geistesabwesend. »Wir sehen uns dann später.«

Harold stieg die breite Treppe hinauf und schritt den Flur entlang zu den Gästezimmern im Westflügel. Er war schon mehrmals in Yarrabinda gewesen, um mit James geschäftliche Angelegenheiten zu besprechen. Sehnsüchtig betrachtete er das bequeme Bett. Es würde wahrscheinlich noch viele Stunden dauern, bis er sich auf die weiche Matratze sinken lassen und schlafen durfte.

»Was zum Teufel soll das bitte sein?«

Verdutzt schlug Harold die Augen auf. Über ihn gebeugt stand ein vor Wut feuerrot angelaufener Hamish, der den Inhalt des Umschlags vor seiner Nase schwenkte. Er blinzelte, um die schläfrige Benommenheit abzuschütteln, die ihm das Gehirn vernebelte, und registrierte, dass das Wasser in der Wanne während seines Nickerchens empfindlich abgekühlt war.

»Ich bespreche überhaupt nichts, solange ich hier mit nacktem Hintern im affenkalten Wasser hocke«, gab er zurück. »Verzieh dich, Hamish, und warte unten auf mich.«

»Dann beweg deinen Hintern mal ein bisschen plötzlich«, brüllte dieser. »Du musst eine ganze Menge erklären, mein Freund.« Damit stapfte er aus dem Raum und knallte die Tür hinter sich zu.

Harold stieg seufzend aus der Wanne und griff nach einem Handtuch. Hamish war schon immer ein wandelndes Pulverfass gewesen. Er explodierte schnell, und es war nicht ganz einfach, mit ihm umzugehen, wenn er derart aus dem Häuschen war. Natürlich stand es ihm absolut zu, wütend zu sein, aber Harold wünschte, er würde keinen solchen Wirbel veranstalten – das tat seinem noch immer leicht benebelten Gehirn überhaupt nicht gut.

Binnen einer halben Stunde war er angezogen und stieg die Treppe zu dem großen Salon hinab, der auf die weiten Rebflächen und Pferdekoppeln hinausging. Beide Brüder sprangen auf, als er eintrat, und begannen gleichzeitig auf ihn einzureden.

Harold hob die Hände. »Bitte. Ich weiß, dass ihr wütend und besorgt seid, aber ich muss erst mal was essen, wenn wir vernünftig diskutieren wollen.«

»Auf dem Tisch steht ein abgedeckter Teller«, murmelte James. »Wir reden, während du isst.«

Harold seufzte genüsslich, als er den Deckel abhob und das herrliche Aroma von Brathuhn und gebuttertem Kartoffelpüree roch. Rasch machte er sich über das köstliche Mahl her. Die Spannung im Raum war ihm wohl bewusst, und sowie er seinen ersten Hunger gestillt hatte, blickte er von seinem Teller auf.

Hamish ging im Zimmer auf und ab, den Buschhut noch auf dem Kopf, die Hände in den Taschen seiner staubigen Moleskinhose vergraben. Seine schmutzigen Stiefel hinterließen ihre Spuren auf dem auf Hochglanz polierten Fußboden. James wirkte ruhig, doch in seinem Kiefer zuckte ein kleiner Muskel, der auf seine innere Anspannung hindeutete.

»James, du hattest etwas mehr Zeit, um den Inhalt dieser Papiere zu verdauen, also warum sagst du mir nicht, was du denkst?«

»Die Behauptungen sind offensichtlich falsch«, erwiderte der Jüngere grimmig. »Da will uns doch nur jemand aufscheuchen, um uns zu einer Reaktion zu verleiten, in der Hoffnung, dass wir etwas springen lassen.«

»Das sind verfluchte Verbrecher«, schimpfte Hamish, »und

von mir kriegen die keinen Penny, das kann ich euch garantieren. Wir sollten die Schweine vor Gericht zerren und ihnen die Hölle heißmachen.«

»Aber das wäre unklug, Hamish«, wandte James ein. »Wenn die Sache vor Gericht geht, können sie ihre schmutzigen Lügen und Unterstellungen öffentlich verbreiten. Den Schaden, den sie dadurch anrichten würden, könnten wir nicht verhindern, da können wir dementieren, so viel wir wollen. Wir können es uns nicht leisten, hitzköpfig an die Sache heranzugehen – nicht, wo so viel auf dem Spiel steht.«

Hamish schnaubte ungehalten und warf sich in einen Sessel. »Wenn es nach mir ginge, würde ich dieses Miststück ausfindig machen und abknallen«, fauchte er.

»Ich danke Gott, dass Mutter und die anderen nicht hier sind«, sagte James. »Wir müssen die Sache klären, bevor sie zurückkommen.«

Während die Brüder in nachdenkliches Schweigen verfielen, verspeiste Harold sein spätes Mittagessen, trank ein Glas Rotwein dazu und nahm sich einen Moment Zeit, um seine Pfeife zu stopfen und anzuzünden. Dann erzählte er ihnen in aller Ruhe von Bakers Privatdetektiv.

»Es kommt darauf an, was der Mann zutage fördert«, sagte er, »aber wir können uns nicht einfach zurücklehnen und hoffen, dass sich alles in Wohlgefallen auflöst. Verbrecher hin oder her, diese Leute meinen es ernst.«

»Natürlich sind es Verbrecher«, zischte Hamish, »und wenn es nach mir ginge, würde ich sie aufknüpfen.«

»Ich kann dich verstehen«, sagte James trocken, »aber es wäre leider auch keine Lösung, wenn du wegen Mordes hingerichtet werden würdest.« Tief in Gedanken versunken, begann er im Raum auf und ab zu gehen. »Wir müssen vielmehr nachweisen, dass ihre Behauptungen falsch sind, und das dürfte nicht allzu schwierig sein. Sämtliche Dokumente, die mit Yarrabinda zu tun haben, liegen in einem Bankschließfach in Adelaide, und Baker hat Abschriften davon.«

»Die Papiere für Wallangarra müssen auch irgendwo sein«, murmelte Hamish. »Wir hatten ja vor drei Jahren diesen Brand, und da wurde vieles zerstört. Beryl wollte schon lange die Unmengen von Gerümpel durchsehen, das wir retten konnten, aber bei der ganzen Arbeit mit den Kindern und dem Vieh ist sie einfach nicht dazu gekommen.«

Harold und James sahen ihn entsetzt an. »Aber die Papiere sind unerlässlich, um deine Besitzrechte zu belegen«, keuchte James. »Warum zum Teufel hast du sie nicht bei unserem Anwalt hinterlegt oder in einem Bankschließfach aufbewahrt?«

Hamish wurde rot. »Ich war zu beschäftigt mit der Dürre und den sterbenden Rindern, um mir den Kopf über irgendwelche dämlichen Papiere zu zerbrechen«, knurrte er. »Als ich sie das letzte Mal gesehen habe, lagen sie in einer Blechkiste, aber als das Feuer ausgebrochen ist, haben wir einfach nur jede Menge Zeug aus dem Haus geschleppt und alles ins Futterlager gestopft, in der Hoffnung, das Wellblech würde es schützen.«

»Und hat es funktioniert?«, wollte Harold wissen.

Hamish zuckte die Achseln. »Die Möbel waren von der Hitze ein bisschen angesengt, aber sie haben es überstanden. Was den Rest angeht, so liegt alles wild auf einem Haufen und wartet darauf, dass einer von uns Zeit hat, es zu sortieren.«

James holte tief Atem und ballte die Fäuste. »Dann schlage ich vor, du hängst dich heute Abend ans Funkgerät und sagst Beryl, dass sie nach dieser Blechkiste suchen soll. Wir können nur beten, dass sie sie findet und dass alles noch erhalten ist – denn ohne die Dokumente hast du vor Gericht keine Chance.«

»Ich habe nicht vor, es so weit kommen zu lassen«, murmelte Hamish. »Außerdem steht Yarrabinda in der Schusslinie, nicht mein Anwesen.«

»Du hast die Dokumente offenbar nicht aufmerksam gelesen, Hamish«, sagte Harold verdrossen. »Denn sonst wüsstest du, dass beide Anwesen ins Visier genommen wurden und dass sie auf Wallangarra aus ist, mit einem kleineren Anspruch auf Yarrabinda.«

Hamish schnaubte und zerrte an der Krempe seines staubigen Huts. »Nur über meine Leiche«, knurrte er.

»Was ich nicht verstehe, ist, warum diese Thomasina Brown – wer zum Teufel sie auch sein mag – das so plötzlich in die Wege leitet«, sagte James, dessen Ratlosigkeit sich auf seiner Miene abzeichnete.

»Es ist seltsam«, murmelte Harold. »Der Name sagt mir absolut nichts, obwohl ich mir das Gehirn zermartert und meine alten Adressbücher durchforstet habe.«

»Mir sagt er auch nichts«, warf Hamish ein. »Aber wir haben uns alle im Lauf der Jahre Feinde gemacht – das ist ein unseliges Übel, mit dem wir als Geschäftsleute immer wieder zu kämpfen haben.« Er musterte die beiden anderen unter seinen dichten Brauen hervor. »Aber wenn es hier nur darum geht, für ein entgangenes Geschäft oder einen geplatzten Transportvertrag Rache zu üben, warum dann diese anderen schmutzigen Behauptungen? Das passt doch nicht zusammen.«

»Vielleicht hat sie sie erfunden, um ihren Forderungen mehr Nachdruck zu verleihen«, versetzte James. »Auch wenn das einfach schändlich ist.«

Harold rutschte auf seinem Stuhl herum und machte sich an seiner Pfeife zu schaffen. Es gab etwas, das er die Brüder fragen musste, doch das wäre, als hielte man ein brennendes Streichholz an Dynamit.

»Was geht dir durch den Kopf, Harry?« James musterte ihn forschend. »Gibt es noch etwas, was du uns verschwiegen hast?«

Harold rutschte unter ihren fragenden Blicken nervös hin und her und wählte seine Worte sorgfältig. »Habt ihr die Möglichkeit in Betracht gezogen, dass diese Behauptungen nicht nur aufgestellt wurden, um die Klage zu untermauern, sondern dass sie tatsächlich einen Funken Wahrheit enthalten könnten?«

»Das ist eine widerliche Unterstellung«, polterte Hamish und sprang auf. »Nimm das zurück, Harold, sonst schlage ich dich nieder, so wahr mir Gott helfe.«

Harold musterte Hamish, der größer, breiter und kräftiger war als er, und da er sich nicht mit ihm anlegen wollte, blieb er sitzen. Er war kein Kämpfer, und zudem war jetzt nicht der richtige Zeitpunkt, um sich mit seinem unbeherrschten Schwager zu prügeln.

»Mich zu schlagen ändert nichts an den Tatsachen«, erklärte er, so ruhig er konnte. »Es tut mir wirklich leid, wenn ich euch beleidigt habe, aber die Frage musste gestellt werden.«

»Das musste sie mit Sicherheit nicht«, widersprach James, der vor Wut kreidebleich war. »Wie kannst du es wagen, so etwas auch nur für denkbar zu halten – noch dazu in deiner Position?«

Harold rang um Ruhe. »Gerade wegen meiner Position denke ich über den Wahrheitsgehalt dieser Behauptungen nach, und wenn ihr mir nur mal zuhören würdet, könntet ihr besser verstehen, warum das so ist.«

»Ich höre mir nichts dergleichen an«, knurrte Hamish und griff nach dem Whisky-Dekanter. »Ich habe dich für einen Ehrenmann gehalten, Harold, und bin von deiner Illoyalität schockiert.«

Seine wachsende Wut ließ Harold aufspringen. »Ich bin nicht illoyal und bin es nie gewesen. Diese Familie bedeutet mir mehr, als du je begreifen wirst, Hamish, und ich bin genauso betroffen und wütend und besorgt wie du – aber ihr müsst mich anhören, das verlange ich.«

Hamish zog wutentbrannt eine Braue hoch und funkelte ihn böse an. »Niemand sagt mir, was ich zu tun habe«, zischte er, »am wenigsten du.« Er kippte seinen Whisky hinunter und knallte das Glas auf das Kaminsims.

»Willst du dieses Schlamassel bereinigen?«, herrschte Harold ihn an und sah ihm direkt in die Augen.

»Ja, natürlich, verflucht noch mal.«

»Dann sei still und lass mich ausreden«, fauchte Harold.

Hamish ließ sich schwer wieder in den Sessel fallen und verschränkte die kräftigen Arme vor der Brust. »Dann raus mit der Sprache«, grollte er. »Aber wenn mir nicht gefällt, was ich höre, dann schlag ich dir die Rübe ein.«

Daran hegte Harold keinen Zweifel, doch es war unerlässlich, dass er die Brüder dazu brachte, ihn anzuhören und das, was er zu sagen hatte, voll und ganz zu durchdenken. »Wer auch immer Thomasina Brown ist, sie scheint nur allzu gut über die Familie und unsere geschäftlichen Angelegenheiten informiert zu sein. Sie hat sogar Dokumente vorgelegt, um einige ihrer besonders schädlichen Behauptungen zu stützen – und genau über die müssen wir reden, und zwar ruhig und mit kühlem Kopf.«

Hamish funkelte ihn zornig an. »Dokumente lassen sich fälschen, das weißt du so gut wie ich. Was sie da behauptet, ist Verleumdung, und ich werde bis zum letzten Atemzug dagegen kämpfen.«

Harold sah zu James hinüber, der zusammengesunken und tief in Gedanken auf seinem Stuhl saß. »Was denkst du, James? Könnten sie gefälscht sein?«

»Ich hoffe im Interesse aller, dass sie das sind«, sagte er beklommen. »Aber die Namen und Daten, die sie geliefert hat, klingen so überzeugend, dass es mich sehr beunruhigt, nachdem ich jetzt Zeit gehabt habe, mir alles gründlich durch den Kopf gehen zu lassen.«

Harold musterte die Brüder. James kaute an seinem Daumennagel, und Hamish grollte immer noch, doch zumindest schien seine lodernde Wut etwas nachgelassen zu haben. »Ich gebe zu, die Sache ist äußerst beunruhigend – um nicht zu sagen schockierend.« Er hielt inne, wohl wissend, dass er erneut Öl ins Feuer goss. »Aber ich habe vor einigen Jahren ein paar Gesprächsfetzen aufgeschnappt, und jetzt frage ich mich …«

Hamish rutschte ein Stück nach vorn, die verschränkten Hände zwischen den Schenkeln. »Du fragst dich was?«, fauchte er. »Spuck's aus, Harold, sonst vergesse ich mich.«

Harold schenkte sich noch ein Glas Wein ein und trank einen großen Schluck, ehe er ihnen berichtete, was er bei seinem Aufenthalt in Bellerive zufällig gehört hatte. In dem bedrückten Schweigen, das danach eintrat, konnte er fast hören, wie ihre Gehirne arbeiteten.

Er sah zu, wie Hamish sich aus dem Sessel erhob, die Hände in die Taschen seiner derben Hose steckte und aus dem Fenster starrte. »Guter Gott«, keuchte er. »Ich kann das alles gar nicht fassen.«

»Bist du sicher, dass du richtig gehört hast?« James lehnte sich vor. Seine Haltung war verkrampft, und seine braunen Augen flehten fast darum, sein Schwager möge etwas falsch verstanden haben.

Harold nickte und schenkte ihnen beiden Wein nach. Was er diesen beiden Männern antat, war ihm zuwider, denn sie waren ihm zu Freunden und zu Brüdern geworden – doch die Auswirkungen auf den Rest der Familie wären noch schlimmer.

Hamish blieb eine Weile am Fenster stehen, mit gesenktem Kopf und hängenden Schultern. »Ich schätze, ich muss mich bei dir entschuldigen, Harry«, sagte er und wandte sich wieder um.

»Nicht nötig«, erwiderte er. »Es ist eine schreckliche Situation, und da ist es ja ganz normal, dass sich die Gemüter erhitzen.«

Hamish schenkte sich noch einen Whisky ein, kippte ihn

hinunter und zündete sich einen Stumpen an. »Etwas von dem, was du gerade gesagt hast, hat mich an eine seltsame Sache erinnert, die vor Jahren passiert ist, als ich noch ein kleiner Junge war«, sagte er ernst. »Damals dachte ich, ich hätte es geträumt, aber seit heute bin ich mir da nicht mehr so sicher.«

Harold und James erstarrten und wandten sich aufmerksam Hamish zu, in der Erwartung, dass er fortfuhr, obwohl sie Angst vor dem hatten, was sie gleich zu hören bekommen würden.

Hamish paffte an seinem Stumpen, und sein Blick verriet, dass seine Gedanken in einer fernen Zeit und an einem fernen Ort waren. »Es war heiß, und ich lag zum Mittagsschlaf auf der hinteren Veranda in Wallangarra. Ich war ein bisschen beleidigt, weil ich mit Anne und den anderen Kindern zum Teich runtergehen wollte und Dad es nicht erlaubt hatte.«

»Wie alt warst du da?«, erkundigte sich James.

»So ungefähr vier oder fünf, schätze ich.« Er schien wieder in die Gegenwart zurückzukehren. »Ich weiß, es ist schon lange her, und ich hatte es schon fast vergessen, aber nach dem, was uns Harry gerade erzählt hat, ist es mir wieder eingefallen, so klar, als wäre es gestern geschehen.«

Die Spannung zwischen den Männern war fast mit Händen zu greifen, als Hamish seinen Stumpen im Aschenbecher ausdrückte. Er holte tief Luft und erzählte ihnen von jenem Tag und davon, was er geträumt zu haben glaubte. Als er geendet hatte, herrschte lange Stille, bis James schließlich das Wort ergriff.

»Guter Gott«, stöhnte er und rieb sich mit beiden Händen über das Gesicht. »Das scheint die Sache ja wohl zu bestätigen.« Er blickte von seinem Bruder zu Harold, ein entschlossenes Leuchten in den braunen Augen. »Es sieht ganz danach aus, als stünde uns ein brutaler Kampf bevor. Ich hoffe schwer, ihr seid dafür gerüstet.«

Harold und Hamish nickten. Ihnen war nur allzu bewusst,

dass sie es sich nicht leisten konnten, diesen Kampf zu verlieren, wenn das Vermögen und der gute Ruf sämtlicher Familienmitglieder gewahrt bleiben sollten. Doch ihre Chancen schienen schlecht zu stehen, und keiner von ihnen wusste, wie sie ihre Verteidigung überhaupt in Angriff nehmen sollten.

7

Skye

Die letzten drei Tage hatten sie damit verbracht, die Gegend zu erkunden, und waren durch das Gebiet um Duirinish gefahren, mit seinen rauschenden Bächen und hohen Felswänden, von denen Wasserfälle in entlegene Buchten stürzten, seinen Tafelbergen und den Legenden von Kämpfen mit Riesen.

Das Wetter hatte sich gebessert, der Himmel war klar, und die Sonne schien, und so hatten sie in geschützten Felsnischen gepicknickt, während ihnen Christy schilderte, wie sie und ihre Mutter einst Geld mit dem Sammeln von Seetang verdient hatten, der dann verbrannt wurde, um das Alkali freizusetzen, das für die Herstellung von Seife und anderen Kosmetikprodukten gebraucht wurde. Davon hatte damals jeder auf der Insel gelebt, doch durch erhöhte Steuern und den Einsatz von billigerem spanischem Seetang war dieser Wirtschaftszweig bald verschwunden. Als hinzukam, dass mehrere Jahre in Folge die Kartoffelernte ausfiel, litten ganze Gemeinden Hunger und verarmten zunehmend.

Christy, die wollte, dass die anderen ganz genau nachvollziehen konnten, wie ihr Leben auf Skye gewesen war, hatte ihnen geschildert, was für eine Knochenarbeit das Torfstechen im Moor gewesen war. In den *»kishies«* genannten Binsenkörben mussten sie den Torf auf dem Rücken nach Hause schleppen. Dann wurde der nasse Torf sorgfältig gestapelt, damit er trocknen und später als Brennmaterial dienen konnte. Sie erzählte davon, wie oft ihr Vater und ihre Onkel ihr Leben riskiert hatten, indem sie die steilen Felswände hinaufkletterten, um Vögel und Vogeleier zum Essen zu ergattern, und wurde ganz lebhaft, als sie ihnen die große Freude und das Festessen nach der Rückkehr der Männer schilderte, denn die Vögel galten als die beste und schmackhafteste Nahrung.

Gregor hatte seinen Teil beigetragen, indem er sie zu den verwitterten keltischen Kreuzen mit ihren mysteriösen Inschriften brachte, die es überall auf der Insel gab, und zu den uralten Ruinen der vom heiligen Columban errichteten Kirchen, die noch immer Gedenkstätten an die Toten bargen. Während Jock zufrieden graste, erkundete Gregor mit ihnen die Überreste eines recht unheimlichen Forts, das hoch auf den Klippen stand.

In den ruhigen Momenten nach ihrem mittäglichen Picknick erzählte er ihnen Legenden von den Wikingern, die ihr Können und ihre eigenartige Sprache auf die nördlichen Inseln gebracht hatten. Sie lauschten fasziniert – vor allem Christy, die sich in ihre Kindheit zurückversetzt fühlte, wenn sie den Geschichten ihres Vaters gelauscht hatte, geborgen in seinen Armen.

Am vierten Tag erlebten sie im Hotel ein herrliches Fest, bei dem sie eine Reihe entfernter Verwandter kennenlernten, darunter Gregors Eltern und seinen weiteren Familienkreis. Bei einem üppigen Abendessen erzählte man sich Geschichten, man sang und tanzte und trank dazu Unmengen Whisky. Christy und Kathryn genossen es in vollen Zügen, und selbst Anne ließ sich von der fröhlichen Atmosphäre anstecken und wurde sogar dabei gesehen, wie sie mit Gregors Vater mehrere Reels tanzte.

Am frühen Morgen des fünften Tages verabschiedeten sie sich von Mungo und Betsy, und obwohl Christy es bedauerte, so nette Leute zu verlassen, freute sie sich auch auf den nächsten Teil der Reise. Ihr Gepäck war fest auf dem Dach der Kutsche verschnürt, und wegen des zusätzlichen Gewichts und der weiten Strecke hatte Gregor sein zweites Arbeitspferd Hector dazugeholt, damit er Jock unterstützte.

Hector erwies sich als launischer alter Gaul. Er versuchte ständig, nach einer Seite zu ziehen, und blieb nicht mit Jock im Takt. Manchmal zwickte er ihn sogar, um sein Missvergnügen auszudrücken, dass er in ein Geschirr eingespannt war. Dies erinnerte Christy stark an ihren Sohn Hamish, der sich auch ständig über irgendetwas ärgerte.

Als die Sonne höher stieg und die Kutsche den breiten Weg entlangrollte, der sie durch die Hügel nach Westen und in die *baile* Gilleasbuig führen sollte, lehnte sich Christy zurück und betrachtete die Landschaft. Sie würde nie wieder hier vorbeikommen, doch sie war seltsam zufrieden. Das Gefühl, hierherzugehören, hatte sie nie verlassen, und das würde sich auch nie ändern. Zeit und Entfernung hatten Abstand geschaffen zu den schrecklichen Dingen, die hier passiert waren, und jetzt hatte sie das Gefühl, als wäre das alles jemand anderem zugestoßen – einer anderen Christy, in einer anderen Zeit, in einem anderen Leben.

Sie dachte an die Briefe an ihre Söhne, in denen sie die Orte geschildert hatte, die sie besucht hatten, und die damit verbundenen Geschichten skizziert hatte. Sie sollten verstehen, warum es ihr so wichtig gewesen war, hierherzukommen. Was die beiden aus ihren Erzählungen machen würden, wusste sie nicht, doch sie hoffte, sie würden etwas daraus lernen: Egal, wie mühsam das Leben war – man konnte alles durchstehen, wenn man genug Mut aufbrachte.

Ebendieser Mut war bereits in jungen Jahren in ihr zum Tragen gekommen. Im Lauf ihres langen und ereignisreichen Lebens hatte es durchaus Momente gegeben, wo er ins Wanken geraten war und sie zu verlassen drohte. Doch schon bald hatte er wieder hell geleuchtet; immer dann, wenn er gebraucht wurde. Der Verlust ihres Mannes hatte sie am schwersten getroffen, da sein Tod so plötzlich eingetreten war. Selbst jetzt erwartete sie noch manchmal, dass er plötzlich ins Zimmer kam oder dass er neben ihr lag, wenn sie nachts aufwachte. Der Schmerz, ihn verloren zu haben, war tief; sie wünschte, er wäre hier und sie könnte ihn nur noch einmal sehen und mit ihm reden.

Christys Tagtraum wurde von Anne unterbrochen, die schon seit ihrem frühen Frühstück schlechte Laune hatte. »Ich verstehe wirklich nicht, warum wir unbedingt hier entlangfahren müssen«, sagte sie verdrossen. »Warum fahren wir nicht direkt nach Portree, damit wir eine frühere Fähre zurück aufs Festland und in die Zivilisation nehmen können?«

»Weil ich jetzt noch nicht nach Portree will«, erklärte Christy entschlossen. »Wir haben dieses Gespräch schon einmal geführt, Anne, und ich bin es langsam leid.«

»Und ich bin es leid, kreuz und quer über diese vermaledeite Insel zu kutschieren«, fauchte Anne. »Wie ich von Gregor erfahren habe, gibt es an unserem Ziel überhaupt nichts zu sehen, also was soll das Ganze?«

»Der Punkt ist, dass ich dorthin will und es selbst sehen muss«, gab Christy gereizt zurück.

»Du hättest mich und Kathryn im Hotel lassen und allein hinfahren sollen«, sagte Anne. »Gregor hätte es bestimmt nichts ausgemacht, noch mal umzukehren und uns zu holen, und dann hätten wir alle zusammen nach Portree fahren können, ohne diesen unnötigen Umweg zu machen.«

»Ach, Mutter«, seufzte Kathryn. »Du weißt, dass das alles verdorben hätte. Grandma muss ihre Reise so anlegen, damit sie ihre Geschichte richtig erzählen kann, und ich zum Beispiel möchte gerne hören, was sie erlebt hat.« Sie ergriff die Hand ihrer Mutter. »Ich weiß, dass du wegen der Feier gestern Abend und unserer kurzen Nacht ein bisschen unpässlich bist, aber versuch doch wenigstens, dich dem Geist dieser Reise anzuschließen.«

Anne fuhr sich über die Stirn, als wollte sie unterstreichen, wie stoisch sie litt. »Ich werde mein Bestes tun«, sagte sie mit bebender Stimme. »Ich hoffe nur, dass Mutters Geschichten nicht allzu düster ausfallen, denn ich fühle mich ohnehin schon schlecht genug.«

Wohl wissend, dass Annes Kopfschmerzen die Folge von zu viel Whisky und Amüsement am Vortag waren, wechselten Kathryn und Christy einen Blick und verkniffen sich auch jeden Kommentar, als sich Anne Eau de Cologne auf Hals und Handgelenke tupfte und einen ergebenen Seufzer ausstieß.

Christy griff in den Weidenkorb, den Betsy ihnen mitgegeben hatte, zog die Thermosflasche mit starkem Kaffee heraus und goss etwas davon in die dicken Keramikbecher. »Trink das, Anne, und versuch dich zu entspannen. Ich weiß, das fällt dir nicht leicht, aber du wirst sehen, dass die Landschaft dir dabei hilft, die Fahrt zu genießen.«

»Ich weiß nicht, wie ich irgendetwas genießen soll«, grollte Anne. »Der Weg ist so uneben, dass nicht einmal die Federung der Kutsche ihm standhält, und von diesem endlosen Gerumpel wird mir ganz schlecht.«

Christy musste an den langen, kräftezehrenden Marsch denken, den sie vor so vielen Jahren hatte absolvieren müssen. »Du solltest dich glücklich schätzen, dass du so komfortabel reisen kannst«, entgegnete sie. »Als wir die MacInnes Bay verlassen haben, war kein Geld für eine Kutsche da, ja wir konnten nicht einmal darauf hoffen, dass uns ein vorüberfahrender Wagen mitnimmt«, sagte sie leise. »Wir mussten zu Fuß gehen.«

Anne musterte sie entsetzt. »Zu Fuß?« Sie blickte aus dem Fenster auf die raue Landschaft und die endlos scheinende Hügelkette, die sie durchquerten, und schnaubte unwillig. »Tja, du warst jung und kräftig und wahrscheinlich daran gewöhnt, solche Strecken zu Fuß zu gehen.«

»Ich mag ja jung gewesen sein, aber wir alle litten Hunger

und waren sehr schwach«, erwiderte Christy tonlos. »Die ganze Zeit, die wir in dieser Höhle gehaust hatten, mussten wir uns von Krustentieren und einer dünnen Brühe aus Seetang ernähren – kaum genug, um Leib und Seele zusammenzuhalten.«

»Aber dein Vater hatte ja sein Boot, er konnte doch sicher fischen gehen?«

Christy schüttelte den Kopf. »In dem ganzen Aufruhr und seiner Panik, möglichst schnell zu Mum und Gran zu gelangen, hatte er es nicht richtig vertäut, und als die See rau wurde, wurde es davongeschwemmt und gegen das Riff getrieben. Er und Finlay sind später hinausgeschwommen, um zu sehen, ob es noch zu retten war, doch man konnte es nicht mehr reparieren.«

»Dann hattet ihr also wirklich keine andere Wahl, als zu Fuß zu gehen«, murmelte Kathryn. »Deine arme Mutter; wie hat sie das denn geschafft, nachdem sie ihr Kind verloren hatte? Man hatte ihr ja sogar noch ins Gesicht getreten.«

»Sie hat sich genug erholt, um den Marsch zu überstehen, aber es hat lange gedauert, und sie wurde nie wieder ganz gesund und hatte schlimme Probleme mit ihrem gebrochenen Kiefer. Er war nicht gerade zusammengewachsen, weißt du, und so konnte sie weder richtig essen noch sprechen und hatte ständig Schmerzen.«

Christy schluckte schwer, entschlossen, sich nicht von ihren Erinnerungen überwältigen zu lassen. Die Kutsche rumpelte weiter durch die Schatten der Hügel, und sie fröstelte. »Wir sind Ende September nach Gilleasbuig aufgebrochen, in der Hoffnung, dass das Wetter sich halten würde. Doch der Winter kam in diesem Jahr früh, mit einem schneidenden Nordwind und eisigem Regen, und schon bald waren wir bis auf die Haut durchnässt und froren ganz erbärmlich – was unseren Hunger nur noch verschärft und unseren Geist weiter geschwächt hat.«

In Kathryns Augen sah sie Tränen glänzen, und so drückte sie ihr die Hand. »Aber wir vom MacInnes-Clan sind aus hartem Holz geschnitzt. Wir haben irgendwie die Kraft gefunden weiterzumachen.«

»Ihr müsst alle unheimlich tapfer gewesen sein«, murmelte Kathryn.

»Es war nicht Tapferkeit, die uns hat durchhalten lassen, sondern die Entschlossenheit, uns nicht unterkriegen zu lassen«, erwiderte Christy. »Wenn wir auf diesem Marsch umgekommen wären, hätten wir die Verwalter gewinnen lassen, und eine Niederlage kam für keinen von uns in irgendeiner Form infrage.«

»Jetzt weiß ich, woher Hamish seinen Sturschädel hat«, murmelte Anne.

Darüber musste Christy schmunzeln, denn auch Anne hatte die MacInnes'sche Sturheit geerbt. »Ja. Er ähnelt meinem Vater sehr – er sieht ihm sogar ähnlich, seit er ein Mann geworden ist. Aber mein Vater war ein sanfter Riese, der kaum je die Beherrschung verlor und sich nie in Streitigkeiten verwickeln ließ – es sei denn, seine Familie war bedroht.«

Sie verfielen in Schweigen. Die Federung der Kutsche quietschte, als sie über den unebenen Feldweg holperten, der durch die Hügel und zurück ins Sonnenlicht führte.

»Wir hatten nicht viel zu tragen«, sagte Christy schließlich. »Unsere wenigen Habseligkeiten kamen in die Säcke, die wir als Bettzeug nutzten, und der Webstuhl meiner Großmutter wurde sorgfältig zerlegt, sodass er aussah wie ein Bündel Stöcke, die wir dann meinem Vater auf den Rücken schnallten. Mutter und ich steckten unsere Bündel in unsere *kishies*, und da sie wesentlich leichter waren als die Stücke nassen Torfs, die wir gewohnt waren, spürten wir sie kaum.«

Christy hatte noch genau in Erinnerung, wie sie über die schwarze Heide und über zahllose rauschende Bäche gestapft waren, die Köpfe gegen Wind und Regen gebeugt. Ihre nackten Füße waren bald ebenso geschwollen und taub gewesen wie die von Jamie.

»Finlay und Vater haben den kleinen Callum abwechselnd getragen – mit seinem verkrüppelten Fuß hätte er unmöglich so weit laufen können –, und Jamie trug ein Bündel über der Schulter, das kleine Gesichtchen voller Entschlossenheit.«

Christy lächelte schief. »Er war erst acht, aber wahrscheinlich der Zähste von uns allen. Die Wut trieb ihn an – eine rasende Wut gegen die Leute, die ihn aus seinem Heim vertrieben hatten –, und die ist ihm viele Jahre lang geblieben.«

»Du hast ihn gelegentlich erwähnt, wenn du über deine erste Zeit in Tasmanien gesprochen hast«, sagte Anne. »Und Finlay auch. Warum haben wir eigentlich keinen von beiden je kennengelernt?«

»Und der arme kleine Callum«, flüsterte Kathryn. »Was ist denn aus ihm geworden?«

»Das ist eine andere Geschichte«, antwortete Christy traurig. »Eines nicht allzu fernen Tages werde ich euch erzählen, was aus meinen Brüdern geworden ist. Aber für den Moment soll genügen, dass wir alle diesen Marsch überlebt haben – aber wie wir das geschafft haben, grenzt an ein Wunder.«

Ihr versagte die Stimme, als sie sich an die bitterkalten Nächte erinnerte, die auf eisige Tage folgten, und an den ständigen nagenden Hunger. »Wir hatten nichts zu essen und kein richtiges Dach über dem Kopf, und unsere Kleidung war kaum mehr als Fetzen. Wir mussten verlassene Felder nach etwas absuchen, das noch nicht zu verfault zum Essen war, und nachts legten wir uns unter Felsüberhänge oder unter die weiten Äste von Dornbüschen. Wenn wir ein verfallenes Cottage oder einen Schuppen fanden, konnten wir von Glück sagen, aber das war selten.«

»Wie lang hat sich dieser Marsch hingezogen?«, wollte Kathryn wissen.

»Bei gutem Wetter und mit gefüllten Bäuchen hätten wir es leicht in zwei Tagen schaffen können, aber mit jedem Hungertag und dem immer unwirtlicher werdenden Wetter wurden wir langsamer, und so hat es eine gute Woche gedauert.«

Als die Pferde ihren Schritt verlangsamten und die Räder auf festeren Boden zu rollen begannen, sahen sie alle aus dem Fenster und stellten fest, dass sie jetzt auf einem Weg waren, der in ein breiteres Tal führte, an dessen Ende eine Wasserfläche glitzerte.

Christy stieß einen kleinen Schrei des Wiedererkennens aus und lehnte sich gefährlich weit aus dem Fenster. »Halten Sie die Kutsche an, Gregor«, rief sie. »Halten Sie sofort an!«

Kaum hatte er die Pferde zum Stehen gebracht, da riss Christy schon den Schlag auf und sprang so ungeschickt heraus, dass sie mit einem dumpfen Knall auf dem Hinterteil landete. Kathryn lief eilig zu ihr, gefolgt von Gregor, beide mit besorgten Mienen. »Ist alles in Ordnung? Hast du dir wehgetan?«

Christy saß lachend auf der Erde, Rock und Unterrock in wilder Unordnung. »Ich vergesse immer wieder, dass ich kein junges Mädchen mehr bin«, sagte sie, während sie sich die Röcke über die Beine zog und ihren Hut zurechtrückte. »Zum Glück hatte ich eine weiche Landung, aber – oh Gott – ich muss ja ein lächerliches Bild abgeben.«

»Allerdings«, fauchte Anne aus der Kutsche heraus. »Mein Gott, Mutter, bemüh dich mal um ein bisschen Schicklichkeit.«

Christy schüttelte die Bemerkung ab und ließ sich von Gregor und Kathryn aufhelfen. Der Sturz hatte sie so erschreckt, dass ihre Hände zitterten, als sie ihren Rock abklopfte und sich ein paar lose Haarsträhnen hinter die Ohren steckte. Um die anderen nicht merken zu lassen, wie erschüttert sie war, setzte sie ein fröhliches Lächeln auf. »Nichts passiert, nur ein paar blaue Flecken am Hinterteil und ein paar Dellen im Selbstgefühl«, erklärte sie.

Gregor zwinkerte ihr zu, und Kathryn kicherte, doch Anne schnaubte angewidert und rutschte auf die andere Seite der Kutsche, um sich vom schockierenden Benehmen ihrer Mutter zu distanzieren.

»Es bringt gar nichts, wenn du dich da drinnen verkriechst«, sagte Christy. »Wir müssen erst ein Stück gehen, bevor es was zu essen gibt.«

Anne sah auf die kleine Uhr, die sie an ihrem Revers trug. »Die Lunchzeit ist schon vorüber«, erklärte sie. »Und nachdem wir zu einer so unchristlichen Stunde gefrühstückt haben, würde ich meinen, der Spaziergang kann warten, bis wir gegessen haben.«

»Es wird nicht lange dauern, das verspreche ich«, sagte Christy, indem sie ihre Ungeduld zügelte. »Dann kannst du nach Herzenslust deinen Hunger stillen.«

Anne sah auf die weite Landschaft hinaus, die, abgesehen von einer verstreuten Herde zottiger Schafe, völlig leer war. »Und wo genau sollen wir deinen Plänen nach hinspazieren?«

»Dort hinunter.« Christy zeigte auf den langen Weg, der sich den Hügel hinab bis zu dem glitzernden See in der Ferne schlängelte.

»Ich bin nicht für Fußmärsche gekleidet«, erklärte Anne und streckte ihren kleinen Fuß aus, der in einem zierlichen Ziegenlederstiefelchen steckte.

»Das macht nichts«, versetzte Christy und kramte unter dem Sitz. »Ich habe das Mädchen gebeten, deine Wanderschuhe draußen zu lassen, als sie gestern Abend deinen Koffer gepackt hat.« Triumphierend hielt sie die Schuhe an den Schnürsenkeln in die Höhe. »Zieh sie schnell an, Anne. Die frische Luft und die Bewegung werden dir guttun, und es ist schon spät am Tag.«

Anne sah sie alle böse an, ehe sie widerwillig die Stiefel anzog.

»Is' ganz schön weit für jemand, der das Gehen nicht gewohnt ist«, murmelte Gregor. »Meinen Sie nicht, ich soll sie lieber zum See runterkutschieren?«

»Das ist sehr aufmerksam von Ihnen, Gregor, aber ich will, dass meine Tochter mit mir zu Fuß geht, genau wie ich mit meiner Mutter durch dieses Tal marschiert bin.«

Inzwischen in passenderem Schuhwerk, stieg Anne aus der Kutsche und ging ein paar Schritte, um die Aussicht und die weite Anhöhe missvergnügt zu mustern. »Es wird eine halbe Ewigkeit dauern, dort runterzugehen, und ich …«

Weiter kam sie nicht, da Hector den Anblick ihres Strohhuts unwiderstehlich fand. Mit seinen großen gelben Zähnen schnappte er sich die Krempe und versuchte, Anne den Hut vom Kopf zu ziehen.

»Mein Hut!«, japste Anne, während sie ihn umklammerte und gleichzeitig versuchte, Hector zu verscheuchen.

Ehe ihr irgendjemand zu Hilfe eilen konnte, war ein Tauziehen daraus geworden – ein Zweikampf, den Anne schnell verlor, als Hector ihr den Hut schließlich vom Kopf riss. »Mein Hut«, jammerte sie. »Mein schöner, teurer Hut.«

Hector kaute genüsslich an dem Stroh und den feinen Bändern und klimperte hingerissen mit den Lidern.

»Du Mistvieh«, fauchte Anne und versetzte ihm einen Klaps auf die Nase.

Hector ließ den Hut fallen und musterte sie angriffslustig.

Ehe irgendjemand sie aufhalten konnte, hatte Anne bereits den Fehler gemacht, sich nach ihrem ruinierten Hut zu bücken, und mit einem bösartigen Glitzern in den Augen biss Hector sie herzhaft ins Hinterteil.

Anne schrie auf, ließ den Hut fallen und fasste sich an den Po.

Hector wieherte begeistert, schnappte sich den Hut und tänzelte triumphierend.

Anne vernahm das unterdrückte Gelächter der anderen und drehte sich wütend zu ihnen um. »Das ist nicht lustig«, schrie sie, vor Wut und Scham völlig außer sich. »Dieses Pferd ist ein bösartiges Untier und gehört erschossen.«

»Ich muss sagen, da waren Sie jetzt selber schuld, Mrs Ross«, sagte Gregor gedehnt und verbiss sich das Lachen, während er sie von seinem Pferd wegzog. »Hector mag es nicht, wenn man ihn schlägt.«

»Und ich mag es nicht, wenn man mich beißt«, tobte sie. Als sie sah, dass die anderen noch immer kichern mussten, stampfte sie zornig auf. »Der Hut hat mich ein Vermögen gekostet«, schimpfte sie, »und ich habe große Schmerzen. Wie könnt ihr es wagen, mich auszulachen!«

»Es tut mir leid, Anne, aber Gregor hat recht«, stieß Christy unter Lachen hervor. »Man soll nie im Zorn ein Pferd schlagen, erst recht kein so empfindliches wie Hector. Und sich dann noch vor ihm zu bücken, wo man doch weiß, dass er gern zubeißt …« Sie brach erneut in Kichern aus.

Kathryn nahm ihre Mutter am Arm, und ihre Lippen zuckten, als sie sich nach Kräften darum bemühte, ihr Lachen zu unterdrücken. »Tut es denn wirklich so weh?«, stieß sie hervor.

Ein Hauch von Humor blitzte in Annes Augen auf, und ihre Mundwinkel zuckten, als sie sich nickend den Po rieb. »Ein bisschen schon«, sagte sie mit unsicherer Stimme. »Er hat große Zähne, und dann noch der Schreck …« Plötzlich musste sie kichern. »Ach du liebe Zeit. Diese Geschichte werde ich nie wieder los, was?«

»Also, sie ist auf jeden Fall noch besser als die von meinem Sturz aus der Kutsche«, sagte Christy. »Vermutlich tut uns heute Abend beiden der Po weh.«

Alle brachen in unbändiges Gelächter aus. Als sie Gregors ungläubige Miene sahen, bogen sie sich unter heftigen Lachkrämpfen, bis ihnen die Tränen übers Gesicht liefen.

Gregor schüttelte den Kopf. »Ich werd die Frauen nie verstehen«, murmelte er Hector zu, der sich die größte Mühe gab, den Hut restlos zu zerstören. Gregor tätschelte beiden Tieren den Kopf und seufzte tief. Pferde waren doch wesentlich unkomplizierter und weitaus vernünftiger.

Jock hob die Oberlippe zu einem Pferdelachen und zeigte seine riesigen gelben Zähne, während Hector mit einem wissenden Funkeln in den Augen den leckeren Hut ratzeputz auffraß.

Nachdem sie sich gefangen hatten und wieder normal sprechen konnten, beschlossen sie, ihr Picknick gleich oben auf dem Hügel zu machen und danach gemächlich zum See hinabzuspazieren.

»Es ist schön, dich und Gran wieder gemeinsam lachen zu hören«, sagte Kathryn, als sie mit Betsys köstlichen Fleisch-Kartoffel-Pastetchen und dem frischen Salat kurzen Prozess machten. »Ich weiß gar nicht, wann ich euch beide zum letzten Mal so habe lachen hören.«

Lächelnd versuchte Anne, wieder Ordnung in ihr Haar zu bringen, das sich in dem Gerangel um den Hut aus den Nadeln gelöst hatte und ihr nun über die Schultern fiel. »Aber das war lustig, oder? Und ja, es ist wirklich lange her, seit ich zum letzten Mal so gelacht habe.« Sie sah zu Christy hinüber und blickte dann rasch wieder weg.

»Wenn wir zurückkommen und ich nach Sydney gehe, musst du mit Daddy auch eine lange Reise machen. Ihr wart beide in letzter Zeit so bedrückt, und es würde euch guttun, mal von Melbourne wegzukommen.«

Anne musterte ihre Tochter scharf. »Dein Vater ist viel zu ausgelastet mit seinen Geschäften, um lange Urlaub zu machen, und ich werde alle Hände voll damit zu tun haben, mich auf die bevorstehende Sommersaison vorzubereiten.«

»Daddys Geschäfte laufen doch wie von selbst«, sagte Kathryn fest, »und die gesellschaftlichen Ereignisse sind nicht so wichtig. Ich will, dass du und Daddy euch amüsiert und es genießt, zusammen zu sein.«

Anne dachte an Harold und daran, wie es früher einmal zwischen ihnen gewesen war – und wie sehr sie sich am Vorabend amüsiert hatte, als sie mit Gregors Vater einige Reels getanzt hatte. Sie hatte sich dabei an die Gartenfeste erinnert, an denen sie und ihr Mann als Jungvermählte teilgenommen hatten, an Harolds starke Arme, wenn er sie über den Tanzboden wirbelte, und an sein attraktives Gesicht, wenn er zu ihr heruntersah … Rasch schüttelte sie diese beunruhigenden Erinnerungen ab. »Ich weiß nicht, was du meinst. Unser Terminkalender ist immer voll, und wir haben viel Spaß miteinander.«

»Tatsächlich?« Kathryn sah sie unverwandt an. »Warum seid ihr dann beide so unglücklich?«

In Anne sträubte sich alles. »Wir sind ganz zufrieden«, erwiderte sie. »Wirklich, Kathryn, du verdirbst uns den Tag mit alldem. Schluss damit.«

»Ich bin nicht blind, Mutter. Ich sehe doch, wie distanziert du Vater gegenüber bist und dass er lieber ins Büro geht oder im Busch umherzieht, als zuhause zu bleiben.« Die Tränen schossen ihr in die Augen. »Du liebst ihn doch noch, oder?«

»Aber natürlich«, erwiderte Anne unwillig.

»Warum bist du dann die ganze Zeit so verdrießlich?«, hakte Kathryn nach. »Und warum lacht ihr nicht mehr miteinander, du und Daddy, so wie früher?«

»Wie ich schon sagte, wir haben beide viel zu tun, und da ich einen großen Haushalt führen muss und dein Vater oft geschäftlich verreist ist, bin ich meist sehr erschöpft. Das Leben ist nicht leicht, Kathryn, trotz des ganzen Luxus, den dein Vater uns bietet. Und jetzt, wo du noch nach Sydney gehen willst, ist es doch kein Wunder, dass ich angespannt bin.«

»Ist das der Grund, warum du dich immer mit Großmutter streitest?«

Anne wurde rot und vermied es, ihre Mutter anzusehen. »Ganz und gar nicht«, sagte sie und stand auf. Sie zog ihre Jacke an und fasste ihr Haar zu einem lockeren Dutt zusammen. »Und jetzt möchte ich nicht weiter darüber sprechen.«

»Aber …«

»Es ist Zeit für unseren Spaziergang«, fiel ihr Anne ins Wort. »Ich freue mich jedenfalls auf Bewegung nach den üppigen Pasteten.«

»Du hast recht, Anne«, sagte Christy, ehe Kathryn etwas einwenden konnte. »Ein bisschen Bewegung tut uns allen gut, um wieder einen klaren Kopf zu bekommen. Aber du solltest dir einen anderen Hut holen, meine Liebe. Die Sonne ist noch ziemlich stark, und du willst dir doch nicht deinen zarten Teint ruinieren.«

Als Anne Gregor bat, eine ihrer vielen Hutschachteln vom Dach der Kutsche zu holen, nahm Christy Kathryn beim Arm und zog sie außer Hörweite. »Liebes, es tut mir leid, wenn du das Gefühl hast, dass es zwischen deinen Eltern Probleme gibt, aber sie sind schon lange verheiratet, und es wird sich bestimmt wieder einrenken.«

»Glaubst du wirklich?« Kathryns grüne Augen leuchteten hoffnungsvoll.

»Allerdings«, bekräftigte sie. »Weißt du, Ehen können nach einer Weile langweilig werden, aber ich glaube, dass deine Eltern einander mittlerweile schrecklich vermissen. Wenn wir nach Melbourne zurückkehren, fangen sie von vorne an und sind wieder viel glücklicher.«

Sie tätschelte dem jungen Mädchen die Wange. »Und um mich brauchst du dir auch keine Sorgen zu machen. Ich komme ohne weiteres mit der Situation zwischen deiner Mutter und mir zurecht.«

»Aber warum gibt es überhaupt eine ›Situation‹ zwischen euch? Was ist denn vorgefallen?«

Christy wich einer klaren Antwort aus. »Sie hat einfach eine fixe Idee und kann nicht davon ablassen. Ich empfehle dir, sie nicht danach zu fragen; das würde alles nur schlimmer machen. Überlass das mir und Anne – wir klären die Sache, zerbrich du dir nicht den Kopf.«

»Es hat aber nichts damit zu tun, dass ich studieren gehe, oder? Ich weiß, dass ihr euch deswegen nicht einig wart, und ich fände es schrecklich, wenn ich der Grund für euer Zerwürfnis wäre.«

Christy schloss sie in die Arme. »Damit hat es absolut nichts zu tun«, antwortete sie wahrheitsgemäß. »Deine Mutter hat sich inzwischen an den Gedanken gewöhnt und ist unglaublich stolz auf dich – auch wenn sie es nicht zeigt.« Sie gab ihr einen Kuss auf die Wange. »Und jetzt lass uns spazieren gehen und diesen schönen Tag nicht mit so ernsten Gesprächen verderben.«

Anne kam auf sie zu, einen anderen Strohhut auf dem Kopf. Sie musterte die beiden argwöhnisch, als sie sich umarmten, und verspürte einen Anflug von Eifersucht, weil ihre Tochter sich trostsuchend an Christy gewandt hatte.

Am meisten bedrückte sie jedoch, dass Kathryn gemerkt hatte, wie unglücklich die Ehe ihrer Eltern war. Tränen brannten ihr in den Augen, als sie sich eingestehen musste, dass sie versagt hatte. Ihre Ehe mit Harold war eine Farce, ihre Beziehung zu ihrer Tochter war alles andere als perfekt, und sie und Christy entfernten sich Tag für Tag weiter voneinander. Die Welt um sie herum zerfiel mehr und mehr, und sie hatte keine Ahnung, wie sie alles kitten konnte.

»Was für ein schöner Hut«, sagte Christy fröhlich. »Geh damit bloß nicht in Hectors Nähe – sonst glaubt er noch, das ist der Nachtisch.« Sie räumte die Reste des Picknicks in den

Korb, schob ihn unter den Sitz und wandte sich an Gregor. »Wir treffen uns dann unten am See.«

Anne schob ihre düstere Stimmung energisch beiseite, als sie losmarschierten. Es war ein herrlicher Nachmittag, die Lerchen sangen, und die Sonne schien strahlend vom Himmel. Kathryn schien wieder besser gestimmt zu sein, und Anne wollte nicht alles verderben.

Sie waren etwa zehn Minuten gegangen, als Kathryn voranlief, um etwas zu inspizieren, was wie ein Vogelnest aussah. Anne war tief in Gedanken, als sie spürte, wie Christy ihre Hand nahm. Vor Überraschung kam sie ins Stolpern.

»Es tut mir leid, Anne. Es tut mir leid, dass du das alles von Kathryn hören musstest, und auch, dass du das Gefühl hattest, nicht mit mir über dich und Harold sprechen zu können. Aber ich bin für dich da, mein liebstes Mädchen, und das werde ich immer sein.«

Anne vernahm die Aufrichtigkeit in Christys Stimme, sah das verständnisvolle Leuchten in ihren Augen und zog die Hand nicht aus diesem liebevollen, vertrauten Griff, den sie so lange vermisst hatte, auch wenn sie aus Wut und Stolz nie darum gebeten hatte.

Kurzes Schweigen trat ein, als sie einander in die Augen sahen. Die unausgesprochenen Worte zwischen ihnen waren fast mit Händen greifbar. Und dann fiel Anne wieder ein, wie leichtfertig ihre Mutter sie angelogen hatte. Sie hatte sie um alles betrogen, was ihr lieb und teuer war. Anne riss ihre Hand weg und beschleunigte ihre Schritte, um Kathryn einzuholen, außerstande, zu vergeben oder zu vergessen.

8

In diesem einen flüchtigen Augenblick hatte Christy die Hoffnung gehegt, sie und ihre Tochter könnten die Kluft zwischen sich überwinden. Sie hatte die Sehnsucht in Annes Augen gesehen, hatte registriert, wie ihr Gesicht weich geworden war, ihren Händedruck gespürt und innerlich gefleht, dass sie nachgeben möge. Doch dann war Annes Blick wieder hart geworden und ihre Lippen schmal, sie hatte ihre Hand weggerissen und war davongelaufen. Zutiefst verletzt, war Christy ihr und Kathryn die Anhöhe hinab gefolgt, blind vor Tränen, und ihre Füße, die normalerweise so sicher Tritt fassten, waren über die Büschel schwarzen Heidekrauts gestolpert.

Sie hielt einen Moment lang inne, um den Kloß in ihrem Hals hinunterzuschlucken und sich wieder zu fangen. Es musste einen Weg geben, um zu Anne durchzudringen, sie davon zu überzeugen, dass sie die Lüge nur aus Liebe erzählt hatte – dass sie alles nur getan hatte, weil sie es für das Beste gehalten hatte – und dass sich letztlich nichts von dem, was wirklich zählte, verändert hatte. Doch Anne war so entschlossen, sich zu distanzieren, dass Christy keine Lösung wusste.

Die anderen warteten ein Stück hügelabwärts bei den Ruinen der Kirche. Christy winkte ihnen zu und setzte, tief in Gedanken, ihren Weg fort.

Die Verbitterung zerstörte Annes Leben, entfremdete sie von ihrer Familie und schadete ihrer Ehe. Wenn Christy keine Möglichkeit fand, ihr zu helfen, würde Anne bald mutterseelenallein dastehen, und das wünschte sie ihrer Tochter nicht.

Christys Gedanken wandten sich Harold zu, den sie mehr und mehr ins Herz geschlossen hatte und sehr bewunderte. Er war ein attraktiver, dynamischer Mann, jedoch im Lauf der letzten Jahre war er immer stiller und zurückgezogener geworden. Immer mehr Zeit hatte er außerhalb der großen, leeren Villa verbracht, weit fort von der Frau, die ihn nicht mehr zu lieben und zu respektieren schien. Doch er hatte seinen alten Widerspruchsgeist wiedergefunden, als es darum gegangen war, dass Kathryn studieren und ihre Großmutter auf dieser Reise begleiten durfte, und Christy fragte sich, wie weit dieser Widerspruchsgeist ihn wohl treiben würde. Würde sich die lange Trennung als Todesstoß für Annes Ehe erweisen, oder würde sie die beiden zur Vernunft bringen, bevor es zu spät war? Christy hoffte auf Letzteres. Sie hatte das Gefühl, dass die beiden durchaus noch etwas verband, selbst wenn es in letzter Zeit verschüttet worden war.

»Du siehst nachdenklich und ziemlich traurig aus, Grandma«, sagte Kathryn und hängte sich bei ihr ein. »Sind deine Erinnerungen an den Ort hier sehr schmerzlich?«

Christy sortierte ihre Gedanken und betrachtete die eingefallenen Reste der Kirche. Ja, die Erinnerungen waren schmerzlich, doch es fiel ihr schwer, jetzt davon zu erzählen – so kurz nach Annes Zurückweisung.

»Wir hatten wunde Füße und waren völlig erschöpft, als wir hier ankamen«, sagte sie leise. »Aber der Anblick der Kirche und des Sees hat uns Mut gegeben, weil wir nun wussten, dass wir bald bei unseren Verwandten wären.«

Christys Blick ruhte auf der Kirchenruine und dem überwucherten Grundstück, das einst der Friedhof gewesen war. Jetzt war kein einziger Grabstein mehr zu sehen – keine Erinnerung mehr an diejenigen, die einst in diesem abgelegenen Tal gelebt hatten und gestorben waren. Sie dachte an die tragischen Ereignisse, die an ihrem fünfzehnten Geburtstag geschehen waren, und verspürte ein abgrundtiefes Verlustgefühl, konnte jedoch nicht davon sprechen.

»Wir kamen jeden Sonntagmorgen hierher, setzten uns auf die harten Holzbänke und lauschten dem Pfarrer, der uns maßregelte und unsere mageren Opfergaben entgegennahm, ehe er mit seiner Pferdekutsche zurück zu seinem schönen Haus in der nächsten Bucht fuhr.« Sie seufzte. »Er war kein netter Mann«, fuhr sie fort. »Eher wie diese Prediger in Australien, die mit Höllenfeuer und ewiger Verdammnis drohten und die auch die Goldschürfer-Camps aufsuchten und in ihren Hüten Geldspenden sammelten, die sie dann für Frauen und Whisky ausgegeben haben.«

Kathryn machte große Augen. »Wirklich?«

Christy kicherte. »Ja, wirklich. Es gibt keine schlimmeren Sünder als verdorbene Priester, und davon habe ich zu meiner Zeit eine ganze Menge kennengelernt, glaub mir.«

»Meine Güte – wie aufregend«, rief Kathryn.

Christy lächelte bitter, denn auch wenn ihre Zeit auf den Goldfeldern aufregend gewesen war – auf die Begegnung mit diesen Priestern hätte sie gerne verzichtet. Sie hängte sich erneut bei Kathryn ein, und sie begannen den schmalen Weg hinabzugehen. Generationen von Einwohnern Gilleasbuigs hatten ihn ausgetreten, wenn sie die Kirche besuchten, doch jetzt war er unter Gras und Heidekraut kaum mehr auszumachen.

»Es war ein klarer Tag, als wir unsere neue Heimat zum ersten Mal sahen, doch der Wind war frisch und kräftig. Er wühlte den See auf, und die Wellen hatten Schaumkronen. Der See hat eine Verbindung zum Meer, auch wenn es von hier aus so aussieht, als wäre er auf allen Seiten von Hügeln umgeben, daher ist er den Gezeiten unterworfen. Außerdem ist er sehr tief und hatte reiche Fischgründe.«

Schweigend marschierten sie weiter, wobei Anne langsam hinterherkam. Christy forderte sie nicht auf, zu ihnen aufzuschließen, denn sie wollte nicht noch einmal eine Abfuhr kassieren. Stattdessen genoss sie die Aussicht, genau wie damals, an jenem ersten Tag.

Das grüne, fruchtbare Tal erstreckte sich gen Osten, und die Hügel ringsum fielen zu einem breiten Strand aus grobem schwarzem Sand und vereinzelten Felsen ab. Genau wie früher suchten hier Regenpfeifer und Austernfischer an den seichten Stellen nach Nahrung. Das Fischerboot ihres Onkels Robert hatte einst oberhalb der Hochwassermarke gelegen, die Netze im Gras zum Trocknen ausgebreitet. Wo unten an den Hängen früher noch einzelne Felder der Crofter gelegen hatten, gab es jetzt nur noch grasende Schafe, die sich mit ihren dicken weißen Wollkleidern wie langsam dahinziehende Wölkchen vor dem tiefen Grün des Grases ausnahmen.

Traurig betrachtete sie die verfallenen Häuser und Schuppen, die über das ganze Tal verstreut lagen. Sie waren die letzten Zeugen der florierenden Gemeinschaft, die vor so vielen Jahren hier gesiedelt hatte.

»Als wir kamen, standen hier einundzwanzig hübsche Cottages mit insgesamt über hundert Bewohnern«, erklärte sie. »Sie waren in erster Linie Crofter und Landarbeiter, doch es gab auch ein paar Weberinnen, und so habe auch ich gelernt, den Webstuhl meiner Großmutter geschickt zu handhaben.«

Sie strich über den Karoschal, den sie mittlerweile jeden Tag trug, egal, wie das Wetter war, und ging weiter bis an den Rand des Sees. Das blaue Wasser spiegelte den klaren Himmel wider. Jetzt, da die Sonne langsam nach Westen zog, warfen die verfallenen Mauern und Kamine der Häuschen lange Schatten über die verlassenen Landstücke, deren steinerne Begrenzungen noch immer im hohen Gras auszumachen waren.

»Wir sind in das Cottage unseres Onkels dort drüben gezogen«, sagte sie und zeigte auf einen verfallenen Kamin, der wie ein einsamer Wachposten dastand. »Robert und Morag

MacInnes waren gute Menschen und sehr gastfreundlich, aber ihr Häuschen war winzig, und sie hatten schon vier Kinder, also wurde es sehr eng.«

Sie schmunzelte bei der Erinnerung daran, wie sie sich nachts dicht um das Herdfeuer gedrängt hatten und auf dem festgetretenen Lehmfußboden lagen wie Sardinen in einem Fass. »Aber es war warm und trocken, und wir hatten immer genug zu essen, denn abgesehen von den verfaulten Kartoffeln war der Rest der Ernte gut geraten, und es gab fast immer Fisch.«

Christy ging ein Stück weiter den Strand entlang und erklomm dann die sanfte Anhöhe zu der verfallenen Mauer eines der verlassenen Häuschen. Sie setzte sich auf den warmen Stein und wartete auf die anderen. Gregor ließ die Pferde grasen und hielt ebenfalls auf sie zu. Sobald alle einen Platz gefunden hatten, fuhr sie mit ihrer Geschichte fort.

»Mein Vater und die anderen Männer machten sich daran, in diesem ersten Winter ein Cottage für uns zu bauen.« Sie klopfte auf den alten, von der Sonne erwärmten Stein. »Und das wurde für die nächsten fünf Jahre unser Zuhause«, sagte sie leise.

»Warst du hier glücklich?«, fragte Kathryn.

»Oh ja«, erwiderte sie seufzend. »Wir waren im Kreis von Verwandten und Freunden, hatten genug zu essen und einen festen Unterschlupf. Wir hatten sogar eine Art Schule, damit wir Kinder lesen und schreiben lernen konnten. Sie war dort drüben, in Miss Flemings Cottage. Miss Fleming war ein bisschen streng, aber nicht halb so schlimm wie der Pfarrer, der uns gern mit dem Stock bestraft hat, wenn wir in seiner Bibelstunde nicht ruhig saßen oder geschwatzt haben.«

»Dann hast du also die MacInnes Bay nicht vermisst?«

»Manchmal habe ich mich danach gesehnt, sie wiederzusehen, aber damals hatte ich andere Dinge im Kopf.« Sie kicherte leise und blickte verträumt in die Ferne. »Ich wurde langsam erwachsen, wisst ihr, und da gab es so einen Jungen …«

»Wie hieß er denn? Und wo habt ihr euch kennengelernt?«

»Er hieß Fraser und hat auf dem Fischerboot meines Onkels gearbeitet. Vergesst nicht, es ist schon so lange her und wir waren jung, also war alles ganz unschuldig.« Sie dachte liebevoll an den blonden Jungen mit den blauen Augen und dem einnehmenden Lächeln. »Ich habe ihn immer beobachtet, wenn er meinem Onkel Robert beim Netzeflicken half, und ich weiß noch gut, wie mein Herz jedes Mal einen Satz gemacht hat, wenn ich ihn gesehen habe, und wie rot ich geworden bin, wenn er mich mal angeschaut hat.«

Kathryn lachte. »Ich hatte genau die gleichen Gefühle für Paul Simmons, als ich ungefähr dreizehn war. Für mich war er der hübscheste und klügste Junge der Welt, und ich habe jede Nacht von ihm geträumt.«

Anne sah sie schief an. »Das wusste ich gar nicht.«

»Es war meine geheime Leidenschaft«, erwiderte Kathryn. »Ich habe niemandem davon erzählt und war todtraurig, als er mit seinen Eltern von Melbourne nach Adelaide umgezogen ist.« Sie wandte sich wieder ihrer Großmutter zu. »Und was ist aus dir und Fraser geworden?«

»Frasers Familie und noch zwei andere bewarben sich bei der Emigrationsbehörde um eine bezahlte Umsiedlung in die Highlands und auf die Inseln. Sie wünschten sich die Chance auf einen Neuanfang, weit weg von der Bedrohung durch die Clearances, denn sie fürchteten, dass sie bald auch diesen friedlichen Ort erreichen würden.« Christy senkte den Kopf. »Aber sie hatten Pech, denn sie bekamen Kojen auf der *HMS Aramis* zugewiesen, die nach Australien fahren sollte. Doch an Bord brach ein Fieber aus, und die meisten Passagiere starben, ehe das Schiff Irland erreichte – auch der arme Fraser.«

»Oh nein«, murmelte Kathryn. »Wie tragisch.«

»Ja, allerdings«, seufzte Christy. »Und deswegen wollten keine weiteren Familien mehr eine solche Reise wagen. Es hieß, dass die Bedingungen an Bord entsetzlich seien und die Schiffe nicht einmal dazu geeignet wären, Tiere zu transportieren, geschweige denn Männer, Frauen und Kinder. Und so dauerte es nicht lange, bis die Emigrationsbehörde für die Highlands und die Inseln geschlossen wurde.«

»Dann seid ihr also dageblieben, trotz der Gefahr, dass man euch wieder hätte vertreiben können?«

Christy nickte. »Genau wie die anderen Leute, die hier gelebt haben, hatten auch wir keinen anderen Zufluchtsort, und auswandern kam für meinen Vater nicht infrage. Naiverweise dachten wir, die Verwalter hätten uns vergessen, weil wir unsere Pacht bezahlten und einige von uns tatsächlich als Knechte auf den Feldern des Gutsherrn gearbeitet haben.«

Christy musterte das friedliche, stille Tal und den ruhigen See, zog sich den Schal ihrer Mutter enger um die Schultern und erschauerte. »All das änderte sich mit einem Wimpernschlag«, murmelte sie. »Es war mein fünfzehnter Geburtstag, ein Tag, den ich nie vergessen werde.«

Die anderen schwiegen bedrückt, als sie die Szenen zu schildern begann, die seit fünfzig Jahren in ihrem Herzen und ihrem Geist wohnten.

Christy saß draußen in der Morgensonne und arbeitete am Webstuhl ihrer Großmutter. Sie webte eine Decke aus den weichen Wollfetzen, die sie im Winter auf den Weiden des Gutsherrn gesammelt und dann zu Strängen gesponnen hatte. Sie hatte die Wolle an Brombeerbüschen und Heidekraut gefunden oder in Mauernischen, wo sich die Schafe des Gutsherrn gern vor schlechtem Wetter verkrochen. Der Verwalter hätte sie deshalb wahrscheinlich als Diebin bezeichnet, doch sie sah nichts

Verwerfliches daran, diese Wollbüschel zu sammeln, die von den Fabriken in Inverness nicht verwertet werden konnten, da sie für ihre riesigen Webstühle ganze Felle brauchten.

Es war ein herrlicher Spätsommertag, mit einer leichten, warmen Brise vom Meer her, die Watvögel pickten in den seichten Stellen des Sees herum, während Kormorane mit ausgebreiteten Flügeln und gereckten Hälsen auf den Felsen saßen und sich sonnten. Das Fischerboot war im Morgengrauen ausgelaufen und würde erst in zwei Tagen wiederkommen, man hoffte auf einen guten Fang. Die anderen Frauen arbeiteten entweder auf ihren Gemüsebeeten oder wuschen am Strand – in einem Gemeinschaftsbottich über einem lodernden Feuer aus Torf und Seetang – ihre Wäsche.

Ihre Mutter war zur Kirche hinaufgegangen, wo sie sich ihren Wochenlohn verdiente, indem sie zur Vorbereitung auf den sonntäglichen Gottesdienst Boden und Fenster putzte. Der mittlerweile dreizehnjährige Jamie war zusammen mit Joseph MacInnes aufgebrochen, der ihn als Schreinerlehrling angenommen hatte. Die beiden reparierten gerade die Fensterrahmen im Haus des Pfarrers in der Nachbarbucht.

Während sie das Schiffchen hin und her wandern ließ, fragte sich Christy, wo Callum wohl geblieben war. Er war zehn Jahre alt und klein für sein Alter, hatte dünne Arme und Beine und eine schwache Brust, die ihm in den kalten, feuchten Wintern stets zu schaffen machte.

Callum gab regelmäßig Anlass zur Sorge, da er ständig verschwand. Heute sollte er eigentlich Tante Morag dabei helfen, sauberes Wasser von der Quelle auf dem Hügel zu holen. Da er nirgends zu sehen war, vermutete Christy, dass er zu den Felstümpeln gegangen war. Sie waren sein Lieblingsplatz, und er konnte Stunden damit zubringen, die winzigen Kreaturen zu beobachten, die darin lebten.

Christy wusste, dass Callum unter der Behinderung durch

seinen verkrüppelten Fuß litt. Dennoch war er stets bereit, selbst bei den niedrigsten Arbeiten behilflich zu sein, und verlor nie sein sonniges Gemüt. Sie musste schmunzeln, wenn sie an sein breites Grinsen und seine hellen, fragenden Augen dachte. Er war ein Schlingel, doch alle liebten ihn.

Sie machte sich wieder an die Arbeit und dachte an ihren Vater und Finlay. Finlay war mit seinen siebzehn Jahren ein kräftiger, gut aussehender junger Mann, dem die Mädchen bewundernde Blicke zuwarfen. Zusammen mit ihrem Vater sowie einigen anderen Männern war er vor ein paar Wochen aufs Festland gegangen, um bei der Ernte zu helfen und genug Geld zu verdienen, um im kommenden Winter die Pacht zu bezahlen. Sie wurden erst in frühestens zwei oder drei Wochen zurückerwartet.

Christy seufzte, denn sie vermisste ihren Vater, und das Cottage wirkte ohne ihn ganz anders. Auch ihre Mutter spürte seine Abwesenheit, doch sie verbarg ihre Gefühle, indem sie sich ständig mit irgendetwas beschäftigte und unentwegt plapperte. Doch Christy wusste, dass sie nachts kaum Schlaf fand, wenn Angus nicht die Arme um sie schlang.

Sie stand vom Hocker auf und streckte sich. Am Stand der Sonne erkannte sie, dass es schon nach Mittag war, und um diese Zeit war ihre Mutter sonst immer von der Kirche zurück. Vielleicht hatte sie noch mit einer der anderen Frauen ein Schwätzchen gehalten oder war in die felsige Bucht hinabgestiegen, um sich kurz im Wasser zu erfrischen. Es war eine abgeschiedene, geheime Stelle, die sie an heißen Tagen manchmal mit Christy zusammen aufsuchte, wo sie sich ausziehen und in das kühle Wasser tauchen konnten, weit weg von neugierigen Blicken.

Der Gedanke an das seidige Gefühl kühlen Wassers auf der Haut war verführerisch – noch dazu wäre es ein wunderbares Geschenk zu ihrem heutigen Geburtstag. Es war nicht mehr lange hin bis zum Winter, und im Spätsommer waren so warme Tage selten, also war dies vielleicht die letzte Gelegenheit.

Vorsichtig deckte sie den Webstuhl und die unfertige Decke mit einem Stück Sackleinen ab, um sie vor Möwenkot zu schützen. Dann ging sie ins Cottage, um ein Stück Brot und etwas Räucherhering fürs Mittagessen zu holen, und wickelte beides in ein Stück Stoff. Ihre Mutter hätte inzwischen sicher Hunger, und sie könnten nach dem Baden zusammen am Strand essen.

Mit schnellem Schritt stieg sie den Hügel hinauf, der Kirche entgegen, begierig darauf, ein paar ruhige Momente mit ihrer Mutter zu verbringen. Unterwegs begegnete ihr kein Mensch, auch war ihre Mutter nicht auf dem steilen Pfad zur Nachbarbucht zu sehen, und so stand zu vermuten, dass sie noch beim Putzen war. Sie würden den Rest der Arbeit gemeinsam erledigen, dachte sie fröhlich, und dann konnten sie baden gehen.

Sie hörte ihre Mutter nicht singen, was ungewöhnlich war, denn Anne liebte es, ihre Stimme in der hallenden Kirche mit dem Steinboden und der hohen Balkendecke erklingen zu lassen. Sie sagte immer, dass mit einem Lied die Arbeit schneller von der Hand ging.

Christy stieß die Tür auf. »Mama? Warum brauchst du denn so lang?« Sie trat ein. »Ich dachte, wir wollten …« Die Worte erstarben ihr auf den Lippen, während sie starr vor Schreck stehenblieb.

Anne lag mit verrenkten Gliedern auf dem Steinfußboden, die Leiter, von der sie gestürzt war, quer über ihr, der Wassereimer umgekippt vor ihren Füßen. Blut – viel Blut – sammelte sich dunkel unter ihrem Kopf.

»Mama!« Christy lief zu ihr, zerrte die Leiter beiseite, fiel auf die Knie und umfasste sanft mit beiden Händen das wachsbleiche Gesicht ihrer Mutter. »Mama?«, flüsterte sie. »Mama, es wird alles gut. Ich bin da.«

In den starren blauen Augen regte sich nichts, die schmale

Brust hob und senkte sich nicht, kein Atemhauch drang aus ihrem offenen Mund.

»Mama! Mama!« Christy zog den schlaffen Körper ihrer Mutter in ihre Arme und wiegte sie hin und her, während ihr die Tränen übers Gesicht rannen und ihr Herz brach. »Du darfst uns nicht verlassen, Mama«, schluchzte sie. »Du darfst uns nicht verlassen.«

Doch Anne MacInnes hatte diese Welt bereits verlassen. Ihre Augen waren nun auf einen entfernten Horizont gerichtet, weit weg von der Kirche und dem Tal und den Menschen, die sie liebten.

Christy weinte, während sie ihre Mutter in ihren Armen wiegte und das Blut langsam auf den frisch geschrubbten Steinplatten gerann. Sie zog ihre leblosen Hände unter den Schal, den sie trug, seit Granny MacInnes gestorben war, und küsste ihre kühle, glatte Wange. »Ich liebe dich so sehr«, flüsterte sie. »So, so sehr.«

Als ihre Tränen langsam trockneten und die Kälte der Steinplatten zu der Kälte in ihrem Herzen aufstieg, begriff Christy, dass sie zu Morag gehen und ihr sagen musste, was passiert war. Doch sie wollte ihre Mutter nicht allein auf dem Fußboden liegen lassen.

Sie drückte sich Anne ans Herz und kam mühsam auf die Beine, erstaunt darüber, wie schwer eine so kleine und zierliche Person war. Es wäre ihr unmöglich, sie nach Hause zu tragen, und so legte sie sie sacht auf eine Kirchenbank, unter einen Sonnenstrahl, der durch das Fenster fiel, das Anne gerade erst geputzt hatte.

Zärtlich zog sie ihrer Mutter den Rock über die Beine und drückte ihr die Augen zu, genau wie sie es ihre Tante Morag hatte tun sehen, nachdem der alte Mr Campbell gestorben war, und küsste sie auf die Wange. Sie strich ihr das blutverschmierte Haar zurück, zog den Schal über ihren gefalteten Händen zurecht, küsste sie noch einmal und rannte schluchzend aus der Kirche.

Sie war erst halb den Hügel hinuntergelaufen, als sie hinter sich Rufe hörte. Stolpernd kam sie zum Stehen, wandte sich um und hielt sich gegen die Sonne eine Hand über die tränennassen Augen. Erst jetzt erkannte sie, dass es der Schreiner Joseph MacInnes war, zusammen mit ihrem Bruder Jamie. Sie rannten schnell und winkten aufgeregt, während sie unablässig laut riefen. Es war klar, dass sie sie vor etwas warnen wollten und dass sie Angst hatten – doch sie konnte nicht verstehen, was sie riefen.

Schließlich drang Josephs dröhnende Stimme zu ihr durch. »Sie kommen. Sie kommen. Lauf, Christy! Lauf, und warne die anderen!«

Sie zögerte, unschlüssig, ob sie fliehen oder bei ihrer Mutter bleiben sollte – doch dann vernahm sie Hundegebell und das Donnern von Hufschlägen. Sie wandte sich um und flüchtete in Richtung Tal, während sie den Frauen am Strand eine Warnung zurief und sich suchend nach Callum umsah.

Er war nirgends zu sehen, und die Panik hatte sich inzwischen in der ganzen Gemeinschaft ausgebreitet, sodass alle hektisch umherrannten, ihre Habseligkeiten zusammenrafften und die Kinder zu sich riefen. Christy konnte nur beten, dass Callum bei den Felstümpeln war und damit außer Sichtweite und sicher vor den Männern des Verwalters.

Schluchzend sammelte sie hastig Kochtöpfe, Bettsachen und Kleider zusammen und warf alles in hohem Bogen zur Haustür hinaus. Dann griff sie nach dem Sack mit dem Gemüse, das sie selbst noch am Vorabend auf ihrem Feld geerntet hatte, und dem Beutel Hafer und brachte beides rasch aus dem Cottage, ehe sie den kleinen Webstuhl nahm und ihn zum Strand hinuntertrug. Die unfertige Decke hing noch daran.

Sie blickte zum Hügel zurück. Die Männer rückten näher.

Sie sah ihre Silhouetten auf dem Gipfel, hörte die Hunde bellen und die Hufe über den steinigen Weg klappern.

Überall ringsum herrschte Chaos, Frauen schrien und Kinder weinten, während alle verzweifelt versuchten, ihre Häuschen auszuräumen und den Alten und Kranken von ihrem Lager aufzuhelfen. Abgesehen von Joseph gab es nur ein paar ältere Männer und kleine Jungen, die ihnen bei der Verteidigung helfen konnten – denn alle stärkeren Männer arbeiteten entweder auf den Feldern des Gutsherrn, fischten oder halfen auf dem Festland bei der Ernte.

Christy stapelte ihre Besitztümer ein Stück vom Cottage entfernt, ehe sie zu Morag lief, um ihr zu helfen, ihre Kinder um sich zu scharen und ihr Cottage auszuräumen. Callum war noch immer nirgends zu sehen, und sie konnte nur inständig hoffen, dass er blieb, wo immer er auch war.

Völlig außer Atem ließ Jamie seinen Beutel mit Schreinerwerkzeug neben den Haufen mit ihren Habseligkeiten fallen. »Wir haben sie von der anderen Bucht aus kommen sehen«, keuchte er, während er Christy und Morag half, ein schweres Fass mit gesalzenem Fisch zum Strand hinunterzurollen. »Die Häuser dort drüben brennen schon.« Er sah sich um. »Wo sind Mum und Callum?«

Christy hatte keine Zeit, um ihm zu antworten. Die Reiter waren im Tal eingetroffen, ihre Stimmen laut und bedrohlich, während die Hunde kläfften und an ihren Leinen zerrten. Brandfackeln flogen in Cottages, Knüppel wurden geschwungen und krachten auf die Köpfe jener, die zu protestieren wagten oder nicht schnell genug wegliefen, Pferde drohten kleine Kinder totzutrampeln.

Die Angreifer drangen in das Häuschen der alten Mrs Kinross ein, zerrten sie aus dem Bett, schubsten ihre jammernde Tochter aus dem Weg und warfen die alte Frau zu Boden, als wäre sie ein Strohsack. Ihre Tochter versuchte, sie in Sicherheit zu bringen, und sie lachten, als ein Funken des brennenden Strohdachs auf den weiten Rock der Greisin fiel und diesen in Flammen aufgehen ließ.

Unter lauten Entsetzensschreien erstickte die Tochter die Flammen mit ihrem Schal, ehe eine andere Frau herbeigeeilt kam und half, die arme Alte zum Strand zu tragen, um ihre versengten Beine mit Wasser zu kühlen.

Christy legte Jamie einen Arm um die Schultern, als sich alle in Richtung Wasser bewegten. Sie wussten, dass Proteste nur zu Prügel und Widerstand zu Festnahmen führen würde – und so mussten sie unter Tränen zusehen, wie ihre Häuser in Flammen aufgingen.

Rauch legte sich in Schwaden über den See, verhüllte die Sonne und verdunkelte den blauen Himmel. Prasselnde Flammen verzehrten die trockenen Strohdächer, züngelten gierig durch Fenster- und Türöffnungen, fraßen alles, was ihnen in den Weg kam, und versengten das Gras ringsum.

Christy spürte Jamies Anspannung, der trockenen Auges, aber voller Hass zusah und kaum ertrug, dass er nichts tun konnte, um der Zerstörung Einhalt zu gebieten. Sie hielt ihn fest umklammert, vor Angst, er könnte übereilt handeln und dafür niedergeknüppelt oder ins Gefängnis geworfen werden.

Flammen loderten jetzt im ganzen Tal, und das Jaulen der Hunde, die Schreie der Frauen und Kinder und die barschen Stimmen der Männer gellten von überallher.

Als der Verwalter zufrieden feststellte, dass sämtliche Behausungen zerstört waren, ritt er auf die Menschen zu, die sich am Strand aneinanderdrängten. Er war ein spitzgesichtiger Mann aus den Lowlands, der sich den Ruf erworben hatte, in seiner Entschlossenheit, die Täler von ihren gälischen Bewohnern zu säubern, absolut erbarmungslos zu sein.

Er saß hoch im Sattel, während sein verschrecktes Pferd mit

den Augen rollte und nervös tänzelte. Schließlich entfaltete er ein Stück Pergament und forderte barsch Ruhe ein.

Düstere Blicke wandten sich ihm zu, Kinder wurden zum Schweigen gebracht. Die Leute versuchten, ihre Angst zu unterdrücken.

»Auf Anweisung der Treuhänder des Gutsherrn habt ihr dieses Tal unverzüglich zu räumen«, brüllte der Verwalter. »Jeder, der nach dem heutigen Tag noch hier erwischt wird, wird ins Gefängnis geworfen – Frauen eingeschlossen.« Er musterte sie alle aus schmalen Augen. Als er voller Genugtuung feststellte, dass sie ihn verstanden hatten, wendete er mit einem brutalen Ruck an den Zügeln sein Pferd und führte seine Männer wieder den Hügel hinauf.

Christy spürte, dass Jamie am ganzen Leib zitterte, und zog ihn weg vom Wasser, ehe sie mit ihm auf dem dunklen, grobkörnigen Sand niedersank. Morag scharte laut klagend ihre Kinder um sich, und ihre herzzerreißenden Schreie gellten mit denen der anderen Frauen durchs Tal. Während die verzweifelten Wehklagen zu den Hügeln der Umgebung aufstiegen, wurde der Rauch immer dichter, und die Hitze des Feuers brachte die steinernen Mauern zum Einsturz.

Christy kehrte aus der Vergangenheit zurück und stellte erstaunt fest, dass die Sonne noch immer schien und nirgends über dem Tal Rauch zu sehen war – dennoch glaubte sie ihn noch zu riechen und konnte die kläglichen Schreie der verängstigten Frauen und Kinder beinahe hören.

»Callum hatte das alles aus seinem Versteck zwischen den Felsen mitangesehen.« Sie zeigte auf einen Felsvorsprung unterhalb des Hügels im Westen. »Er zitterte vor Angst am ganzen Körper, als Jamie ihn fand, und so musste er von ihm getragen werden.

Mit gebrochener Stimme und Tränen in den Augen schilderte sie, wie sie ihre kleinen Brüder in den Armen gehalten und ihnen vom Tod ihrer Mutter berichtet hatte. »Sie waren genauso verzweifelt wie ich«, stieß sie hervor, »und wollten zur Kirche hinaufgehen, um sie zu sehen, aber unsere Tante Morag hat mir davon abgeraten.«

»Sie waren noch zu jung für einen solchen Anblick«, murmelte Anne, offenkundig sehr bewegt von der Geschichte ihrer Mutter.

»Sie hatten schon Schlimmeres gesehen«, sagte Christy, »aber das war nicht der Grund, warum wir sie nicht mitgenommen haben. Sämtliche Täler um den See herum standen nun in Flammen, und wir wussten nicht, ob die Kirche auch in Brand gesteckt worden war. Sie mit der Leiche ihrer Mutter darin brennen zu sehen wäre nach allem, was sie gerade durchgemacht hatten, zu viel gewesen.«

Mit zitternden Händen umfasste Christy den Schal. »Die Kirche war unversehrt, und so haben Morag und ich Wasser geholt und unserer Mutter Gesicht und Haare gewaschen und ihr Blut vom Fußboden geschrubbt. Wir haben sie in diesen Schal gehüllt, ehe Morag wieder ins Tal hinuntergegangen ist und die Jungs zu mir hinaufgeschickt hat.«

Sie holte zitternd Luft. »Wir haben die ganze Nacht Totenwache gehalten, während der Himmel von der Feuersbrunst im Tal rot glühte. Am Morgen kam dann der Pfarrer.«

»Während der Vertreibung hatte er sich vermutlich rargemacht«, knurrte Gregor grollend. »Genau wie alle anderen.«

Christy nickte. »Aber wenigstens war er zurückgekommen, um uns beim Begraben unserer Toten beizustehen«, sagte sie leise. »Die alte Mrs Kinross hatte die Nacht nicht überlebt, und ein kleines Mädchen war von einem Pferd totgetrampelt worden.«

Sie strich über den verschlissenen Wollschal und schwieg einen Augenblick, um die starken Gefühle unter Kontrolle zu bringen, die in ihr aufwallten. »Ich habe Mutters Schal und ihre Stiefel behalten. Die Sachen waren das Einzige, was ich zur Erinnerung an sie hatte – zur Erinnerung an sie und Granny. Und wenn ich einmal tot bin, bekommst du den Schal, Anne, und dann Kathryn.«

»Oh, Gran, ich hoffe, es wird noch viele Jahre dauern, bis das passiert. Aber ich würde mich geehrt fühlen, ein so wertvolles Familienerbstück zu besitzen.«

»Und ich verspreche, es in Ehren zu halten, vor allem jetzt, wo ich die Geschichte dahinter kenne«, sagte Anne. »Es tut mir leid, dass ich mich so abfällig darüber geäußert habe – ich wusste nicht …«

»Du konntest es nicht wissen«, erwiderte Christy mit tränenfeuchtem Lächeln.

»Wo sind Sie dann von hier aus hingegangen?«, erkundigte sich Gregor mit leiser Stimme.

»Wir konnten uns nicht weit von unserem Tal entfernen, weil wir warten mussten, bis mein Vater und Finlay vom Festland zurückkamen. Aber wir hatten Angst, dass der Verwalter mit seinen Männern wiederkommen würde, also haben wir unsere Sachen zusammengerafft und uns mit Morag und ihren Kindern in den Hügeln versteckt.«

»Hätten Sie nicht in der Kirche Schutz finden können?«, fragte Gregor.

Christy schüttelte den Kopf. »Der Pfarrer hatte die Kirchentür mit einem Vorhängeschloss gesichert und Latten über die Fenster genagelt, damit wir nach dem Trauergottesdienst nicht mehr hineinkonnten. Es war bösartig, uns die Zuflucht zu verweigern, während er weiter in seinem schönen Haus gewohnt und als Seelsorger für diejenigen fungiert hat, die noch immer für die Treuhänder des Gutsherrn gearbeitet haben.«

»Wo sind denn die Leute aus dem Tal hingegangen?«, wollte Kathryn wissen.

»Manche haben in weiter entfernten Dörfern ein Stückchen Land gepachtet, andere sind nach Portree gegangen und haben sich nach Kanada oder Australien eingeschifft, und wieder andere haben sich Arbeit in den Fabriken und auf den Bauernhöfen von Inverness gesucht. Als Onkel Robert von seinem zweitägigen Fischzug zurückkam, wollte er unbedingt, dass ich mit ihm und seiner Familie in ein Fischerdorf auf dem Festland gehe. Aber ich konnte nicht. Mein Vater und Finlay hätten uns dort drüben niemals gefunden.«

»Wie lange habt ihr denn auf ihre Rückkehr warten müssen?«, fragte Gregor.

»Fast einen Monat. Da hatte der Herbst schon mit aller Härte eingesetzt. Wir gingen heimlich ins Tal, um Wurzelgemüse auszugraben, und wir litten alle unter der Kälte, vor allem der kleine Callum, der noch nie kräftig gewesen war. Vor Verzweiflung bin ich mit den Jungen in die Bucht marschiert, wo meine Mutter und ich immer schwimmen waren. Wir haben uns eine Felshöhle gesucht und sind dort geblieben.«

»Dein Vater und dein Bruder müssen bei ihrer Rückkehr völlig schockiert gewesen sein«, sagte Anne und musterte die Überreste der Siedlung.

Christy nickte. »Wir hatten in den Cottages nach Lebensmitteln gesucht und waren gerade auf dem Rückweg in die Höhle, als wir sie nach uns rufen hörten. Sie standen in der Ruine unseres Häuschens, und ihre Rufe wurden immer angstvoller. Ich habe mir Callum geschnappt, bin mit ihm und Jamie über die Felsen gerannt und habe mich in ihre Arme gestürzt.

Daddy wollte sofort wissen, wo unsere Mutter sei, und als ich es ihnen gesagt hatte, standen mein Vater und Finlay gelähmt vor Entsetzen da, während ihnen die Tränen über die Wangen liefen. Es war das einzige Mal, dass ich die beiden habe weinen sehen.«

Christy fuhr mit der Hand über die steinernen Überreste

dessen, was einst ihr Zuhause gewesen war, und erhob sich. »Den Rest erzähle ich euch morgen, auf dem Weg nach Portree«, sagte sie leise. »Und jetzt wäre ich gerne eine Weile allein.« Sie sah Gregor an. »Vielleicht könnten Sie die beiden Damen zur Kutsche zurückbringen? Ich komme bald nach.«

Als er nickte, schritt sie zum Strand hinab, starrte auf den See hinaus und dachte daran zurück, wie sie sich gefreut hatte, ihren Vater und ihren Bruder wiederzusehen, und an die abgrundtiefe Verzweiflung in ihren Gesichtern, als sie an Annes Grab knieten und akzeptieren mussten, dass das Herz ihrer Familie tot war.

Sie wandte sich um und betrachtete das stille Tal und die verlassenen Ruinen, die so friedlich in der spätnachmittäglichen Sonne lagen. Die Leute von Gilleasbuig waren alle fort, verstreut über die ganze Welt. Ob sie sich noch daran erinnerten, was hier geschehen war? Hatten sie ihren Nachkommen von den Clearances erzählt, durch die sie aus ihrer Heimat vertrieben worden waren, einer ungewissen Zukunft entgegen? Vermutlich ja, denn solche Erinnerungen prägten sich zu fest ein, um sie je zu vergessen.

Christys Stiefel knirschten über den Kies, bis sie an den scharfkantigen Felsen angelangt war und über die Zacken kletterte, um zu der winzigen Bucht zu gelangen, in der sie und ihre Mutter unschätzbare Momente stillen Glücks genossen hatten.

Sie blickte hinauf zu der Höhle, die hoch über dem Wasser in der Felswand lag. Nach der Rückkehr ihres Vaters waren sie damals noch zwei weitere Nächte dort geblieben, hatten ihre Verluste betrauert und besprochen, was sie als Nächstes tun sollten. Am dritten Tag brachen sie bei Sonnenaufgang in Richtung Süden auf und wanderten über die Heide zum Hafen von Portree.

9

Barossa Valley

Harold war nun bereits seit zwei Tagen auf Yarrabinda. Er hatte gut geschlafen und hätte sich ausgeruht fühlen müssen, aber ihr Problem, für das sie keine Lösung fanden und das Streitereien und Befürchtungen auslöste, erschöpfte ihn. In jeder Hinsicht bestanden Zweifel, denn Hamish konnte die besagte Kindheitsszene ja auch geträumt haben, und Harold fragte sich inzwischen, ob er diesen aufgeschnappten Gesprächsfetzen womöglich komplett falsch verstanden hatte. Es gab zu viele Unwägbarkeiten, zu vieles, was sie nicht mit absoluter Sicherheit wussten, und die Belastung nagte an ihnen allen.

Hamish war wie ein angeschossener Bär durchs Haus getappt, ehe er schließlich den Rat der beiden anderen angenommen hatte und lange ausgeritten war, um sich zu sammeln. James war schon früh aus dem Haus gegangen, um nach seinen Rebstöcken und den Gärbottichen zu sehen, sodass Harold allein zurückblieb und ruhelos durchs Haus tigerte, geplagt von aufwühlenden Gedanken. Es machte ihn zunehmend nervös, dass sie nichts tun konnten.

Er steckte die Hände in die Hosentaschen und starrte aus dem Fenster auf die weiten Weingärten und die Hügel in der Ferne. Wenn doch nur Nachrichten von Baker kämen, dann würde sich alles entspannen, aber Harold hatte nichts mehr von ihm gehört, und er wusste nicht, ob das gut oder schlecht war. Da es ihm widerstrebte, nur untätig herumzustehen, ging er in die Diele, nahm seinen Hut und trat hinaus in die warme Sonne. Er würde Hamishs Beispiel folgen und ausreiten.

Er sattelte gerade sein Pferd, als eines der Mädchen zu den

Stallungen gelaufen kam. »Da ist jemand am Funkgerät für Sie, Sir. Ein Mr Baker aus Melbourne.«

Harold stürmte zurück ins Haus und in James' Arbeitszimmer, wo neben dem großen Schreibtisch das Funkgerät stand. Er setzte sich und betätigte kraftvoll das Pedal, um es in Gang zu bringen, ehe er nach Kopfhörer und Sprechmuschel griff.

»Hier ist Yarrabinda«, sagte er. »Harold Ross am Apparat. Over.«

Bakers Stimme kam aus weiter Ferne und wurde unter dem steten Rauschen mal lauter, mal leiser, was es schwer machte, ihn zu verstehen. »Ich habe Nachricht von meinem Kontaktmann in Adelaide«, sagte er. »Die Kanzlei, nach der Sie sich erkundigt haben, ist seriös und genießt hohes Ansehen. Over.«

Harolds Mut sank. »Denken Sie daran, dass wir auf einer offenen Frequenz sprechen«, warnte er ihn. »Und was ist mit der Klientin? Over.«

»Wird momentan noch überprüft, aber es scheint so weit alles korrekt zu sein.«

Harold fluchte leise, während es erneut im Kopfhörer rauschte, als Baker die Leitung wieder für ihn freigab. »Haben Sie Exemplare von all unseren Besitzurkunden gefunden? Over.«

»Auf Anweisung eines der Eigentümer durfte ich manche nicht behalten«, antwortete Baker vorsichtig. »Aber eine bestimmte Person in Hobart hat stets akkurat Buch geführt und könnte ihn vielleicht dazu überredet haben, ihren Safe zu benutzen. Over.«

Verflucht sei Hamish dafür, dass er Anwälten nicht traut, dachte Harold. »Ich frage ihn, sobald er wieder da ist«, sagte er. »Falls das zutrifft, haben Sie Zugang zu Hobart?«

»Nur, wenn ich eine schriftliche Erlaubnis der Besitzerin bekomme«, sagte Baker, der sich am anderen Ende der Leitung höchst unwohl zu fühlen schien. »Und das dürfte angesichts der

Umstände natürlich ausgeschlossen sein. Aber der Safe wurde geleert und sämtliche Unterlagen anlässlich der Testamentseröffnung durchgegangen. Die genannten Unterlagen waren nicht dabei. Sie befinden sich doch gewiss bei ihrem Besitzer?«

»Er scheint sie verlegt zu haben«, gab Harold kurz zurück.

»Was?«, stieß Baker hervor. »Aber sie sind unerlässlich für den Fall, dass ... Na, Sie wissen schon«, endete er lahm.

»Ja, dessen bin ich mir nur allzu bewusst«, erwiderte Harold.

»Und die andere Geschichte?«, fragte Baker und räusperte sich. »Wenn Sie die Hintergründe geklärt haben und beweisen können, dass es falsch ist, kann ich die Sache heute noch stoppen.«

»Leider können wir keinen Beweis für das Gegenteil erbringen«, sagte Harold. »Es gibt nur eine Person, die all das beantworten könnte, und die befindet sich außer Landes.«

»Und wann kommt sie zurück?«

»Erst Ende August.«

»Soll ich ein Telegramm schicken? Sie bitten, sich zu melden?«

»Nein«, versetzte Harold scharf. »Erst wenn es sich nicht mehr vermeiden lässt. Wir gehen der Sache auf den Grund, Baker, und klären alles irgendwie.«

»Dann beeilen Sie sich lieber«, mahnte Baker. »Die Leute in Adelaide haben schon ein Datum Anfang August vorgeschlagen.«

»Dann müssen Sie sie bremsen«, erklärte er. »Vermitteln Sie ihnen, dass wir mehr Zeit brauchen und dass die Geschichte unbedingt – ich wiederhole, *unbedingt* – unter den zwei betroffenen Parteien bleiben muss und nicht an die Öffentlichkeit dringen darf. Ist das klar, Baker?«

»Natürlich«, versetzte er, in seiner Ehre gekränkt. »Bleiben Sie noch länger an der angegebenen Adresse?«

Harold überlegte rasch. »Ich kann hier nichts ausrichten«,

sagte er schließlich. »Also werde ich nach Melbourne zurückkehren und dann nach Hobart fahren. Haben Sie einen Schlüssel für diesen Safe, Baker?«

»Ja, schon, aber ich glaube nicht …«

Harold unterbrach ihn, indem er den Sprechschalter betätigte. »Dies ist ein Notfall, und wenn die Antwort auf alles in diesem Safe liegt, dann muss sie herausgeholt werden. Sie wäre damit einverstanden, da bin ich mir sicher.«

»Was, wenn Sie etwas finden, was die Geschichte bestätigt?«

»Dann müssen wir uns etwas anderes einfallen lassen, wie wir dagegen vorgehen«, erwiderte er. »Ich melde mich, wenn ich wieder zuhause bin. Over.«

Er setzte den Kopfhörer ab und wartete, bis das Gerät nicht mehr summte, ehe er aus dem Arbeitszimmer eilte und die Treppe hinauflief, um seine Sachen zu packen.

»Du kannst nicht einfach ohne Mutters Erlaubnis in ihrem Safe herumwühlen«, schimpfte Hamish, als sie sich alle drei zum Lunch auf der hinteren Veranda trafen. »Es könnten alle möglichen persönlichen Dinge darin sein, von denen sie nicht will, dass du sie siehst.«

»Genau darauf hoffe ich ja«, gab Harold trocken zurück. »Wir müssen mit diesem Schlamassel aufräumen, Hamish. Jetzt ist keine Zeit für Empfindlichkeiten. Wenn in diesem Safe Beweise dafür liegen, dass das alles ein Haufen bösartiger Lügen ist, dann können wir die ganze Geschichte beenden, ehe sie und die anderen zurückkommen.«

»Aber was, wenn du etwas Kompromittierendes findest, Harry?«, hakte James nach. »Was machen wir dann?«

»Wir wahren Stillschweigen und bezahlen das Miststück aus«, erwiderte er. »Das ist der einzige Weg.«

»Erpresser kommen immer wieder und wollen mehr«, sagte

James stirnrunzelnd. »Wie können wir sicher sein, dass es damit ein Ende hätte?«

»Baker müsste sie eine Erklärung unterschreiben lassen, in der steht, dass sie das Geld als vollständige und endgültige Entschädigung akzeptiert und kein Recht auf weitere Leistungen hat.«

Hamish schnaubte. »Ich würde diesem Miststück nicht über den Weg trauen«, knurrte er. »Und Papiere bedeuten gar nichts – sie oder ihre Verwandten könnten trotzdem an die Presse gehen und noch mehr Geld rausschlagen, indem sie in aller Öffentlichkeit unsere schmutzige Wäsche waschen.«

Harold hatte es satt, sich über jeden Punkt mit Hamish auseinanderzusetzen, doch er verstand seinen Einwand. »Dann würde Baker eben absolutes Schweigen gegenüber den Medien fordern müssen, zusammen mit allem anderem. Aber wir greifen vor«, sagte er und erhob sich vom Tisch.

»Vielleicht finde ich auch gar nichts, weder Be- noch Entlastendes – und außerdem musst du dringend die Besitzurkunden für Wallangarra auftreiben. Deshalb würde ich dir empfehlen, nach Hause zu fahren und sie zu suchen – und wenn du sie gefunden hast, hinterleg die blöden Dinger bei einem guten Anwalt oder bring sie in ein Bankschließfach.«

Hamishs Augen funkelten gefährlich; es war ihm zuwider, wenn man ihm sagte, was er zu tun hatte. Da er jedoch wusste, dass er ausnahmsweise einmal im Unrecht war, hielt er den Mund.

Harold trank sein Bier aus und erhob sich. »Dann breche ich mal lieber auf. Je früher ich mich auf den Weg mache, desto früher bin ich in Hobart.«

»Wie lange wird es dauern, bis wir mit Nachrichten von dir rechnen können?«, fragte James, als sie die Veranda verließen und in Richtung der Ställe gingen.

»Ich brauche fast drei Tage, bis ich wieder in Melbourne

bin, dann einen Tag, bis ich Baker gesprochen und mich vergewissert habe, dass meine Geschäftsführer ihre Arbeit ordentlich machen und mich nicht ausrauben. Die Überfahrt über die Bass-Straße dauert einen weiteren Tag, und dann muss ich noch nach Hobart.«

Er hängte sein Bündel über den Sattelknauf, nahm dem Stalljungen die Zügel ab und schwang sich in den Sattel, nachdem er James die Hand geschüttelt hatte. »Gib mir eine Woche. Bis dahin müsste ich mir Klarheit verschafft haben.«

»Dir ist aber bewusst, dass vielleicht überhaupt nichts in diesem verfluchten Safe liegt?«, grollte Hamish. »Damit wären wir dann kein Stück weiter.«

»Dann steht unser Wort gegen das von Mrs Brown«, sagte Harold. »Und sie ist diejenige, die ihre Vorwürfe beweisen muss.« Er beugte sich hinunter, schüttelte Hamish die Hand und zog seine Hutkrempe tiefer ins Gesicht, um sich vor der Sonne zu schützen. »Sieh zu, dass du diese Besitzurkunden findest, mein Freund. Sie sind lebenswichtig.«

Skye

Anne schwieg, während die Pferde die schwer beladene Kutsche mühsam den steilen Hügel hinaufzogen. Ihr Kopf war voll von den Bildern, die die Geschichte ihrer Mutter in ihr hervorgerufen hatte. Ein Teil von ihr hätte Christy am liebsten in die Arme genommen und festgehalten, um all den Schmerz zu lindern, der sie offenbar noch immer plagte.

Sie starrte aus dem Fenster und konnte sich nicht entscheiden, ob sie zeigen wollte, wie tief betroffen sie war, oder ob sie der gehässigen kleinen Stimme in ihrem Kopf folgen sollte, die sie daran erinnerte, dass sie ihrer Mutter nicht trauen konnte. Doch ihre Geschichte hatte zu echt geklungen, um erfunden zu sein. Und sie glaubte auch nicht, dass sie diesen weiten Weg nur auf sich genommen hatte, um Mitleid zu heischen und sie Kathryn näherzubringen.

Sie blickte hinüber, registrierte, dass ihre Tochter Christys Hand hielt, und sah rasch wieder weg. Warum konnte sie nicht verzeihen und offen lieben? Was war es, das sie auf Distanz hielt, obwohl sie doch eigentlich Frieden schließen wollte? Und warum konnte sie nicht einfach ihren Gefühlen nachgeben, wo dies doch anderen so leicht zu fallen schien?

All diese Fragen plagten sie seit Beginn dieser Reise – Fragen, die sich leicht hatten ignorieren lassen, als so viel Abstand zwischen ihnen gelegen hatte. Jetzt, wo die Kutsche über den holprigen Weg rumpelte, musste sie akzeptieren, dass sie die Frau nicht mochte, die aus ihr geworden war. Sie war nicht stolz darauf, wie sie ihre Mutter und ihren Ehemann behandelte, obwohl doch das Einzige, was diese von ihr wollten, Liebe, Vergebung und Verständnis waren.

Doch irgendetwas in ihr sperrte sich dagegen, ließ sie immer wieder zurückweichen und machte jede Hoffnung auf Versöhnung zunichte. Sie konnte nur mutmaßen, dass es eine Art innerer Sicherheitsmechanismus war, der sich einschaltete, wenn sie Zurückweisung oder Kränkung fürchtete – und sie war gekränkt worden, nicht nur von ihrer Mutter, sondern auch von Harold.

Anne dachte an ihren Mann und die durchaus realistische Möglichkeit, dass ihre lange Abwesenheit ihrer Ehe den Todesstoß versetzen könnte. Harold war ein gutaussehender und reicher Mann, und ihr war nicht entgangen, wie manche Frauen ihn ansahen. Da war insbesondere eine junge Witwe namens Florence Hardwick gewesen, auf die er ein Auge geworfen hatte, und obwohl er jegliches Fehlverhalten strikt geleugnet hatte, war Anne nicht restlos von seiner Unschuld überzeugt. Ihrer Meinung nach hatte er allzu heftig protestiert. Außerdem tauchte Florence plötzlich auf jeder gesellschaftlichen Veranstaltung auf, die sie besuchten. Anne hatte verfolgt, wie die beiden bei jeder Gelegenheit aufeinander zustrebten, und sie hatte den alten Charme in Harolds Augen blitzen und ihn im Gespräch mit Florence lächeln sehen.

Sie hatte keinen Beweis dafür, dass sich irgendetwas Unschickliches abgespielt hätte – nur so ein unbestimmtes Gefühl. Es war genau der richtige Zeitpunkt gewesen, denn wegen Harolds ausgedehnter Geschäftsreisen und ihrer Unfähigkeit, mit der vernichtenden Enthüllung ihrer Mutter umzugehen, war ihre Ehe bereits angeschlagen. Und dann war zu allem Überfluss auch noch ihr geliebter Vater gestorben, was sie in tiefe Trauer gestürzt hatte.

Anne seufzte und blinzelte die Tränen weg. Noch nie hatte sie sich so einsam gefühlt wie in jener schrecklichen Zeit, und trotzdem hatte ihr Stolz ihr nicht gestattet, bei Harold oder ihrer Mutter Trost zu suchen. Sie hatte ihren Schmerz vergraben, und nun lag er bitter in ihrem Herzen.

»Alles in Ordnung, Anne?« Christy lehnte sich vor und berührte ihre Hand.

»Ich musste an Vater denken«, antwortete sie. »Wenn ich ihn doch nur noch einmal gesehen hätte, bevor er …«

Christy kam herüber und setzte sich neben sie. »Das wünschte ich auch«, murmelte sie. »Aber es kam alles so plötzlich, dass keine von uns sich von ihm verabschieden konnte. Mein einziger Trost ist, dass er uns geliebt hat, dass er ein guter Mensch war und dass er bei einer seiner Lieblingsbeschäftigungen und an einem Ort gestorben ist, den er liebte.«

Anne erwiderte den Händedruck ihrer Mutter und sah vor ihrem geistigen Auge den hoch gewachsenen, gutaussehenden Mann mit dem silbernen Haarschopf und den munteren blauen Augen, wie er auf der Koppel hinter dem Haus mit einem seiner Vollblüter zugange war, im Frieden mit der Welt. Ihre Mutter hatte ihr erzählt, wie sie ihn mit ausgestreckten Armen und Beinen auf dem Boden liegend gefunden hatte, während sein Pferd ihn verwirrt mit der Nase anstupste. Der Herzinfarkt war schnell und brutal gewesen, als er ihn an diesem warmen Sommertag dahingerafft und damit eine große Lücke in ihrer aller Leben gerissen hatte.

»In meiner Erinnerung bleibt er lebendig«, sagte Christy seufzend. »Und es gibt Momente, da habe ich das Gefühl, er sitzt noch neben mir und passt auf uns alle auf. Der Schock eines plötzlichen Todes ist für die Hinterbliebenen besonders schwer zu verkraften, denn es gibt immer Dinge, die wir hätten sagen, Gefühle, die wir hätten teilen sollen. Und dann wird einem die Gelegenheit dazu ein für alle Mal geraubt, und man muss mit seiner Reue ebenso leben wie mit seinem Verlust.«

Anne dachte an die junge Christy, die ihre Mutter in der Kirche verloren und dennoch irgendwie die Kraft gefunden hatte, ihre jüngeren Brüder zu beschützen, bis ihr Vater und Finlay zurückkehrten – und sie dann zu trösten. Jetzt trauerte sie um den Mann, den sie so viele Jahre lang geliebt hatte, und bewahrte sich dennoch diese Unerschütterlichkeit, die sie schon durch viele tragische Lebensphasen getragen hatte.

»Du bist so stark«, sagte sie leise. »Wie schaffst du es, immer weiterzumachen, wo dir doch das Leben im Lauf der Jahre derart grausam mitgespielt hat?«

»Ich habe eine Familie«, antwortete Christy. »Ich schöpfe Kraft aus dem Wissen, dass ich geliebt und gebraucht werde – und deshalb sind wir auch hierhergekommen, nach Skye. Meine Geschichte unterscheidet sich gar nicht so sehr von der vieler anderer, und ich habe sie auch nicht erzählt, um jemanden zu schockieren oder um Mitleid zu bekommen. Vielmehr wollte ich euch zeigen, dass die Liebe und die Loyalität einer Familie den Funken Mut spendet, der einem hilft durchzuhalten, ganz egal, was passiert.«

Sie legte ihre Hand sanft auf Annes Wange. »Verlust gehört zum Leben, doch die Erinnerung an die Toten lebt in den folgenden Generationen weiter, wenn ihre Geschichten weitererzählt werden. Diese Reise ist ein Weg für mich, euch zu zeigen, wie wichtig es ist, über die Dinge zu sprechen, die uns am Herzen liegen. Wir müssen denen, die wir lieben, sagen, was wir fühlen. Denn wenn sie tot sind, ist es zu spät.«

Anne biss sich auf die Lippe, entschlossen, ihre Mutter nicht merken zu lassen, wie tief ihre Worte sie berührten. »Das verstehe ich ja alles«, sagte sie zögerlich. »Aber manchmal können Menschen denen, die sie lieben, die schlimmsten Verletzungen zufügen, und es ist schwer, das zu vergeben und zu vergessen.«

»Ich weiß, meine Liebe«, sagte Christy. »Aber ich hoffe inständig, dass du bis zum Ende unserer Reise gelernt haben wirst, dass Vergebung Heilung bedeutet. Sie nimmt die Last von deinem Herzen und den Schleier von deinen Augen, damit du sehen kannst, was eigentlich schon immer dagewesen ist.«

Anne sah auf ihre verschränkten Hände hinab und nickte. »Vielleicht tue ich das«, räumte sie ein, ehe sie ihre Hände wieder voneinander lösten und aus dem Fenster sahen.

Kathryn sah beklommen, wie sich die beiden Frauen voneinander abwandten. Beide strahlten Traurigkeit aus, und sie begriff nicht, warum sie nicht einfach miteinander reden und ihre Unstimmigkeiten ausräumen konnten. Was auch immer zwischen ihnen vorgefallen war, es verursachte ihnen beiden Kummer und Schmerz, und obwohl ihre Großmutter offenbar versuchte, den Konflikt beizulegen, schien ihre Mutter noch nicht dazu bereit zu sein.

Als das Schweigen in der Kutsche immer drückender wurde, verlor Kathryn die Geduld. »Ich weiß nicht, was zwischen euch los ist«, sagte sie schroff. »Und ich will es auch gar nicht wissen. Aber ich möchte, dass ihr die Sache klärt und aufhört, darum herumzureden. Keine von uns konnte noch mit Grandpa reden, bevor er gestorben ist. Ich bitte dich, Mutter, darüber nachzudenken, wie du dich fühlen würdest, wenn du wartest, bis es zu spät ist, ehe du offen mit Gran sprichst.«

»Was zwischen deiner Großmutter und mir vorgefallen ist, geht dich nichts an, Kathryn«, entgegnete Anne.

»Es geht mich sehr wohl etwas an«, gab Kathryn zurück. »Grandma hat gerade über Liebe, Loyalität und Familie gesprochen, aber das Einzige, was ich hier sehe, sind Spaltung und Unglück. Was auch immer im Argen liegt, es muss geklärt werden.«

»Das reicht«, zischte Anne. »Deine Großmutter und ich können auf deine Einmischung verzichten.«

»Das ist keine Einmischung, Anne«, sagte Christy leise. »Kathryn versucht einfach nur, zwischen uns zu vermitteln – und wir müssen die Sache klären, Anne. Sie zieht sich schon zu lange hin und wirkt sich mittlerweile auch auf andere aus.«

Anne holte tief Luft und seufzte. »Nichts davon war meine Schuld«, sagte sie. »Ich habe nicht darum gebeten, dass du mir alles, woran ich glaubte, mit deinen Lügen zerstörst. Wenn du willst, dass ich dir vergebe, braucht es ein bisschen mehr als ein paar Geschichten über die alten Zeiten und einen Vortrag über Familienloyalität.« Sie musterte ihre Mutter kalt. »Es ist eine Ironie, dass du überhaupt das Wort ›Loyalität‹ gebrauchst, wo du doch offensichtlich so gut wie keine Ahnung hast, was es bedeutet.«

Christy erwiderte den festen Blick ihrer Tochter. »Mir ist sehr wohl bewusst, was es bedeutet«, sagte sie ausdruckslos. »Und du kannst mir glauben, Anne, dass ich das, was ich getan habe, aus Liebe zu dir getan habe. Außerdem habe ich die Entscheidung nicht allein getroffen. Dein Vater hat mich darin voll und ganz unterstützt.«

Anne sagte nichts, und Kathryn ließ sich resigniert zurücksinken. Sie wusste, dass sich an diesem Tag keine Lösung mehr finden würde – und wahrscheinlich noch lange nicht. Was auch immer ihre Großeltern getan hatten, musste sehr schlimm gewesen sein, wenn ihre Mutter so unerbittlich blieb. Und das machte sie maßlos traurig.

Bedrücktes Schweigen senkte sich über die Kutsche, während Kathryn aus dem Fenster blickte. Die Pferde trabten auf einem breiten Weg durch ein schönes Tal und an einem See entlang. Sie sah ein stattliches altes Haus auf einem großen Grundstück, das sich bis zum Seeufer erstreckte. Das rote Ziegeldach und die gepflegten Rasenflächen lagen im Schatten eines Waldes. Es sah aus wie ein Jagdhaus, denn auf der einen Seite standen Ställe und Scheunen, und sie glaubte beim Vorüberfahren Hunde bellen zu hören.

»Das ist Glen Bernisdale«, erklärte Christy. »Es ist das Jagdhaus, in dem mein Vater nach Arbeit gefragt hat. Natürlich gab es keine. Wir standen weit hinten in einer langen Schlange von Leuten, die den Clearances entronnen waren und jetzt Arbeit suchten. Doch die Haushälterin hatte Mitleid mit uns, sie gab uns etwas zu essen und ließ uns eine Nacht in einer der leeren Scheunen schlafen. Wir waren sehr dankbar dafür, dass wir es ausnahmsweise einmal warm und trocken hatten.«

»Warum hat dein Vater beschlossen, nach Portree zu gehen?«, fragte Kathryn.

»Er dachte, dass er dort, in einer so geschäftigen Stadt, Aussichten auf Arbeit hätte. Außerdem hoffte er auf Nachrichten von Robert und Morag. Da Robert mir den Namen des Fischerdorfs nicht genannt hatte, in das er gehen wollte, und mein Vater niemanden aus seiner Familie auf dem Festland kannte, war es unmöglich, sie zu finden.«

Christy blickte aus dem Fenster, während die Kutsche über einen ebenen Weg durchs Tal von Skeabost fuhr. Auf den Anhöhen thronten steinerne Cottages über zahlreichen Bächen, die in den See flossen. Sie betrachtete immer noch die Aussicht, als sie in südlicher Richtung Carbost passierten und auf die nach Portree führende Hauptstraße einbogen. Sie war barfuß, verfroren und hungrig gewesen, als sie das letzte Mal hier entlanggekommen war, und hatte wenig Sinn für die Landschaft gehabt – nur die Hoffnung, dass sie am Ende ihrer Reise Arbeit und Wohnraum erwarteten.

»Es gibt wesentlich mehr Schafe als beim letzten Mal, als ich hier vorbeigekommen bin«, sagte sie. »Aber sie wurden damals schon in diese Gegend gebracht. Niemand von uns hatte Erfahrung mit der Schafzucht, aber wir waren verzweifelt, und so haben wir unterwegs an jedem Bauernhof angefragt und darum gefleht, dass man uns etwas zu tun gab, womit wir uns unsere nächste Mahlzeit verdienen könnten.«

Ihr versagte die Stimme. »Es ist kein Platz für Stolz, wenn man hungert, und mein Vater muss völlig verzweifelt gewesen sein, als seine Bitten wieder und wieder abgewiesen wurden. Doch er zeigte seine Verzweiflung nie. Er hielt uns unterwegs bei Laune, indem er uns Wikingergeschichten und die Legenden erzählte, die er als Junge von seinem Großvater gehört hatte.«

»Hätte er nicht wieder auf den Bauernhof auf dem Festland gehen und dort arbeiten können?«

Christy schüttelte den Kopf. »Er und Finlay waren nur für die Erntezeit angestellt worden. Für die restliche Zeit des Jahres hatte der Bauer schon genug Männer in Lohn und Brot.«

Ein kalter Schauer überlief sie, während die Kutsche rumpelnd ihren Weg fortsetzte, und sie registrierte, dass sie bereits am Ortsrand von Portree waren. »Wir sind spät an einem Winternachmittag hier angekommen und mussten feststellen, dass bereits Hunderte von Menschen auf den Feldern lagerten, unter Brücken und überall, wo sie Schutz fanden. Genau wie wir waren sie Vertriebene, hungrig und besitzlos.

Wir haben mit einigen von ihnen geredet, und obwohl mein

Vater immer wieder zu hören bekam, dass es keine Arbeit gebe, stapfte er mit Callum auf den Schultern weiter. Wir langten in der Stadt an und sahen die Bettler, die zerlumpten Kinder und die Mütter mit den verhungernden Babys auf den Armen – die völlige Hoffnungslosigkeit ihrer Situation hing wie ein Leichentuch über der Stadt. Schnell wurde klar, dass uns weder die Stadtbevölkerung noch die lokale Polizei willkommen hieß, denn kaum hatten wir einen Platz gefunden, um uns niederzulassen, wurden wir schon verscheucht.«

Sie blickte durchs Fenster, lehnte sich hinaus und rief Gregor zu: »Könnten Sie bitte hier anhalten?«

Die Pferde blieben stehen, und Gregor stieg vom Kutschbock, um ihr den Schlag zu öffnen. »Sie wollen jetzt aber nicht barfuß in die Stadt marschieren, oder?«, fragte er mit einem schalkhaften Blitzen in den Augen.

Sie erwiderte sein Grinsen. »Tja, ich hatte es eigentlich nicht vor, aber jetzt, wo Sie es erwähnen …« Sie kicherte. »Ich glaube, meine Barfußzeit ist vorüber, Gregor. Mir reicht es noch vom letzten Mal.«

Er half ihr herunter, und als auch Kathryn und Anne auf der Straße standen, sah er Christy an. »Sind die Erinnerungen sehr schlimm?«, fragte er leise.

Christy nickte und blickte auf den See hinab. Am Kai lagen Boote vor Anker, und die Fähre legte gerade in Richtung Festland ab. Die Häuser, die am Ufer in Reih und Glied standen, waren in Pastellfarben gestrichen, und Jachten mit weißen Segeln glitten über das Wasser, während Fischer ihre Netze einholten und Touristen von Tagesausflügen auf dem See zurückkehrten.

»Es sieht wesentlich respektabler aus als früher«, sagte sie. »Ich erinnere mich noch an die alten hölzernen Lagerhäuser am Kai und an das üble Hotel, aus dem das betrunkene Grölen von Männern drang, die hart arbeiteten und noch härter tranken.

Außerdem waren die Häuschen damals nicht in so hübschen Farben gestrichen. Auch die Segeljachten und die Boote für die Touristen sind etwas Neues – und ich freue mich darüber. Portree muss mit der Zeit gehen.«

Sie wandte sich von der Aussicht ab und schritt über die Pflastersteine voran, bis sie am Marktplatz anlangten. »Bei unserer Ankunft waren hier ganze Familien versammelt«, sagte sie und musterte die schönen alten Häuser aus grauem Stein, die kleinen Läden und die beiden Hotels. »Das Haus dort drüben gehörte einer der Wohltätigkeitsorganisationen, die Überfahrten nach Australien und Amerika anboten, und die Warteschlangen davor wurden einfach nie kürzer.«

Sie senkte den Kopf. »Es war unser Glück, dass mein Vater und Finlay Geld von ihrem Ernteeinsatz hatten, und so konnten wir uns eine billige Unterkunft leisten, dort drüben.« Sie zeigte auf eine Seitenstraße, die vom Platz wegführte. »Es war eine billige Pension voller Ungeziefer, und wir mussten uns das Zimmer mit einer anderen Familie teilen, die auf eine Überfahrt nach Kanada wartete.«

Christy hatte lebhafte Erinnerungen an diese stinkende Bruchbude mit ihrem endlosen Lärm, dem widerlichen Gestank und den blutsaugenden Flöhen, die sie ständig plagten. Waschgelegenheiten gab es praktisch keine, sodass sie sich an der Wasserpumpe vor dem Rathaus abwechseln mussten. Wenigstens war das Wasser dort sauber und zum Trinken geeignet gewesen.

»Zwölf Familien mussten sich eine Außentoilette teilen, und wenn ihr glaubt, ein Behelfsklo im Outback sei grässlich, dann wärt ihr schockiert, wie viel schlimmer ein solcher Ort sein kann.« Sie erschauerte bei der Erinnerung an Ratten und den Gestank verstopfter Abflüsse.

»Daddy ist jeden Morgen mit den Jungs losgezogen, um Arbeit zu suchen, während ich dageblieben bin und mich um den armen, kleinen Callum gekümmert habe. Es ging ihm überhaupt nicht gut, er bekam nur schwer Luft, war von Kopf bis Fuß mit Flohstichen übersät und hatte Fieber. Die Kosten für die Arznei fraßen bald ein Loch in unsere Ersparnisse, dabei schien sie nicht einmal zu helfen, denn Callum ging es immer schlechter. Schließlich hat ihn Daddy ins Krankenhaus getragen, wo man ihn sofort aufgenommen hat.«

Ihre Stimme bebte, als die Gefühle in ihr aufwallten. »Der Arzt hat gesagt, er hätte eine Lungenentzündung und Asthma, und weil er so unterernährt sei, stünden die Chancen schlecht, dass er die Nacht überlebt.«

Tränen strömten ihr über das Gesicht, als sie an den kleinen Bruder dachte, den sie so geliebt hatte. »Wir durften bei ihm bleiben, aber gerade, als es hell wurde, schlug er die Augen auf, lächelte uns an und starb.«

Kathryn legte einen Arm um ihre Großmutter, während Christy die Tränen zu unterdrücken suchte.

»Callums Tod hat meinen Vater gebrochen«, stieß sie schließlich hervor. »In diesem Moment musste er endgültig einsehen, dass es auf Skye keine Zukunft für seine Familie gab, und an dem Tag, als Callum in einem Armengrab beigesetzt wurde, stellte er sich in die Schlange vor dem Wohltätigkeitsbüro. Ich glaube, ihm war egal, wohin es ihn verschlug, er wollte einfach nur seine überlebenden Kinder in Sicherheit bringen.«

Sie senkte den Kopf. »Er konnte nicht wissen, wie entsetzlich die Bedingungen auf dem Schiff sein würden – oder dass unsere Familie bis zu dem Tag unserer Ankunft in Tasmanien noch einen weiteren schrecklichen Verlust würde hinnehmen müssen.«

»Oh nein«, hauchte Kathryn. »Wer war es?«

Christy schüttelte den Kopf. »Ich kann jetzt nicht darüber sprechen«, stieß sie hervor, während sie mit den Gefühlen rang, die in ihr tobten. »Es tut mir leid.«

Niemand sagte etwas, und Christy schaffte es, sich so weit zu beruhigen, dass sie sich auf andere Dinge konzentrieren konnte. Sie holte tief Luft, wischte die Tränen ab und wandte sich an Gregor. »Wir übernachten heute im Isles Inn, wenn Sie also bitte unser Gepäck dorthin bringen könnten, wäre ich Ihnen dankbar. Ich habe mir erlaubt, auch für Sie ein Zimmer zu buchen, aber wahrscheinlich möchten Sie lieber bei Ihren Eltern wohnen, wo wir schon so nahe bei ihnen sind.«

Er nickte. »Ich sehe sie viel zu selten. Wenn Sie also nichts dagegen haben …«

»Natürlich nicht, aber ich hoffe, Sie werden mit uns zu Abend essen. Es ist unser letzter Abend hier, und nach all den traurigen Geschichten können wir wohl alle eine kleine Aufheiterung vertragen.«

»Aye, es wird mir eine Ehre sein, Ihnen Gesellschaft zu leisten, und es wird bestimmt ein lustiger Abend. Das Isles Inn ist bekannt für die Musik, die dort fast jeden Abend gespielt wird.« Er grinste. »Die Touristen sind begeistert.«

Sie rang sich ein Lächeln ab. »Das kann ich mir denken«, murmelte sie. Sie zog Gregor beiseite, als Kathryn davonging, um sich zu Anne zu gesellen, die die Schaufenster betrachtete. »Sie müssen mir morgen früh bei etwas helfen, Gregor«, flüsterte sie. »Aber ich muss Sie bitten, den anderen nichts zu verraten.«

»Sie haben mein Wort«, sagte er feierlich. »Können Sie mir einen Hinweis geben, worum es ungefähr geht?«

»Ich muss mit dem Leiter der Bank und ein paar anderen Leuten sprechen, ehe wir morgen Abend abreisen, und da hätte ich Sie gerne dabei.«

Er zog eine Augenbraue hoch und grinste. »Können Sie mir nicht einen winzigen Hinweis darauf geben, was Sie vorhaben?«

Sie zuckte leicht die Achseln. »Es geht um etwas, was ich

für Callum tun muss. Wir sehen uns um acht Uhr zum Abendessen.«

Als Christy davonging, um sich zu den anderen zu gesellen, lächelte Gregor in sich hinein. Sie war eine tapfere, aufrechte Frau, die im Leben das Schlimmste durchgemacht und entsetzliche Tragödien erlitten hatte – doch dieser zierliche Körper barg einen stählernen Kern und eine enorme Willenskraft. Dennoch war sie nicht zu stolz, um Tränen zu vergießen oder ihre Gefühle zu zeigen. Er bewunderte Christy ganz außerordentlich und konnte nur hoffen, dass ihre sauertöpfische Tochter eines Tages begriff, was für ein Schatz sie war.

10

Da Gregor nicht im Hotel übernachten würde, bezog Kathryn erleichtert das freie Einzelzimmer. Es wäre unangenehm gewesen, sich ein Zimmer mit ihrer Mutter zu teilen, denn nach ihrem Wortwechsel in der Kutsche war die Atmosphäre zwischen ihnen frostig geworden.

Das kleine Zimmer befand sich im ersten Stock und ging auf den Marktplatz hinaus. Schwere Balken trugen die niedrige Decke, und die verputzten Wände waren teilweise mit dunklem Holz vertäfelt, das zu den schweren Möbeln passte. Der Fußboden knarrte bei jedem Schritt und senkte sich zum Fenster hin ab, und das Bett hatte ein mit Schnitzereien verziertes Kopf- und Fußteil und eine dicke Matratze, auf der weiße Laken sowie eine dunkelgrün karierte Wolldecke lagen. Durch die winzigen Fenster mit den rautenförmigen Scheiben kam kaum Licht herein, sodass das Zimmer im Halbdunkel lag; dennoch wirkte es gemütlich, da alle Lampen brannten und im Kamin ein Feuer loderte.

Kathryn dankte dem Mädchen, das ihr einen Krug heißes Wasser gebracht hatte, und öffnete ihren Schrankkoffer, um ihr Nachtgewand herauszunehmen und ein Kleid für den Abend sowie etwas Passendes für die Fährüberfahrt zum Festland am nächsten Tag auszuwählen. Nachdem sie alles in den riesigen Schrank gehängt hatte, der den größten Teil der Wand einnahm, zog sie sich bis auf die Unterwäsche aus, goss das heiße Wasser in die Porzellanschüssel und wusch sich den Staub der Tagesreise vom Leib.

Danach setzte sie sich an den Toilettentisch, bürstete sich

die Haare und steckte sie zu einem modischen lockeren Knoten zusammen. Als sie sich ein paar Löckchen herauszupfte, die ihr Gesicht umspielen sollten, registrierte sie, dass die Sonne und die frische Luft ihre Wangen hatten rosig werden lassen und dass das Grün ihres schlichten Kleides die Farbe ihrer Augen hervorhob. Sie legte goldene Ohrstecker an und hängte sich die Kette mit dem goldenen Medaillon um, die ihr Vater ihr kurz vor der Abreise aus Melbourne geschenkt hatte. Das reichte für einen Abend in einem so kleinen Hotel.

Lächelnd fragte sie sich, ob es Gregor wohl auffallen würde, wie gut sie heute Abend aussah, schob den Gedanken jedoch schnell wieder beiseite. Sie stammten aus verschiedenen Welten, und auch wenn er sich während ihres Aufenthalts auf Skye als wunderbarer Begleiter und Reiseführer erwiesen hatte und sie den verhaltenen Flirt mit ihm genossen hatte, würde sie morgen abreisen und nach Hause zurückkehren, um ihr neues und aufregendes Leben in Sydney zu beginnen.

Da noch eine Stunde Zeit blieb, ehe sie zum Abendessen nach unten gehen musste, griff sie nach ihrem Füller und schlug ihr Tagebuch auf – doch wo sollte sie beginnen, wo es doch so viel Erinnernswertes gab? Wegen ihrer Liebe zur Geschichte hatte sie sich für ein Universitätsstudium entschieden, und sie hatte schon unzählige Stunden in der Staatsbibliothek verbracht und dort über zahllosen verstaubten Büchern gebrütet. Doch die Stunden in der Bibliothek konnte man nicht mit dem vergleichen, was sie in den vergangenen Tagen gelernt hatte, denn ihre Großmutter hatte ihre Geschichte und die der Insel Skye in leuchtenden Farben zum Leben erweckt.

Die Bilder, die Christys Schilderungen hervorgerufen hatten, hatten sich Kathryn so deutlich eingebrannt, dass sie beim Blick auf den Marktplatz beinahe die armen gequälten Seelen sehen konnte, die auf der Suche nach Arbeit, Essen und Unterkunft dort unten umhergeirrt waren, nur um weitergeschickt oder per Schiff weggebracht zu werden.

Ihr kamen die Tränen, als sie an den kleinen Callum dachte. Offenbar war er ein kluger kleiner Junge gewesen, der trotz seines verkrüppelten Fußes und der schrecklichen Dinge, die er mitansehen musste, ein heiteres Gemüt hatte. Es war kein Wunder, dass sein Tod seinen Vater gebrochen hatte, der gerade erst seine Frau, sein Zuhause und seine Hoffnung verloren hatte. Dieser stolze Mann, der seine Heimat liebte und auf eine lange Ahnenreihe zurückblicken konnte, war von Mächten, die er nicht kontrollieren konnte, gebeugt und besiegt worden. Er musste am Boden zerstört gewesen sein, weil er es nicht vermocht hatte, die Menschen, die er liebte, zu beschützen.

Kathryn rang mit den Tränen. Wie glücklich sie sich doch schätzen durfte, dass sie ein angenehmes Zuhause hatte, dass sie nie Hunger gelitten hatte, nie die Hoffnung verloren oder den Schrecken der Vertreibung kennengelernt hatte. Diese Reise hatte ihr die Augen geöffnet – sie war wie ein Fenster in eine andere Welt und eine andere Zeit, in der Menschenleben nichts zählten und einfach weggeworfen werden konnten.

Um sich zu beruhigen, holte sie tief Luft und dachte an die neue Heimat, die ihre Großmutter hatte annehmen müssen. Sie hatte überlebt und dort ihr Glück gemacht. Der beseelte Funke der Entschlossenheit hatte sie stets begleitet, und obwohl das Schicksal ihr manch grausamen Schlag versetzt hatte, war doch alles gut für sie ausgegangen. Kathryn fragte sich, ob sie selbst auch so viel Mumm besaß – ob sie sich angesichts derart schrecklicher Herausforderungen auch so gut schlagen würde. Sie konnte nur beten, dass sie nie in eine solche Situation geriet.

Wie sie so dasaß, den Füllhalter immer noch über ihrem Tagebuch, musste sie an ihren Großvater denken. Grandpa hatte kaum je von seiner Kindheit gesprochen, doch die wenigen Bruchstücke, die er ihr anvertraut hatte, erzählten von einer

Zeit bitterer Armut, und auf dem Schiff nach Australien hatte er Schreckliches erlebt und war nur knapp dem Tod entronnen. Doch genau wie ihre Großmutter hatte er später ein glückliches Leben geführt und war ein wohlhabender Mann geworden.

Kathryn dachte auch an ihren Vater. Sie hatte die Geschichten aus seiner Kindheit gehört, davon, wie seine Mutter gestorben war und sein Vater ihn mit auf die Opalfelder genommen hatte, wo ein Junge schnell lernen musste und allzu früh zum Mann wurde. Diese Jahre lebten noch immer in ihm, und obwohl seine Jugend hart gewesen war, sprach er von dieser Zeit immer mit Wärme und Stolz. Sie fragte sich, wo er wohl gerade war und was er machte. In Melbourne brach jetzt allmählich der Tag an. Sie vermisste ihn und wusste, dass auch er sie vermisste – aber vermisste er auch ihre Mutter?

Kathryn schluckte einen Seufzer hinunter. Sie war alles andere als das naive junge Ding, das ihre Mutter in ihr sah, denn sie hatte die wütenden Auseinandersetzungen gehört, die hinter der verschlossenen Schlafzimmertür ihrer Eltern stattgefunden hatten, und teilte die Sorge ihrer Mutter bezüglich der verwitweten Florence, die viel zu hübsch und temperamentvoll war, als dass ein gesunder Mann sie hätte übersehen können.

Sie hätte ihrem Vater sein heftiges Leugnen gerne geglaubt, doch sie war sich der abgekühlten Gefühle zwischen ihren Eltern, der langsam, aber stetig wachsenden Distanz zwischen ihnen und der immer häufiger werdenden Abwesenheit ihres Vaters nur allzu bewusst. Harold Ross war ein Mann mit enorm viel Energie und Charme, und diese lange Reise bedeutete, dass er sich selbst überlassen blieb – eine gefährliche Situation für einen unglücklich verheirateten Mann, der sich allein in diesem großen Haus aufhielt und für Versuchungen empfänglich war.

Kathryn schob ihr Tagebuch beiseite und griff nach der kleinen Ledermappe mit Papier und Umschlägen. Sie würde ihm schreiben und ihm mitteilen, dass ihre Mutter ohne ihn unglücklich war und es kaum erwarten konnte, nach Hause zu kommen. Sie wusste, dass sie sich damit allzu viele Freiheiten erlaubte, doch es musste etwas unternommen werden, um die Stimmung zwischen den beiden zu verbessern.

Nachdem sie zwei Seiten geschrieben hatte, hielt sie inne. Erneut musste sie an die Kälte zwischen den beiden Frauen denken, die sie so liebte. Wenn es stimmte, was ihre Großmutter gesagt hatte, und ihr Großvater wirklich an dem, was ihre Mutter als unverzeihliche Lüge bezeichnete, beteiligt gewesen war, dann war dies doch sicherlich nur aus Liebe geschehen? Aus dem Wunsch heraus, sie zu schützen? Ihre Großeltern waren keine Menschen, die leichtfertig logen – sie hatten beide zu viel Tragisches erlebt, als dass ihnen der Mut gefehlt hätte, sich der Realität zu stellen. Also wo auch immer das Problem lag, es musste auf jeden Fall sehr ernst sein.

Sie biss sich auf die Lippe und dachte an das Gespräch in der Kutsche. Ihre Familie wurde auseinandergerissen, und weil sie nicht wusste, warum, schien sie nichts dagegen tun zu können.

Als sie ihren Brief fortsetzte, schrieb sie ihrem Vater, was Christy nach der zweiten Phase der Clearances zugestoßen war, beschrieb die Stadt Portree, wie ihre Großmutter sie gekannt hatte, und sagte ihm, dass sie ihn entsetzlich vermisse und sich auf die Heimreise freue.

Ganz am Ende ihres Briefs erwähnte sie, wie traurig sie darüber war, dass ihre Mutter und ihre Großmutter so uneins miteinander waren, und fragte ihn, ob er wisse, wie es dazu gekommen war. Sie schloss mit lieben Grüßen, löschte die feuchte Tinte und faltete die Blätter ordentlich zusammen, ehe sie sie in einen Umschlag schob. Wahrscheinlich würde er den Brief erst in sechs oder sieben Wochen bekommen, und bis dahin wäre sie auch schon fast wieder zuhause.

Christy bedankte sich bei der kleinen Dienstmagd, die ihr heißes Wasser und Handtücher gebracht hatte, und bereitete sich für den Abend vor. Es war ein seltsames Gefühl, wieder in diesem Gasthaus zu sein – und noch seltsamer, hier Gast zu sein, keine niedrige Küchenhilfe, die stets Hunger und Kälte gelitten hatte. Mit bitterem Lächeln hüllte sie sich in das dicke, weiche Handtuch und stieg aus der Sitzbadewanne. Der Hotelbesitzer war verwundert gewesen, als sie ihn um eine Besichtigung der Küche gebeten hatte, und regelrecht schockiert, als sie ihm sagte, dass sie früher hier als Küchenmädchen gearbeitet habe. Doch als er sie durch die betriebsame Küche begleitete, die sich in all den Jahren kaum verändert hatte, hatte er sie freudig mit seinem Personal bekannt gemacht und ihr seine Pläne für das Haus erläutert. Der Tourismus florierte, und er war entschlossen, seinen Betrieb zum Erfolg zu führen, nun, wo er der stolze neue Besitzer des Isles Inn war.

Der Anblick des kleinen Küchenmädchens mit den geröteten Händen und dem verhärmten Gesicht brachte die schrecklichen Erinnerungen an jene Zeit zurück, und als Christy aus der Küche wieder auf ihr Zimmer zurückgekehrt war, überfielen sie sie mit voller Wucht. Sie und ihre Familie hatten verzweifelt ums Überleben gekämpft, und nun stand sie hier, eine feine Dame, und machte Ferien in diesem Hotel, als gehörte es ihr.

Wie weit sie doch gekommen war, sinnierte sie, als sie ihr Haar frisierte und sich prüfend im Spiegel betrachtete. Das magere, halb verhungerte Mädchen von damals war schon lange verschwunden und lebte nun nur noch in ihren Erinnerungen. An ihre Stelle war eine schlanke Frau getreten, deren Gesicht man die Lebenserfahrung ansah und in deren Augen Traurigkeit lag.

Seufzend steckte sie sich die Kamee an den Rüschenkragen ihres schlichten schwarzen Kleides. Ihr geliebter Mann hatte ihr die Brosche zu ihrem letzten Geburtstag geschenkt, und sie berührte sie sanft und dachte an seine zärtlichen Küsse und sein liebevolles Lächeln. Wenn er doch nur hier sein könnte – verlässlich, warm und echt. Er hätte die richtigen Worte für Anne gefunden – er hätte geholfen, den Riss zu kitten, der nun zu breit schien, um ihn zu überbrücken und die Familie wieder zusammenzubringen. Doch genau wie Callum und die anderen war er tot, und sie würde keinen von ihnen wiedersehen, bis die Stunde gekommen war, zu der sie ihnen folgen würde.

Als ihr aufging, dass die Stadt, das Gasthaus und ihre Erinnerungen sie trübsinnig machten, griff sie nach ihrem Buch und machte es sich zum Lesen auf einem Sessel am Kamin bequem. Sie hatte noch eine Stunde Zeit bis zum Abendessen, und sie musste in wesentlich besserer Stimmung sein, um es zu genießen. Mit dem Roman *Der Held von Notting Hill* von G.K. Chesterton müsste ihr das leicht gelingen.

Anne hatte etwa eine Stunde lang zu schlummern versucht, doch ihre trüben Gedanken hatten ihr keine Ruhe gelassen. Sie stieg aus dem Bett und begann sich für den Abend vorzubereiten, indem sie einen schlichten Rock und eine Spitzenbluse wählte, dazu ihre besten hochhackigen Knöpfstiefeletten und eine blaue Seidenstola. Nachdem sie sich zu ihrer Zufriedenheit frisiert und ihren Perlenschmuck angelegt hatte, griff sie nach dem Abendtäschchen und begab sich zum Zimmer ihrer Mutter. Es war Zeit, reinen Tisch zu machen.

Christy trug den Tartanschal über einem schlichten schwarzen Abendkleid, an das sie eine Kamee geheftet hatte. Anne erschrak, wie alt und müde sie auf einmal aussah.

Sie blickte von ihrem Buch auf und begrüßte Anne mit einem freundlichen Lächeln. »Hallo, meine Liebe. Das ist aber eine nette Überraschung.«

»Ich finde, es ist an der Zeit, dass wir miteinander reden«, erklärte sie steif.

Christy legte ihr Buch beiseite und klopfte auf den Stuhl auf der anderen Seite des Kamins. »Dann lass uns das tun«, sagte sie leise.

Anne setzte sich auf den Stuhl, strich ihren Rock glatt und wählte ihre Worte vorsichtig. »Zuerst möchte ich dich bitten, dass du versuchst zu verstehen, warum ich auf der ganzen Reise so verdrossen und unhöflich zu dir gewesen bin. Es liegt nicht in meiner Natur, so aggressiv zu sein, aber was du und Vater getan habt, war für mich extrem schwer zu akzeptieren, und ich fürchte, ich habe mich deswegen grässlich benommen. Ich verstehe jetzt, dass ihr die besten Absichten hattet, selbst wenn es unangebracht war.«

Sie knetete im Schoß ihre Hände und wich dem Blick ihrer Mutter aus, während sie mit pochendem Herzen auf deren Antwort wartete.

»Natürlich verstehe ich das«, sagte Christy sanft. »So etwas kann sehr verletzend sein, und du hast gegen alle kräftig ausgeteilt, was angesichts der Umstände verständlich ist. Ich wünschte aus ganzem Herzen, dass dir dieser Schmerz erspart geblieben wäre, aber ich bin auch sehr dankbar dafür, dass du die Absicht akzeptiert hast, die dahintersteckt.«

Anne nickte, verschränkte die Hände und kämpfte gegen die Gefühle an, die in ihr aufwallten. »Diese Reise hat mich vieles gelehrt«, sagte sie mit bebender Stimme. »Nicht nur über dich, sondern auch über mich selbst – und ich stelle fest, dass ich die Frau nicht mag, die aus mir geworden ist.« Sie sprach hastig weiter, ehe ihre Mutter sie unterbrechen konnte. »Du hattest recht, als du über die Familie gesprochen hast und darüber, wie wichtig sie ist, aber ich habe irgendwie die Kontrolle verloren, und jetzt finde ich keinen Weg mehr, alles geradezurücken.«

Endlich sah sie ihre Mutter an. »Kannst du mir verzeihen?«, flüsterte sie unter Tränen.

Christy beugte sich zu ihr hinüber und schloss sie in die

Arme. »Es gibt nichts zu verzeihen, mein liebes Mädchen«, flüsterte sie in Annes Haar. »Ich muss die Schuld für alles, was zwischen uns vorgefallen ist, auf mich nehmen.« Sie wich zurück, umfasste Annes Gesicht mit beiden Händen und küsste sie auf die Stirn. »Vielleicht können wir gemeinsam alles wieder ins Lot bringen.«

»Oh, Mutter«, schluchzte Anne. »Ich war ja so dumm. Kathryn mag ihren Vater eindeutig lieber als mich, und ich habe ihn weggestoßen und ignoriert. Was, wenn Harold nicht mehr da ist, wenn wir nach Melbourne zurückkommen? Was, wenn er mich verlassen will?«

»Schh«, beruhigte Christy sie und drückte sie fest an sich. »Harold ist ein charakterfester Mann, und ich bin fest davon überzeugt, dass er dich noch liebt und überglücklich sein wird, wenn du wieder nach Hause kommst. Und natürlich liebt Kathryn dich auch. Sie liebt euch alle beide und will einfach nur, dass ihr miteinander glücklich seid, damit sie sich keine Sorgen um euch machen muss, wenn sie nach Sydney geht.«

Anne wich zurück, als plötzlich der Funke der Eifersucht wieder in ihr aufloderte. »Dann hat sie sich wohl wieder dir anvertraut, wie üblich?«

»Ganz und gar nicht«, erklärte Christy. »Aber ich kenne meine Enkelin und sehe ihr an, dass sie sich um euch sorgt.« Sie griff nach Annes Händen und hielt sie fest. »Kathryn ist kein Kind mehr, meine Liebe. Sie ist eine intelligente junge Frau, der nicht entgangen ist, dass es zwischen dir und Harold nicht mehr stimmt, und das belastet sie ganz offenkundig.«

»Was muss ich also tun?«

»Ich glaube, wenn du ihr dein Herz ausschüttest und ihr sagst, wie die Dinge zwischen dir und ihrem Vater stehen, wirst du feststellen, dass euch das einander näherbringt.«

»Ich kann die intimen Details meiner Ehe nicht mit Kathryn debattieren«, empörte sie sich. »Das schickt sich nicht.«

Christy reichte ihr ein Taschentuch und wartete, bis sie sich beruhigt hatte. »Das habe ich überhaupt nicht gemeint«, sagte sie nachsichtig. »Sprich mit ihr darüber, was du empfindest, was dich an Harold ärgert – alle Männer ärgern einen hin und wieder, dein Vater eingeschlossen«, fügte sie hinzu, um die Stimmung aufzulockern, »und warum du dich in ihn verliebt hast. Vielleicht erinnerst du dich dadurch selbst auch wieder mehr daran, denn ich glaube, dass ihr im Lauf der Zeit alle beide vergessen habt, was ihr einander in den ersten Jahren bedeutet habt.«

Anne dachte an Harold. Sie hatte die Leidenschaft nicht vergessen, die sie verbunden hatte, doch mit der Zeit war sie verkümmert, die Liebe hatte nachgelassen, und sie hatte genauso viel Schuld daran wie Harold.

Christy unterbrach ihr Sinnieren. »Sprich mit ihr darüber, wie es dir gegangen ist, als Harold damit beschäftigt war, seine Firmen aufzubauen und du wochenlang allein zurechtkommen musstest, während er kreuz und quer durchs Land gefahren ist, um geschäftliche Kontakte zu knüpfen. Sag ihr, wie viel sie euch bedeutet und wie stolz ihr auf ihre Leistungen seid, und biete ihr an, einen Einkaufsbummel mit ihr zu machen, bevor sie nach Sydney aufbricht. Aber vor allem zeige ihr, wie sehr du sie liebst und wie groß deine Bereitschaft ist, deine Ehe zu kitten.«

Anne war nun ruhiger geworden. Sie begriff, dass ihre Mutter recht hatte, wie immer. In ihrer Enttäuschung und aus Angst davor, wie es ohne Kathryn zu Hause sein würde, hatte sie sich von ihr distanziert – und von Harold. Sie und ihre Tochter hatten in letzter Zeit nur wenige vertraute Momente geteilt, und sie hatte nicht vergessen, wie schroff sie ihr gegenüber gewesen war, wie leichtfertig sie ihre Hoffnungen und Träume, die zu ihren eigenen im Widerspruch standen, abgetan hatte. Wenn Harold nicht gewesen wäre, hätte ihre Tochter nicht so viel erreicht.

»Ich hoffe nur, dass es noch nicht zu spät ist«, sagte sie traurig.

»Zwischen Mutter und Tochter ist es nie zu spät«, erwiderte Christy und reichte ihr ein frisches Taschentuch. »Uns verbindet ein Band, und selbst wenn es bis zum Äußersten strapaziert wird, reißt es nicht. Hab Vertrauen zu Kathryn und zu dir selbst, Anne, und du wirst sehen, dass ich recht habe.«

»Aber was wird aus meiner Ehe? Da könnte es bereits zu spät sein, vor allem jetzt, nachdem wir so lange getrennt waren.«

»Das ist eine Sache zwischen dir und Harold, aber ich würde vorschlagen, dass du ihm schreibst und ihm sagst, wie sehr er dir fehlt und wie sehr du hoffst, dass eure Bindung nach deiner Heimkehr stärker wird.«

»Ja, das mache ich«, murmelte Anne. Sie sah ihrer Mutter in die Augen und nahm ihre Hände. »Es tut mir leid, Mutter«, flüsterte sie, »es tut mir so leid, dass ich dir solchen Kummer gemacht habe, obwohl du das doch am wenigsten verdient hast.«

Christy umklammerte Annes Hände, und auch ihre Augen glitzerten feucht, als sie ihre Tochter auf die Wange küsste. »Kummer lässt sich heilen«, sagte sie leise, »und das Band zwischen uns wird stärker denn je werden, wenn wir einander vertrauen. Es gibt jetzt keine Geheimnisse mehr, Anne. Ich verspreche es dir.«

Anne umarmte sie, und erneut flossen Tränen. Sie nahm den Duft ihrer Mutter wahr und spürte endlich wieder, wie ihre Arme sie liebevoll umfingen. Eine neue Kraft stieg in ihr auf und mit ihr die Hoffnung auf eine bessere Zukunft, in der sie und Harold ihre Ehe in Ordnung bringen konnten und Christy wieder zum Herz der Familie wurde. Vielleicht würde es ihrer Tochter Sicherheit geben, wenn sie wusste, dass die drei Generationen näher aneinandergerückt waren und ein liebevolles Verhältnis pflegten.

Kathryn klopfte bei ihrer Mutter an die Tür, und als sie keine Antwort bekam, spähte sie ins Zimmer, wo sie feststellte, dass Anne wohl bereits nach unten gegangen war. Sie eilte über den schmalen Treppenabsatz zum Zimmer ihrer Großmutter in der obersten Etage, begierig, schnell in den Gastraum zu kommen, aus dem bereits muntere Stimmen nach oben drangen und schräge Klänge, da die Musiker alle gleichzeitig ihre Instrumente stimmten.

Sie war gerade oben angelangt, da öffnete sich die Tür zum Zimmer ihrer Großmutter. Verblüfft starrte Kathryn die beiden Frauen an, die lächelnd vor ihr standen. Ihre Verblüffung wandelte sich zu reiner Freude, als die beiden die Arme nach ihr ausstreckten und sie in eine gemeinschaftliche Umarmung zogen.

»Ihr habt euch versöhnt«, stieß sie beglückt hervor und blickte von einer strahlenden Miene zur anderen.

»Allerdings«, sagte Christy und schlang einen Arm um Annes Wespentaille. »Und ich finde, wir sollten jetzt schnell nach unten gehen und eine Flasche Champagner bestellen – falls sie hier so etwas vorrätig haben. So, wie es sich anhört, wird es garantiert ein lustiger Abend werden, und ich bin absolut in Feierlaune.«

Als Anne sanft lächelte, schienen die Jahre und die Sorgen von ihr abzufallen, und ihre Tochter bekam eine Ahnung davon, wie reizend sie als junges Mädchen gewesen war. »Bestellen wir doch gleich zwei Flaschen«, sagte sie mit einem schelmischen Grinsen. »Und jetzt kommt, bevor wir noch den ganzen Spaß verpassen.«

Kathryn war fast benommen vor Freude, als sie die enge Stiege hinuntergingen und die Tür zum großen Gastraum aufstießen, wo ihnen die munteren Rhythmen sogleich entgegenströmten. Die Musiker hatten gerade ein fröhliches Tanzlied angestimmt. Ihre Freude darüber, dass der Streit beigelegt war, gab ihr die Hoffnung, dass sich ihre Mutter nun auch darum bemühen werde, mit ihrem Vater Frieden zu schließen. Ihre Welt war wieder in Ordnung, und als sie auf die andere Seite des Raums blickte und merkte, dass Gregor sie beobachtete, verspürte sie freudige Erregung. Er hatte sich offensichtlich Zeit genommen, um sich für ihren letzten Abend vorzubereiten, denn er hatte sich sowohl die Haare gebürstet als auch eine Rasur vorgenommen. Er sah sehr gut aus in seinem Kilt, dem Sakko und dem weißen Hemd, und mit der feinen Felltasche, die ihm von der schlanken Taille hing. Die Tartanschärpe hatte er sich mit einer prächtigen Brosche aus gelbem Quarz, in filigranes Gold eingefasst, an der Schulter befestigt. Seine kräftigen Beine steckten bis zu den Knien in weißen Wollstrümpfen, von denen einer einen kleinen Dolch barg, und an den Füßen trug er auf Hochglanz polierte Brogues.

»Meine Güte«, stieß Anne hervor. »Da hat er sich aber herausgeputzt.«

Kathryn wollte schon etwas sagen, als ihr auffiel, dass Gregor nicht alleine war. Er kam mit einem Mädchen am Arm auf sie zu. Sie war sehr hübsch, mit schwarzen Haaren und blauen Augen und einem offenen, freundlichen Lächeln, und obwohl Kathryn ziemlich verblüfft war, dass er an ihrem letzten Abend einen Gast mitgebracht hatte, war sie froh, ihn so glücklich zu sehen.

»Guten Abend«, sagte er über die laute Musik hinweg. »Das ist meine Frau Freya.«

Kathryn ertappte sich dabei, wie sie die beiden anstarrte, und knipste rasch ein Lächeln an.

»Na, das haben Sie aber lange für sich behalten«, lachte Christy, während sie der jungen Frau die Hand schüttelte und sie mit den anderen bekannt machte. »Wie lange sind Sie und dieser Schlingel denn schon verheiratet?«

»Erst seit einem Jahr«, antwortete sie in ihrem weichen

schottischen Tonfall. »Ich hoffe, es macht Ihnen nichts aus, dass ich mitgekommen bin, aber heute ist unser Hochzeitstag, und wir möchten das Wochenende gerne zusammen verbringen.«

»Das verlangt nach mehr Champagner«, erklärte Christy freudestrahlend. »Kommen Sie mit, wir suchen unseren Tisch und fragen den Wirt, ob er ein paar anständige Flaschen im Keller liegen hat.«

Es gab nur einen großen Gastraum, doch ihr Tisch stand entfernt von den Musikern auf der anderen Seite. Er wurde durch den riesigen, mit Schnitzereien verzierten Tresen teilweise abgeschirmt. Es war nicht die Art von Lokal, die Kathryn und ihre Mutter normalerweise aufgesucht hätten, denn in Australien fand man in solchen Kneipen vor allem derbe Männer – doch hier schien das keine Rolle zu spielen. Männer und Frauen aller Altersgruppen und aller Schichten mischten sich fröhlich, als die Band langsamere Stücke spielte, das köstliche Essen serviert und die erste Flasche Champagner entkorkt wurde.

Kathryn dachte an das Gespräch, das sie auf dem Friedhof mit Gregor geführt hatte, und wurde schrecklich verlegen, als sie erfuhr, dass er seine Frau während seines Studiums in Dundee kennengelernt hatte, wo er einen Abschluss in Alter Geschichte gemacht hatte. Freya hatte sich damals gerade als Lehrerin qualifiziert, und nach ihrer Hochzeit waren sie nach Inverness gezogen. Gregor war jetzt dort an der Universität Dozent, während Freya an der Vorschule unterrichtete.

»Sie stecken wirklich voller Überraschungen«, witzelte sie, um ihre Verlegenheit zu überspielen. »Aber was ich nicht verstehe, ist, warum Sie auf Skye Leute herumkutschieren.«

»Ich habe lange Ferien, und als ich gehört habe, dass Ihre Großmutter einen Fremdenführer braucht, habe ich die Gelegenheit ergriffen«, antwortete er grinsend. »Mungo hat mich darauf aufmerksam gemacht, nachdem sie ihm geschrieben hatte, um das Hotel zu buchen.«

»Aber was ist mit Ihrer Frau? Sicher wird ihr langweilig, wenn Sie herumziehen, oder?«

Gregor lachte. »Ich würde es nicht herumziehen nennen. Es war harte Arbeit, das kann ich Ihnen sagen – Frauen, die ohne Stiefel losmarschieren, Pferde, die in Hinterteile beißen, und gewisse Personen, die Unmögliches fordern.«

»Ach du liebe Zeit«, seufzte sie. »Waren wir wirklich so schlimm?«

Er schüttelte grinsend den Kopf. »Es war alles sehr amüsant, und ich habe eine ganze Menge von Ihrer Großmutter gelernt. Sie ist eine bemerkenswerte Frau, und ich bewundere sie enorm.« Er griff nach Freyas Hand und küsste ihre Fingerspitzen. »Was Freya betrifft, so wird sie zu mir stoßen, sobald die Schulferien beginnen, und wir werden einen Teil des Sommers hier verbringen, ehe wir nach Aberdeen fahren, um ihre Familie zu besuchen.«

Kathryn sah, wie glücklich die beiden waren, und musste lächeln. »Heute gibt es wirklich allen Grund zu feiern«, sagte sie, als der Kellner die zweite Flasche Champagner entkorkte und die Gläser füllte. »Mum und Grandma haben vorhin ihre Differenzen beigelegt und sind jetzt viel fröhlicher.«

Gregor blickte zu Anne hinüber, die lebhaft mit ihrer Mutter ins Gespräch vertieft war. »Aye, das sehe ich, und es freut mich. Ich schätze, die letzten Tage waren für beide nicht leicht.«

Er schob seinen Stuhl zurück, stand auf und erhob sein Glas. »Ich möchte einen Trinkspruch ausbringen«, sagte er, »auf meine schöne Frau und auf die neuen Freundschaften, die ich geschlossen habe. Es gibt einen alten schottischen Vers, der ganz gut zu der Gelegenheit passen könnte.«

Alle waren mucksmäuschenstill, als er sich räusperte und in seinem singenden Tonfall zu rezitieren begann:

*»May the best ye've ever seen / Be the worst ye'll ever see. /
May a moose ne'er leave yer girnal / Wi' a tear drap in his e'e. /
May ye aye keep hale an' herty / Till ye're auld eneuch tae dee. /
May ye aye be jist as happy / As we wish ye aye tae be.
Slàinte!«*

Alle wiederholten den gälischen Trinkspruch, und donnernder Beifall ertönte, als Gregor leicht verlegen wieder Platz nahm.

»Und worum ging es nun in dem Spruch?«, fragte Anne leicht verwirrt. »Ich habe bestenfalls die Hälfte verstanden.«

Alle lachten, und Christy erklärte der perplexen Anne und der nicht minder verdutzten Kathryn, dass die guten Wünsche unter anderem darin bestanden, dass niemals eine Maus die Speisekammer oder den Vorratsschrank mit Tränen in den Augen verlassen möge, denn das hieße ja, dass im Haus das Essen knapp war.

Die Musiker begannen erneut zu spielen, schon bald wurden Tische und Stühle gegen die Wand geschoben, und alle fingen an zu tanzen. Irgendwann ging der Champagner aus, der Whisky floss in Strömen, die Musik wurde lauter und schneller, bis am Ende des Abends nur noch die ganz Rüstigen und die ganz Jungen mithalten konnten.

Als die Uhr hinter dem Tresen elf schlug und der Wirt seine Glocke läutete, trotteten sie alle hinaus, um frische Luft zu schnappen und sich von Freya und Gregor zu verabschieden. Christy, Anne und Kathryn standen noch eine Weile da, nachdem das junge Paar in einem leichten Einspänner die Straße hinab verschwunden war, und blickten zu den unzähligen Sternen hinauf, die am schwarzen Baldachin des Nachthimmels standen.

»Das erinnert mich an den Nachthimmel im Outback«, sagte Christy. »Wenn ich zurück bin, fahre ich vielleicht nach Wallangarra und besuche meine Enkel – gehe mit ihnen zelten und erzähle ihnen die alten Geschichten der Aborigines – davon, wie die Sterne geboren wurden und warum sich Sonne und Mond nie treffen.«

»Ich bezweifle, dass Hamish das erlauben wird«, lachte Anne. »Du weißt doch, wie er ist, wenn du etwas vorschlägst, das auch nur annährend riskant ist.«

»Das kommt nur daher, dass ihm etwas an uns liegt«, murmelte Christy. »Vielleicht sollte ich ihn überreden mitzukommen. Es ist Jahre her, seit wir zuletzt im Busch kampiert haben.«

»Lasst uns zu Bett gehen«, schlug Anne freundlich vor. »Wir haben einen langen Tag vor uns, und ich weiß ja nicht, wie es euch geht, aber mir tun nach der vielen Tanzerei die Füße weh.«

Lächelnd hängte sich Christy bei den beiden anderen ein. »Ich habe den heutigen Abend so genossen«, sagte sie leise. »Es war ein perfekter Abschluss für meine Reise in die alte Heimat, und ich werde die frohen Erinnerungen daran bis ans Ende meines Lebens bewahren.«

Kathryn kam in den Gastraum herunter, als Christy gerade ihr Frühstück beendete. »Mutter hat sich ein Tablett aufs Zimmer bringen lassen«, sagte sie und setzte sich. »Ich fürchte, der ganze Trubel von gestern Abend hat sie ein bisschen mitgenommen.«

»Ich fühle mich auch nicht gerade taufrisch«, gestand Christy. »Offenbar werde ich langsam zu alt für solche Sperenzchen.«

»Du hast doch jede Minute davon genossen«, zog Kathryn sie auf. »Und so, wie du dreinschaust, bist du schon zu neuen Schandtaten aufgelegt.«

Das war die Gelegenheit, auf die Christy gehofft hatte. »Tja, ich habe tatsächlich noch einiges zu tun, ehe wir Portree verlassen«, sagte sie beiläufig. »Gregor holt mich in zehn Minuten ab und macht mich mit dem örtlichen Bankdirektor bekannt, und dann muss ich noch ein paar Einkäufe erledigen, ehe ich einen Einspänner miete.«

»Einen Einspänner? Wozu denn? Gregor bringt uns doch mitsamt unserem Gepäck mit der Kutsche zur Fähre?«

»Es gibt einen Ort, den ich euch am späteren Vormittag noch zeigen will, und dafür ist ein Einspänner wesentlich besser geeignet.« Sie blickte auf die kleine Uhr, die sie sich ans Revers gesteckt hatte. »Ich müsste gegen elf Uhr wieder zurück sein, also entfernt euch bitte nicht von hier. Aber sag Anne bitte, dass sie bis dahin angezogen und bereit sein soll.«

»Aber das sind ja noch zwei Stunden«, wunderte sich Kathryn. »Ich dachte, du triffst dich nur mit einem Bankdirektor und kaufst nicht gleich eine Bank.«

Christy kicherte. »Na, das fehlte noch, was?« Sie stand auf und griff nach Schal und Handtasche. »Bis später«, murmelte sie und eilte davon, um weiteren Nachfragen auszuweichen.

Kathryn sah ihr nach, wie sie durch die Doppeltür ging, die zur Straße hinausführte, und beobachtete, wie Gregor sie begrüßte, ehe sie zusammen davongingen. Ihre Großmutter scherzte gerne, dachte sie, als sie den Löffel in den köstlichen Porridge tauchte. Wahrscheinlich ging sie nur zur Bank, um Geld für die Hotelrechnung und für Gregor zu holen und vielleicht, um ein paar Souvenirs zu kaufen, die sie ihren Enkeln mitbringen konnte. Was die allerdings mit Schottenröcken und Felltaschen anfangen sollten, wusste Kathryn nicht.

Um halb zwölf hatten Kathryn und ihre Mutter ihr Frühstück längst beendet und warteten gespannt auf Christys Rückkehr.

»Sie kann nicht weit sein«, sagte Anne. »Die Stadt ist ja wirklich nicht groß, da wäre es nicht weiter schwer, sie zu finden. Meinst du, wir sollen sie suchen?«

Kathryn schüttelte den Kopf. »Sie hat ausdrücklich gesagt, dass wir hier warten sollen, und wenn wir jetzt weggehen, verpassen wir sie womöglich.«

Anne seufzte gereizt. »Das ist so typisch für Mutter. Ich wette, sie hält irgendwo ein ausgedehntes Schwätzchen und hat uns komplett vergessen.« Als sie den Blick ihrer Tochter auffing, entspannte sie sich und schmunzelte. »Na, wir haben ja noch bis fünf Uhr nachmittags Zeit, ehe die Fähre ablegt, und es ist ihr letzter Tag auf Skye, den sollten wir ihr gönnen.«

Es dauerte weitere fünfzehn Minuten, bis Christy durch die Tür gestürmt kam, den mit Päckchen beladenen Gregor im Schlepptau. »Es tut mir sehr leid, dass ich euch habe warten lassen«, sagte sie atemlos, »aber zuerst bin ich mit einem faszinierenden Steinmetz ins Gespräch gekommen, und dann wurde ich von einer reizenden Frau abgelenkt, die eigene Tartans webt, und da habe ich einfach die Zeit vergessen.«

Mit einem strahlenden Lächeln blickte sie zu Gregor auf. »Der arme Kerl hier hat versucht, mich anzutreiben, und dem Himmel sei Dank, dass ich ihn hatte, weil er mir alles getragen hat. Man sollte nicht für möglich halten, dass es in einem so kleinen Ort so viel zu kaufen gibt, oder? Aber ihr müsstet mal sehen, was ich für die Jungen habe und für Harold und …« Schließlich ging ihr die Luft aus, und alle mussten lachen.

»Offensichtlich bist du heute Morgen besser in Form als ich«, sagte Anne liebevoll. »Soll ich dir Kaffee bestellen, damit du dich ein bisschen ausruhen kannst?«

Christy schüttelte den Kopf. »Dann wird uns die Zeit knapp; außerdem wartet draußen schon der Wagen.« Sie wandte sich an Gregor. »Würden Sie den Wirt bitten, die Sachen zu unseren Koffern und Taschen zu legen? Ich will nicht alles mitschleppen.«

Gregor ging hinaus, und Christy ließ sich auf einen Stuhl fallen. »Ich bin das Gehen auf Kopfsteinpflaster nicht gewohnt«, sagte sie, während sie die Füße beugte und streckte. »Wie ich das als Kind ausgehalten habe, ist mir ein Rätsel – noch dazu barfuß.«

»Also, Mutter, wo willst du denn jetzt mit uns hin?«

»An einen ganz besonderen Ort, der, wie mir versichert wurde, nicht allzu sehr vernachlässigt wurde.« Sie bewegte erneut die Füße hin und her, streckte die Beine aus und erhob sich, als Gregor wieder hereinkam. »Na dann, lasst uns aufbrechen.«

Sie marschierten hinaus, wo ein breiter Einspänner mit Klappverdeck gegen plötzliche Regengüsse bereitstand. Ein schlanker Fuchshengst war davorgespannt. Der Kutscher war ein schweigsamer Mann, der lediglich nickte und es Gregor überließ, den Damen in den Wagen zu helfen. Obwohl die Sonne schien, war es ziemlich frisch, und so waren sie froh über die dicken Decken, die der Kutscher bereitgelegt hatte.

»Mr McLeod hält nichts von hohlem Geplapper«, erklärte Christy, als er mit der Peitsche knallte und sie losfuhren. »Und wenn er mal was sagt, verstehe ich leider kaum ein Wort.« Sie beugte sich flüsternd vor, während in ihren Augen der Schalk blitzte. »Er ist aus Glasgow, wisst ihr, und da unten haben sie eine ganz eigene, seltsame Sprache.«

Während der Wagen über das Kopfsteinpflaster und dann weiter auf den breiten Weg rumpelte, auf dem sie am Vortag gekommen waren, sah Kathryn, wie Gregor und ihre Großmutter sich verstohlen zulächelten. »Wie war das Treffen mit dem Bankdirektor?«, fragte sie.

»Sehr gut, danke. Er war ausgesprochen hilfsbereit.« Christy kicherte. »Ich werde euch nicht mehr lange auf die Folter spannen«, sagte sie. »Wenn wir angekommen sind, erzähle ich euch alles.« Sie zog sich den Schal fester um den Hals und blickte mit undurchdringlicher Miene aus dem Fenster.

Anne und Kathryn wechselten einen Blick. Sie mussten

einfach Geduld haben und Christy ihren Willen lassen, da sie offenbar in einer seltsamen Stimmung war.

Es dauerte fast eine halbe Stunde, bis sie den breiten Weg verließen und es eine sanfte Anhöhe hinaufging. Sie kamen an einem Bauernhaus und mehreren Scheunen vorbei und gelangten schließlich an ein Viehgatter, an dem der Wagen nicht weiterfahren konnte.

»Da sind wir«, sagte Christy, als der Kutscher sein Pferd zum Stehen brachte. »Jetzt müssen wir nur ein kurzes Stück gehen, und dann werdet ihr sehen, worum es sich handelt.«

»Zum Glück habe ich meine festeren Stiefel angezogen«, sagte Anne, als ihr Gregor vom Wagen half und sie den unebenen Boden auf der anderen Seite des Viehgatters musterte.

»Wir gehen nicht da entlang«, sagte Christy. »Kommt mit.« Sie ging auf eine hohe Brombeerhecke zu und zeigte ihnen den schmalen Durchgang. »Es geht gleich hier durch.«

Anne und Kathryn duckten sich unter den Dornenranken und gelangten so auf ein weites Feld. Einen mit hohem Gras bewachsenen Bereich hatte man hier mit einem adretten neuen Lattenzaun abgegrenzt. Über das niedrige Tor erhob sich eine Weide, deren Zweige jemand am Wipfel geschickt zu einem Kreuz geschlungen hatte.

»Hier liegt Callum begraben«, erklärte Christy leise, als sie das Tor öffnete. »Er liegt bei all jenen, die es nicht mehr auf die Schiffe geschafft haben. Ich wollte ihn eigentlich auf einen richtigen Friedhof verlegen lassen, aber dann ist mir klar geworden, dass er hierhergehört. Hier ist er weit entfernt von den Blicken der Öffentlichkeit, und er ist bei seinen Leuten, an einem friedlichen Ort.«

Sie blickte über die wenigen verwitterten Grabsteine hinweg auf das stille Tal und die munteren Bäche, die dort dem Meer entgegenplätscherten. »Wie ihr seht, gibt es nur ganz wenige Gedenksteine – weil dies Armengräber waren. Die meisten der armen Seelen hier sind an einem Fieber gestorben, vor dem die Leute aus Portree Angst hatten. Ich weiß aus sicherer Quelle, dass die Grabsteine, die hier stehen, von Leuten wie mir aufgestellt worden sind – Leuten, die die lange Reise von ihrem Zuhause am anderen Ende der Welt hierher unternommen haben, um der Familienmitglieder zu gedenken, die nicht lange genug überlebt haben, um die Reise in ein neues Leben anzutreten.«

Auf einmal hörte man das Rumpeln von Wagenrädern und das Hufklappern eines schweren Pferds, das den Weg hinter der Hecke entlangtrottete. Christy wandte sich um und lächelte den stämmigen Mann an, der kurz darauf durch das Tor kam und einen großen Stein schleppte.

»Das ist Mr Cameron«, sagte sie. »Steinmetzmeister und Graveur. Er hat an diesem Stein gearbeitet, seit mir Mungo seine Adresse genannt hat, und heute Morgen konnte ich ihn endlich dafür bezahlen.«

Gregor half dem anderen Mann mit der großen Marmorplatte. Christy nickte ihnen zu, und sie stellten sie hinter dem Tor ab, in einem schmalen Graben, der Anne und Kathryn zuvor gar nicht aufgefallen war.

Unter großen Mühen richteten sie den Stein schließlich auf und verankerten ihn fest in der Erde. Dann traten sie zurück, damit alle ihn bewundern konnten.

In liebevoller Erinnerung an Callum MacInnes, 1844–1854
Dieser Gedenkstein steht zu Ehren der Opfer der
Clearances.
Ihre Namen mögen unbekannt sein, doch ihre Geschichte
wird vom Wind durch die Täler getragen.
Sie bleiben unvergessen.
RIP

»Er ist wunderschön«, murmelte Kathryn. »Und passt so gut hierher. Aber woher sollen die Leute wissen, dass er hier steht?«

»Diejenigen, die einen geliebten Menschen verloren haben, erfahren es«, sagte Christy, »und nur auf die kommt es an.« Sie musterte den kleinen Friedhof mit friedlicher Miene. »Ich habe eine jährliche Zahlung für die Pflege in Auftrag gegeben, und schon bald wird das Gras gemäht, die Hecke geschnitten und der Zugang erweitert werden. Unten am Weg wird man ein Schild aufstellen, damit die Leute wissen, wohin sie gehen müssen, und jedes Jahr im November wird zur Erinnerung an all die Toten ein Kranz abgelegt.«

»Kein Wunder, dass du heute Morgen so lange gebraucht hast«, sagte Anne.

»Ich musste auf der Bank eine Menge Formulare unterzeichnen, und dann musste ich noch den Stadtratsvorsitzenden besuchen und den Pfarrer. Aber ich finde, es hat sich gelohnt, oder nicht?«

»Oh ja«, versicherte Kathryn mit einem Seufzen.

Christy wandte sich um, als der Steinmetz mit einem Kranz durch die enge Öffnung in der Hecke kam. Er legte ihn ehrfürchtig am Fuß der Marmorplatte ab, die er selbst geschaffen hatte, nahm die Mütze vom Kopf und stand mit gesenktem Kopf da, während Christy das Vaterunser sprach.

»Ruhe in Frieden, mein geliebter Callum«, flüsterte sie schließlich. »Du sollst wissen, dass ich dich nie vergessen werde.«

Sie wandte sich um, und dann fuhren sie alle in feierlichem Schweigen zurück nach Portree, jeder in seine eigenen Gedanken vertieft.

Unterwegs betrachtete Christy die Landschaft. Sie war erfüllt von Ruhe und Frieden, trotz der traurigen Erinnerungen an den süßen, kleinen Callum, denn sie war nach Skye zurückgekehrt, wie sie es ihrem Vater vor all den Jahren versprochen hatte. Und sie hatte von den Ereignissen erzählt, die sie alle durchlebt hatten, und ihr Möglichstes getan, um ihrer Tochter und ihrer Enkelin zu vermitteln, dass es allein darauf ankam, wie man mit Widrigkeiten umging – ganz egal, was einem im Leben zustieß.

Am Ortsrand von Portree angelangt, blickte sie noch einmal hinab zum Hafen und wusste, dass es fast an der Zeit war, das nächste Kapitel ihrer Geschichte aufzuschlagen, die Seiten, die die frühen Jahre ihres Lebens schilderten. Es begann mit diesem letzten Tag auf Skye und der schrecklichen Seereise in eine ungewisse Zukunft auf der anderen Seite der Welt.

Skye zu verlassen war weitaus schmerzhafter, als sie es sich vorgestellt hatte. Als sie am Kai standen und zusahen, wie das Gepäck auf die Fähre verladen wurde, hatte Christy schwer mit ihren Gefühlen zu kämpfen.

Der heutige Tag unterschied sich sehr von dem Tag, an dem sie diese Küste das letzte Mal gesehen hatte. Damals war der Regen aus dichten Wolken gefallen und von einem kalten Wind vorangepeitscht worden. Unter der geduckten Menschenmenge, die sich am Kai zusammendrängte, hatte düstere Stimmung geherrscht. Heute war es kühl, es ging ein leichter Wind, und die Sonne glitzerte auf dem Wasser. Sie gab sich der Vorstellung hin, dass die Insel sie diesmal mit glücklicheren Erinnerungen auf den Rückweg nach Australien schicken wollte.

Sie sah zu, wie sich Gregor von Anne und Kathryn verabschiedete, froh, dass sie ihn kennengelernt hatte, und entzückt, dass er mit der reizenden Freya offenbar so glücklich war. Sie hatte ihm das Versprechen abgenommen, den Kontakt zu halten und ihr Bescheid zu sagen, wenn sein erstes Kind zur Welt kam – schließlich gehörte er als entfernter Verwandter zu ihrer Familie, und Familie war ihr immer wichtig gewesen.

»Es war großartig, Sie kennenzulernen, Christy«, sagte er

und nahm ihre Hand. »Ich werd Sie nie vergessen, oder Ihre Geschichten, und ich wünschte, ich könnte noch mehr hören, denn ich wette, Sie hätten noch einiges zu erzählen.«

»Allerdings«, bestätigte sie lächelnd. »Doch als intelligenter Mann mit einer ganz ähnlichen Familiengeschichte können Sie sich mithilfe Ihrer Fantasie bestimmt ausmalen, was für Geschichten das sind. Aber vielleicht schreibe ich sie eines Tages einmal auf, dann schicke ich Ihnen ein Exemplar.«

»Aye, tun Sie das. Wäre garantiert eine interessante Lektüre.«

Sie griff in ihre Jackentasche und reichte ihm einen Umschlag. »Hier ist, was ich Ihnen schuldig bin, Gregor. Sie waren eine große Hilfe, und falls Sie jemals nach Australien kommen möchten, sind Sie in jedem unserer Häuser herzlich willkommen.«

Er machte den Umschlag nicht auf, sondern steckte ihn in seinen schlichten Lederbeutel, ehe er ihre Hände in seine großen Pranken nahm. »Ich werd mich nie weit von hier weg bewegen«, sagte er leise. »Das Land steckt mir im Blut und in den Knochen. Passen Sie auf sich auf, schöne Frau, und lassen Sie die anderen immer schön rätseln, was Sie als Nächstes im Schilde führen.« Er grinste. »Aber behalten Sie die Stiefel an«, fügte er verschmitzt hinzu.

»Aye, das tu ich«, antwortete sie. Dann stellte sie sich auf die Zehenspitzen und küsste ihn zart auf die Wange, ehe sie sich umwandte und die Gangway zur Fähre erklomm.

Als zwei dicke Rauchwolken aus den Schornsteinen pufften und die Taue von den Ankerwinden gelöst wurden, stand Christy an Deck, den Schal ihrer Mutter um die Schultern gelegt und erhobenen Hauptes, obwohl sie innerlich aufgewühlt war. Sie betrachtete die altbekannte Küstenlinie und die Cuillin Hills, die sich dunkel und gezackt vor dem Himmel abhoben. Als sie immer weiter in die Ferne rückten, blinzelte sie die Tränen zurück und flüsterte der Insel, die sie so liebte, ein letztes Lebewohl zu. Sie würde Skye nie wiedersehen, doch sie würde es bis zu ihrem letzten Atemzug im Herzen tragen.

Gregor wartete, bis die Fähre schon beinahe am Festland angelangt war, ehe er zur Kutsche zurückschlenderte, wo Jock die Nase tief im hohen Gras neben der Kaimauer vergraben hatte und Hector ungeduldig den Kopf schüttelte. Er lehnte sich gegen Jocks starke Flanke und streichelte ihm den Hals.

»Eine Frau wie Christy werden wir wohl nie wieder erleben«, murmelte er nachdenklich. »Sie ist wirklich einzigartig.«

Jock hob den großen Schädel, stampfte einmal auf und schnüffelte an Gregors Haaren.

Gregor gab Jock einen freundschaftlichen Klaps, stieg auf den Kutschbock und schlug sacht mit den Zügeln auf die beiden Pferderücken. Dann zuckelten sie los, in Richtung des Hauses seiner Eltern am Rand von Portree.

Die Pferde kannten den Weg, und so ließ Gregor die Zügel hängen, damit er den Umschlag öffnen konnte. Er wollte Freya ein Geschenk kaufen, ehe er nach Hause kam, und am Morgen hatte er im Schaufenster des Juweliers ein hübsches keltisches Kreuz aus Silber gesehen, das dafür ideal geeignet wäre.

Als er den Umschlag öffnete, fand er darin zu seiner Verblüffung wesentlich mehr Geld, als er verlangt hatte. Er blätterte die Geldscheine durch und schnappte nach Luft, als er feststellte, dass es über fünfzig Pfund waren – genug, um ihre Mietwohnung in Inverness aufzugeben, ein Haus zu kaufen und es eventuell sogar einzurichten.

Er zog an den Zügeln und ließ die Pferde auf der Brücke anhalten. Zu Tränen gerührt, stellte er sich auf den Sitz und versuchte, einen letzten Blick auf die kleine Gestalt an Deck der Fähre zu erhaschen. Doch der Dampfer hatte schon fast den Hafen auf dem Festland erreicht. Es war zu spät.

»*Tapadh leat*, Christy MacInnes«, flüsterte er. »*Sealbh math dhuit.*«

Nachdem er ihr aus der Ferne gedankt und Glück gewünscht hatte, blinzelte Gregor heftig gegen die Tränen an, griff erneut nach den Zügeln und fuhr mit erfülltem Herzen nach Hause zu seiner Familie.

11

Melbourne

Drei Tage nachdem er von Yarrabinda aufgebrochen war, war Harold am frühen Morgen zu Hause eingetroffen. Er hatte ein Bad genommen, frische Kleider angezogen und ein herzhaftes Frühstück aus Steak und Eiern zu sich genommen. Dabei hatte er die Post durchgesehen, die sich in seiner Abwesenheit angesammelt hatte, und anschließend ein paar geschäftliche Schreiben erledigt, ehe er erneut das Haus verlassen hatte.

Als er auf einem frischen Pferd in die geschäftige Stadt ritt, überfiel ihn nach der Ruhe des Outbacks der Lärm – und der Gestank dieser neuartigen Benzinautomobile, die auf einmal so beliebt geworden waren. Er sah bei seinem Geschäftsführer im Büro nach dem Rechten und ging die Unterlagen für die geplanten neuen Lagerhäuser durch, die er unten an der Phillip Bay errichten ließ, ehe er an einer Vorstandssitzung teilnahm, in der die Bauanträge besprochen wurden. Die Sitzung dauerte länger als erwartet, und so ließ er sich von seiner Sekretärin eine Überfahrt auf der Nachtfähre nach Tasmanien buchen.

Sein Besuch in Bakers Kanzlei, die direkt an dem teebraun dahinfließenden Yarra lag, nahm weitere Zeit in Anspruch, denn trotz ihres Gesprächs über Funk zeigte sich Baker noch immer höchst unwillig, ihm den Schlüssel zu Christys Safe zu geben. Als Harold ihn bedrängte, gerieten sie in heftigen Streit, woraufhin Baker den Schlüssel schließlich auf den Schreibtisch legte und den Raum verließ. Dabei murmelte er etwas von der Gefahr, dass Harold aus Christys Testament gestrichen würde, wenn sie erfuhr, was er getan hatte.

Den Schlüssel sicher in einer Innentasche seiner Jacke verwahrt und sein Bündel mit zwei Garnituren frischer Kleidung unterm Arm, führte Harold nun in Port Phillip sein Pferd die Rampe hinauf in den geräumigen Schiffsbauch der *Black Swan.* Der Fährdampfer würde auf dieser Tour leider nicht bis hinunter nach Hobart fahren, ihn aber immerhin im Lauf der Nacht an die tasmanische Nordküste und nach Port Dalrymple bringen.

Nachdem er sein Pferd in dem separaten Stallbereich im Frachtraum untergebracht hatte, der überquoll von Schafen, Frachtgut und Gepäck, kehrte er zurück aufs Passagierdeck, suchte seine Kabine auf und sank auf die harte Koje. Da er in den letzten drei Tagen so wenig Schlaf bekommen hatte, war er völlig erschöpft, musste jedoch schon bald feststellen, dass seine Gedanken ihn so sehr auf Trab hielten, dass er keine Ruhe fand.

Er öffnete sein Bündel und zog die Briefe von Anne und Kathryn heraus. Er hatte sie bereits beim Frühstück überflogen, fand jedoch jetzt erst Zeit, sie gründlicher zu lesen.

Offenbar genossen sie ihre Reise, und er war erstaunt über Annes lebhafte Schilderungen der verschiedenen Häfen, in denen sie angelegt hatten. Sie war fasziniert von Londons großartigen alten Bauten sowie den Läden, Museen, Galerien und Theatern. Es freute ihn, dass sie so anregende Erlebnisse hatte, aber es machte ihn auch traurig, dass sie nichts davon schrieb, dass sie ihn vermisste – ja, sie fragte nicht einmal, wie es ihm ging oder was er während ihrer Abwesenheit machte.

Weitaus besorgniserregender war allerdings, dass Anne mit keinem Wort erwähnte, wie sie und ihre Mutter miteinander auskamen, nachdem sie jahrelang kaum ein Wort gewechselt hatten. Das konnte nur heißen, dass zwischen ihnen alles unverändert war. Er hoffte nur, dass seine kleine Kathryn nicht in den Streit hineingezogen und dazu gezwungen war, Partei zu ergreifen. Allerdings bezweifelte er, dass Christy das zulassen würde; dazu war sie viel zu vernünftig und fair. Doch Anne konnte manchmal ziemlich anstrengend sein, und er wusste, dass es ihr nicht schwerfallen würde, von ihrer Tochter Loyalität zu fordern, wenn es so weit kommen sollte. Er konnte nur hoffen, dass Kathryn ihren eigenen Verstand gebrauchte und sich keiner der beiden Älteren unterwarf.

Kathryns Brief hatte er etwas beklommen auseinandergefaltet, doch sie erwähnte nichts von irgendwelchen Unstimmigkeiten. Stattdessen strotzten ihre Zeilen von euphorischen Beschreibungen all dessen, was sie gesehen und erlebt hatte. Lächelnd las er ihren Brief noch einmal durch, denn es war fast, als hörte er sie zu sich sprechen, auf diese etwas atemlose Art, die ihr zu eigen war, wenn sie sich für etwas begeisterte.

Er faltete die Briefe zusammen, schob sie in ihre Umschläge zurück und steckte sie ganz unten in sein Bündel. Er fragte sich, wo die drei Frauen wohl gerade waren. Inzwischen waren sie seit zwölf Wochen unterwegs, also mussten sie Skye bereits hinter sich gelassen haben und befanden sich gewiss schon auf dem Rückweg nach London, um sich dort für die Heimreise einzuschiffen.

Harold seufzte. Er freute sich darauf, sie wiederzusehen, denn die letzten Wochen hatten sich lange hingezogen. Trotzdem wollte er nicht, dass sie eintrafen, ehe er das grässliche juristische Schlamassel bereinigt hatte. Ihre Heimkehr wäre alles andere als glücklich, wenn sie damit belastet würden, denn das würde zwischen Anne und ihrer Mutter Öl ins Feuer gießen und auch seine Tochter mit hineinziehen.

Er sah auf seine Taschenuhr. Der Schornstein stieß einen Rauchschwall aus, während das sanfte Beben spürbar wurde, als das Schiff ablegte und von der Phillip Bay in die Bass-Straße auslief. Es war erst acht Uhr abends, und er könnte sicher trotz aller Erschöpfung nicht schlafen, also zog er Hut und Mantel an und ging an Deck.

Die Bucht war ruhig, der Himmel voller Sterne, und Harold

begann sich allmählich zu entspannen, als er auf der Steuerbordseite langsam die Lichter von Werribee und Geelong verschwinden sah. Bald würde er das regelmäßige Lichtsignal des Leuchtturms an der Landzunge von Sorrento sehen, das vor Felsen und dem wesentlich raueren Gewässer auf offener See warnte.

Harold blieb noch lange an Deck, auch, als sie schon das unruhige Wasser erreicht hatten und die anderen Passagiere zum Abendessen hineingegangen waren. Als der kalte Wind an ihm zerrte und er sich an die Reling klammern musste, während das Schiff schwer durch die tückischen schwarzen Wellen stampfte, empfand er das gleiche Freiheitsgefühl wie im Outback. Nirgends war ein Licht, das das Licht der Sterne getrübt hätte, und es gab keine anderen Geräusche als das des Schiffsmotors und der Wellen, die gegen den Bug krachten – und die Luft war salzig, sauber und erfrischend.

Irgendwann ging er schließlich hinein, um zu Abend zu essen, nachdem er durch die Kälte und die Tatsache, dass er seit dem Frühstück nichts mehr zu sich genommen hatte, Appetit bekommen hatte. Eine Stunde später sah er nach seinem Pferd, steckte sich eine Pfeife an und unternahm einen letzten Spaziergang über Deck, ehe er sich in seine Kabine zurückzog. Dort fiel er in einen tiefen und ungestörten Schlaf, eingelullt vom Pulsieren der Dampfmaschinen und dem Rollen des Schiffs.

Harold war lange vor Öffnung des Speisesaals aufgestanden und angezogen, und so packte er sein Bündel und ging nach unten, um erneut nach seinem Pferd zu sehen. Er plauderte eine Weile mit dem redseligen Pferdeknecht, bis der Gong zum Frühstück ertönte.

Nachdem er sich an Eiern mit Speck satt gegessen und eine Kanne starken Kaffee getrunken hatte, stellte er sich an die Reling und beobachtete, wie die Insel allmählich am Horizont sichtbar wurde. Er hatte Tasmanien immer gemocht, da es grün und dünn besiedelt war, ein kühleres Klima besaß als Australien und genug Platz für einsame Streifzüge bot. Es gab einsame Farmen und Apfelplantagen, riesige Seen zum Angeln, man konnte Berge besteigen, in den Hügeln wandern und Buschlandschaften erkunden. Es gab lange, verlassene Strände mit weißem Sand und winzige Buchten, in denen die See gegen hoch aufragende schwarze Klippen donnerte oder zischend durch Felslöcher sprühte.

Doch diese herrliche Insel blickte auf eine dunkle Geschichte zurück. Sträflinge waren in den höllischen Zellen von Port Arthur, Puer Island und Sarah Island gefoltert worden, Aborigines niedergemetzelt oder von ihrem angestammten Land vertrieben und auf Inseln verbannt worden, wo es keine Lebensgrundlage für sie gab. Schiffbrüchige, Piraten und zur Flucht entschlossene Häftlinge, die so verzweifelt waren, dass sie ihr Leben riskierten, indem sie den wilden Gordon River überquerten und sich durch die riesigen Gebiete unerforschten Buschlands im Westen der Insel kämpften.

Harold fand, dass er Glück gehabt hatte, denn auch wenn seine Jugend nicht leicht gewesen war, so hatte er doch nie die Peitsche gespürt oder war irgendjemandem verpflichtet, geschweige denn inhaftiert gewesen. Allerdings war er als junger Mann einer Festnahme mehrmals gefährlich nahe gekommen, wenn er zu viel getrunken hatte, nicht mehr klar im Kopf gewesen war und sich eingebildet hatte, gegen alles und jeden kämpfen zu können.

Er schmunzelte und steckte sich eine Pfeife an. Damals hatte er gelegentlich über die Stränge geschlagen, doch dann hatte ihm der Ortspolizist eine kräftige Ohrfeige verpasst und ihn nach Hause zu seinem Dad gebracht, wo er noch heftigere Prügel bezog, und schon bald hatte er gelernt, weniger zu trinken und sich vernünftig zu benehmen.

Die Insel war jetzt deutlicher zu erkennen und trat in einem weichen, grünlichen Dunst aus dem Morgennebel hervor. Harold lehnte an der Reling und beobachtete, wie schwarze Felswände und von Bäumen gesäumte Sandbuchten in Sicht kamen, dann kleine Ortschaften vor einem Hintergrund aus grünen Feldern und weiten Hügeln. Seit dem Ende der Gefangenentransporte vor einem halben Jahrhundert war das hier ein friedliches Land, besiedelt von anständigen, fleißigen Leuten, die jene schrecklichen Zeiten überwinden und den größtmöglichen Nutzen aus dem fruchtbaren Land und dem gemäßigten Klima ziehen wollten.

»Harold! Harold Ross!«

Jäh aus seinen Gedanken gerissen, wandte er sich um und blickte in ein paar allzu vertraute blitzblaue Augen. »Florence«, stieß er hervor. »Was in aller Welt tun Sie denn hier?«

Florence Hardwick zog eine Schnute und blickte unter ihren langen Wimpern zu ihm auf. »Sie müssen nicht gleich so unfreundlich werden«, rügte sie. »Eine junge Frau könnte sich gekränkt fühlen, wissen Sie?« Dann lächelte sie, und zwei kleine Grübchen erschienen auf ihren zarten Wangen. »Ich fahre zu Besuch zu meiner Großmutter in Hobart. Und Sie?«

»Ich habe geschäftlich hier zu tun«, sagte er und spürte, wie ihm die Farbe ins Gesicht stieg. Florence war eine extrem attraktive junge Frau und wusste genau, wie sie einen Mann aus der Ruhe bringen konnte. Dazu noch diese Augen, die direkt in seine Seele zu blicken schienen, und ihr hübscher Mund …

Er riss sich am Riemen. »Aber Sie reisen doch gewiss nicht allein?«, fragte er.

Sie lächelte schelmisch. »Meine Mutter begleitet mich, also ist die Reise kein großes Vergnügen. Fahren Sie zufällig nach Hobart, Harold?«

»Letztlich schon«, sagte er zaudernd, außerstande, klar zu denken, solange sie ihn so ansah.

»Reist Anne mit Ihnen?« Sie blickte sich auf dem Deck um.

»Diesmal nicht«, gestand er unwillig.

»Das ist aber schade.« Florence zeigte erneut ihre Grübchen, während in ihren Augen der Schalk blitzte. »Wir bleiben über Nacht in Patersonia, im Ocean Inn«, sagte sie. »Vielleicht können wir zusammen zu Mittag essen – oder zu Abend, falls Ihnen das lieber ist?«

Harold räusperte sich, wich ihrem Blick aus und gab den Geschäftsmann. »Es tut mir leid, Florence, aber ich reise weiter nach Hobart, sobald wir anlegen.«

Ein Funken der Enttäuschung blitzte in ihren Augen auf, doch er war ebenso schnell wieder verschwunden und hatte ihrem gewohnt koketten Blick Platz gemacht. »Also wirklich, Harold Ross, langsam beginne ich zu glauben, dass Sie mir aus dem Weg gehen.«

»Ganz und gar nicht«, widersprach er. »Ich habe nur einfach wichtige Dinge in Hobart zu erledigen, die keinen Aufschub dulden.«

»Grundgütiger«, hauchte sie. »Das klingt ja alles höchst aufregend. Wollen Sie Ihr Geschäftsimperium erweitern?«

Es ging mehr darum, das von Christy zu retten, dachte er. »So was in der Art«, sagte er und wandte sich zum Gehen.

»Sie müssen aber unbedingt versprechen, sich im Star Hotel bei mir zu melden, solange Sie in Hobart sind. Mutter macht nachmittags immer ein Nickerchen und geht meist um neun Uhr zu Bett, also …« Ihre Grübchen kamen erneut zum Vorschein, während sie einen Schritt auf ihn zuging. »Essen müssen Sie sowieso, ganz egal, wie viel Sie zu tun haben, und angeblich sollen die Meeresfrüchte in Tasmanien die besten der Welt sein.«

»Ich kann Ihnen wirklich nichts versprechen«, sagte er und wich noch einen Schritt weiter zurück. »Es tut mir leid, Florence, aber wir legen gleich an, und ich muss zu meinem Pferd.«

Florence überlief ein Schauer der Erregung, als sie ihn davoneilen sah. Er war ein gutaussehender Mann, der jedoch leider an eine sauertöpfische Schreckschraube gebunden war, die ihn nicht verdiente. Sie hatte genug Erfahrung mit Männern, um zu wissen, dass er sie anziehend fand und leicht in Versuchung geführt werden konnte, wenn er es nur zuließ. Doch bis heute war jedes Mal seine Frau dabei gewesen, hatte im Hintergrund eine finstere Miene gezogen und ihn mit Argusaugen bewacht, sodass es Florence nie gelungen war, ihn ihr abspenstig zu machen.

Sie unterdrückte ein Kichern, während sich das Schiff langsam dem Hafen von Port Dalrymple näherte. Den Beginn einer Affäre liebte sie am meisten. Es war ein köstliches Katz-und-Maus-Spiel, das dadurch, dass Harold Ross sich zierte, nur umso reizvoller wurde – vor allem jetzt, wo seine Frau abwesend und er selbst so weit von Melbourne entfernt war. Wer konnte wissen, wohin das führen würde?

Wäre Florence eine Katze gewesen, hätte sie jetzt geschnurrt. Was als langweilige Besuchsfahrt zu ihrer Großmutter – die ein giftiger alter Drache und eine hinterhältige alte Hexe war – begonnen hatte, war auf einmal zu einer richtig aufregenden Reise geworden.

Harold hatte es nach dieser unerwarteten Begegnung eilig, zu seinem Pferd zu kommen und das Schiff zu verlassen. Es schmeichelte ihm, dass ihm Florence Avancen machte – welchem Mann würde das nicht gefallen? Doch er musste ihr unter allen Umständen aus dem Weg gehen. Sie war zu anziehend, zu dreist und viel zu gefährlich. Anne hatte die Anziehung zwischen ihnen bereits gespürt und ihn der Untreue bezichtigt – etwas, was er bisher hatte vermeiden können, trotz der vielen Versuchungen durch Frauen wie Florence und der mangelnden Zuwendung, die er zuhause bekam.

In Melbourne war es noch recht leicht gewesen, ihr zu widerstehen, da er stets dafür sorgen konnte, dass sie von anderen Menschen umgeben und niemals allein im selben Raum waren. Allerdings konnte Florence durchaus hartnäckig sein, wenn sie sich einen Mann in den Kopf gesetzt hatte – und das war schon mehrmals vorgekommen, wenn man den Gerüchten glaubte, die in seinem Herrenclub kursierten. Sie angelte sich die Männer mit ihren stillschweigenden Verheißungen wie wehrlose Fische, die dann an ihrer unsichtbaren Leine zappelten – und offenbar hatte sie nun ihn als ihre Beute ausersehen.

Er konnte sich die möglichen Genüsse durchaus vorstellen – ja, er hatte schon in etlichen Nächten im Gedanken daran geschwelgt –, doch er wollte mehr als nur die rein sexuelle Befriedigung in einer kurzen Affäre, die alles zerstören konnte. Er sehnte sich nach der verlässlichen Liebe, die ihn einst mit Anne verbunden hatte, und wenn sie nach Melbourne zurückkehrte, dann würde er sein Möglichstes tun, um diese Flamme wieder neu zu entzünden. Das Letzte, was er in seiner momentan so schwierigen Lage wollte, waren Komplikationen in Gestalt von Florence Hardwick. Allerdings vermutete er, dass Florence mit ihrem listigen und reichlich lasterhaften Verstand bereits etwas ausheckte, und dieser Gedanke machte ihn nervös.

Er holte sein Pferd, führte es die Rampe zum Kai hinab und schwang sich in den Sattel. Als er Florence und ihre Mutter erspähte, wandte er sich rasch ab und spornte sein Pferd an, in die Gegenrichtung loszutraben. Es war klar, dass er während seines Aufenthalts in Hobart auf der Hut sein musste. Doch es würde nicht allzu lange dauern, Christys Safe zu durchsuchen, und dann konnte er schnurstracks nach Melbourne zurückkehren.

Sowie er die Ausläufer von George Town hinter sich gelassen hatte und nach Süden unterwegs war, trieb er sein Pferd zu einem leichten Galopp an. Mit regelmäßigen Pausen, um das

Pferd zu wechseln, würde er voraussichtlich noch vor Einbruch der Dunkelheit bei Christy eintreffen, doch was er dort vorfinden mochte, bereitete ihm noch immer große Sorgen.

Inverness

Christy hatte nicht zurückgeblickt, als sie von der Fähre gegangen war. Ihre Zeit auf Skye war vorüber, und sie konnte sie nun der Vergangenheit überlassen, wohin sie gehörte. Während der langen Kutschfahrt zurück nach Inverness hatte sie fast kein Wort gesprochen und war froh über das stillschweigende Verständnis der beiden anderen dafür, dass sie diese Ruhephase brauchte, um nachzudenken und innerlich mit den Ereignissen zurande zu kommen, die ihr seit ihrer Kindheit nachgingen. Sie musste akzeptieren, dass sie vorüber waren.

Als die Kutsche die Straße entlangrumpelte und schließlich zu dem Hotel am Stadtrand von Inverness abbog, registrierte sie leicht befremdet, wie gelassen sie es hinnahm, dass sie Skye nie wiedersehen würde. Eigentlich hatte sie erwartet, dass ihre Gefühle sie überwältigen würden, genau wie vor all den Jahren. Stattdessen hatte es eine befreiende Wirkung gehabt, ihre Geschichte noch einmal zu erzählen und an die Orte zurückzukehren, die sie so lange in Gedanken beschäftigt hatten. Es hatte sie beruhigt und ihr inneren Frieden gebracht.

Nach ihrer Ankunft im Lodge Hotel gingen sie auf ihre Zimmer, um sich frisch zu machen und sich zu einem späten Abendessen umzuziehen. Das Hotel war einst ein Jagdhaus auf dem Anwesen einer reichen Familie gewesen, war aus hellem Sandstein gebaut und hatte mehrere große und kleine Türme, die es wie ein kleines Schloss aussehen ließen.

Es lag an einem Meeresarm und blickte auf eine Insel in der Ferne sowie die Brücken und Lichter von Inverness. Auf drei

Seiten von Wäldern umgeben, waren die Anlagen gepflegt und umfassten ein Putting Green, schattenspendende Bäume und einen plätschernden Brunnen. Der Blick aus den Fenstern des Speisesaals auf den See zog sie während der gesamten Mahlzeit in seinen Bann. Gerade ging nämlich der Mond auf und warf einen goldenen Schein über das Wasser und die Hügel dahinter.

In Christys Augen hatten es die Besitzer mit den karierten Tapeten und Vorhängen, den riesigen Ölbildern und den Hirschgeweihen an den Wänden ein bisschen übertrieben, aber den ausländischen Touristen im Speisesaal schien es zu gefallen.

Das Abendessen war wunderbar. Danach verließen sie den Tisch und schlenderten über das Anwesen, ehe Christy Tochter und Enkelin in einen kleinen privaten Salon führte, wo man ihnen Kaffee servierte.

»Du bist sehr still, Mutter«, sagte Anne und machte es sich auf einer tiefen Couch neben dem lodernden Kaminfeuer bequem. »Du hast letzte Woche einiges durchgemacht, und es kann nicht leicht für dich gewesen sein, all diese traurigen Erinnerungen wieder auszugraben.«

Christy lächelte ihre Tochter an. »Es war leichter, als ich gedacht hatte. Schließlich trage ich diese Erinnerungen zeit meines Lebens mit mir herum. Ich habe die Bilder zwar noch klar vor Augen, aber die Zeit und die räumliche Entfernung haben doch den Kummer und die Ängste gelindert, die ich als Kind durchlitten habe.«

Kathryn stellte das zarte Tässchen mitsamt der Untertasse ab. »Darf ich dich etwas fragen, Grandma?«

»Das kommt ganz auf die Frage an«, antwortete Christy vorsichtig.

»Es ist nur, dass ich mir überlegt habe … ich meine, ich bin neugierig geworden …« Sie holte tief Luft und straffte die Schultern. »Es ist wunderbar, dass du und Mutter euch wieder vertragt, aber ich wüsste gern, was zwischen euch vorgefallen ist, das überhaupt erst diese Unstimmigkeiten ausgelöst hat«, stieß sie hastig hervor.

Das war ein heikles Thema, und Christy fing kurz Annes Blick auf, ehe sie antwortete. »Ich finde, wir sollten alle dankbar dafür sein, dass sich die Lage beruhigt hat«, sagte sie bedächtig. »Anne und ich möchten keine alten Wunden aufreißen, sondern sind froh, dass wir die Sache überwunden haben, und freuen uns auf eine unbeschwertere Zukunft. Deshalb werden wir uns nicht weiter dazu äußern.«

Kathryn musterte die beiden über den niedrigen Tisch hinweg, nickte und wechselte das Thema. »Als du als Kind Skye verlassen hast, bist du da auch diese Strecke gefahren?«

Christy hatte den Atem angehalten und stieß jetzt leise die Luft aus, während sie Kaffee nachschenkte. »Die Fähre brachte uns von Skye nach Mallaig, wo wir uns auf der *Mary Elena* eingeschifft haben. Von dort aus sind wir durch den Firth of Lorn gefahren, an den Inseln Jura und Islay vorbei und hinunter nach Dublin.«

»Ach, und warum nehmen wir nicht den gleichen Weg?«

»Weil einmal gereicht hat«, erwiderte Christy.

»War es denn so schlimm?« Kathryns Stimme klang vor Mitgefühl ganz weich.

»Es war die Hölle auf Erden«, versetzte sie.

»Dann darfst du nicht weiter davon erzählen«, mahnte Kathryn. »Du hast schon genug durchgemacht.«

Christy schüttelte den Kopf. »Nein, am besten erzähle ich es euch jetzt, solange wir noch in Schottland sind, und dann, wenn wir uns für die Heimreise eingeschifft haben, kann ich euch die wesentlich fröhlichere Geschichte davon erzählen, was nach unserer Ankunft in Port Dalrymple passiert ist und wie ich auf den Goldfeldern von Victoria ein richtiges Abenteuer erlebt habe.«

»Das klingt ja aufregend!«, rief Kathryn.

»Ich glaube nicht, dass Kathryn allzu viel über diese Zeit zu wissen braucht«, erklärte Anne steif. »Es ist nicht gerade das, was man seiner jungen Enkelin erzählt.«

Da war es wieder, dachte Christy – das Thema, das nicht offen angesprochen werden durfte, das zwischen ihnen stand wie ein dunkler Schatten.

»Natürlich werde ich es nicht in allen Einzelheiten schildern«, erklärte sie hastig, »aber Kathryn steht es zu, einen Teil davon zu erfahren. Ich bin mir nämlich sicher, dass ihr Vater auf den Opalfeldern ganz ähnliche Erlebnisse gehabt hat, von denen er ihr erzählt hat.«

Annes Lippen wurden schmal. »Harolds Aufenthalt im Outback war mit Sicherheit ganz anders als das, was du erlebt hast, und selbst wenn es Ähnlichkeiten gäbe, hätte er sich bestimmt nicht seiner Tochter gegenüber damit gebrüstet. Ich wäre dir dankbar, wenn du von jetzt an darauf achten würdest, was du sagst.«

»Oh, Mutter, bitte werd nicht wieder böse. Grandmas Geschichten sind genauso faszinierend wie die von Daddy, und ich will sie alle hören, nicht nur die Häppchen, die du für geeignet hältst.«

Christy schaltete sich ein, ehe Anne protestieren konnte. »Ich muss zugeben, dass es Vorfälle gibt, von denen ich dir nicht erzählen möchte, Kathryn, und du musst mir einfach nachsehen, dass ich sie auslasse. Es wird an den Geschichten selbst nichts ändern, das schwöre ich.«

Sie griff nach Annes Hand, merkte aber, dass sie sich versteifte und den Druck ihrer Finger nicht erwiderte. »Du kannst dich darauf verlassen, dass ich nichts sage, was Kathryn schockieren könnte«, sagte sie leise. »Aber soll ich euch jetzt nicht erst mal erzählen, was in Portree passiert ist?«

Anne nickte, ohne ihre Hand wegzuziehen, was Christy als Entschuldigung für ihren harschen Ton auffasste.

Sie holte flach und bebend Luft und ließ die Bilder in ihrem Kopf beim Sprechen lebendig werden. »Wir haben noch um Callum getrauert, als es unserem Vater gelang, uns über die Wohltätigkeitsorganisation ›St Andrew's Emigration Service‹ kostenlose Schiffspassagen zu besorgen. Aber wir mussten bis weit ins neue Jahr hinein warten, ehe wir abreisen konnten.

Es war 1855«, fuhr sie fort, »und wir haben den außergewöhnlich harten Winter nur mit knapper Not überlebt. Portree wurde viel ruhiger, als alles von einer dicken Schneedecke überzogen war, denn diejenigen, die noch da waren und auf eine kostenlose Passage in wärmere Gefilde hofften, waren wesentlich weniger geworden. Wer nicht vom Fieber dahingerafft worden war, starb an Kälte und Hunger, und der Anblick eines erfrorenen Menschen in einer Gasse oder gar mitten auf der Straße war alltäglich geworden.«

Kathryn wurde bleich, und Anne schloss die Finger fester um Christys Hand.

»Wir haben mit Müh und Not überlebt, weil Jamie sich geweigert hatte, sein Schreinerwerkzeug zu verkaufen, um Geld für Essen zu haben, und schließlich einen Job im Isles Hotel ergattert hat, wo er Reparaturen erledigte. Ich wurde als Küchenmädchen eingestellt, und so hatten wir beide wenigstens eine richtige Mahlzeit am Tag. Heimlich konnten wir genug Reste hinausschmuggeln, um uns alle vier durchzufüttern.« Sie lächelte bitter. »Ich wette, die Köchin wusste Bescheid, aber sie hat nichts gesagt und uns oft eine Extraportion gegeben, die wir in Jamies Werkzeugkasten versteckt haben.«

Sie seufzte tief. »Finlay hat unentwegt die Männer unten am Hafen um Arbeit angebettelt, und obwohl es nur wenig zu tun gab, hat er ab und zu ein paar Pennys verdient und ist manchmal mit einer Fleischpastete oder einem Eckchen Käse nach Hause gekommen.

Nur unser armer Vater hat keine Arbeit gefunden und ist

sogar betteln gegangen – von Tür zu Tür ist er gezogen, in der Hoffnung, dass ihm jemand etwas gibt. Dabei hatte er nur selten Erfolg, aber er hat sich nie beklagt. Ich glaube, er hat sich dafür geschämt, dass er sich von seinen Kindern ernähren lassen musste. Als der Winter noch härter wurde, schien er vor unseren Augen zu schrumpfen und zu altern.«

Sie hatte noch deutlich in Erinnerung, wie der muskulöse Hüne in sich zusammengesunken war, und schob die Bilder entschlossen beiseite. »Das einzig Gute, was dieser schreckliche Winter an sich hatte, war, dass wir von Flöhen und anderem Ungeziefer verschont blieben – anscheinend war es sogar denen zu kalt. Außerdem gab es bei uns keine Brotkrume zu holen, also sind sie wahrscheinlich in besser bestückte Häuser gezogen.«

Christy sah das leere Zimmer mit dem leeren Kaminrost vor sich, die dünne Decke, unter die sie nachts alle zusammen in ihrer zerlumpten Kleidung schlüpfen mussten, um sich ein bisschen zu wärmen. Sie hatte sogar noch das Wimmern des Babys im Nebenzimmer im Ohr. Es waren die sterbenden Kinder, die sie am schwersten bedrückt hatten, und selbst jetzt noch überkam sie bei dem Gedanken daran eine große Traurigkeit.

»Im Februar war Jamie mit seinen Reparaturen fertig, ohne jede Aussicht auf irgendeine andere Arbeit, obwohl er vom einen Ende der Stadt zum anderen lief, immer in der Hoffnung, dass jemand einen Schreiner brauchte. Und dann wurde ich vom Hotelbesitzer entlassen.«

Sie blickte auf ihre weißen und weichen Hände mit den ordentlich manikürten und gepflegten Nägeln herab. »Meine Hände waren wund von dem heißen Wasser und der Lauge, mit der ich den ganzen Tag zu tun hatte, und auch von der Kälte in der Nacht. Als ich einmal einen Stapel Teller nahm, die mehr gekostet hatten als mein gesamter Monatslohn, sind sie mir aus den Händen gerutscht, auf die Steinfliesen gefallen und in tausend Trümmer zerbrochen.« Sie senkte den Kopf. »Danach konnte nicht einmal mehr die Köchin den Besitzer überreden, mich zu behalten, aber sie gab mir Brot und Käse mit, die uns zwei Tage über Wasser hielten.«

Sie holte tief Luft und blickte über die beiden anderen hinweg in die Vergangenheit. »Unsere Kleider waren nur noch Lumpen, in unseren Mägen brannte der Hunger, aber Jamie und ich wussten, dass wir unter keinen Umständen sein Werkzeug oder den Webstuhl meiner Großmutter verkaufen durften. Diese Sachen waren unser einziges wirkliches Kapital, und wir würden sie brauchen, wenn wir nach Australien kamen. Allerdings hatte sich die Lage dermaßen zugespitzt, dass wir kurz davor waren, zum Pfandleiher zu gehen. Doch dann traf endlich die Nachricht ein, dass die *Mary Elena* an diesem Tag anlegen würde und wir uns im Hafen einfinden sollten, um mit der Fähre zu ihr hinüberzufahren.

Zusammen mit all den anderen, die mit uns auf die Reise gehen sollten, trotteten wir zum Hafen hinunter. Einen jämmerlichen Anblick müssen wir abgegeben haben, wie wir geduckt unter den düsteren Wolken dahinhuschten, während der Wind durch unsere zerlumpten Kleider fuhr. Aber wir hatten gehört, dass es an Bord der *Mary Elena* Essen geben sollte und Betten und Decken, und wir waren bereit, den ganzen Tag auf die Gelegenheit zu warten, einen solchen Luxus zu genießen.«

Christy schnaubte verächtlich. »Die *Mary Elena* erwies sich als alter Frachtklipper, den man für den Transport von Menschen umgebaut hatte. Als wir uns auf ihr einschifften, wurden wir in den Frachtraum geführt, wo wir feststellen mussten, dass man dort, wo das Schiff zuvor Kohle befördert hatte, Hunderte von hölzernen Trennwänden eingezogen hatte. Die versprochenen Betten waren lediglich Holzbretter, die man an die Trennwände genagelt hatte. Sie waren kaum lang genug für ein Kind.

Die Verantwortlichen schickten die alleinstehenden Männer ans eine Ende und die alleinstehenden Frauen und Mädchen ans andere, während den Familien der Mittelteil zugewiesen wurde. Es war stockdunkel dort unten und stank nach dem Kohlenstaub, der sich überall abgelagert hatte. Es gab ein Fass mit Trinkwasser, aber kein Wasser zum Waschen, und als Toiletten dienten Blecheimer, die wir jeden Morgen über die Reling kippen mussten.

Die Decken waren dünn und nicht mehr als Fetzen, und das Essen wurde auf Deck mit einem Schöpflöffel aus einem riesigen Topf auf Blechteller verteilt. Aber wenigstens war es richtiges Essen: dicke Eintöpfe und Haferbrei.«

»Das klingt ja wie auf einem Sträflingsschiff«, sagte Anne.

»Wir waren zwar nicht angekettet, aber seit ich die Geschichten dieser armen Sträflinge gehört habe, glaube ich, dass die Bedingungen ähnlich waren«, bestätigte Christy. »Und nachdem wir in See gestochen waren und man die Luken dicht gemacht hatte, fühlten wir uns wie lebendig begraben. Es dauerte nicht lange, bis uns allen schlecht wurde. Der Gestank war unerträglich, doch wir konnten nichts tun, außer auf die wenigen kostbaren Momente zu warten, wenn wir zum Essen aufs Deck durften. Ich weiß noch, wie Finlay unserem Vater die Leiter hinaufhalf, ehe er selbst auf Deck anlangte und wie ein Ertrinkender nach der kalten, sauberen Luft schnappte.«

»Solche Bedingungen müssen ja ein idealer Nährboden für Krankheitserreger gewesen sein«, sagte Anne und erschauerte.

Christy senkte den Kopf und nickte. »Die Menschen waren schon durch den Hunger geschwächt, und es dauerte nicht lange, bis ein Fieber ausbrach. Wir hatten kaum Irland hinter uns gelassen, als sie eines Morgens die Luke aufgemacht haben und wir feststellen mussten, dass in der Nacht ein paar von uns gestorben waren.«

Sie hob den Kopf und blinzelte ein paar Tränen weg. »Uns alle packte die Angst, und als sich das Schiff durch die rauen

Gewässer vor Südamerika kämpfte, ging es uns allen sehr schlecht. Viele der Schwächeren überlebten es nicht. Doch es wurde noch schlimmer, als wir in ruhigeres Wasser kamen und die Hitze unter Deck das Atmen fast unmöglich machte. Da hatten wir noch viele weitere Verluste zu beklagen, vor allem unter Kindern und älteren Leuten, die alle auf See bestattet wurden.«

Sie schluckte schwer und holte bebend Atem. »Der Kapitän bekam schließlich Mitleid mit uns und erlaubte denen, die nicht krank geworden waren, auf Deck zu bleiben, wo uns die Crew mit Eimern voller Salzwasser übergoss. Er hatte offensichtlich Angst, dass seine Leute sich mit dem Fieber ansteckten, und sowie einer von uns auch nur krank aussah, schickte er ihn nach unten und weigerte sich, ihn wieder raufzulassen, ehe er entweder tot oder wieder gesund war.

Jamie wurde als Erster krank, aber mein Vater verbot mir, ihn zu pflegen, und wies mich an, auf Deck zu bleiben, während er sich selbst um ihn kümmerte. Wir überquerten gerade den Pazifik, und die Hitze war sogar auf Deck unerträglich – wie es unten im Schiffsbauch war, will ich mir gar nicht ausmalen. Finlay und ich waren außer uns vor Sorge und wären am liebsten nach unten gegangen, um den beiden beizustehen. Doch zugleich wussten wir, dass wir dann womöglich selbst krank werden und nie wieder nach oben gelangen würden.«

»Guter Gott«, japste Anne. »Das war ja unmenschlich – dabei war das Schiff von einer kirchlichen Organisation bereitgestellt worden. Ich bin verblüfft, dass überhaupt einer von euch überlebt hat.«

Christy lächelte matt. »Es haben nicht viele überlebt. Auch ich wurde krank und musste in den Frachtraum zurückkehren. Es war die Hölle dort unten – eine Gluthitze, in der zu jeder Stunde der Tod lauerte. An viel erinnere ich mich aber gar nicht; Jamie hat mir später erzählt, dass ich die meiste Zeit fantasiert habe und hohes Fieber hatte. Aber genau wie er habe ich es durchgestanden, und als wir in Polynesien waren, durfte ich wieder aufs Deck gehen.

Inzwischen war mein armer, tapferer Vater krank geworden, aber ich habe mich den Anweisungen des Kapitäns widersetzt und bin nach unten gegangen, um ihn zu pflegen. Doch er war schon zu schwach und von allem, was wir mitgemacht hatten, völlig zermürbt. Zwei Wochen bevor wir Australien zum ersten Mal sahen, ist er in meinen Armen gestorben.«

Christy zückte ein Taschentuch und tupfte sich die Tränen ab, als die Erinnerungen an diesen schrecklichen Tag sie übermannten. »Wir haben ihn auf See bestattet«, stieß sie weinend hervor. »Es gab nur eine kurze Zeremonie, mit einem Gebet vom Kapitän und einem schnellen Salut der Matrosen, ehe sie seine Leiche, in ein Laken eingenäht und mit Steinen beschwert, ins Wasser hinabließen. Die See war so blau und klar, dass wir ihn noch lange in die Tiefe sinken sahen, ehe er schließlich für immer verschwand.«

Sie wischte sich erneut die Tränen ab. »Mein armer Vater war ein starker, tatkräftiger Mann mit einem guten Herzen. Er war immer sehr stolz darauf, wer er war und woher er kam. Die Clearances hatten ihm seinen Mut und seinen Stolz geraubt – und der Hunger und das Fieber haben ihn dann endgültig gebrochen. Während wir weiter über diesen glasklaren Ozean segelten, sah ich erneut die Wut in Jamies Augen lodern. Doch diesmal brannte sie auch in Finlays Augen – und in meinem eigenen Herzen. Da wusste ich, dass es lange dauern würde, bis wir denen vergeben könnten, die uns in diese Lage gebracht hatten – vielleicht könnten wir es auch nie.«

»Und hast du ihnen vergeben?«, fragte Anne leise.

»Ich musste es lernen, denn ich wollte mir von einem solchen Hass nicht den Rest meines Lebens vergällen lassen«, erwiderte sie. »Aber vergessen werde ich es nie.«

12

Bellerive, Tasmanien

Harolds Reise hatte wesentlich länger gedauert als erwartet, da das Pferd ein Hufeisen verloren hatte und er mehrere Meilen zu Fuß mit ihm gehen musste, um einen Hufschmied zu finden. Als er endlich in Richmond – einer der ersten Städte, die vor fast einem Jahrhundert von freien Einwanderern besiedelt worden waren – einen gefunden hatte, war es schon sehr spät. Deshalb beschloss er, dort sein Nachtquartier aufzuschlagen. Es waren noch etwa zwölf Meilen, und das Pferd war genauso erschöpft wie er selbst.

Er nahm sich ein Zimmer im Bridge Inn, brachte sein Pferd in den dahinter gelegenen Stallungen unter und fiel nach einem reichlichen Abendessen ins Bett, wo er binnen weniger Minuten einschlief.

Harold wachte wie gewohnt bei Tagesanbruch auf, frühstückte rasch und sattelte sein Pferd. Der Tag versprach schön zu werden, und er hatte es eilig, zu Christys Haus zu kommen, dort alles Nötige zu erledigen und dann zu versuchen, von Hobart aus die Fähre zu bekommen. Das bedeutete zwar eine längere Seereise, da das Schiff erst in Sydney anlegte, ehe es nach Melbourne weiterfuhr – doch zumindest könnte er auf diese Weise Hobart schnell verlassen und von Florence wegkommen.

Bellerive war ein dünn besiedelter Vorort von Hobart am östlichen Ufer des River Derwent, der in die Storm Bay und damit letztlich in die Tasmansee mündete. Dieser südöstliche Teil der Insel bestand aus mehreren Halbinseln, und auf einer davon befand sich das berüchtigte Zuchthaus von Port Arthur, das inzwischen glücklicherweise geschlossen worden war. Als Harold beim alten Fort oben auf dem Kangaroo Bluff anlangte, genoss er einen herrlichen Blick auf Hobart und dessen weiten Hafen vor der imposanten Kulisse des Mount Wellington. Er ritt vorsichtig bergab, ehe er den schmalen Weg den Fluss entlang einschlug und in der Ferne schon bald das Dach von Christys Haus erblickte.

Skye House war ein traditionell gebautes Queenslander-Haus aus Holz mit einem soliden Ziegeldach anstelle des traditionelleren Wellblechdachs. Es hatte keine Unterkellerung und war auf Betonblöcken errichtet, um Termiten abzuhalten. Im Lauf der Jahre war es mehrfach erweitert worden, um ein behagliches Zuhause für Christys Familie abzugeben. Es thronte inmitten des großen Grundstücks, und seine weiß gestrichenen Wände glänzten in der Sonne. Die breite, von einem schmiedeeisernen Geländer umgebene Veranda, die das Haus auf drei Seiten umgab, war ebenfalls weiß gestrichen, verschwand jedoch momentan fast unter einer Woge von Rosen und Klematis, die im Frühjahr zu einer Explosion in Pink, Weiß und Violett erblühen würden. Auf der schattigen Veranda standen Korbstühle und Tische, während Töpfe mit Winterstiefmütterchen und Farnen den freundlichen Eindruck vertieften.

Eine gepflegte Rasenfläche erstreckte sich bis hinab zu der Privatbucht aus weißem Sand und Kies. Neben Blumenbeeten zierten stattliche Bäume die Rasenfläche. Hinter dem Haus gab es Pferdekoppeln und Ställe sowie den sandigen Reitplatz, auf dem Christys verstorbener Ehemann seine letzten Stunden verbracht hatte.

Der Busch reichte bis zum hinteren Ende des Anwesens, und als Harold sich dem Tor näherte, hörte er die Kookaburras über ihn kichern, während bunte Sittiche kreischten und zankten und den einzelnen, klaren Ton der winzigen Honigfresser fast ganz übertönten. Es war schön hier, und er hatte bisher jeden Aufenthalt auf dem Anwesen genossen. Allerdings fragte er sich, ob Christy wohl hierbleiben würde, jetzt, wo sie allein war und ihre Kinder quer über Australien verstreut waren. Sie würde sich in dem großen Haus mit den vielen Morgen Land verlaufen, und je älter sie wurde, desto schwerer würde es ihr fallen, alles in Schuss zu halten.

Er lächelte bitter und führte das Pferd zu dem leeren Stallhof, wo zu Lebzeiten seines Schwiegervaters mehrere Vollblüter gestanden hatten. Er ließ sein Pferd aus dem Trog trinken, rieb es ab und ließ es dann in einem der Paddocks frei laufen, während er sich einen Moment gönnte, um Schönheit und Ruhe zu genießen. Christy wäre es nicht recht, wenn sie wüsste, dass er so über ihr Alter dachte; ja, sie fände es beleidigend – und das zu Recht. Er konnte sich auch kaum vorstellen, dass sie jemals alt werden oder ihr unbezwingbares Temperament verlieren würde, und er bezweifelte, dass sie je von hier wegziehen würde, denn selbst nachdem sie ihren letzten Atemzug getan hätte, würde ihr Geist hier weiterleben.

Das Quietschen und Klappern einer Fliegentür machte ihn darauf aufmerksam, dass er nicht allein war. Erstaunt wandte er sich um und stand vor einer stämmigen Frau mit einer geblümten Schürze, die ihn von der Küchenschwelle aus böse anfunkelte.

»Kann ich Ihnen helfen?«, fragte sie und verschränkte die fleischigen Arme unter ihrem üppigen Busen.

»Ich bin Harold Ross, Christys Schwiegersohn«, sagte er und tippte sich an den Hut, ehe er mit ausgestreckter Hand auf sie zuging.

Sie beäugte die Hand und ignorierte sie dann. »Ich habe Sie noch nie gesehen«, sagte sie unfreundlich. »Was wollen Sie?«

Harold rang sich ein Lächeln ab, obwohl es ihm angesichts solcher Feindseligkeit schwerfiel. »Ich habe Sie auch noch nie gesehen, Mrs …?«

»Ryan«, sagte sie. »Edna Ryan.«

»Also, Mrs Ryan, ich komme im Auftrag des Familienanwalts Mr Archibald Baker«, begann er. »Er hat mich gebeten, etwas aus Christys Safe zu holen.«

Ihr Blick sagte ihm, dass sie ihm nicht traute. »Dann hätte er selbst kommen sollen«, sagte sie.

»Er ist leider unabkömmlich«, versetzte Harold beflissen, während er voranschritt und einen Fuß auf die Schwelle stellte. »Ich dagegen bin momentan frei, weil meine Frau und meine Tochter mit Christy auf Reisen sind. Deshalb habe ich mich erboten, an seiner statt zu kommen.« Er hielt ihrem Blick stand und schenkte ihr sein einnehmendstes Lächeln. »Es ist ein höchst wichtiges Dokument, Mrs Ryan, und die Sache ist enorm eilig.«

»Das glaube ich gern«, sagte sie mit leisem Schnauben. »Aber ich habe die ausdrückliche Anweisung, auf das Haus aufzupassen und dafür zu sorgen, dass keine zwielichtigen Gäste eindringen.« Sie musterte ihn, als sei er etwas ziemlich Ekelhaftes, das sie unter ihren Filzpantoffeln gefunden hatte.

»Ich kann Ihnen versichern, dass ich alles andere als zwielichtig bin«, erklärte er und konnte seine Ungeduld kaum verhehlen, als er eine seiner Visitenkarten aus der Westentasche zog und mit einem Bleistiftstummel, den er in der Jacke gefunden hatte, hastig etwas auf die Rückseite kritzelte. »Wenn Sie irgendwelche Zweifel haben, können Sie gern Mr Baker in Melbourne anrufen, und er wird Ihnen bestätigen, warum ich hier bin. Das ist seine Nummer.«

Sie brauchte eine Weile, bis sie die Karte gelesen hatte, und auf einmal wirkte sie gar nicht mehr so selbstsicher. »Ich halte nichts von diesen neumodischen Telefondingern«, murrte sie mit erneutem Schnauben. »Gefährlich sind die, und unnatürlich.«

Harold sah ihr an, dass sie unentschlossen war, und so hielt er seine Ungeduld im Zaum, als sie ihm mit ihrer Körperfülle weiter den Weg verstellte. »Es war ein langer Ritt von George Town«, säuselte er, »und ich hatte sehr darauf gehofft, eine Tasse Tee zu bekommen.«

Sie saugte an ihren falschen Zähnen und musterte ihn von Kopf bis Fuß, ehe sie schließlich nachgab. »Dann kommen Sie wohl lieber mal rein«, knurrte sie. »Aber ziehen Sie die Stiefel aus, ich habe gerade die Küche gewischt.«

Harold trat sich die Stiefel von den Füßen und stellte sie auf die Schwelle, ehe er Mrs Ryans breiten Hüften in die Küche folgte. Es roch nach frischem Backwerk, und auf dem geschrubbten Kiefernholztisch stand eine halbvolle Kaffeetasse, umgeben von Resten eines Frühstücks. Mrs Ryan hatte es sich offenbar in Christys Haus gemütlich gemacht.

»Wohnen Sie hier, solange Christy verreist ist?«, fragte er beiläufig.

»Ich wohne gleich ein Stück die Straße runter«, antwortete sie, während sie den Wasserkessel auf die Herdplatte stellte. »Aber ich komme jeden Tag vorbei, sehe nach dem Rechten, hole die Post herein und mache ein bisschen sauber.«

Sie sah, wie er die Spuren ihres Frühstücks musterte, doch anstatt sich zu genieren, wurde sie böse. »Meine Madam hat gesagt, ich darf mir alles nehmen, was ich möchte, und ihren Herd benutzen, wenn meiner Mucken macht – also brauchen Sie mich gar nicht so anzusehen, junger Mann.«

Gebührend zurechtgewiesen, erwiderte er nichts, sondern setzte sich nur demütig hin und wartete, bis das Wasser kochte und der Tee in der Kanne zog. Er wagte es nicht, seine Pfeife anzustecken. Edna Ryan war ganz eindeutig eine Frau, mit der man sich lieber nicht anlegte, außerdem brauchte er vielleicht noch ihre Hilfe, falls er das, was er suchte, nicht so ohne weiteres finden sollte. Daher war es am klügsten, wenn er versuchte, sie bei Laune zu halten.

Sie stellte die Kanne auf den Tisch und räumte hastig ihr Frühstücksgeschirr weg, ehe sie den Backofen öffnete, ein Blech mit kleinen Brötchen und zwei Formen mit je einem prachtvoll aufgegangenen Biskuitkuchen herausnahm und alles zum Abkühlen auf ein Drahtgitter stellte. Schließlich setzte sie sich schwerfällig an den Tisch und öffnete eine verzierte Blechdose, in der gebutterte Scones lagen.

»Bestimmt haben Sie Hunger, wie die meisten Männer«, grummelte sie. »Die Käsescones habe ich gestern gemacht, also greifen Sie lieber zu, ehe sie trocken werden.«

»Sie sehen fantastisch aus«, sagt er wahrheitsgemäß und nahm eines. Als er hineinbiss, schloss er verzückt die Augen, denn das Scone war das Köstlichste, was er seit langem gegessen hatte.

»Meine Güte, Mrs Ryan, mit denen könnten Sie Preise gewinnen. Darf ich noch eines haben?«

Sie errötete leicht und schob ihm die Dose hin. »Ich habe auf dem Jahrmarkt in Hobart sechs Jahre hintereinander Preise für meine Scones gewonnen«, sagte sie stolz. »Sie müssten erst mal meine Obstscones probieren – und meinen Biskuitkuchen.«

»Ich würde ja gerne, aber da ich nur so kurz hier bin, werde ich wohl leider nicht dazu kommen«, sagte er mit echtem Bedauern.

»Aber Sie bleiben doch über Nacht, oder?«

»Na ja, ich hatte es schon gehofft.«

»Selbstverständlich«, erwiderte sie. »Es wäre ja unsinnig, den ganzen Weg nach Port Dalrymple zurückzureiten, nachdem Sie gerade erst angekommen sind. Ich backe morgen früh ein frisches Blech.«

»Ich freue mich schon darauf, sie zu kosten«, murmelte er.

Sie nahm sich ebenfalls ein Scone und biss herzhaft hinein. Harold begann sich allmählich etwas zu entspannen und glaubte schon, dass sie sich mit seiner Gegenwart angefreundet hatte, als sie auf einen Schlag all seine Hoffnungen zerstörte. »Was genau suchen Sie eigentlich in Madams Safe?«, fragte sie, wischte sich die Krümel vom Mund und sah ihn argwöhnisch an.

»Bestimmte Schriftstücke, die Baker ziemlich dringend braucht«, antwortete er, erneut auf der Hut.

»Was für Schriftstücke? Der Safe wurde nach dem Tod ihres Mannes ausgeräumt.«

»Das kann ich Ihnen leider nicht sagen, Mrs Ryan«, sagte er und lächelte bedauernd. »Baker hat mir eingeschärft, alles streng vertraulich zu behandeln.«

Sie kniff die Augen zusammen, mit seiner Antwort eindeutig nicht zufrieden. »Hier gibt es jedenfalls keinen Schlüssel für den Safe, also weiß ich nicht, wie Sie ihn aufkriegen wollen. Und selbst wenn Sie einen Schlüssel hätten, bräuchten Sie auch noch eine Geheimzahl, die man eingeben muss, damit die Tür aufgeht.«

Harold fragte sich, woher sie das wusste. Hatte sie Christy beim Öffnen des Safes beobachtet, sich die Nummer gemerkt und dann nach einem Schlüssel gesucht, um ihre Neugier zu befriedigen? Es hätte ihn nicht überrascht, denn die Versuchung eines leeren Hauses war für eine neugierige Frau viel zu groß. Außerdem hegte er den Verdacht, dass Edna Ryan die Gelegenheit genutzt hatte, um während Christys Abwesenheit Schränke und Schubladen zu durchstöbern, und er fragte sich, ob sich seine Schwiegermutter darüber im Klaren war, wie gefährlich es sein konnte, eine solche Frau über ihr Zuhause wachen zu lassen.

»Baker hat mir einen Schlüssel mitgegeben«, sagte er und zog ihn heraus, um ihn ihr zu zeigen, »und die Geheimzahl weiß ich auch, also brauchen Sie sich nicht zu bemühen.«

In ihren Augen blitzte kurz etwas auf, ehe sie sich abwandte und sich noch ein Scone nahm. »Na, dann ist es ja gut. Wenn wir unseren Imbiss beendet haben, führe ich Sie in Madams Arbeitszimmer und zeige Ihnen, wo der Safe versteckt ist.«

»Das ist sehr nett von Ihnen, Mrs Ryan, aber ich weiß, wo er ist.«

Sie zuckte mit gespielter Lässigkeit die Achseln und mampfte weiter an ihrem Scone, wobei in Harold die Sorge wuchs, dass diese Frau viel zu viel über Christys Angelegenheiten wusste.

Er aß das Scone auf, das auf einmal gar nicht mehr so gut schmeckte, während in ihm der Verdacht aufkeimte, dass Edna nicht nur überaus neugierig, sondern vermutlich ebenso schwatzhaft war. Er war nur froh, dass die Frau während Christys Abwesenheit nicht auch noch hier wohnte, denn das hätte seine Suche schwer beeinträchtigt.

»Ich werde bis gegen Mittag hier sein«, erklärte sie, als sie die Dose zumachte und den Tisch abräumte. »Wenn ich Ihnen also bei irgendetwas behilflich sein kann, fragen Sie mich lieber gleich. Ich weiß, wo alles ist, verstehen Sie?«

Das kann ich mir denken, dachte er grollend, während er sich ein Lächeln abrang. »Vielen Dank, aber ich finde mich bestimmt zurecht, Mrs Ryan. Ich will Sie nicht von Ihren Verpflichtungen abhalten.«

Einen Moment lang musterte sie ihn nachdenklich, ehe sie sich umwandte und mit dem Abwasch begann. »Sie müssen sich selbst versorgen, wenn ich weg bin«, sagte sie. »Aber in der Speisekammer ist genug zu essen. Ich habe immer genug Vorräte da, für den Fall, dass Besuch kommt.«

Harold bezweifelte, dass sie Besuch bekommen würde, abgesehen von ihren Freundinnen. Er trug sein Bündel in das gemütliche Gästezimmer, in dem er und Anne immer nächtigten, wenn sie bei Christy waren, und nachdem er sich frisch gemacht hatte, suchte er das weitläufige Wohnzimmer im vorderen Teil des Hauses auf. Es war ein angenehmer, lichtdurchfluteter

Raum, möbliert mit bequemen Sesseln, bunten Teppichen und Couchtischen. Der Webstuhl von Christys Großmutter prangte an prominenter Stelle neben dem marmornen Kaminsims.

Er stellte sich an die Glastüren, die auf die Veranda hinausgingen, und betrachtete die Landzungen, die in die Storm Bay hinausragten, und die wenigen Segeljachten, die bereits die frische Brise nutzten. Es war wirklich ein wunderbarer Blick – doch dafür war jetzt keine Zeit.

Er löste sich von den Verandatüren und ging durchs Esszimmer in das kleine Arbeitszimmer. Dort schloss er die Tür fest hinter sich, öffnete die Vorhänge, die man zugezogen hatte, um die Sonne abzuhalten, und sah sich um. Er war erst wenige Male hier drinnen gewesen. Es roch nach wie vor nach den Lieblingszigarren seines Schwiegervaters, und es war sogar noch etwas Whisky in der gläsernen Karaffe auf dem Schreibtisch.

Der große Schreibtisch mit der lederbezogenen Platte stand mitsamt einem bequemen Schreibtischstuhl aus Leder am Fenster. Zwei Wände waren von Regalen bedeckt, in denen die zahlreichen Bücher standen, die Christys Mann im Lauf der Jahre zusammengetragen hatte, wobei die meisten mit der Zucht von Rassepferden zu tun hatten. Die dritte Wand war voller Akten und Geschäftsunterlagen im Zusammenhang mit dem Weingut, der Rinderfarm und den vielen anderen Besitztümern, in die er und Christy im Lauf der Jahre investiert hatten.

Der Safe war in der Bücherwand versteckt, hinter einer von mehreren Türen. Harold fühlte sich wie ein Eindringling, als er die Tür öffnete, die Zahlenscheibe des flachen Metallsafes drehte und dann den Schlüssel ins Schloss steckte. Nachdem er die schwere Tür aufgezogen hatte, musterte er enttäuscht den Inhalt. Abgesehen von ein paar Schmuckschächtelchen befand sich kaum etwas darin.

Entschlossen, gründlich vorzugehen, zerrte er alles heraus

und breitete es auf dem Tisch aus. Der Schmuck bestand aus einem prachtvollen Set aus Halskette, Ohrringen und einem Armband aus schwarzen Opalen, die feuerrot und türkis funkelten. Dann war da noch ein Diamantring mit drei Steinen, ein zweiter mit einem violetten Amethyst und ein goldenes Armband mit Diamanten und Rubinen.

Er wollte schon alles in den Safe zurücklegen, als ihm einfiel, wie er vor langer Zeit einmal seine wertvollsten Opale unter mehreren Lagen Konfekt versteckt hatte, um sie sicher aus Lightning Ridge zum Büro des Käufers in Moree zu transportieren. Vielleicht hatte Christy ja auf dieselbe Weise etwas versteckt – obwohl dieser Gegenstand natürlich nicht so groß wie ein Schriftstück oder eine Urkunde sein konnte –, aber man wusste ja nie.

Sacht zog er die Samteinlagen aus den ledernen Schachteln und schmunzelte, da dort tatsächlich etwas versteckt war – leider waren es nur ein angelaufener, verbogener Ring und ein kleiner Schlüssel.

Harold nahm beides heraus, legte den Schlüssel beiseite und musterte nachdenklich den billigen Ring. Es war seltsam, einen solchen Gegenstand zu verstecken – und warum hatte sie ihn überhaupt aufgehoben? Welche Bedeutung hatte er? Er musste Christy ja irgendetwas bedeuten, doch was in aller Welt konnte das sein? Er hielt den Ring ans Licht, um nach einem Silberstempel zu suchen, doch wie er erwartet hatte, gab es keinen. Bei genauerem Hinsehen stellte er fest, dass dilettantisch etwas auf die Innenseite geritzt worden war.

Er kramte in der Schreibtischschublade, bis er eine Lupe fand, und zog nach längerer Überlegung den Schluss, dass die auf dem angelaufenen Metall kaum lesbaren Zeichen Großbuchstaben waren. Blinzelnd bewegte er die Lupe hin und her und versuchte die Schrift zu entziffern. Schließlich hielt er den Ring näher ans Fenster, um mehr Licht zu haben, als ihn schließlich eine böse Vorahnung befiel und er sich auf den Schreibtischstuhl fallen ließ. Jetzt begriff er, welch schreckliche Bedeutung dieser billige kleine Ring womöglich hatte.

»Was mache ich nun damit?«, murmelte er vor sich hin. »Was zum Teufel mache ich jetzt?«

Lange saß er da und starrte auf den Ring in seiner Hand, ehe er zu einer Entscheidung fand. Hastig legte er den Ring in sein Versteck zurück, steckte die Samteinlagen in allen Schmuckschachteln wieder fest und schob sie in den Safe. Es wäre besser gewesen, wenn er den Ring gar nicht gefunden hätte, doch jetzt, wo es geschehen war, musste er unbedingt dafür sorgen, dass er nie wieder das Tageslicht erblickte.

Mit einem Gefühl leichter Übelkeit im Magen ließ er sich wieder auf den Stuhl sinken, sammelte sich und begann, die anderen Dinge aus dem Safe durchzugehen. Da waren mit Bändern zusammengebundene Briefe, die Christys Ehemann in der Zeit ihrer jungen Liebe an sie geschrieben hatte und die er rasch beiseitelegte. Dann gab es Besitzurkunden für dieses Haus und die anderen in Tasmanien, die Christy vermietet hatte, ein paar Kinderzeichnungen von ihren Enkeln zusammen mit deren Schulzeugnissen sowie eine Abschrift von Christys Testament. Doch es fand sich nichts, was Yarrabinda oder Wallangarra betraf, und auch weder Geburts- oder Heiratsurkunden noch Totenscheine.

Er schob alles wieder hinein, schloss die Tür und drehte die Zahlen zurück, ehe er den Safe absperrte und die Schranktür davor zumachte. Erneut kehrte er an den Schreibtisch zurück und untersuchte den kleinen Schlüssel genauer. Er sah aus wie diejenigen, die Anne für ihre Schmuckdöschen besaß. Auch hier stellte sich die Frage, warum er versteckt worden war. Im Safe waren keine solchen Döschen gewesen, und auch im Arbeitszimmer sah er nichts, zu dem der Schlüssel hätte passen können.

Harold überlegte, ob die Antwort vielleicht in Christys

Schlafzimmer zu finden war, und obwohl es ihm widerstrebte, dort herumzuschnüffeln, wusste er, dass er es tun musste, wenn er das finden wollte, was er hier suchte. Allerdings würde er mit jeder weiteren Erkundung im Haus warten müssen, bis diese Ryan verschwunden war.

Er steckte den winzigen Schlüssel in die oberste Tasche seiner Weste und wandte sich den Schreibtischschubladen zu. Sie enthielten vor allem Haushaltsbücher, uralte Kontoauszüge, Quittungen sowie Rechnungen, alte Scheckhefte, Briefpapier und Umschläge. Mit zunehmender Nervosität zog er die Schubladen ganz heraus, um zu sehen, ob sich darunter irgendetwas verbarg, fand jedoch nichts. Als er die unterste Schublade zu öffnen suchte, musste er allerdings feststellen, dass sie verschlossen war.

Heftige Erregung durchzuckte ihn, denn eine verschlossene Schublade musste ja etwas Wichtiges enthalten. Er durchsuchte die anderen Schubladen noch einmal, doch nirgends war ein Schlüssel zu entdecken.

Er zerrte ein paarmal unsanft daran, als Mrs Ryan, ohne zu klopfen, ins Zimmer trat. »Die kriegen Sie nicht auf«, sagte sie. »Es gibt keinen Schlüssel, wissen Sie.«

Harold musterte das Schlüsselloch in dem soliden Eichenholz. »Es muss aber einen geben«, versetzte er und riss unsanft am Griff.

Sie schüttelte den Kopf. »Es ist eine dieser Geheimschubladen, für die man keinen Schlüssel braucht. Und Sie brauchen mich gar nicht erst zu fragen, wie man sie aufkriegt; die Madam hat es mir nie gesagt.«

»Wie überaus enttäuschend«, sagte Harold.

Mrs Ryan nickte und hatte den Sarkasmus offenbar komplett überhört. »Und kommen Sie bloß nicht auf die Idee, sie aufzubrechen«, warnte sie. »Die Madam liebt diesen Schreibtisch sehr. Ihr Bruder hat ihn geschreinert.«

»Darauf käme ich nicht im Traum«, erwiderte er ungerührt.

»Und räumen Sie alles wieder auf«, wies sie ihn an, während sie den Blick über die auf dem Boden verstreuten Schubladen wandern ließ. »Ich habe schon genug zu tun.« Mit einem Schnauben wandte sie sich ab. »Dann bis morgen früh.«

Er wartete, bis er die Fliegentür hinter Mrs Ryan zufallen hörte. Dann ließ er sich auf alle viere herab und suchte die Schublade ebenso wie den gesamten Schreibtisch Zentimeter für Zentimeter nach einem Hinweis darauf ab, wie man sie öffnen konnte.

Eine Stunde später war er immer noch ratlos und ließ sich gründlich frustriert wieder auf den Stuhl fallen. Die versperrte Schublade war zu einer Herausforderung geworden, und selbst wenn sich nichts darin befinden sollte, war er entschlossen, einen Weg zu finden, sie zu öffnen.

Trotz der Warnung dieser Mrs Ryan war er versucht, in einen der Schuppen zu gehen, um sich ein Brecheisen oder so etwas Ähnliches zu holen, doch der Schreibtisch war derart schön gearbeitet, dass er Hemmungen hatte, ihn zu beschädigen. Er zog den kleinen Schlüssel aus seiner Westentasche, rammte ihn in das Schlüsselloch und fuhrwerkte damit darin herum, was aber selbstverständlich überhaupt nichts nützte und lediglich dazu führte, dass sich der Schlüssel verbog. Als er ihn wieder einsteckte, fluchte er heftig und trat mit dem Fuß gegen die vermaledeite Schublade.

Da ertönte ein scharfes Klicken, und die Schublade öffnete sich lautlos.

Gierig machte sich Harold über ihren Inhalt her und tastete jeden Zentimeter ab, nur um noch einen weiteren verflixten Schlüssel zu finden. Dieser war größer als der andere und erinnerte ihn an einen Schlüssel, den er schon einmal gesehen hatte, auch wenn er sich nicht erinnern konnte, wo. Er probierte ihn in dem Schloss der Schublade, doch er passte nicht, und als er ihn mit dem verglich, der zum Safe gehörte, erkannte er, dass er völlig anders geformt war.

Unfassbar enttäuscht, ließ er sich wieder auf den Stuhl fallen und starrte den Schlüssel lange böse an, als könnte er ihm sagen, wo er passte. Er hatte einmal einen ganz ähnlichen gesehen, aber wo? Wann? Warum? Die Erinnerung verweigerte sich ihm. Als er die Uhr im Flur schlagen hörte, stopfte er das verfluchte Ding in die Hosentasche und machte sich auf die Suche nach etwas zum Mittagessen.

Der Inhalt der Speisekammer war ziemlich verblüffend, angesichts dessen, dass Christy so lange verreist war. Es gab einen halben Laib Brot, mehrere Scheiben Schinken, Eier und ein Stück Käse sowie Butter auf einer kleinen Marmorplatte. Edna Ryan hatte offensichtlich dafür gesorgt, dass sie nicht hungern musste, oder benutzte sie Christys großzügiges Haushaltsgeld, um in die eigene Tasche zu wirtschaften?

»Ich würde fast wetten, dass ihre eigene Speisekammer noch besser bestückt ist als die hier«, murmelte er und stellte erneut den Wasserkessel auf die Herdplatte, während er sich ein paar Käse- und Schinkensandwiches machte. »Man muss Christy vor dieser grässlichen Person warnen.«

Da er frische Luft brauchte, ging er zum Essen hinaus auf die Veranda. Obwohl die Sonne schien, war der Wind ziemlich kühl, und so beeilte er sich mit seiner Mahlzeit. Als er sämtliche Sandwiches vertilgt und seinen Tee getrunken hatte, steckte er sich eine Pfeife an und spazierte auf der Veranda zur Hinterseite des Hauses, wo es windgeschützter war. Sein Pferd graste zufrieden, die Vögel machten in den Bäumen einen Heidenlärm, die Sonnenstrahlen sprenkelten die weiß umzäunten Koppeln, und in der Ferne war das leise Plätschern des Flusses zu vernehmen.

Mittlerweile viel ruhiger geworden, brachte er sein Geschirr zurück in die Küche. Dann sperrte er die Hintertür ab, für den

Fall, dass Mrs Ryan zurückkam, und sicherte auch die Balkontüren, ehe er sich ein Herz fasste und in Christys Schlafzimmer ging.

Die Jalousien waren heruntergelassen, um das mit Hochglanzpolitur versehene Mobiliar vor den Sonnenstrahlen zu schützen, und er zog sie gerade hoch genug, um sich einmal ausgiebig im Raum umzusehen. Er war noch nie in Christys Schlafzimmer gewesen und fand es interessant zu sehen, wie sie ihren privaten Bereich gestaltet hatte, den sie so viele Jahre mit ihrem Ehemann geteilt hatte.

Es war ein großer, femininer Raum mit einem breiten Bett, das so platziert war, dass sie durch die Fenster einen wunderbaren Blick auf die Bucht hatte. Vorhänge, Tagesdecke und der Bezug des Hockers am Frisiertisch waren aus demselben geblümten Chintz geschneidert, und die schönen alten Eichenmöbel glänzten im blassen Lichtschein. Die Teppiche waren tief und weich, und eine Reihe silbergerahmter sepiafarbener Fotografien stand auf einer Kommode. Doch nirgends war eine Deckeldose zu sehen.

Er betrachtete das Ölgemälde an der Wand über dem Bett, das eine schottische Landschaft mit See und Bergen zeigte, und fragte sich, ob das wohl Skye war. Falls ja, so wirkte der Anblick ziemlich majestätisch, wenngleich ein bisschen karg. Als er auf die Signatur am unteren Rand spähte, registrierte er, dass der Künstler einen schottischen Namen trug, da er jedoch nicht viel von Malerei verstand, sagte er ihm nichts.

Schließlich ging er auf den großen Kleiderschrank zu und machte nach kurzem Zögern die Türen auf. Er war ganz ähnlich wie der Schrank seiner Frau, vollgestopft mit Kleidern, darunter ordentlich aufgereihte Schuhe, und ganz unten Schubladen voller Pullover und Nachtwäsche.

Ihm war so mulmig, dass er sich beinahe umgeblickt hätte, ehe er die hängenden Kleider beiseiteschob, um nach einem zweiten Safe, einer Schatulle oder irgendetwas zu suchen, was ihm einen Hinweis darauf hätte geben können, wozu die beiden Schlüssel passten, die er gefunden hatte. Er tastete sogar die Rück- und Seitenwände des Schranks ab, um eventuelle Geheimfächer auszumachen, doch falls es welche gab, so blieben sie ihm verborgen.

Sacht zog er die Schubladen auf, wobei ihm immer mulmiger wurde, als er vorsichtig unter Christys intimster Wäsche herumtastete. Es war ihm ein Gräuel, und er wünschte, nie hierhergekommen zu sein, denn Christy hatte ihn im Lauf der Jahre immer gut behandelt, und er hatte das Gefühl, ihr Vertrauen zu missbrauchen.

Nachdem er auch noch die Schubladen im Frisiertisch flüchtig durchstöbert hatte, schob er sie mit einem resignierten Seufzen zu. Dann fielen ihm die Hutschachteln oben auf dem Schrank ins Auge. Sie waren eine nähere Inspektion wert, fand er, denn man wusste ja nie, was für Verstecke Frauen verfallen mochten.

Er griff nach oben und zog sie vorsichtig herunter, fand jedoch nichts. Schließlich musste er auf den Hocker vom Frisiertisch steigen, um die Schachteln alle wieder nach oben zu befördern. Doch gerade als er die größte wieder auf den Schrank stellen wollte, sah er am anderen Ende etwas stehen. Er musste sich auf die Zehenspitzen erheben, um es zu fassen zu bekommen, denn der Schrank war nicht nur hoch, sondern auch sehr tief.

Sein Puls begann zu rasen, als er den Gegenstand schließlich erwischt hatte und vorsichtig wieder hinunterstieg. Während er mit einem Finger über die staubige Oberfläche strich, sah er, dass es sich um ein recht großes Kästchen aus Rosenholz mit Einlegearbeiten aus Elfenbein und Perlmutt handelte. Zudem besaß es Messingscharniere und ein Schlüsselloch. Er fummelte den kleinen Schlüssel aus seiner Westentasche und schob ihn mit angehaltenem Atem in das Schlüsselloch. Er passte perfekt.

Mit wachsender Erregung klappte er den Deckel auf, nur um einen leisen Schrei der Enttäuschung auszustoßen. Das Kästchen enthielt lediglich ein großes, ungereinigtes Goldnugget, einen Jutebeutel mit Zugbändern, der alte Silbermünzen aus den 1860er Jahren enthielt, und ein Blatt Papier.

Es war weder vergilbt noch brüchig, was bedeutete, dass es wohl vor nicht allzu langer Zeit hier versteckt worden war. Dennoch war er sehr vorsichtig, als er es auseinanderfaltete. Die Zahl *4462* war in blassblauer Tinte ordentlich darauf geschrieben worden. Rasch drehte er das Blatt um, doch da stand weiter nichts – keinerlei Hinweis darauf, was die Zahl bedeutete.

Er rieb sich heftig über das Gesicht, im Bemühen, den Kopf frei zu bekommen und klar zu denken. Als er merkte, dass seine Hände voller Staub waren, suchte er in seiner Tasche nach einem Taschentuch. Dabei streiften seine Finger den Schlüssel, den er in der Geheimschublade gefunden hatte, und als er ihn neben das Blatt hielt, passte plötzlich alles zusammen.

»Das ist es«, keuchte er. Er lief zurück ins Arbeitszimmer, nahm eine der Schubladen, die er dort auf dem Boden hatte stehen lassen, und kippte ihren Inhalt auf den Schreibtisch. Indem er sich zwang, ruhig zu bleiben und methodisch vorzugehen, sah er erneut jedes einzelne Schriftstück durch. Der entscheidende Hinweis musste hier sein. Er musste ihn nur finden.

13

Hafen von London

Christy stand ziemlich angespannt neben Anne auf dem Promenadendeck der *SS Southern Cross*, während sie sich langsam vom Kai entfernten. Kathryn war zusammen mit Lucy, einem Mädchen, mit dem sie sich während ihres zweiten kurzen Aufenthalts in London angefreundet hatte, auf Erkundungstour durchs Schiff aufgebrochen. Dies war das erste Mal, dass Christy und Anne seit jenem unangenehmen Gespräch in Schottland über Christys Zeit auf den Goldfeldern miteinander allein waren.

Zuvor hatte dichter Nebel geherrscht – eine richtige Londoner »Erbsensuppe« –, und obwohl es etwas aufgeklart hatte, hing nach wie vor ein sepiafarbener Dunst über allem, was die Szenerie in ihren Augen noch deprimierender machte. Die vielen Lagerhäuser und Kais des riesigen Hafens waren vom gleichen tristen Grau wie das Wasser, und selbst die vielen verschiedenen Boote, die den Hafen nutzten, wirkten farblos.

Sie rümpfte die Nase über den Geruch von Kohle und Rauch und irgendetwas Undefinierbarem, das die schwere Luft in sich zu tragen schien, und beobachtete die flinken kleinen Schleppboote, die großen, mit Holz und Kohle beladenen Lastkähne, die an den eleganten Ozeandampfern vorüberfuhren, und die geschäftigen Fährschiffe, die von einem Kai zum anderen dampften und eine Spur aus beißendem schwarzem Rauch hinterließen.

Christy ließ den Blick über die zahlreichen Kräne schweifen, die auf den Docks standen und Frachtschiffe ent- oder beluden, und beobachtete die kräftigen Hafenarbeiter, die mit Gütern beladene Karren aus Lagerhäusern schoben, und seufzte tief auf, denn das war kein angenehmer Anblick.

»In Augenblicken wie diesem vermisse ich Hobart wirklich«, sagte sie. »Es ist so schön sauber, verglichen mit dieser schmutzigen, alten Stadt.«

»Ich glaube nicht, dass du das vergleichen kannst«, sagte Anne. »Der Londoner Hafen ist einer der größten der Welt, während Hobart nur ein kleiner Provinzhafen ist, den die meisten Leute nur aufsuchen, wenn sie es unbedingt müssen.«

Christy war getroffen von dieser harten Beurteilung des herrlichen Hafens ihrer Heimatstadt, hatte aber keine Lust, darüber zu sprechen. Seit sie Schottland verlassen hatten, legte Anne wieder ihre alte frostige Art an den Tag, und sie wollte nichts sagen, das den fragilen Waffenstillstand gefährdet hätte, den sie geschlossen hatten.

»Vielleicht habe ich nur Heimweh nach der sauberen Luft und dem Sonnenschein von Bellerive«, murmelte sie und blickte zu den schwefelgelben Wolken auf, die die Sonne vergeblich zu durchdringen suchte – was ihr voraussichtlich nicht mehr gelingen würde, da der Tag schon fast zu Ende war. »Kaum zu glauben, dass wir Sommer haben.«

Anne sah sie verblüfft an. »Also, jetzt hörst du dich aber plötzlich ganz anders an«, sagte sie. »Es ist noch gar nicht lange her, da hast du dasselbe über Skye gesagt.«

»Ja, ich weiß«, erwiderte sie in gelassenem Tonfall. »Aber nachdem ich auf Skye gewesen bin und die Dinge getan habe, die ich mir so lange vorgenommen hatte, habe ich begriffen, dass ich dort nach den langen Jahren meiner Abwesenheit, in denen ich ganz andere Erfahrungen gemacht habe, zu einer Fremden geworden bin. Ich kenne mich nicht mehr aus und gehöre auch nicht mehr dazu.«

Sie blickte auf die triste Szenerie hinaus, ohne sie wirklich wahrzunehmen. »Skye wird natürlich immer in meinem Herzen wohnen, aber in Australien habe ich Wurzeln geschlagen und den größten Teil meines Lebens verbracht. Es ist meine Heimat geworden, und ich vermisse es.«

Anne verdrehte die Augen. »Das war aber eine ziemlich kostspielige Methode herauszufinden, wohin du gehörst«, sagte sie. »Ich hoffe, du findest, dass es sich gelohnt hat.«

Christy lächelte. »Oh ja, es war jeden Penny wert«, erwiderte sie. »Und ich bin sicher, dass auch Kathryn sehr von der Reise profitiert hat.« Sie blickte über das Deck. »Ich möchte wissen, wo sie und Lucy abgeblieben sind. Sie sind schon seit einer halben Ewigkeit verschwunden.«

»Wahrscheinlich haben sie die Läden an Bord entdeckt«, versetzte Anne trocken.

Christy schmunzelte. »Man sollte eigentlich meinen, dass sie schon genug eingekauft haben, angesichts der Tüten und Päckchen, die sie gestern Abend angeschleppt haben. Kathryn hat vermutlich halb London aufgekauft.«

Sie musterte Annes ernste Miene. »Und was ist mit dir, meine Liebe? Hat dir die Reise gefallen?«

»Teilweise«, erwiderte Anne missmutig. »Ich bin immer noch enttäuscht, dass wir bei der Palastbesichtigung niemanden aus der königlichen Familie gesehen haben, wie ich es mir erhofft hatte – und ich kann einfach nicht fassen, wie alt alles in London ist und wie großartig die Theater und Läden sind. Die Stadt strahlt so viel Geschichte und Stabilität aus, wie man sie in ganz Australien nirgends finden kann.« Sie lächelte bitter. »Sogar unsere ältesten Gebäude stammen nur aus dem frühen neunzehnten Jahrhundert, und die meisten davon sind längst baufällig.«

»Das liegt daran, dass sie aus Holz und Wellblech bestehen«, sagte Christy. »Aber in Melbourne und Sydney gibt es immer noch einige schöne alte Steinhäuser.« Sie zögerte einen Augenblick. »Und wie hat dir Schottland gefallen?«

Anne schürzte die Lippen. »Schottland war ganz anders als alles, was ich je gesehen habe. Aber karge Täler und düstere Berge begeistern mich offen gestanden nicht besonders. Wenn du und Gregor uns nicht die Geschichte der Gegend erzählt hättet, hätte ich es grässlich langweilig gefunden.«

»Oje«, seufzte Christy.

»Tja, tut mir leid«, sagte Anne knapp. »Aber du hast ja gefragt.«

Christy musterte ihre Tochter nachdenklich. »Du machst heute einen reichlich niedergeschlagenen Eindruck. Freust du dich denn nicht darauf, nach Hause zu fahren?«

Anne zögerte ein wenig mit ihrer Antwort. Schließlich wandte sie den Blick vom Hafen ab, der inzwischen in weite Ferne gerückt war, und sah ihre Mutter an. »Ich muss gestehen, mir ist ein wenig mulmig vor dem Wiedersehen mit Harold.«

»Aber warum denn, meine Liebe? Er wird sicher überglücklich sein, dass du wieder da bist.«

»Da bin ich mir nicht so sicher«, sagte sie zweifelnd. »Ich bin deinem Vorschlag gefolgt und habe ihm einen langen Brief geschrieben und ihm gesagt, dass ich einen Neuanfang machen und versuchen möchte, unsere Ehe wieder zu dem zu machen, was sie früher einmal war, aber natürlich braucht die Post mehrere Wochen, daher habe ich noch keine Antwort erhalten.«

»Sobald er deinen Brief bekommen hat, wird er bestimmt an das Schiff telegrafieren und dir versichern, dass er genauso empfindet«, tröstete sie ihre Tochter.

Anne schwieg eine Weile und umfasste die Reling, während das Schiff allmählich raueres Fahrwasser erreichte. »Ich hätte gar nicht erst mitfahren sollen«, sagte sie schließlich. »Harold war viel zu lange sich selbst überlassen, und das, wo Frauen wie Florence Hardwick unentwegt auf der Lauer liegen …«

Christy runzelte die Stirn. »Wer ist Florence Hardwick?«

»Eine freche Freibeuterin, die schon seit einem Jahr ihr scharfes Auge auf meinen Mann geworfen hat«, erwiderte sie in schneidendem Ton. »Und auch wenn Harold schwört, dass nichts zwischen ihnen vorgefallen ist, ist mir nicht entgangen, wie er sie ansieht.«

»Ach, Anne. Bestimmt fühlt sich Harold nur geschmeichelt und würde nicht im Traum daran denken, dir tatsächlich untreu zu werden.«

»Florence hat den Ruf einer koketten Person, die stets den Mann bekommt, den sie sich auserkoren hat, und Harold ist weiß Gott kein Heiliger«, erwiderte sie. »Wir haben uns im Lauf der Jahre auseinandergelebt – vor allem wegen der Sache zwischen dir und mir –, und diese lange Trennung könnte unfassbaren Schaden anrichten.«

»Ich verstehe nicht, inwiefern unser Zwist irgendetwas mit dem Zustand deiner Ehe zu tun haben soll«, protestierte Christy.

»Oh doch«, erklärte Anne geradeheraus. »Ich konnte nicht mit Harold darüber sprechen und habe mich von ihm distanziert, weil ich mich deswegen so geschämt habe. Ich habe mich verraten gefühlt – nicht nur von dir, sondern auch von ihm.«

»Meinen Teil der Schuld nehme ich auf mich, aber er hat doch abgestritten, dass er dir untreu war.«

»Standhaftes Leugnen ist die älteste Verteidigung, Mutter. Und genau wie alle Männer beherrscht Harold diese Taktik sehr gut.«

»Es tut mir so leid, Anne«, sagte Christy mitfühlend. »Ich habe nicht geahnt, dass unser Zerwürfnis so tief reicht, dass es deine Ehe angegriffen hat.«

»Wenn man einen Kieselstein in einen Teich wirft, breiten sich kleine Wellen aus«, sagte Anne düster. »Aber wenn man einen Felsblock hineinwirft, bekommt man eine Flutwelle.« Sie blinzelte und hielt den Blick starr auf die sich entfernende

Küste gerichtet. »Wenn dann noch eine Person wie Florence Hardwick dazukommt, ist der Schaden enorm.«

Christy hatte ihre Tochter noch nie so offen reden gehört. Es war klar, dass sie von dem, was sie als Verrat empfand, zutiefst verletzt war, und Christy konnte nur hoffen, dass sich Harold als so treu und aufrichtig erwies, wie sie ihn stets eingeschätzt hatte. Was ihre Rolle in der ganzen Tragödie anging, so bedeutete dies eine weitere Bürde für ihr bereits so belastetes Herz.

Anne hob das Kinn und sah sie schließlich an. »Offen gestanden, Mutter, ist es nicht nur die Ungewissheit darüber, was ich vorfinden werde, wenn ich nach Hause komme, was mich zurzeit etwas gereizt macht, sondern auch die Tatsache, dass es mir doch sehr schwerfällt, mit dir Frieden zu schließen.«

Christy wusste, worauf das hinauslief. Auch für sie war es nicht leicht gewesen, das Thema zu ignorieren, das nicht angesprochen werden durfte, obwohl es immer im Raum stand. »Es fällt uns beiden schwer«, sagte sie leise, »aber ich bin mir sicher, dass wir mit der Zeit darüber hinwegkommen werden.«

»Da bin ich mir nicht so sicher«, entgegnete Anne. »Das, was du mir zuhause gesagt hast, wird immer zwischen uns stehen, und auch wenn ich bereit bin, dir zu verzeihen, was du getan hast, ist es mir dennoch unmöglich, es zu vergessen.«

Christy wurde traurig, wenn sie daran dachte, wie weh sie ihrer Tochter getan hatte. »Das verstehe ich durchaus«, sagte sie. »Genauso geht es mir mit den Leuten, die für die Clearances verantwortlich waren. Aber ich kann nicht ändern, was geschehen ist, Anne. Und auch, wenn es schwer ist, darf keine von uns beiden zulassen, dass das, was ich in der Vergangenheit getan habe, unser Verhältnis in der Zukunft zerstört – nicht jetzt, wo wir uns wiedergefunden haben.«

»Aber genau das ist es ja, begreifst du es denn nicht?«, zischte Anne. »Jedes Mal wenn du die Goldfelder und diese ersten Jahre erwähnst, sitze ich wie auf Kohlen und frage mich, was du wohl alles preisgeben wirst.« Sie sprach rasch weiter, ehe ihre Mutter sich verteidigen konnte. »Jetzt hast du vor, Kathryn von damals zu erzählen, aber mir ist schleierhaft, wie du vermeiden willst, ihr Dinge zu erzählen, von denen ich wirklich nicht will, dass sie sie erfährt.«

Christy nahm Annes Hände. »Ich habe doch schon versprochen, nichts zu sagen, was du als belastend oder kränkend empfinden könntest. Bitte vertrau mir, Anne.«

»Es bräuchte nur einen einzigen Versprecher«, murmelte sie und zog ihre Hände aus dem Griff ihrer Mutter, »und du lässt dich gern von deinen Geschichten mitreißen.«

Christy sah, wie schmal Annes Lippen und wie trotzig ihr Blick geworden war, und da wusste sie, dass ihre Tochter sich nicht erweichen lassen würde. »Wenn ich Kathryn die ganze Geschichte erzählte, würde das auch mich nicht gerade in einem schmeichelhaften Licht erscheinen lassen«, sagte sie. »Es geht nicht nur um dich, Anne. Auch andere könnten tief verletzt werden, wenn alles herauskommt.«

Anne sagte nichts, und Christy stellte ihr die Frage, die ihr schon länger im Kopf herumging: »Hast du dich eigentlich irgendjemandem anvertraut?«

»Natürlich nicht«, fauchte sie prompt und reckte trotzig das Kinn. »Ich habe es keinem Menschen erzählt. Wenn es sich also jemals herumspricht, weiß ich genau, wem ich's verdanke.«

Christy ließ sich nicht einschüchtern. »Es kommt nur heraus, wenn jemand deinem Beispiel folgt und in meinen privaten Unterlagen herumschnüffelt«, erklärte sie barsch.

Anne schoss das Blut in die Wangen, und sie wandte sich ab. »Wie ich es dir schon einmal erklärt habe: Ich hatte nur nach deinen Opalen gesucht, weil ich sie zum Sommerball tragen wollte«, murmelte sie.

»Du hattest kein Recht, ohne meine Erlaubnis an den Safe zu gehen«, erklärte Christy. »Und dann noch meine persönlichen Papiere zu durchwühlen … Deine Neugier hat uns in diese Lage gebracht, Anne, also versuch bloß nicht zu rechtfertigen, was du getan hast.«

Anne riss die Augen auf. »Wie kannst du es wagen, mir die Schuld zuzuweisen«, keuchte sie. »Du hast doch jahrelang Geheimnisse gehütet und sogar noch die Arroganz besessen, die Beweise in diesem verdammten Safe aufzubewahren. Warum hast du die Papiere nicht verbrannt? Du musst doch gewusst haben, was für einen Ärger sie heraufbeschwören würden, wenn sie gefunden werden.«

»Ich bin davon ausgegangen, dass sie in meinem Safe sicher verwahrt sind und bis zu meinem Tod dort verborgen bleiben würden.«

Annes Lippen wurden noch schmaler. »Also kommt nach deinem Tod die Wahrheit ans Licht, und ich muss die Erniedrigung verkraften, dass ich zugeben muss, dein schmutziges kleines Geheimnis die ganze Zeit gekannt zu haben. Das würde ich nicht gerade die Handlungsweise einer liebenden Mutter nennen.«

Christy hielt ihren Ärger im Zaum. »Ich habe in meinem Testament Anweisungen getroffen, dass diese Papiere vernichtet werden«, antwortete sie.

»Du hättest sie schon vor Jahren vernichten sollen.«

Christy schüttelte den Kopf. »Ich habe meine Gründe dafür, das nicht zu tun – und solltest du dir in den Kopf gesetzt haben, sie zu vernichten, dann wirst du sie in diesem Safe nicht mehr finden. Sie wurden an einen sehr sicheren Ort gebracht, und ich bin die Einzige, die weiß, wie man an sie herankommt.«

»Wie sollen sie dann nach deinem Tod vernichtet werden?«

»Bei jemandem ist ein Brief hinterlegt, der bis zu diesem Zeitpunkt garantiert nicht geöffnet wird.«

»Aber warum brauchst du sie überhaupt?«, protestierte

Anne. »Welchen Zweck sollen sie denn noch haben, außer mich zu erniedrigen?«

Christy konnte ihr nicht erklären, dass diese Papiere sie gegen eventuelle Schwierigkeiten absichern sollten, die der Familie widerfahren mochten – nicht dass sie mit solchen rechnete, doch Vorsicht war schon immer besser gewesen als Nachsicht.

»Ich habe meine Gründe dafür, sie aufzubewahren, und die gehen dich wirklich nichts an, Anne.«

Anne runzelte die Stirn. »Es ist nicht nachvollziehbar, dass du etwas so Verfängliches aufbewahrst.«

»Mag sein«, räumte Christy ein. »Aber vielleicht solltest du meine exzentrischen Wünsche einfach akzeptieren und sie den Launen einer alten Frau zuschreiben.«

Anne musterte sie argwöhnisch. »Exzentrisch, das mag ja sein«, murmelte sie, »aber du warst noch nie launisch, wenn es um Familienangelegenheiten ging. Was ist der wahre Grund dafür, dass du die Papiere aufbewahrt hast?«

Christy dachte an die Papiere, die Anne an jenem Tag nicht im Safe gefunden hatte, und wie diese Dokumente, zusammen mit den anderen, das Familienvermögen sichern würden, falls es zum Äußersten kam und Forderungen gestellt wurden. Doch sie sagte nichts davon zu Anne, da sie das Gespräch nun beenden wollte.

»Ich habe schon sehr früh gelernt, dass Schriftstücke wichtig sind – selbst wenn es zunächst einmal nicht so scheint. Deshalb hebe ich alles auf, nur für den Fall, dass ich es einmal brauche.« Sie lächelte und berührte Anne sacht am Arm. »Ich wäre dir dankbar, wenn du mir in dieser Sache meinen Willen lassen würdest, Anne.«

»Solange du mir versprichst, dass sie nie wieder ans Licht kommen.«

»Das verspreche ich dir.«

»Dann bleibt mir wohl nichts anderes übrig. Aber ich finde

nach wie vor, du solltest sie verbrennen und allem ein Ende machen.«

»Ich werde darüber nachdenken«, sagte Christy ohne die leiseste Absicht, dies zu tun.

»Und ich werde versuchen, nicht mehr darüber nachzudenken«, erklärte Anne steif. »Aber du musst verstehen, dass es mir schwerfällt, mich dir so nahe zu fühlen wie früher. Es wird Zeit brauchen und wesentlich mehr Offenheit von deiner Seite, bevor ich imstande sein werde, dir wieder zu vertrauen.«

Christy hätte weinen können, denn sie hatte geglaubt, genau dieses Stadium hätten sie mit ihrer Versöhnung in Schottland hinter sich gelassen. »Es tut mir ehrlich leid, das zu hören«, sagte sie leise. »Aber lassen wir das jetzt. Die Mädchen kommen zurück.«

Bellerive, Tasmanien

Harold träumte, er befände sich in den Tiefen einer Opalmine in Lightning Ridge. Er hatte eine quadratische Öffnung geschlagen, und darunter ging es steil in die Tiefe. Irgendwie wusste er, dass er viele Monate gebraucht hatte, um so weit hinunterzukommen. Er hackte unermüdlich weiter auf den Boden ein, als er von oben Geschrei und lautes Hämmern zu hören glaubte. In der Annahme, es sei nur wieder eine Schlägerei zwischen den anderen Opalsuchern, ließ er sich nicht dabei stören, weiter mit seiner Spitzhacke das Gestein abzutragen.

Als das Hämmern immer penetranter und die Schreie lauter wurden, fragte er sich allmählich, ob er die Leiter hinaufsteigen und nachsehen sollte, was eigentlich los war. Doch in diesem Moment legte er mit seiner Hacke ein Goldnugget frei, gefolgt von einem kleinen Jutebeutel mit Zugbändern.

Indem er den Krawall von oben ignorierte, ging er in die

Hocke, musterte das Nugget im Licht seiner Petroleumlampe und steckte es rasch ein, ehe er nach dem Jutebeutel griff. Er schüttete sich die Münzen auf die Hand und begann sie zu zählen, ohne dabei auf den Gedanken zu kommen, wie sonderbar es war, solche Dinge in den Tiefen einer Opalmine zu finden.

»Mr Ross! Mr Ross, wenn Sie nicht augenblicklich die Tür aufmachen, muss ich die Polizei rufen.«

Harold erkannte die Stimme, konnte sich aber keinen Reim darauf machen, was Edna Ryan auf den Opalfeldern verloren hatte. Und wozu die Polizei rufen ... Er hatte nichts Unrechtes getan ... Doch wie sollte er das mit den Silbermünzen erklären?

»Mr Ross, ich kann Sie sehen«, brüllte Edna wütend. »Aufwachen! Aufwachen!«

Die Opalmine verblasste, während Harold widerwillig die schweren Lider aufschlug, nur um festzustellen, dass er über dem Schreibtisch zusammengesackt und sein Kopf unter einem Wust von Papieren nahezu vergraben war. Blinzelnd kämpfte er sich in eine aufrechte Sitzposition zurück und begegnete von dort aus dem wenig erbaulichen Anblick von Edna Ryans erboster Miene auf der anderen Seite des Fensters.

»Ich rufe Sie schon seit einer halben Stunde«, brüllte sie. »Machen Sie sofort die Tür auf.«

Harold kam rasch zu Bewusstsein – Mrs Ryan war besser als jeder Wecker – und eilte schnurstracks in die Küche, um die Hintertür zu entriegeln.

Er hatte kaum den Schlüssel umgedreht, als die Tür schon aufgestoßen wurde und Edna hereinbrach – eine Furie in geblümter Schürze und Kopftuch. »Wie können Sie es wagen, mich auszusperren?«, fauchte sie. »Was haben Sie denn getrieben?«

»Nichts«, erwiderte er. »Ich sperre nachts immer die Türen zu.«

»Wir sperren Türen hier nur ab, wenn das Haus leersteht

oder wir nicht wollen, dass andere sehen, was wir treiben«, versetzte sie. »Und wir lassen ganz bestimmt nicht die Schlüssel im Schloss stecken, damit andere Leute ihre eigenen nicht benutzen können«, fügte sie hinzu und fegte an ihm vorbei ins Arbeitszimmer.

Harold hetzte hinterher, da er nicht wollte, dass sie die Papiere auf dem Schreibtisch sah. Doch als er den Raum betrat, hielt sie bereits darauf zu. Er schlug einen Haken um sie herum und stellte sich mit dem Rücken zum Schreibtisch auf. »Ich weiß, wie das hier für Sie aussieht«, stieß er hastig hervor. »Aber ich kann Ihnen versichern, dass es absolut unerlässlich ist.«

Ihr Blick wanderte über den Schreibtisch, dann zu den herausgezogenen Schubladen auf dem Fußboden und schließlich zu der Geheimschublade, die nun offen stand. Ein aufgeregtes Leuchten stahl sich in ihre blassblauen Augen. »Wie haben Sie die aufgekriegt?«, keuchte sie.

»Eher durch Glück als durch irgendetwas anderes«, antwortete er. »Aber bevor Sie fragen – es war nichts darin, was ich höchst enttäuschend fand.«

Sie musterte ihn misstrauisch und fuhr dann mit den Fingern am inneren Rand der Schublade entlang, als wollte sie sich vergewissern, dass er nichts übersehen hatte. »Woher soll ich wissen, dass Sie mir nichts vorlügen?«, herrschte sie ihn an, die Arme vor der Brust verschränkt. »Die Madam hätte eine Geheimschublade nicht leer stehen lassen.«

Harold zuckte die Achseln. »Tja, ich fürchte, sie hat es doch getan, was überaus frustrierend ist.« Er sah, wie sie den Blick über das Chaos auf Schreibtisch und Fußboden wandern ließ. »Es tut mir alles sehr leid«, sagte er, »aber auch im Safe habe ich nichts Hilfreiches gefunden, also musste ich mich darauf verlegen, den Schreibtisch gründlich zu durchsuchen.«

»Was genau suchen Sie eigentlich?«, fragte sie und kniff die Augen zusammen.

Harold überlegte einen Moment, ob er es ihr sagen sollte, entschied sich dann aber dagegen. Die Frau war unzuverlässig, und zweifellos würde seine nächtliche Eskapade schon bald bei ihren Busenfreundinnen die Runde machen. »Wie ich bereits gesagt habe, Mrs Ryan, ich suche ein bestimmtes Schriftstück, das Mr Baker mich zu besorgen gebeten hat.«

Sie mahlte mit dem Kiefer und hielt ihr Temperament und ihre Neugier im Zaum. »Dann suchen Sie mal lieber weiter«, sagte sie barsch. »Und achten Sie darauf, alles wieder aufzuräumen, wenn Sie fertig sind. Die Madam bezahlt mich nicht dafür, hinter anderen Leuten herzuräumen.«

Damit stolzierte sie hinaus und ging ins Esszimmer. Sowie er ihre Schritte im Wohnzimmer verklingen hörte, stürmte Harold in den Flur. Auf einmal war ihm eingefallen, dass er das Rosenholzkästchen offen auf Christys Bett hatte liegen lassen.

Mrs Ryans Schritte dröhnten bereits durch den Flur, als er das Kästchen rasch unter einen Haufen Kissen schob und sich dann nach einer der Hutschachteln bückte.

»Was ist denn hier los?« Edna stürmte wutentbrannt ins Zimmer. »Wie können Sie es wagen, hier einzudringen – und was machen die Hutschachteln auf dem Fußboden?«

»Ich hatte gehofft, dass es im Kleiderschrank noch ein weiteres Geheimfach gibt«, sagte er unbekümmert. Dann stieg er auf den Hocker, der noch immer zwischen den offenen Türen des riesigen Möbelstücks stand. »Wenn Sie mir die Schachteln hochreichen, kann ich sie aufräumen.«

Ihr grollender Blick spiegelte ihre giftigen Gedanken wider, und Harold hielt den Atem an, als sie eines der Kissen zurechtzupfte und die Tagesdecke glattstrich. Doch offenbar war sie nun zufrieden, denn sie begann, ihm nach und nach die Hutschachteln zu reichen.

»Und, haben Sie irgendwelche Geheimfächer gefunden?«,

fragte sie, nachdem alles wieder aufgeräumt, der Hocker an den Toilettentisch gestellt und die Schranktüren geschlossen waren.

»Leider nein«, antwortete er, nahm sie am Arm und lenkte sie sanft in Richtung Küche, ehe sie noch eine Ecke des Rosenholzkästchens unter dem Kissen hervorlugen sah. »Ich mache Ihnen eine Tasse Kaffee und kümmere mich um das Frühstück«, säuselte er. »Das ist das Geringste, was ich tun kann, nachdem ich Ihnen heute Morgen solchen Ärger bereitet habe.«

Mit einem kleinen Schnauben setzte sie sich an den Tisch. »Also, ich könnte wirklich gut eine Tasse Tee vertragen. Und wenn Sie Lust haben, in der Speisekammer gibt es Speck und Eier.«

Während Harold den Tisch deckte und sich am Herd zu schaffen machte, saß Mrs Ryan schweigend da. Offenbar schmollte sie noch immer, weil er ihr nichts erzählt hatte. »Es muss ein sehr wichtiges Schriftstück sein, wenn Sie auf der Suche danach das ganze Haus auf den Kopf stellen«, sagte sie schließlich.

»Ja, das ist es«, sagte er und wendete den in der Pfanne brutzelnden Speck. »Sogar so wichtig, dass meine Schwiegermutter sich offenbar die größte Mühe gegeben hat, es zu verstecken.« Er stellte die Teekanne auf den Tisch und schenkte sich selbst eine Tasse Kaffee aus dem Perkolator ein.

»Soweit ich weiß, gibt es keine weiteren Verstecke im Haus«, sinnierte sie. »Also muss sie das Dokument bei ihrer Bank deponiert haben.«

Baker hatte Harold bereits versichert, dass Christy nichts bei ihrer Bank deponiert hatte, und bis jetzt hatte er auch nichts gefunden, was dies widerlegt hätte. »Möglich«, murmelte er und stellte einen Teller mit einer großen Portion Eier mit Speck und geröstetem Brot vor sie hin.

»Es ist ein bisschen mysteriös, nicht wahr?«, sagte sie, während sie nach Messer und Gabel griff. Sie betrachtete gierig das üppige Mahl, ehe sie losfutterte.

Harold brachte seinen Teller zum Tisch und setzte sich. Sie aßen schweigend, wobei er ihr ansah, dass sie immer noch über das Problem nachgrübelte. Ihm war das nur recht, da es hieß, dass ihre Feindseligkeit nachließ.

»Und was suchen Sie jetzt genau unter den ganzen alten Rechnungen und Quittungen?«, wollte sie wissen.

»Ich habe das Gefühl, irgendwo könnte es einen Hinweis darauf geben, wo sie dieses Schriftstück versteckt hat«, sagte er bedächtig. »Aber es könnte eine Weile dauern, alles zu durchsuchen, daher werden Sie mich leider noch ein bisschen länger ertragen müssen.«

Sie tunkte die Reste ihres Frühstücks mit einem dicken Kanten Brot auf und schenkte sich noch eine Tasse Tee ein. »Ich kann Ihnen jederzeit helfen, wenn Sie wissen, wonach Sie suchen«, sagte sie allzu beiläufig.

Ihn durchzuckte ein leiser Argwohn. »Das ist sehr nett von Ihnen«, sagte er reserviert, »aber da ich gar nicht genau weiß, wonach ich suche, helfen Sie mir vielleicht am besten, wenn Sie mir regelmäßig Kaffee und ein paar von Ihren köstlichen Scones ins Arbeitszimmer bringen.«

Ihre Enttäuschung war offensichtlich, doch sie zuckte trotzdem die Achseln. »Na gut, wenn Sie es so haben wollen.«

»Vielen Dank, Mrs Ryan – Sie sind ein Schatz.«

Sie versuchte, ärgerlich dreinzublicken, schaffte es aber nicht. »Na gut, dann mache ich mich mal lieber an die Arbeit. Ich kann nicht hier herumsitzen und mit Ihnen plaudern, wenn Sie Scones haben wollen.«

Harold überließ ihr den Abwasch und eilte zum Arbeitszimmer zurück. Zum Schutz vor ihrer Neugier schloss er erneut die Tür ab, ehe er hinausging, um nach seinem Pferd zu sehen. Als er sich vergewissert hatte, dass dem Tier in der Nacht nichts zugestoßen war und es genug Futter und Wasser für den ganzen Tag hatte, kehrte er ins Arbeitszimmer zurück und begann, Kontoauszüge der vergangenen Jahre durchzusehen.

Gegen elf erschien Mrs Ryan mit warmen Scones und einer frischen Kanne Kaffee, wofür er ihr überschwänglich dankte, ehe er den Rest des Vormittags seine Suche fortsetzte. Gerade wollte er mit den Kontoauszügen von 1897 beginnen, als es an der Haustür klopfte. Er dachte sich nicht viel dabei, sondern ging weiter die Unterlagen durch, bis Mrs Ryan hereingestampft kam.

»Sie haben Besuch«, erklärte sie.

Harold war sofort auf der Hut. »Hat er seinen Namen genannt?«

»Hallo, Harold. Ich dachte mir schon, dass Sie hier sind.«

Harold konnte seinen Schreck nicht verhehlen, als er Florence Hardwick sah, und war vorübergehend sprachlos.

»Ich habe doch gesagt, Sie sollen draußen warten«, schimpfte Edna.

Florence winkte ab und klimperte mit den Wimpern in Harolds Richtung. »Harold und ich sind alte Freunde«, säuselte sie, »und er würde nicht wollen, dass ich draußen vor der Tür stehen muss, oder?«

»Natürlich nicht«, stieß er hervor. »Aber im Moment passt es wirklich nicht so gut, Florence. Ich bin sehr beschäftigt.«

Sie zog eine Schnute und musterte die Spuren seiner Suche vom Vorabend. »Du liebe Güte, ja, das sehe ich.« Auf ihren Wangen erschienen die Grübchen. »Aber immer nur Arbeit und kein Vergnügen ist doch so langweilig«, spöttelte sie. »Sollten wir nicht lieber einen Kaffee trinken und uns darüber unterhalten, wo wir heute Abend essen gehen?«

Harold sah genau, wie sich Edna hinter Florence herumdrückte, und es hätte ihm gerade noch gefehlt, wenn sich herumgesprochen hätte, dass er in Abwesenheit seiner Ehefrau eine andere Frau in Christys Haus empfangen hatte. »Florence«, begann er vorsichtig, »ich bin wirklich viel zu beschäftigt für gesellschaftliche Termine. Und was das Abendessen angeht … womöglich bin ich heute Abend gar nicht mehr in Hobart.«

Florence trat auf ihn zu und zupfte ihm einen Fussel vom Revers. »Oh, ich bin sicher, Sie finden ein bisschen Zeit für meine Wenigkeit, Harold«, schnurrte sie. »Warum machen wir es uns nicht im Wohnzimmer gemütlich und lassen uns vom Mädchen etwas bringen?«

Edna zuckte zusammen und warf Florence' Kehrseite böse Blicke zu. Harold wusste, dass Ärger drohte, denn er vermutete, dass Edna aus ihrem Herzen keine Mördergrube machen würde. »Mrs Ryan ist nicht das Mädchen«, erklärte er, »und sie würde sich bestimmt gerne bei Kaffee und Kuchen mit uns zusammensetzen.«

»Das ist aber ungewöhnlich«, meinte Florence stirnrunzelnd.

Harold musterte die grollende Edna. »Möchten Sie sich im Wohnzimmer zu uns gesellen, Mrs Ryan? Eine kleine Pause würde uns allen guttun, bevor Mrs Hardwick wieder gehen muss.« Damit nahm er Florence am Arm und führte sie mit festem Griff an Edna vorbei ins Wohnzimmer.

»Meine Güte«, japste Florence, »Sie sind mir vielleicht ein Kraftmensch. Behandeln Sie alle Besucher so energisch?« Kichernd ließ sie sich auf der Couch nieder, strich ihren dunkelblauen Leinenrock glatt und streifte die Ziegenlederhandschuhe ab. »Ich bewundere Männer, die die Dinge in die Hand nehmen«, sagte sie, und ihre Augen leuchteten herausfordernd, während sie neben sich auf das Polster klopfte. »Kommen Sie, setzen Sie sich neben mich, dann erzähle ich Ihnen genau, was ich für heute Abend für uns beide geplant habe.«

Harold blieb am Kamin stehen, in sicherer Distanz zum Sofa, zog demonstrativ seine Taschenuhr heraus und sah nach der Uhrzeit. »Es tut mir leid, Florence«, sagte er ohne das geringste Bedauern, »aber Sie müssen Ihre Pläne ohne mich machen. Ich bin wegen wichtiger Geschäfte hier und habe einfach keine Zeit für …«

»Kaffee«, sagte Edna, die mit einem beladenen Tablett hereinkam und dieses sogleich mit etwas zu viel Wucht auf den Couchtisch stellte. Sie ließ sich neben Florence aufs Sofa fallen, warf ihr einen vernichtenden Blick zu und reichte ihr Tasse und Untertasse. »Milch?«

Das Glitzern in Florence' blauen Augen verschwand, und ihr Blick wurde schlagartig eiskalt. »Nein danke.«

»Vielleicht möchten Sie lieber eine Untertasse mit etwas Sahne?«

»Es ist schon recht so«, antwortete Florence steif.

»Gut, wir haben nämlich keine.«

Edna wandte sich zu Harold um, und als sie ihm die Kaffeetasse reichte, fiel ihm ein gewisses Funkeln in ihren Augen auf, das nichts Gutes verhieß. Er schlürfte seinen Kaffee und dachte verzweifelt darüber nach, wie er Florence loswerden konnte, bevor die beiden Frauen richtig aufeinander losgingen. »Wie gefällt es Ihnen denn in Hobart?«, fragte er.

Florence verzog das Gesicht und stellte ihre unberührte Kaffeetasse ab. »Es ist ein Pflichtbesuch«, sagte sie ausdruckslos. »Nichts Aufregendes.«

Sie ignorierte Edna, die es sich auf den Kissen neben ihr bequem machte und genüsslich ihren Kaffee schlürfte. »Ich habe für heute Abend im Fischrestaurant Ocean Child einen Tisch reserviert. Meine Mutter würde sich bestimmt sehr freuen, Sie zu sehen, und ich wäre überglücklich über ein bisschen anregende Gesellschaft, nachdem ich den ganzen Tag bei meiner Großmutter eingesperrt war.«

»Vielen Dank für die Einladung«, sagte er, »aber ich habe heute Abend schon etwas anderes vor.« Er trank seinen Kaffee aus und stellte die Tasse wieder auf das Tablett. »Wollten Sie sonst noch etwas, Florence? Ich habe nämlich zu tun.«

Ihr Mund wurde schmal, und ihre Augen blitzten vor Wut. »Nachdem Sie nur allzu deutlich gemacht haben, dass ich nicht erwünscht bin, gehe ich eben«, erklärte sie so würdevoll, wie sie nur konnte. »Wenn Sie zurück in Melbourne sind, erinnern Sie sich vielleicht wieder an Ihre Manieren.«

Harold ergriff ihre Hand und half ihr auf. »Vielleicht wäre es auch günstiger, wenn Sie nicht unangemeldet zu Besuch kämen«, konterte er. »Ich bin glücklich verheiratet, Florence, und auch wenn Sie eine reizende Gesellschaft sind, wäre es besser, Sie würden mich nicht ohne Begleitung besuchen.«

Florence musterte ihn kühl, während sie in ihre Handschuhe schlüpfte. »Es ist dumm von Ihnen, mich zu brüskieren, Harold Ross«, sagte sie fast beiläufig. »Es gibt einige Leute in Melbourne, die es sehr interessant fänden, dass Sie nach Hobart gereist sind und heute Abend schon etwas anderes vorhaben.«

»Ich gebe nichts auf dummen Klatsch«, erwiderte er. »Und wenn das Ihre Art ist, mir eins auszuwischen, dann bin ich froh, dass ich klug genug war, um Ihrem zweifelhaften Charme zu widerstehen.« Er trat an die Verandatür und öffnete sie. »Auf Wiedersehen, Mrs Hardwick.«

»Ich mache Sie in Melbourne zum Gespött der Leute«, zischte sie. »Und wenn ich damit fertig bin, hat Ihre bösartige Frau endlich einen triftigen Grund, um sich aufzuregen.«

Er fasste sie am Arm, als sie bereits davonrauschen wollte. »Tun Sie das, und es wird Ihnen leidtun«, herrschte er sie an. »Und wenn Sie meine Frau noch einmal beleidigen, bekommen Sie meine Reitpeitsche zu spüren.«

»Haben Sie das gehört?«, wandte sie sich empört an Edna. »Er droht mir mit Gewalt.«

»Ich habe überhaupt nichts gehört«, sagte Edna. »Aber es ist höchste Zeit, dass Sie Leine ziehen, Miss, und Ihr schmutziges Mundwerk woandershin verfrachten.«

»Erlauben Sie, dass sie so mit mir redet?«

»Gehen Sie einfach, Florence«, sagte Harold, »solange Sie sich noch einen letzten Rest Würde bewahren können.«

Florence funkelte sie beide wutentbrannt an, fuhr herum und stürmte über die Veranda und die Stufen hinab zu der Kutsche, die in der Einfahrt auf sie wartete.

»Zum Glück ist das Luder endlich weg«, knurrte Edna, als die Kutsche davonrollte. »Ein vulgäres Weibsstück war das, trotz all dem Puder und der Schminke und den feinen Kleidern.«

»Ich glaube, da sind Sie ein bisschen hart, Mrs Ryan«, sagte er verhalten. »Aber danke für Ihre Unterstützung. Es wäre höchst unschicklich gewesen, mich allein mit ihr zu unterhalten.«

Mrs Ryan zog eine Braue hoch und musterte ihn mit unverhohlener Neugier. »Haben Sie etwa mit ihr …?«

»Gütiger Himmel, nein«, protestierte er heftig. »Florence Hardwick ist nur eine Bekannte.«

Edna schniefte. »Ein seltsames Benehmen für eine Bekannte, unangemeldet hier aufzukreuzen und Ihnen Avancen zu machen.«

»Florence Hardwick ist eine Witwe, die schon mehrere unangenehme Skandale ausgelöst hat und mir nichts als Ärger verheißt, Mrs Ryan«, erklärte er ernsthaft. »Ich bin glücklich mit meiner Anne verheiratet und habe der Dame schon mehrmals klargemacht, dass ich nicht die leiseste Absicht habe, mich mit ihr einzulassen.«

Zum ersten Mal, seit sie sich kennengelernt hatten, lächelte Mrs Ryan. »Na, das haben Sie ja heute überaus deutlich vermittelt«, sagte sie. »Sie ist nichts als ein Flittchen, aber jetzt sind Sie sie los, wenn Sie mich fragen.« Sie begann, das Geschirr aufs Tablett zu stellen. »An Ihrer Stelle wäre ich allerdings auf der Hut. Sie hat eine böse Zunge, und eine zurückgewiesene Frau kann sehr gefährlich werden.«

»Ich werd's mir merken, Mrs Ryan«, sagte er, nahm ihr das Tablett ab und lächelte sie an. »Die Untertasse mit Sahne war genial«, sagte er leise.

»Na ja, gerade diese Katze ist ja wohl satt genug.«

Harold schmunzelte noch immer, als er das Tablett abstellte. In dieser Frau hatte Florence ihre Meisterin gefunden.

Edna sah auf die Küchenuhr. »Ich muss jetzt gehen, aber ich habe Ihnen einen Teller Sandwiches gemacht, und von den Scones sind auch noch ein paar da. Und für Ihr Abendessen liegen in der Speisekammer zwei Schweinskoteletts.«

Sie sah ihn mit einem amüsierten Blitzen in den Augen an. »Ich nehme an, Sie haben heute Abend nicht wirklich einen Termin und sind morgen immer noch hier?«

»Es gibt keinen Termin, Mrs Ryan, und falls ich das, was ich suche, heute Nachmittag nicht finde, werden Sie sich höchstwahrscheinlich noch mindestens einen weiteren Tag mit mir abfinden müssen.«

»Gut. Aber versuchen Sie, heute Nacht in einem Bett zu schlafen, und wenn Sie wegmüssen, bevor ich komme, schreiben Sie mir einen Zettel, damit ich weiß, was los ist.«

Harold ergriff ihre von der Hausarbeit raue Hand und hauchte einen Kuss in die Luft darüber. »Vielen Dank, Mrs Ryan. Ich weiß nicht, was ich ohne Sie gemacht hätte.«

Ihre runden Wangen wurden rot. »Ach, hören Sie auf«, protestierte sie milde. »Ich habe mich seit Ewigkeiten nicht mehr so amüsiert.«

»Freut mich, dass meine Zwangslage Ihnen Spaß gemacht hat«, witzelte er.

Sie lachte. »Es geht doch nichts über einen Mann in Nöten, um mir den Tag zu versüßen, Mr Ross.« Sie schüttelte ihm die

Hand und sammelte dann ihre Sachen zusammen. »Viel Glück bei der Suche«, sagte sie, ehe sie durch die Fliegengittertür hinausging.

Er sah ihr nach, wie sie die Einfahrt entlangwatschelte, und grinste. Der alte Drache mochte vielleicht Feuer spucken, hatte jedoch ein gutes Herz, und er war froh, dass sie als Freunde auseinandergehen würden.

Danach kehrte er ins Arbeitszimmer zurück, betrachtete den Papierstapel, der dort nach wie vor seiner harrte, und fand, dass er frische Luft und Bewegung brauchte, um wieder in bessere Stimmung zu kommen, ehe er sich darüber hermachte. Er verließ das Haus und steckte sich eine Pfeife an, doch anstatt sein Pferd zu satteln und auszureiten, schlenderte er den Hügel hinauf, in das Buschland hinter dem Anwesen, im sicheren Wissen, dass er dort zur Ruhe kommen würde.

Eine Stunde später war er zurück im Haus und kochte sich frischen Kaffee. Während die Uhr in der Diele tickend die Minuten abzählte, nahm er seine Durchsuchung der Kontoauszüge wieder auf.

Es war schon fast Mitternacht, als ihm etwas dämmerte. Er stellte den Teller mit den kalt gewordenen Resten von Koteletts und Kartoffelbrei beiseite und sah rasch noch einmal die Auszüge durch. Es gab eine spezielle Abbuchung von Christys Konto, die seit August 1897 regelmäßig alle sechs Monate erfolgte. Als er hastig die späteren Auszüge prüfte, stellte er fest, dass die Abbuchung nach wie vor regelmäßig erfolgte.

Er schnappte sich die Scheckheftabschnitte und suchte hektisch nach den entsprechenden Einträgen. Und da waren sie – ausgestellt auf *Smithson & Sohn*. Er konnte sich schon denken, was für eine Art Firma das war, und seine Vermutung erwies sich als zutreffend, als er den Stapel mit den Rechnungen noch einmal durchging und ihren Briefkopf fand.

Lange saß er im flackernden Licht der Petroleumlampe da und überlegte, wie er weiter vorgehen sollte. Wenn Christy so entschlossen war, etwas vor allen zu verbergen, dann musste es sehr wichtig sein. Allerdings musste es noch jemanden geben, der von ihrem Versteck wusste, denn was würde sonst nach ihrem Tod mit dem Geheimnis geschehen?

Er öffnete den Safe, nahm die Abschrift ihres Testaments heraus und blätterte es rasch durch. Am Ende fand er folgenden Nachsatz:

> Ich verfüge, dass bei meinem Tod, keinesfalls davor, Mr Charles Smithson von *Smithson & Sohn* oder seine Nachfolger entsprechend den Anweisungen in dem Brief handeln sollen, den ich bei ihrer Bank hinterlegt habe. Als Vergütung dafür hinterlasse ich als Abschlusszahlung einhundert Pfund von meinem Konto an die genannte Firma.

Harold las das Datum unter der Unterschrift und erkannte, dass es dem Datum von Christys erster Zahlung entsprach – welches wiederum mit dem Zeitpunkt zusammenfiel, an dem er dieses sonderbare Gespräch zwischen Christy und Anne aufgeschnappt hatte. Allmählich begann sich das alles zu einem schrecklichen, ja bedrohlichen Ganzen zu fügen.

Er faltete das Testament wieder zusammen, steckte es in den Umschlag und legte es zurück in den Safe. Mittlerweile war es sehr spät geworden, und obwohl er enorm froh darüber war, dass er nun wenigstens einen Teil des Geheimnisses gelüftet hatte, belastete es ihn schwer, dass noch völlig offen war, was am Ende herauskommen würde. Dass Christy sich solche Mühe gegeben hatte, das alles unter Verschluss zu halten, bedeutete nichts Gutes – und wenn sich schließlich das herausstellte, was er befürchtete, dann standen er und Christys Söhne vor einem gewaltigen moralischen Dilemma.

Er räumte sein kaum angerührtes Abendessen sowie sämtliche nicht mehr benötigten Papiere beiseite, schob die Schubladen wieder in den Schreibtisch und schloss die Geheimschublade. Haushaltsbücher, Rechnungsabschnitte und Scheckhefte steckte er in einen großen Umschlag, dazu den Schlüssel, den er im Schreibtisch gefunden hatte, sowie das Blatt Papier aus dem Rosenholzkästchen.

Er drehte die Dochte in den Lampen herunter und ging in Christys Schlafzimmer, um das Kästchen wieder auf den Kleiderschrank zu stellen. Nachdem er den Umschlag mit den Unterlagen in seine Tasche gepackt hatte, steckte er den Safe-Schlüssel dazu und schleppte die Segeltuchtasche zurück ins Arbeitszimmer.

Dann legte er sich eine Decke über die Schultern und setzte sich in den ledernen Ohrensessel, um den Rest seiner letzten Nacht in Hobart in leichtem Schlummer zu verbringen. Die Fähre würde in nicht einmal sechs Stunden ablegen, und er durfte sie auf keinen Fall verpassen.

14

An Bord der SS Southern Cross

Das Schiff hatte in Lissabon angelegt, doch Christy hatte beschlossen, an Bord zu bleiben, während Anne mit Kathryn und den anderen einen Landausflug unternahm. Wie sie der besorgten Kathryn erklärt hatte, war ihr nicht nach einem erneuten Besuch der portugiesischen Hauptstadt zumute, und sie freute sich darauf, mit einem Buch auf dem Deck zu sitzen und nach der Zeit im kühlen London die warme Sonne zu genießen.

In Wirklichkeit war sie froh, ein paar Stunden für sich allein zu haben, da sie die endlose Achterbahnfahrt der Gefühle leid war, der sie sich seit Beginn dieser Reise ausgesetzt sah. Sie brauchte diese ruhigen Momente, um sich zu erholen und auszuruhen. In der warmen Sonne und dem Frieden eines fast menschenleeren Schiffs blieb das Buch ungelesen auf ihrem Schoß liegen, während sie an einem Glas Champagner nippte und sich allmählich entspannte.

Sie lehnte sich auf dem weich gepolsterten Liegestuhl zurück, den ihr ein aufmerksamer Steward unter einen Sonnenschirm gestellt hatte, schloss die Augen und lächelte bitter. Luxus und Komfort dieser Reise unterschieden sich ganz enorm von der Überfahrt, die sie als junges Mädchen mitgemacht hatte. Sie konnte kaum glauben, wie weit sie es seitdem gebracht hatte. Das Leben war voller Überraschungen, dachte sie, denn dieses abgerissene, verwirrte Mädchen, das in Port Dalrymple von Bord der *Mary Elena* gegangen war, hätte sich damals nicht einmal ansatzweise träumen lassen, dass sich sein Geschick im Lauf der Jahre so drastisch wandeln würde.

Die Bilder dieses Tages stürmten wieder auf sie ein, und erneut stand Christy kurz vor ihrem sechzehnten Geburtstag und schritt mit ihren Brüdern die Gangway hinunter. Der Schmerz, ihren Vater verloren zu haben, war bei allen dreien noch frisch.

»Bleib dicht bei mir«, flüsterte Finlay, als sie am Kai anlangten und feststellen mussten, dass ihr Gleichgewichtssinn in den zweiundneunzig Tagen auf See gelitten hatte. Christy klammerte sich an den Arm ihres Bruders, da der Kai unter ihren Füßen zu wanken schien. Jamie kam ins Stolpern, sodass er fast seinen wertvollen Werkzeugkasten verloren hätte.

Sie fröstelte in der frühmorgendlichen Kälte und schlang sich den Schal ihrer Mutter um die Schultern. »Was passiert jetzt mit uns, Finlay?«, fragte sie auf Gälisch.

»Ich weiß auch nicht mehr als du«, erwiderte er, »aber anscheinend hat der Mann da drüben das Sagen. Vielleicht kann er es uns erklären.«

Christy klammerte sich weiterhin fest an seinen Arm, und so gingen sie langsam auf den Mann zu, der bereits von den anderen Einwanderern umringt wurde. Es war ein Grüppchen von zerlumpten, schmutzigen Menschen, schwarz vom Kohlestaub und geschwächt von der langen, kräftezehrenden Reise, und Christy dachte, dass die Leute, die sie vom anderen Ende des Kais her beobachteten, sie wohl für den Abschaum der Gesellschaft halten mussten.

Während sie warteten, bis die anderen überlebenden Auswanderer zu ihnen aufschlossen, musterte sie die wohlgenährten und gut gekleideten Menschen und fragte sich, ob sie nur die reine Neugier hierher geführt hatte oder ob sie aus einem bestimmten Grund gekommen waren. Was auch immer es war, sie mochte es nicht, begafft zu werden.

Sie richtete ihre Aufmerksamkeit wieder auf den stämmigen Mann, der sich inzwischen auf eine umgedrehte Holzkiste gestellt hatte und Ruhe forderte.

Auf der Stelle waren alle still. »Willkommen in Tasmanien«, sagte er mit dröhnender Stimme. »Ich weiß, dass die meisten von euch Englisch verstehen, also werde ich von jetzt an in dieser Sprache mit euch reden.«

Er wartete, bis das allgemeine Raunen verstummt war, und fuhr dann fort. »Wenn ihr es hier zu etwas bringen wollt, dann müsst ihr Englisch sprechen. Das heißt nicht, dass ihr Gälisch nicht benutzen dürft – ihr werdet nämlich schon bald merken, dass hier noch viele andere Schotten leben –, aber die meisten Arbeitgeber sind nicht damit vertraut, also lasst euch zur Warnung gesagt sein, dass jemand, der euch nicht versteht, euch wahrscheinlich auch nicht einstellen wird.«

Erneut erhob sich Gemurmel, und Christy registrierte, wie Finlay neben ihr mit den Füßen scharrte und verdrossen das Gesicht verzog. »Dann sollen wir also jetzt Engländer sein«, knurrte er. »Anscheinend hat sich nichts verändert.«

Christys trübe Stimmung verdüsterte sich noch mehr. Offenbar waren sie um die halbe Welt gereist, nur um wieder in ein Land zu gelangen, das von den Feinden regiert wurde, gegen die ihre Vorfahren im Jakobitenaufstand gekämpft hatten.

»Die St-Andrews-Auswanderungsgesellschaft hat euch die Überfahrt finanziert, weil ihr die hohen Anforderungen erfüllt, die diese Kolonie an Arbeitskräfte stellt, nämlich dass ihr alle lesen und schreiben könnt und an Körper und Geist gesund seid.«

Erneut erhob sich Stimmengewirr, durchsetzt von vereinzeltem Kichern, was geflissentlich überhört wurde. Sicher wusste dieser Mann, dass fast siebzig Seelen zu beklagen waren, auch konnte ihm nicht entgangen sein, wie schwach und abgekämpft die Überlebenden waren. »Leider«, fuhr er fort, »kann euch die Wohltätigkeitsorganisation kein kostenloses Land zur Verfügung stellen, wie es in Kanada geschehen ist.«

Mit erhobener Hand bat er um Ruhe, bis die Proteste sich

wieder gelegt hatten. »Aber es gibt reichlich Arbeit auf der Insel, und die Organisation hat dafür gesorgt, dass einheimische Geschäftsleute heute hierhergekommen sind, um euch Arbeit anzubieten.«

Christy blickte zu der Menschenmenge neben dem großen Schuppen, registrierte, dass sie in den letzten Minuten enorm angewachsen war, und schöpfte endlich einen Funken Hoffnung.

»Zuerst müsst ihr ein vorgeschriebenes Verfahren durchlaufen«, erklärte der Mann. »Und wenn ihr damit fertig seid, werden euch die braven Leute dort drüben ansprechen und befragen. Die St-Andrews-Organisation hat außerdem Kleidung bereitgestellt, die von den großzügigen Bürgern von George Town und Patersonia gespendet wurde, und hinten in diesem Lagerhaus gibt es Waschgelegenheiten.«

»Was ist, wenn uns niemand einstellt?«, rief Finlay.

»Dann bekommt ihr eine Woche lang ein Bett in der Missionsherberge. Danach müsst ihr selber zusehen, dass ihr Arbeit findet«, antwortete der Mann. »Und jetzt kommt mit, damit wir mit dem Verfahren beginnen können.«

Als er von der Kiste stieg und auf die Schuppen zuhielt, folgten sie ihm wie gehorsame, verwirrte Schafe und fanden Trost in der Menge der vertrauten Gesichter um sie herum. Als sie den bei den Schuppen versammelten Männern und Frauen näher kamen, spähte Christy nicht als Einzige reichlich beklommen zu ihnen hinüber, denn die Neuankömmlinge wurden von diesen Leuten genauso gemustert wie Vieh auf einem Rindermarkt von den Bauern.

»Mach schnell, Christy«, zischte Finlay. »Wir müssen zusehen, dass wir vorne in der Schlange stehen, dann haben wir bessere Aussichten auf eine gute Stelle.«

Christy hielt seinen Arm fest, während sie sich mithilfe ihrer Ellbogen zu dritt nach vorn durchdrängten. Es gab ein kleines

Gerangel, da alle die gleiche Idee gehabt hatten, doch schließlich befanden sie sich weit genug vorn, um zu hören, welche Fragen gestellt wurden und was sie nach der ersten Einweisung tun sollten.

Voller Ungeduld wartete Christy ab, während sich die Menschenmenge langsam vorwärts bewegte. Vor ihnen lösten sich immer wieder Leute aus der langen Reihe von Tischen und gingen durch eine weiter hinten gelegene Tür, wo die versprochene Waschgelegenheit und die frische Kleidung auf sie wartete. Sie fragte sich, was sie wohl bekommen würde. Sie hatte noch nie etwas besessen, das nicht entweder schon gebraucht oder von ihrer Mutter selbst gemacht worden war, und sie konnte es kaum erwarten, aus den stinkenden Fetzen herauszukommen, die sie seit ihrer Abreise aus der Bucht von Gilleasbuig trug. Sie warf einen Blick auf ihre Füße, die noch immer in den Stiefeln ihrer Mutter steckten. Obwohl sie etwas eng waren und das Leder stark abgenutzt war, war sie entschlossen, sie zu behalten, ganz egal, was die braven Bürger dieser Stadt ihr zur Verfügung stellen mochten.

An den Tischen angelangt, standen sie Schlange vor einem Mann, der ein dickes Buch und einen Stapel Papiere vor sich liegen hatte.

Da Finlay der Älteste war, ließen Christy und Jamie ihn reden. Ihre Namen wurden auf einer langen Liste abgehakt und daneben ihre Fähigkeiten notiert. Dann war es an der Zeit, ihre Unterschriften unter ein offiziell aussehendes Schriftstück zu setzen.

Finlay las es aufmerksam durch, seufzte tief und unterzeichnete es dann widerwillig. Dann wandte er sich zu seinem Bruder und seiner Schwester um und erklärte es ihnen. »Das hier macht uns zu freien Bürgern Australiens. Uns bleibt nichts anderes übrig, als zu unterschreiben, also macht schnell, damit wir hier rauskommen.«

Der Mann hinter dem Tisch fügte auf jedem Dokument seine eigene Unterschrift hinzu und ließ dann einen Wachstropfen darauf fallen, den er mit einem Siegel stempelte. Dann überreichte er ihnen mit einem breiten Lächeln die Dokumente. »Jetzt seid ihr rechtmäßige Bürger Australiens«, erklärte er in seiner gedehnten Sprechweise. »Einen guten Tag noch und viel Glück.«

Finlay nahm die Dokumente und Christys sperrigen Webstuhl an sich, bevor sie davonhuschten und durch die Tür am anderen Ende gingen, wo zwei Männer in weißen Kitteln auf sie warteten, die sich als Ärzte entpuppten. Sie wurden betastet und beschaut, ihre Augen, Ohren und Münder wurden studiert und ihre Köpfe auf Läuse untersucht. Dann bekam jeder von ihnen ein Stück Kernseife und wurde in einen jeweils anderen Teil des langen, schmalen Gebäudes geschickt.

Christy schämte sich entsetzlich, dass sie so tief gesunken war, und konnte es gar nicht erwarten, wieder sauber und frei von den Läusen zu sein, die sie auf der Kopfhaut juckten, und von den Flöhen, die sie erbarmungslos bissen. Sowie sie die Frauenabteilung betrat, schlugen ihr Dampfwolken aus abgeschlossenen Einzelkabinen entgegen, und sie sah hohe Stapel von Kleidung und Schuhen.

Eine der zuständigen Frauen musterte sie von Kopf bis Fuß und wählte schließlich ein schlichtes Kleid aus hellblauer Wolle, eine Garnitur verwaschener Unterwäsche, dicke Strümpfe und eine Tweedjacke, die zwar schon bessere Tage gesehen hatte, aber trotzdem hochwertiger als alles war, was Christy je besessen hatte. Sie hielt die Stücke an Christys Körper, um zu sehen, ob sie ihr passten, und reichte sie ihr dann. Nachdem sie Christys Stiefel missbilligend in Augenschein genommen hatte, zog sie ein anderes Paar heraus, das nur geringfügig weniger schlimm aussah.

»Falls nichts davon passt, komm wieder, wenn du dich gewaschen hast«, sagte sie und warf ein dünnes Handtuch auf den Kleiderstapel in Christys Armen. »Lass deine alten Sachen in der Kiste in der Kabine. Die müssen verbrannt werden.«

»Den Schal und die Stiefel behalte ich«, erklärte sie fest. »Die sind von meiner Mutter.«

»Dann wasch den Schal lieber gründlich«, versetzte die Frau. »Wir wollen nicht, dass sich euer Ungeziefer verbreitet.«

Zurechtgewiesen und in ihrer Ehre gekränkt, ging Christy in die Kabine. Der Boden bestand aus Beton und hatte ein Abflussloch in der Mitte, und an der Wand hing ein großes Metallbecken. Neben dem Wasserhahn lag eine kleine Bürste, die von den vorherigen Nutzerinnen noch feucht war. An der Tür gab es Haken für ihre neuen Kleider.

Sie zog sich aus, warf die Fetzen in die zerbeulte alte Teekiste und hängte die Stiefel ihrer Mutter sorgfältig an den Schnürsenkeln an einen Haken, zusammen mit dem Schal. Dann drehte sie den Hahn auf und stöhnte vor Wonne, denn das Wasser war fast zu heiß, und begann, den Schmutz und das Ungeziefer der letzten Monate wegzuschrubben.

Die Kombination aus heißem Wasser, Kernseife und den erbarmungslosen Borsten der Wurzelbürste brachte ihre Haut zum Kribbeln. Rasch trocknete sie sich mit dem dünnen, aber sauberen Handtuch ab und wickelte es sich dann um die nassen Haare, bevor sie den Schal ihrer Mutter wusch und auswrang.

Schließlich hängte sie ihn zum Abtropfen vorsichtig über das Waschbecken und schlüpfte in die frischen Sachen. Das Kleid war zu groß, doch es war warm; die Unterwäsche fühlte sich seltsam an, nachdem sie so lange keine getragen hatte – ihre alte war schon zerfallen, bevor sie an Bord des Schiffs gegangen waren –, und die Jacke passte wie angegossen.

Sie probierte die Stiefel und stellte erstaunt fest, wie bequem sie waren, und so behielt sie sie an und hängte sich die Stiefel ihrer Mutter an den Schnürsenkeln um den Hals. Gerade rieb sie sich die Haare trocken, als ein energisches Klopfen an der Tür ertönte, gefolgt von der barschen Ermahnung, dass sie schleunigst herauszukommen habe.

Rasch faltete sie den nassen Schal zusammen, schnappte sich Seife und Handtuch und entriegelte die Tür.

»Na, jetzt siehst du ja schon viel besser aus«, sagte die Frau und schenkte ihr zum ersten Mal ein Lächeln. »Und wie ich sehe, passen dir die Kleider auch recht gut.« Sie nahm ihr Seife und Handtuch ab und zeigte auf eine Tür am anderen Ende. »Geh dort raus, Kleine, dann findest du deine Leute wieder. Viel Glück.«

Christy tat wie geheißen und traf auf ihre Brüder, die schon ungeduldig auf sie warteten. Als Finlay sie am Arm packte und mit ihr den Kai entlanghastete, auf die Gruppe von Menschen zu, musste sie in Laufschritt verfallen, um mitzuhalten.

»Was haben sie denn mit euren Haaren gemacht?«, stieß sie hervor.

Finlay und Jamie strichen sich verlegen über die kahlen Köpfe. »Läuse«, sagte Jamie kurz angebunden. »Du kannst von Glück sagen, dass dir die Behandlung erspart geblieben ist.«

Christy war zutiefst dankbar, dass sie das nicht über sich hatte ergehen lassen müssen, und dachte nicht weiter darüber nach, warum die Frauen anders behandelt wurden als die Männer. »Aber ihr seht sehr flott aus«, sagte sie und musterte ihre Moleskinhosen, die soliden Stiefel, die dicken Hemden und die übergroßen Jacken, die aus einer Mischung aus Wolle und Flachs bestanden. Alle beide trugen sie einen breitkrempigen Hut aus einem dunklen, robusten Material, das Schweißflecken und andere Spuren ihrer früheren Besitzer aufwies.

»Mag sein, aber ich hätte nie gedacht, dass ich einmal die Kleider eines anderen Mannes auftragen muss«, schimpfte Jamie.

»Besser als die Fetzen, die wir zuvor hatten«, konterte Finlay. »Und jetzt mach ein aufgewecktes Gesicht und lächelte. Wir müssen den Leuten zeigen, dass wir keine harte Arbeit scheuen – dass wir aber immer noch stolz genug sind, um uns anständig dafür bezahlen zu lassen.«

Christy schlug die Augen auf und kehrte in die Gegenwart zurück. Jemand hatte ihr Glas aufgefüllt und den Sonnenschirm verstellt, um dem Weg der nach Westen wandernden Sonne zu folgen. Sie nippte an ihrem Champagner, ehe sie sich aus dem Liegestuhl erhob, um einen Rundgang über das Deck zu machen und sich dann an die Reling zu stellen.

Sie blickte über den belebten Kai und die vielen Lagerhäuser und Schuppen hinweg auf die Stadt, die in der Ferne unter einer Hitzeglocke schimmerte, und fühlte sich an Port Dalrymple und all die anderen Häfen erinnert, die sie im Lauf der Zeit besucht hatte.

Ihr kam etwas in den Sinn, was eine der französischen Huren, mit denen sie sich auf den Goldfeldern angefreundet hatte, vor vielen Jahren zu ihr gesagt hatte: *›Plus ça change, plus c'est la même chose‹* – was bedeutet, dass sich zwar alles ändert, aber trotzdem alles beim Alten bleibt.

Christy dachte an Nadine und daran, wie dieser Satz das gesamte traurige Leben umfasste, das ihre Freundin gelebt hatte, denn Nadine hatte keine Hure sein wollen, doch die Umstände hatten sie auf diesen Weg gezwungen, der letztlich zu ihrem Tod geführt hatte.

Da sie sich nicht in solch traurigen Erinnerungen verlieren wollte, kehrte Christy zu ihrem Liegestuhl zurück, trank den Champagner aus und ließ ihre Gedanken wieder zu den ersten verwirrenden Stunden in Tasmanien zurückkehren.

Finlay hatte sich an diesem Tag als Fels in der Brandung erwiesen, und Christy war klar geworden, dass er in die Fußstapfen ihres Vaters getreten war – er übernahm die Verantwortung und sorgte dafür, dass sie alle fair behandelt wurden.

Der Tag war mit all den neuen Eindrücken und Sinneswahrnehmungen wie im Nebel vorübergezogen. Zuerst fiel es ihr ziemlich schwer, den seltsamen Akzent der hier lebenden Menschen zu verstehen, da ihr Englisch sehr gedehnt klang und sie bestimmte Wörter ganz anders betonten, was sie durcheinanderbrachte.

Sie hatte sich gefühlt, als unterzöge man sie einer strengen Prüfung, als sie von Kopf bis Fuß gemustert und nach ihrer Gesundheit, ihrer Herkunft und ihren Fertigkeiten ausgefragt wurde. Zudem fiel ihr auf, dass manche Männer sie mit recht anzüglichen Blicken bedachten; sie spürte unwillkürlich, dass sie aus ganz anderen Gründen an ihr interessiert waren, und hielt sich dicht an Finlay und Jamie – und so wurden sie alle drei von ein paar Leuten mitgenommen, die auf der Suche nach Arbeitskräften aus Hobart angereist waren.

Finlay wurde von einem gewissen Mr Jackson eingestellt, dem Besitzer eines Betriebs, den er als große Schaffarm ganz in der Nähe von Hobart bezeichnete. Finlay sollte dort freie Kost und Logis bekommen sowie eine fest zugesicherte Prämie, sobald die frisch geschorene Wolle verkauft worden wäre.

Jamie wurde als Bautischler von einem Mr Williams eingestellt, dem Besitzer einer florierenden Baufirma, die gerade die Ausschreibung für den Bau neuer Wohnhäuser in der Stadtmitte gewonnen hatte. Die Bezahlung war großzügig, allerdings musste er sich selbst um Unterkunft und Essen kümmern.

Christy wollte in der Nähe ihrer Brüder bleiben, und so hatte sie sich widerwillig bereit erklärt, als Küchenmädchen in einem Hotel zu arbeiten, das einem Ehepaar namens Keller gehörte. Die Bezahlung war ebenso mager wie zuvor in Portree, doch zumindest bekäme sie Kost und Logis – außerdem hoffte sie darauf, Arbeit zu finden, die ihr mehr zusagte, wenn sie sich erst einmal eingewöhnt hatte und sich in Hobart auskannte.

Sie waren nicht die Einzigen, die an diesem Tag eingestellt wurden, und so saßen auf der Fahrt nach Süden etwa fünfzehn Leute im Wagen. Die lange Reise war sehr aufschlussreich für alle, da sie die Landschaft im Inneren der Insel kennenlernten, die an die schottischen Highlands erinnerte. Berge erhoben sich über weites, von Wildblumen und Heidekraut getupftes Moorland; unzählige riesige Seen glitzerten so hell wie die schottischen Lochs, und die sanften Hügel fielen in breite, von Flüssen durchzogene Täler ab, die kein Ende zu haben schienen.

Christy konnte sich noch sehr genau an die Fahrt auf dem Wagen erinnern, mit dem sie ihren Arbeitgebern gefolgt waren, die ihrerseits in Kutschen oder auf Pferden reisten. Sie hatten fast zwei Tage gebraucht, um ihr Ziel zu erreichen. Übernachtet hatten sie in einem Gasthof, wo sie zwar reichhaltige Mahlzeiten bekamen, aber keine Zimmer, so dass sie im Heuschober schlafen mussten, direkt neben den Ställen. Doch es war warm gewesen, hatte gut gerochen und war weitaus bequemer gewesen, als sie es gewohnt waren – und so schliefen sie tief und fest.

Als sie sich allmählich der Südküste der Insel näherten, begann Christy dieses neue Land ins Herz zu schließen. Sie durchquerten fruchtbares Ackerland, das sich meilenweit vor ihnen erstreckte und dicht mit Gemüse und Winterweizen bepflanzt war; es gab riesige Apfelplantagen und üppige Weiden, auf denen wollige Schafe, stattliche Rinder und schlanke Pferde grasten. In diesem südlichen Teil der Welt herrschte Ende Mai schon Winter, doch der Himmel war klar, die Luft frisch und sauber, und sie hatte das Gefühl, dass sie sich hier zuhause fühlen könnte.

Christy lächelte bei dieser Erinnerung, griff nach ihrem ungelesenen Buch und verließ das Oberdeck, um zum Mittagessen zu gehen. Als junges Mädchen hatte sie damals am Beginn eines großen Abenteuers gestanden, und obwohl sie im Lauf der Jahre Liebeskummer und Verrat erlebt hatte, hatte sich letztlich alles zum Guten gewendet. Sie hatte ihren Platz auf der Welt gefunden und war zufrieden.

Sydney

Harold hatte es erst in letzter Minute auf die Fähre geschafft und daher keine Kabine mehr bekommen, was allerdings kein großes Problem für ihn darstellte, da er überall schlafen konnte. Er hatte sein Pferd im Bauch der *Empress* untergebracht und sich in einer geschützten Ecke auf dem Oberdeck eine Bank gesucht. Darauf streckte er sich nun aus, zog sich den Hut übers Gesicht und war eingeschlafen, noch ehe die Fähre Hobart verlassen hatte.

Sydney war eine Stadt, die ihm nicht vertraut war, denn die seltenen Male, die er sich dort aufgehalten hatte, war er geschäftlich unterwegs gewesen, und sowie er seine Verhandlungen abgeschlossen hatte, war er unverzüglich wieder abgereist. Nun ritt er durch die Straßen der Stadt, die voll waren von lärmenden Automobilen, pferdegezogenen Lieferwagen und Kutschen in allen Formen und Größen.

Auf den Gehwegen unter den Markisen und Balkonen der hohen Häuser wimmelte es von Menschen, die an den Schaufenstern vorbeiflanierten oder eilig entlanghasteten. Harold schwor sich, Melbourne nach dieser Erfahrung nie wieder als hektisch zu bezeichnen, denn genau wie sein Pferd fand er das alles höchst verwirrend und beunruhigend.

Ihm fiel auf, dass es an fast jeder Ecke ein Hotel gab. Vor vielen von ihnen befanden sich Holzpflöcke, an denen in Reichweite von Wassertrögen, die der Stadtrat gestiftet hatte, Pferde angebunden waren. In einem solchen Haus würde er sich sicher wie zuhause fühlen, dachte er, band sein Pferd vor dem Victoria Hotel in der Pitt Street an und ging hinein.

Das Gebäude war typisch für die meisten australischen Hotels. Es bestand aus Backsteinen, hatte Buntglasfenster und hübsch geflieste Wände, und jede Etage besaß einen breiten, von einer fein ziselierten, schmiedeeisernen Balustrade umgebenen Balkon. Drinnen war es dunkel, doch die roten Fliesenböden waren sauber geschrubbt, die Möbel abgestaubt, der Treppenläufer sah aus, als hätte man ihn erst vor kurzem gebürstet, und das Messinggeländer glänzte.

Er bekam ein Zimmer im ersten Stock mit Zugang zu einem breiten Balkon, der auf die geschäftige Straße hinausging, und konnte den Wirt davon überzeugen, dass es nicht zu früh war für ein großes, kühles Bier. Nachdem er sein Pferd in den Stallungen hinter dem Haus untergebracht hatte, prüfte er die Federung der eisernen Bettstatt und die Bequemlichkeit der Matratze, und kontrollierte, wie sauber die Bettwäsche war. Nachdem er alles zu seiner Zufriedenheit vorgefunden hatte, ging er mit seinem Bier auf den Balkon, setzte sich in einen der Korbstühle und studierte den Stadtplan, den er an Bord des Schiffs erstanden hatte.

Während der Straßenlärm zu ihm heraufwehte, suchte er nach der Straße, die er aufsuchen musste, und fand sie schließlich. Nach einem Blick auf die Uhr leerte er rasch sein Bier, zog den Umschlag aus seinem Bündel und steckte ihn tief in die Innentasche seines langen Mantels. Dann setzte er seinen Hut auf, schloss die Tür ab und eilte nach unten.

Unterwegs musste er mehrmals den Stadtplan zurate ziehen, da ihn die Menschenmassen auf den Gehwegen verwirrten. Er durchquerte den Hyde Park und verließ die William Street, ehe er in eine kleine Seitenstraße namens Rum Lane einbog. Die Büroräume von Smithson & Sohn befanden sich in einem vierstöckigen Haus, das – verglichen mit einigen anderen in der Straße – in gutem Zustand war. Er erklomm die paar Stufen und gelangte durch eine Doppeltür in einen kleinen, quadratischen Vorraum.

Dort stieß er eine zweite Tür auf und fand sich in einem langen, schmalen Flur wieder, beleuchtet von einer Gaslampe an der Decke. Die Wände waren zur Hälfte getäfelt und darüber in frischem Cremeweiß gestrichen, und der Fußboden bestand aus auf Hochglanz poliertem Eichenparkett. In der Wand links von ihm befand sich eine Art Schalter, der offenbar als Empfangstresen diente, also drückte er auf die Klingel und wartete.

Ein sehr alter Mann kam ganz hinten aus einer Tür, sein bleiches Gesicht verriet, dass er nicht viel an die Sonne kam. Er war konservativ gekleidet und trug einen dunklen Anzug, ein weißes Hemd mit gestärktem Kragen und eine Fliege. »Guten Morgen, Sir. Wie kann ich Ihnen behilflich sein?«, fragte er in dem satten, sonoren Ton eines englischen Butlers.

Harold zog den Umschlag heraus und legte Zettel und Schlüssel auf den glatten Holztresen. »Mr Charles Smithson?«

Augenblicklich neigte der Mann den Kopf. »Zu Ihren Diensten, Sir.«

»Ich bin Harold Ross, der Schwiegersohn dieser Lady, und möchte ihr Schließfach öffnen«, erklärte er mit fester Stimme.

Lange, bleiche Finger griffen nach dem Beleg. Nach einem Moment des Schweigens wurde der Zettel wieder zu Harold hinübergeschoben. »Bedaure, Sir, aber die Kundin hat ausdrücklich die strenge Anweisung hinterlassen, dass sie das Fach nur selbst öffnen darf.«

»Das ist mir bekannt«, sagte Harold. »Aber sie ist mit meiner Frau und meiner Tochter auf Reisen und wird erst in geraumer Zeit zurückerwartet. Da es sich um eine Angelegenheit von höchster Dringlichkeit handelt, bin ich mir sicher, dass sie einverstanden wäre, wenn ich das Schließfach öffne.«

»Haben Sie ein Schreiben von ihr, in dem Sie Ihnen die Erlaubnis erteilt?«

Harold wusste, dass er unbedingt ruhig und kontrolliert wirken musste, obwohl er allmählich ungeduldig wurde. »Nein, leider nicht. Das Problem hat sich erst gestellt, als sie bereits nach England abgereist war. Aber wie ich bereits sagte, werden die Papiere aus dem Schließfach dringend benötigt.«

Die Miene des anderen wurde noch kummervoller, doch in seinen Augen glitzerte etwas, das Harold als finsteren Argwohn erkannte. »Ich bedaure, Sir, aber ich kenne Sie nicht, und die Lady hat unmissverständliche Anweisungen gegeben.«

Damit wollte er sich schon abwenden, und Harold wusste, dass er schnell handeln musste. »Mr Smithson, ich würde mich Ihnen gern anvertrauen, damit Sie verstehen können, warum ich unbedingt Zugang zu diesen Unterlagen brauche.«

Smithson hob eine Braue und musterte Harold. »Sie sind sehr hartnäckig, Mr Ross, und da ich momentan nicht beschäftigt bin, wäre ich hocherfreut, wenn Sie mich ins Bild setzen wollten.«

»Nicht hier«, sagte Harold und warf einen Blick auf die vielen Türen im Flur. »Was ich Ihnen zu sagen habe, ist absolut vertraulich.«

»Jetzt werde ich aber neugierig«, versetzte der Mann mit einem angedeuteten Lächeln. »Warten Sie hier, dann führe ich Sie in eines unserer privaten Besprechungszimmer.«

Harold trat ungeduldig von einem Bein aufs andere, bis Smithson aus einer Tür weiter hinten im Flur kam. Eilig ging er auf ihn zu und wurde in einen Raum gebeten, der die Atmosphäre eines Bestattungsinstituts hatte.

Smithson setzte sich auf einen der tiefen Ledersessel. »Hier sprechen wir immer mit Klienten, die einen Verlust erlitten haben«, sagte er, als hätte er Harolds Gedanken gelesen. »Meine Firma hat ihren Anfang als Anwaltskanzlei genommen, doch im Lauf der Jahre haben mein Sohn und ich unser Arbeitsfeld um das Bestattungsgewerbe erweitert.«

Harold war nicht an der Geschichte des Unternehmens interessiert, doch er wollte wissen, wie Christy darauf gestoßen war. »Haben Sie meine Schwiegermutter je persönlich kennengelernt?«, fragte er.

Das bleiche Gesicht erstrahlte zu einem Lächeln. »Oh ja. Christy und ich sind gute Bekannte. Offen gestanden kennen wir uns schon seit über vierzig Jahren, falls mich mein Gedächtnis nicht trügt.«

Harold runzelte die Stirn. »Aber sie hat immer Mr Baker aus Melbourne als Anwalt engagiert.«

Der andere nickte. »Ich weiß, aber manchmal braucht man einen besonderen Rat von einem guten Freund, der mit den eigenen Umständen vertrauter ist.«

»Dann hat sie sich Ihnen also anvertraut?«

»Natürlich. Alle meine Kunden vertrauen sich mir an, Mr Ross. Das gehört zu meinem Beruf.«

»Wenn Sie schon seit über vierzig Jahren in Australien sind, wie kommt es dann, dass Sie nach wie vor so englisch klingen?«, fragte Harold plump.

Smithson schien sich davon nicht angegriffen zu fühlen. »Ich bezweifle, dass ich, falls ich je nach London zurückkehren sollte, dort noch als echter Engländer durchgehen würde, aber meine Mandanten scheinen den Akzent vertrauenerweckend zu finden, und er hat mir im Lauf der Jahre gute Dienste geleistet.«

»Und wie haben Sie Christy kennengelernt?«

Smithson zündete sich einen Stumpen an und warf das erloschene Streichholz in einen gläsernen Aschenbecher. »Ich bin kurz nachdem ich meine Zulassung als Anwalt bekommen habe, aus England hierhergekommen und habe mich auf die Goldfelder begeben – und dort habe ich Christy kennengelernt.

Es ist eine langjährige Freundschaft, die auf Vertrauen basiert, Mr Ross, und Ihre Geschichte müsste schon enorm überzeugend sein, damit ich dieses Vertrauen breche.«

»Haben Sie eine Ahnung, was sich in dem Schließfach befindet?«

Mit undurchdringlicher Miene musterte er Harold. »Warum sagen Sie mir nicht, was Sie darin vermuten und warum Sie glauben, darauf zugreifen zu müssen?«

Smithson lehnte sich zurück, während Harold zu sprechen begann, und musterte ihn aus schmalen Augen durch den aufsteigenden Rauch seines Stumpens, ohne sich durch irgendeine Regung zu verraten.

Als Harold zum Ende seiner Geschichte kam, trat langes Schweigen ein. Der Stumpen wurde sorgfältig im Aschenbecher ausgedrückt, während der feste Blick weiter auf Harold ruhte. »Das ist natürlich ein schweres Dilemma«, murmelte Smithson nachdenklich. »Aber ich kann Ihnen nach bestem Wissen und Gewissen nicht ohne Christys Einwilligung Zugang zu ihrem Schließfach gewähren.«

»Können Sie mir aufrichtig versichern, dass Sie keine Ahnung haben, was darin ist?«

»Ich kann Ihnen keine solche Versicherung geben, denn es wäre in jedem Fall ein Vertrauensbruch gegenüber meiner Kundin.« Er kniff erneut die Augen zusammen. »Und falls Sie erwägen sollten, sich mit gesetzwidrigen Mitteln Zugang zu verschaffen, muss ich Ihnen zur Warnung sagen, dass wir hier eine erstklassige Alarmanlage haben.«

Harold hatte dies tatsächlich als Notfallplan im Hinterkopf gehabt, doch da er ohnehin nicht wusste, wie er in Sydney einen Tresorknacker auftreiben sollte, hatte er die Idee rasch wieder verworfen.

Er ließ sich in seinem Sessel zurücksinken. »Wenn Christys Söhne und ich diesen Prozess verlieren, sind nicht nur diverse

Reputationen ruiniert, sondern auch die Geschäfte unserer Familie.«

Smithson zupfte gedankenverloren an seiner Unterlippe. »Ein Telegramm an das Schiff würde sie sehr beunruhigen«, murmelte er. »Schlimm genug, dass diese Ansprüche überhaupt erhoben wurden, aber dass sie so weit weg und damit außerstande ist, irgendwie einzugreifen, wird sie sicher enorm aufregen.« Endlich sah er Harold wieder an. »Wie heißt denn die Klägerin?«

Harold sagte es ihm und wartete beklommen auf ein Anzeichen dafür, dass Smithson sich allmählich erweichen ließ.

»Und wurden über diese Person Nachforschungen angestellt?«

»Baker arbeitet noch daran, doch bis jetzt scheinen die Ansprüche berechtigt zu sein.«

Smithson erhob sich. »Christy kann sich glücklich schätzen, dass sie Sie auf ihrer Seite hat«, sagte er, »und ich wünschte, ich könnte mehr tun, um Ihnen zu helfen, nur leider …«

»Aber das können Sie doch«, zischte Harold. »Öffnen Sie das verdammte Schließfach und schauen Sie selbst in die Papiere. Wenn sie das sind, was ich vermute, dann können Sie Christy und ihrer Familie auch helfen, gegen diese Geschichte vorzugehen.«

Smithson seufzte tief. »Ich bewundere Ihre Entschlossenheit, Mr Ross. Aber was Sie verlangen, verstößt gegen alles, wofür ich je gestanden habe.« Er ließ einen Augenblick lang den Kopf hängen, ehe er Harold wieder ansah. »Ich maße mir nicht an, von salomonischer Weisheit beseelt zu sein, aber ich werde mit großer Sorgfalt darüber nachdenken, bevor wir uns wiedersehen.«

In Harold blitzte ein Funken der Hoffnung auf. »Sie meinen, Sie werden darüber nachdenken, ob Sie das Schließfach selbst öffnen?«

»Ich habe gesagt, ich werde über das Dilemma nachdenken, ehe ich entscheide, was ich tue.«

»Und wie lange wird das dauern?«

»So lange wie nötig«, erklärte er hoheitsvoll. »Kommen Sie am Freitag wieder, dann habe ich vielleicht eine Antwort für Sie.«

»Aber das sind noch fünf Tage, und ...«

»Am Freitag, Mr Ross.«

Harold zügelte seine Ungeduld, als er Schlüssel und Beleg an sich nahm und den Umschlag wieder in seine Manteltasche steckte. Er schüttelte Smithson die Hand. »Wenn Sie früher zu einer Entscheidung gelangen – Sie finden mich im Victoria Hotel in der Pitt Street.«

Charles Smithson sah ihm nach und kehrte dann in sein Büro zurück, das auf den kleinen Gartenplatz hinter dem Haus hinausging. Er setzte sich in seinen Ledersessel und starrte nachdenklich aus dem Fenster, wobei er nicht den gepflasterten Hof zwischen den hohen Backsteinmauern vor sich sah, sondern die karge Landschaft des australischen Outback und das Mädchen, das vor all den Jahren sein Herz gestohlen hatte. Seine Liebe war unerwidert geblieben, doch war ihre Beziehung in eine innige, dauerhafte Freundschaft übergegangen.

Er griff nach dem Dekanter und goss zwei Fingerbreit Whisky in ein Glas. Genüsslich trank er einen Schluck, während er über den Inhalt des Schließfachs nachsann. Er hatte von Anfang an gewusst, was darin lag, und genau wie Christy gehofft, es werde nie ans Licht kommen. Jetzt musste er eine Entscheidung treffen – und ihm graute davor.

15

An Bord der SS Southern Cross

Als das Schiff weiter nach Süden fuhr und sich Kapstadt näherte, wurde es immer heißer, und der Geruch trockener, staubiger Erde vermischte sich mit dem salzigen Duft des unruhigen Atlantiks. Zahlreiche Passagiere waren seekrank geworden und hatten sich in ihre Kabinen zurückgezogen, doch Christy war aus härterem Holz geschnitzt, nachdem sie die furchtbare Überfahrt auf dem Auswandererschiff überstanden hatte. Um der Hitze zu entgehen, saß sie bis tief in die Nacht vor ihrer Kabine und beobachtete die Sterne und das Meeresleuchten, während sie die Ruhe genoss und ihre Gedanken schweifen ließ.

Die *Southern Cross* kam zügig voran, sodass der Kapitän darauf hoffte, den Rekord für die Strecke zu brechen und vor Monatsende die australische Küste zu erreichen. Christy umfasste die Tasse Tee, die ihr ein Steward gebracht hatte, mit beiden Händen und blickte zu den Sternen hinauf. Sie entdeckte den Orion und musste daran denken, wie verblüfft sie gewesen war, als sie festgestellt hatte, dass der endlose Sternenhimmel über Australien quasi auf dem Kopf stand.

Ihre Gedanken wanderten zurück zu diesen ersten Jahren. Sie hatte so vieles lernen müssen – nicht nur, was von ihr erwartet wurde, sondern auch in Bezug auf die unzähligen neuen Erfahrungen und Eindrücke, die ihre neue Heimat bereithielt. Sie lächelte sanft, als sie sich daran erinnerte, wie sie in den wenigen freien Stunden, die ihr die Arbeit ließ, Hobart mit seinen endlosen Buchten und Wasserstraßen erkundet hatte, den betriebsamen Hafen und das Gassengewirr zwischen Lagerhäusern und Wohngebäuden. Sie wusste noch, wie sie zum ersten Mal die Honigfresser und die Kookaburras gehört hatte und wie sie mit Jamie in den Busch gegangen war, wo der Duft von Eukalyptus, Kiefern und Goldakazien in der Luft hing, und sie musste daran denken, wie sie auf einer Bootsfahrt für Touristen den Vorort Bellerive kennengelernt hatte.

Schon damals hatte sie gewusst, dass sie einmal dort leben würde, und im Lauf der Jahre waren ihre Gedanken immer wieder an diesen Ort zurückgekehrt, den sie als ihren Garten Eden betrachtete. Es hatte Phasen gegeben, wo sie gefürchtet hatte, ihr Traum werde nie in Erfüllung gehen, denn das Leben hatte sich als wesentlich härter erwiesen, als sie es sich vorgestellt hatte, und sie an Orte geführt, die viele tausend Meilen von dieser geschützten Bucht entfernt lagen. Manchen Situationen war sie nur entkommen, indem sie all ihren Mut zusammennahm, doch ihr Traum hatte sie durch sämtliche Härten getragen und war schließlich in Erfüllung gegangen.

Der plötzliche, herzzerreißende Tod ihres geliebten Mannes hatte alles überschattet, und doch hatte sie sich in Skye House nie allein gefühlt, da sein Geist dort in jedem Winkel weiterlebte und sie wusste, dass er über sie wachte.

Sie gab sich eine Weile den Erinnerungen an ihn hin, die sie beruhigten und den stets präsenten Schmerz über diesen Verlust ein wenig linderten. Dann wandte sie sich in Gedanken wieder ihren ersten Jahren in Australien und dem Tasman Hotel zu.

Es stand heute noch im Zentrum von Hobart und hatte sich im Lauf der Jahre nicht groß verändert, obwohl es neue Besitzer hatte und die Klientel etwas schäbiger geworden war. Es war aus massivem rotem Backstein erbaut und hatte vor den beiden oberen Etagen breite Balkone, die mit weißen schmiedeeisernen Geländern versehen und mit bequemen Korbsesseln möbliert waren. Zu Christys Zeit hatte es eine Bar gegeben, einen eleganten Speisesalon und einen großzügigen Aufenthaltsraum mit Bücherschränken und tiefen Ledersesseln. Jetzt gab es drei Bars, und in den Zimmern logierten meist Matrosen oder Schafscherer und Rinderzuchtgehilfen, die in die Stadt kamen, um ihren Lohn zu vertrinken.

Nach wie vor lag die Küche an der Rückseite des Hotels, das auf einen Gemüsegarten hinausging. Dahinter standen auf einem Stück Brachland die Holzschuppen, wo seinerzeit das weibliche Personal untergebracht worden war. Inzwischen waren sie aber schon lange zu Lagerräumen umfunktioniert worden.

Christy konnte sich gut an die langen Arbeitsschichten erinnern, die sie dort verrichtet hatte, indem sie putzte und schrubbte, Holz und Kohle nach oben trug, um in den Gästezimmern Feuer zu machen, Geschirr spülte und für die Köchin Gemüse putzte. In der Sommerhitze wurde es in der Küche und Spülküche unerträglich, sodass sie in ihrem schlichten Wollkleid und der schweren Leinenschürze fast vergangen war, während ihr unter der weißen Leinenmütze, die sie als Teil ihrer Kluft tragen musste, die Haare am Kopf klebten.

Sie hatte nur ganz wenige Stunden für sich selbst, und in der ersten Zeit war sie abends so müde ins Bett gefallen, dass sie nicht einmal das betrunkene Grölen und Singen aus einer nahe gelegenen Kneipe wecken konnte. Doch sie bekam reichlich zu essen und verstand sich gut mit den anderen Mädchen, und die Köchin verriet ihr sogar einige ihrer Rezepte und ließ sie ab und zu selbst an den Herd, wenn ihre geschwollenen Beine ihr Probleme machten.

Allmählich hatte Christy die Idee aufgegeben, sich eine andere Arbeit zu suchen, denn sie fühlte sich wohl, wo sie war, und konnte sich neue Fertigkeiten aneignen. Obwohl Mrs Keller eine strenge und anspruchsvolle Herrin war, genoss Christy die Kameradschaft unter den Angestellten und war hingerissen von Peter Keller, dem Neffen der Besitzerfamilie.

Sie lächelte bei dieser Erinnerung, denn Peter war groß und blond gewesen, mit dunkelblauen Augen, einem ansteckenden Lachen und der Gabe, sich mit jedem anzufreunden. Er war achtzehn gewesen, als er aus dem Internat in Sydney nach Hause kam, um dort die Ferien zu verbringen, bevor er erneut in die Metropole aufbrechen würde, um dort das College zu besuchen. Augenblicklich hatten sie sich zueinander hingezogen gefühlt.

Mrs Keller hatte ganz und gar nicht gefallen, dass ihr Neffe mit der Küchenhilfe schäkerte, doch Peter hatte es stets geschafft, sich davonzustehlen, und so hatten sie sich gemeinsam aus dem Hotel geschlichen und waren durch die lauen Nächte spaziert. Sie hatten sich gegenseitig von ihren Träumen erzählt und stundenlang davon gesprochen, was sie einmal machen wollten, wenn sie Geld und Gelegenheit dazu hätten. Immer inniger hatten sie sich ineinander verliebt, während der Sommer verstrich und der Moment näher rückte, an dem Peter nach Sydney zurückkehren musste.

Christy schloss die Augen und dachte daran, wie sie an ihrem letzten gemeinsamen Abend mit der Fähre nach Bellerive gefahren waren und am Wasser entlanggeschlendert waren – sie dachte an seine Küsse, daran, wie sie beide geweint hatten, während sie sich fest umarmt hielten und einander schworen, dass sie eines Tages heiraten und an diesem Flecken ein schönes Haus bauen würden. Er hatte ihr versprochen, jede Woche zu schreiben, da er bis zum nächsten Sommer nicht mehr nach Hause kommen würde, und sie hatte versprochen, auf ihn zu warten.

Christy blickte in die Vergangenheit zurück und erinnerte sich an ihren Schmerz und ihre Verwirrung, als keine Briefe gekommen waren. Langsam war ihr aufgegangen, dass sie in diesem langen, heißen Sommer nur eine willkommene Ablenkung für ihn gewesen war und seine Versprechen nichts bedeuteten.

Sie war zutiefst verletzt gewesen und hatte sich leer und einsam gefühlt, denn sie war sich seiner Liebe so sicher gewesen, hatte fest daran geglaubt, dass sie zusammengehörten und sich all ihre gemeinsamen Träume erfüllen würden. Doch als Mrs Keller erwähnte, dass sich Peter kürzlich mit einem Mädchen aus Sydney verlobt habe, hatte Christy einsehen müssen, dass alles nur Lügen gewesen waren. Sie hatte heiße Tränen vergossen und sich geschworen, nie wieder einem Mann zu vertrauen – geschweige denn, sich in einen zu verlieben.

Christy lächelte bitter, denn natürlich hatte sie wieder einem Mann vertraut, hatte sich wieder verliebt und war wieder verletzt worden. Es war der Lauf der Welt, und jeder Mensch machte diese Erfahrungen.

Doch damals war sie so jung und unschuldig gewesen. Sie hatte sich mit harter Arbeit von ihrem Kummer abgelenkt, nachts in ihr Kissen geweint und den größten Teil ihrer Freizeit mit Jamie verbracht, der in einer Pension in der Nähe wohnte.

Finlay kam etwa einmal im Monat in die Stadt, um nach ihnen zu sehen, Christy einen Teil seines Lohns zu übergeben und den Rest in der Kneipe zu vertrinken. Er hatte sich verändert, seit er auf der Schaffarm arbeitete, und zog die Gesellschaft eingefleischter Trinker der seiner jüngeren Geschwister vor, die akzeptieren mussten, dass er sich ihnen allmählich entfremdete.

Christy erschauerte, als sie an jenen Abend im Spätherbst zurückdachte, als Finlay unerwartet aufgetaucht war, einen Seesack über der Schulter und mit entschlossener Miene. Sie waren seit einem guten Jahr in Tasmanien, und seine letzten Besuche hatten ihr Sorge bereitet, denn allmählich wurde er sichtlich unruhig.

»Ich gehe auf die Goldfelder«, hatte er eines Abends verkündet, als sie alle drei auf der Veranda vor Jamies Zimmer saßen. »Ich habe die Nase voll von Schafen und von diesem fiesen

Jackson«, knurrte er. »Er hat mich um meinen korrekten Anteil am Erlös der Wolle betrogen, da bin ich mir sicher.«

»Aber du kannst nicht einfach weggehen«, protestierte Christy. »Was ist mit uns?«

»Jamie ist alt genug, um die Verantwortung für dich zu übernehmen«, antwortete Finlay barsch. »Ich kann nicht mein Leben lang auf dich aufpassen, Christy. Ich muss losziehen und mein Glück machen.« Sein Gesicht leuchtete vor Begeisterung, als er weitersprach. »Das Gold liegt einfach dort herum, direkt unter der Oberfläche. Man kann einen Haufen Geld verdienen, und wenn ich reich bin, schicke ich euch einen Anteil, dann kann Jamie dir das Haus in Bellerive bauen, von dem du die ganze Zeit redest.«

Christy und Jamie begriffen, dass ihr älterer Bruder sich am Goldfieber angesteckt hatte, das damals überall in Australien grassierte, und dass sie sagen konnten, was sie wollten – nichts würde ihn umstimmen. »Dann kommen wir mit«, erklärte Jamie.

Finlay schüttelte den Kopf. »Das ist kein Ort für junge Mädchen«, sagte er abwehrend. »Und du hast eine gute Stelle, Jamie. Dad hätte gewollt, dass du deine Lehrzeit abschließt und dich um deine Schwester kümmerst.«

Christy und Jamie hörten das nicht gern. Da Christy sich sehr gut um sich selbst kümmern konnte und Jamie überhaupt nicht für ihr Wohlergehen verantwortlich sein wollte, wo sie doch sogar älter war als er. Dennoch sahen sie alle beide ein, dass Finlay in Bezug auf Jamies Arbeit recht hatte, denn binnen weniger Jahre wäre er qualifiziert genug, um mehr Geld zu verdienen und sich vielleicht sogar mit einem eigenen kleinen Betrieb selbstständig zu machen.

Trotzdem hatten sie allen Grund zur Sorge. Finlay gehörte zu ihrer Familie, von der jetzt nur noch sie drei übrig waren, und sie hatten versprochen zusammenzuhalten. Der Gedanke, dass er so weit wegging und sie ihn womöglich nie wiedersahen, war beklemmend.

Sie stritten noch den Rest der Nacht weiter, doch er war von seinem Plan nicht abzubringen, und als die Morgenfähre den Hafen verließ, war Finlay mit an Bord.

Trotz der Hitze wurde Christy kalt. Anfangs hatten sie noch ein paar Briefe bekommen, voller Beschreibungen seiner Reise durch Victoria zu den Goldfeldern, der Leute, denen er dort begegnete, und seiner Freude über das erste winzige Goldnugget, das er gefunden hatte.

Jedoch hatte es bald den Anschein, als bliebe die reiche Goldader, die er sich ausgemalt hatte, nach seinem ersten kleinen Fund ein Trugbild. Seine Briefe wurden spärlicher, während er auf der Spur der Reichtümer, in die er all seine Hoffnung gesetzt hatte, von einem Feld zum nächsten wanderte. Mit der Zeit hatte Christy sich gefragt, ob er je zu ihnen zurückkehren würde.

Als die Monate ins Land zogen und keine Nachrichten mehr von Finlay kamen, kämpfte Christy, so gut sie konnte, gegen ihre Angst an, indem sie sich mit ganzer Kraft in ihre neuen Aufgaben als Beiköchin stürzte. Die Köchin hatte gesundheitliche Probleme, deshalb übernahm Christy in der Küche immer mehr Verantwortung. Inzwischen musste sie sich auch um den Speiseplan und die Bestellung von Vorräten kümmern. Folglich war ihr Lohn gestiegen, doch sie arbeitete noch mehr als zuvor, und Mrs Keller wurde immer anspruchsvoller.

Fast ein Jahr nach Finlays Abreise erhielt Christy einen Brief von einem Anwalt namens Charles Smithson, der seine Adresse mit Erster Stock, General Store, Sturt Street, Ballarat angab. Er schrieb im Namen eines gewissen Joseph O'Driscoll, der Goldsucher und ein Freund von Finlay war.

Christy erinnerte sich noch gut an die gemischten Gefühle,

mit denen sie den Brief gelesen hatte. Finlay hatte endlich Gold gefunden, war jedoch bei einem Unfall schwer verletzt worden und lebte nun unter prekären Umständen, da sein Goldschatz gestohlen worden war. Es war nicht Finlays Wunsch, dass man seiner Familie dies mitteilte, doch Smithson und O'Driscoll waren sich darin einig, dass es ihr Recht war, informiert zu werden.

Augenblicklich war Christy mit dem Brief zu der Baustelle gelaufen, wo Jamie arbeitete, und schon am nächsten Tag in aller Frühe sahen sie Hobart in der Ferne entschwinden, während sie beide an Deck der Fähre standen, die sie über die Bass-Straße nach Melbourne bringen sollte. Noch ahnten sie nicht, wie radikal sich ihr Leben verändern sollte.

Nach einer unruhigen Nacht mit wirren Träumen schlief Christy lange und ließ sich das Frühstück in die Kabine bringen. Dann setzte sie sich an die Tür, die zu ihrem privaten Bereich auf dem Deck hinausging, und genoss beim Essen den Blick auf die dunstige Westküste Südafrikas. Auf einmal klopfte es laut an der Tür.

Stirnrunzelnd wollte sich Christy gerade erheben, um nachzusehen, wer es war, als Anne schon wutschnaubend hereinstürmte und dabei ein Blatt Papier schwenkte.

»Was ist denn los, Anne?«, fragte sie erschrocken.

»Gute Frage«, fauchte Anne. »Dieses widerliche Schriftstück hat man mir gerade eben in die Kabine gebracht.« Sie knallte das Blatt so fest auf den Tisch, dass das Porzellan klirrte, ehe sie schwer atmend daneben stehen blieb, mit verschränkten Armen und wutverzerrtem Gesicht.

Christy griff nach dem Blatt und stellte fest, dass es ein Telegramm war, das aus Hobart über Perth in Westaustralien nach Kapstadt geschickt worden war.

Entzückt über Treffen mit Harold in Bellerive STOP Skye House herrlich STOP Bon voyage STOP Florence Hardwick

Sie las das Telegramm zweimal, ehe ihr dämmerte, dass es ganz und gar nicht die freundliche Mitteilung war, die es auf den ersten Blick zu sein schien, und begriff augenblicklich, weshalb Anne so außer sich war.

»Hast du Harold gebeten, dein Haus aufzusuchen?«, herrschte Anne sie an.

»Warum sollte ich? Edna Ryan schafft es ohne weiteres, sich um alles zu kümmern, und die Pferde stehen drüben bei Eric Patterson im Stall.«

»Was will er dann da unten?«

»Ich habe offen gestanden keine Ahnung«, sagte Christy verwirrt. »Vielleicht hatte er dort etwas Geschäftliches zu erledigen und hat beschlossen, in Skye House zu übernachten – was er selbstverständlich gerne tun darf.«

»Seine Geschäftspartner sind alle auf dem australischen Kontinent«, zischte Anne.

Das wusste Christy durchaus, und sie war sicher, dass dieses Telegramm nichts anderes war als ein reiner Akt der Bosheit, mit dem Ziel, Zwietracht zu säen. Sie hatte Harold seit jeher für einen Ehrenmann gehalten, der an seiner kleinen Familie hing, und sie bezweifelte, dass er seine Ehe je aufs Spiel setzen würde, indem er sich auf eine Frau wie Florence einließ. Andererseits ließen sich Männer leicht narren – vor allem, wenn man sie allzu lange sich selbst überließ –, und Anne hatte ja bereits vor ihrer Abreise einen gewissen Argwohn gegenüber dieser Bekanntschaft gehegt.

»Vielleicht war ihm nach einem Tapetenwechsel zumute, und er hat beschlossen, nach dem Haus zu sehen und sich einen kleinen Urlaub zu gönnen«, sagte sie und merkte selbst, wie lahm dieser Erklärungsversuch klang. »Aber was auch immer der Grund ist, Anne, du darfst dich von dieser Gehässigkeit nicht aus der Ruhe bringen lassen. Florence Hardwick ist ganz offensichtlich darauf aus, Ärger zu machen.«

Kochend vor Wut ballte Anne die Fäuste und ging in der Kabine auf und ab. »Oh, das ist sie ganz eindeutig«, fauchte sie. »Ich bezweifle, dass Florence zuvor überhaupt je von Bellerive und Skye House gehört hat. Aber dass sie beides erwähnt, ist ein klarer Hinweis darauf, dass sie sich dort mit Harold getroffen hat.«

Christys Gedanken rasten, während sie krampfhaft nach einer vernünftigen Erklärung dafür suchte, warum Harold nach Bellerive gereist war. Anne marschierte erregt auf und ab und störte ihre Konzentration noch zusätzlich.

»Setz dich hin, Anne, und versuch, dich zu beruhigen«, bat Christy. »Ich kann nicht klar denken, wenn du hier auf und ab tigerst.«

»Mich beruhigen?«, erboste sich Anne. »Wie kannst du erwarten, dass ich mich beruhige, während mein Mann und dieses … dieses … Flittchen sich miteinander vergnügen – noch dazu in deinem Haus!«

»Aber du hast doch nur die Aussage von dieser Florence.« Christy gab sich gelassener, als ihr zumute war.

»Warum schickt sie mir dann dieses Telegramm, wenn sie sich nicht dort mit Harold getroffen hat?«

Anne war außer sich und konnte nicht mehr klar denken. In dem Bemühen, ihre Tochter zu beruhigen, sprach Christy mit leiser, vernünftiger Stimme weiter. »Du kannst nicht wissen, ob Harold auch nur in der Nähe von Bellerive ist«, sagte sie. »Und was macht eine Frau wie Florence Hardwick in Tasmanien? Ich dachte, sie gehört zur feinen Gesellschaft von Melbourne?«

»Sie hat eine Großmutter in Hobart«, murmelte Anne, während sie sich auf einen Sessel fallen ließ und aufs Meer hinausstarrte. »Bestimmt hat sie die als Vorwand benutzt, um sich mit Harold zu treffen.«

»Bist du sicher, Anne? Sie kann ja tatsächlich zu ihrer Großmutter gefahren sein. Dann musste sie nur ein bisschen in Hobart herumfragen, um herauszufinden, wo ich wohne, und ich vermute, sie benutzt dieses Wissen, um Ärger zu machen.«

»Ich traue ihr alles zu«, sagte Anne, in deren Augen Tränen glitzerten. »Aber was ist, wenn Harold tatsächlich nach Tasmanien gefahren ist – und sie sich getroffen haben? Es kann ja wohl kaum ein Zufall sein, dass sie beide zur selben Zeit in Hobart sind, oder?«

Darauf wusste Christy keine Antwort, doch offenbar vertraute sie Harold mehr, als Anne es tat, und das bereitete ihr wirklich Sorgen, denn ohne Vertrauen war diese Ehe zum Scheitern verurteilt.

Schweigen machte sich breit, als sie das Telegramm noch einmal las. Diese Florence Hardwick war wirklich ein listiges und gefährliches Frauenzimmer, da sie den Text so abgefasst hatte, dass man ihn gar nicht anders interpretieren konnte. Sowie sie das akzeptiert hatte, klärten sich Christys Gedanken, und sie konnte alles in einem ganz anderen Licht betrachten.

»Ich schicke Harold ein Telegramm nach Hause«, erklärte Anne und machte Anstalten, sich von ihrem Sessel zu erheben. »Wenn binnen vierundzwanzig Stunden keine Antwort kommt, weiß ich sicher, dass er nicht zuhause ist.«

Christy ergriff ihre Hand und versuchte sie zu beruhigen. »Ehe du das tust, Anne, schau dir die Nachricht noch einmal genauer an«, empfahl sie.

»Es ist doch alles klar«, versetzte Anne erbittert.

Christy hielt weiter ihre Hand fest. Ihre verzweifelte Tochter tat ihr leid. »Klar ist, dass der Text darauf abzielt, dir die schlimmsten Ängste einzujagen. Aber es gibt ein altes Sprichwort, Anne, das du, glaube ich, beachten solltest.«

Stirnrunzelnd und durch Tränen sah Anne ihre Mutter an. »Ich glaube nicht, dass jetzt der richtige Moment für salbungsvolle Sprüche ist«, murmelte sie.

»Ah, aber dieser Spruch passt sehr gut, und wenn du das Telegramm noch einmal mit anderen Augen liest, wirst du auch feststellen, dass ›es nichts Höllischeres gibt als die Rache einer abgewiesenen Frau‹.«

Langes Schweigen trat ein, als Anne erneut die niederträchtige Botschaft las. Schließlich zerknüllte sie das Telegramm und warf es auf den Frühstückstisch. »Ich verstehe, was du meinst«, sagte sie. »Aber wenn Harold sie abgewiesen hat, muss es erst kürzlich geschehen sein, damit sie das aus Hobart versenden konnte.«

»Dann ist es höchste Zeit, Vertrauen zu Harold zu fassen und diese Bosheit nicht weiter zu beachten. Sie will, dass du verletzt und wütend bist, sie will einen Keil zwischen euch treiben – und das gelingt ihr, wenn du es zulässt.«

»Mir ist schon klar, dass Florence nur Ärger machen will«, sagte Anne verdrossen. »Aber für meinen eigenen Seelenfrieden muss ich wissen, wo Harold ist.«

»Er könnte tatsächlich geschäftlich auf Reisen sein oder deine Brüder besuchen«, sagte Christy ruhig. »Verurteile ihn nicht, bevor du einen echten Beweis dafür hast, dass er falschspielt, Anne.«

»Du hattest schon immer eine Schwäche für Harold«, versetzte sie ärgerlich. »Aber ich kenne meinen Ehemann viel besser, und ich habe gesehen, was für Blicke er Florence zugeworfen hat.« Mit demonstrativer Empörung rauschte sie aus der Kabine und knallte die Tür hinter sich zu.

Christy seufzte bekümmert. Ein Telegramm über eine so weite Strecke zu senden dauerte seine Zeit, und Harold konnte weiß Gott wo sein – in Wallangarra oder Yarrabinda, in Melbourne oder Adelaide oder gar in Sydney. Sein Firmenimperium erstreckte sich über ganz Südostaustralien, und es konnte Tage dauern, bis Anne eine Antwort bekam.

Ohne etwas wahrzunehmen, blickte sie sorgenvoll aufs Meer hinaus. Es war gut möglich, dass Harold tatsächlich nach Bellerive gereist und dort ganz zufällig dieser Hardwick begegnet war – doch was für einen Grund konnte er haben, sich dorthin zu begeben, wenn nicht speziell zu dem Zweck, sie zu treffen? Hatte sie ihren Schwiegersohn doch falsch eingeschätzt?

Obwohl ihre Zweifel wuchsen, weigerte sie sich, ihnen nachzugeben. Sie ließ ihr halb aufgegessenes Frühstück stehen und zog sich an. Es war an der Zeit, ihrerseits ein Telegramm zu verschicken. Baker wäre besser über Harolds Schritte im Bilde als irgendjemand sonst.

Die nächsten Tage verliefen für sie alle angespannt. Anne war gereizt, sie schwankte zwischen Hoffnung und Verzweiflung und wurde mit jedem Tag, an dem keine Antwort von Harold eintraf, ungeduldiger. Kathryn machte sich Sorgen um ihre Mutter, und da weder Anne noch Christy ihr wahrheitsgemäß sagen konnten, was für Befürchtungen sie in Bezug auf ihren Vater hegten, führten sie die Hitze und die heftigen Stürme, die ihnen während der Umrundung des Kaps der Guten Hoffnung begegneten, als Erklärung für Annes sonderbares Verhalten an.

Christy vermutete, dass Kathryn von ihrer Erklärung nicht restlos überzeugt war, und registrierte, dass das junge Mädchen ihrer Mutter kaum noch von der Seite wich. Auch Christy spürte die Spannung, und ihre Sorge wuchs mit jedem Tag, der ohne Nachricht von den beiden Männern verstrich. Steckten sie unter einer Decke? Versuchte Baker, Harold zu erreichen und ihn zu warnen, ehe er antwortete?

Annes Ängste und Befürchtungen erwiesen sich als ansteckend, sodass sich Christy mittlerweile sogar überlegte, ob sie

Edna Ryan ein Telegramm schicken und sich erkundigen sollte, ob Harold dort war. Doch rasch verwarf sie die Idee wieder, da Edna kaum lesen konnte und Angst davor hatte, das Telefon zu benutzen. Christy vermutete, dass sie es nicht wagen würde, ein Telegrafenamt zu betreten und eine Antwort zu versenden.

Allmählich begann sie sich auf diesem Luxusschiff, das jetzt ruhig auf Madagaskar zuhielt, wie gefangen zu fühlen. Sie konnte nichts tun, um die Situation zu entschärfen, dazu waren sie viel zu weit von zuhause entfernt. Die Kommunikation war unzuverlässig und dauerte viel zu lange, und in Melbourne anzurufen war unmöglich. Frustriert und außerstande, irgendetwas dagegen zu tun, streifte sie endlos über die Decks, versuchte sich an Ringewerfen und Bordtennis und verbrachte die Nächte schlaflos vor ihrer Kabine.

Drei Tage waren verstrichen, als sie ihren gewohnten einsamen Spaziergang zum Büro des Zahlmeisters unternahm, um zu sehen, ob Post für sie gekommen war. Lächelnd reichte er ihr ein Telegramm, das sie mit angehaltenem Atem aufriss.

> Harold geschäftlich in Sydney STOP Wird bald zurückerwartet STOP Erreichbar in Victoria Hotel Pitt Street falls dringend STOP Baker

Ihr Vertrauen in Harold war also nicht verfehlt gewesen. Mit einem tiefen Seufzer der Erleichterung dankte sie dem Zahlmeister überschwänglich und eilte davon, um Anne zu suchen.

Sie fand sie schließlich auf dem hinteren Oberdeck, wo sie unter einer Markise saß, während Kathryn und andere Mädchen in dem großen Segeltuchpool herumplanschten. »Das hier müsste dich aufheitern«, sagte sie und reichte ihr das Telegramm.

»Gott sei Dank«, japste Anne. Sie las die wenigen Worte erneut und steckte das Telegramm in den aufgerissenen Umschlag zurück. »Ich hatte schon die schlimmsten Zweifel, weißt du – und als ich nichts gehört habe …«

»Ich verstehe dich, meine Liebe, und ich muss zugeben, dass auch ich mich langsam gefragt habe, was los ist. Aber jetzt ist alles geklärt, also können wir aufhören, uns Sorgen zu machen, und den Rest unserer Reise genießen.«

Anne strahlte vor neuer Hoffnung. »Wie klug von dir, Mr Baker zu kontaktieren.«

Christy zuckte die Achseln. »Er und Harold haben schon immer eng zusammengearbeitet, und da kam es mir logisch vor, ihn zu fragen. Schließlich entfernt er sich kaum je nennenswert von Melbourne und ist immer irgendwie erreichbar.« Sie tätschelte Annes Hand. »Bestimmt antwortet Harold auf dein Telegramm, sowie er zuhause eintrifft.«

»Das ist ein Grund zum Feiern«, sagte Anne. »Eine Flasche gut gekühlter Champagner wäre doch genau das Richtige, findest du nicht auch?«

»Ich bin immer für Champagner zu haben«, erwiderte sie mit einem liebevollen Lächeln. »Es tut so gut, dich wieder froh zu sehen, Anne.«

Anne kicherte. »Es tut gut, erleichtert zu sein und neue Hoffnung zu haben«, räumte sie ein. »Danke, dass du an Harold geglaubt hast, als ich schon begonnen hatte, das Vertrauen zu ihm zu verlieren. Ich hoffe, er weiß, was für eine ganz besondere Schwiegermutter du bist.«

»Ach, ich glaube nicht, dass er sich darüber Gedanken macht«, erwiderte sie und betrachtete die Mädchen in ihren Badekleidern. Sie waren aus dunkelblauer Wolle und hatten weiß-blau gestreifte Matrosenkrägen und passende Bänder an den Säumen. »Das sieht sehr spaßig aus«, sagte sie fröhlich. »Ich glaube, da mache ich auch gleich mit.«

Anne sah sie entsetzt an. »Aber das geht nicht«, stieß sie hervor. »Es schickt sich nicht, du bist viel zu alt, um halbnackt herumzutollen.«

»Ich werde dir zeigen, wer hier zu alt ist«, brummte Christy gutmütig. Sie grinste ihre Tochter schelmisch an, ehe sie davonging, um zu sehen, ob es wohl im Laden an Deck ein Badekostüm für sie gab.

Sydney

Harold fühlte sich in dieser Stadt, die niemals zur Ruhe zu kommen schien, allmählich wie ein Gefangener, denn Smithson hatte ihr Treffen bereits zweimal verschoben, und inzwischen war er schon seit fast einer Woche in Sydney.

Einen Teil dieser Zeit hatte er genutzt, um die Lagerhäuser unten am Darling Harbour zu besuchen, die ihm gehörten, und er hatte seinen für Sydney zuständigen Geschäftsführer aufgesucht, um sich die Bücher anzusehen und die neu eingetroffenen Bestellungen zu besprechen. Mittlerweile waren sie zu einem der größten Wollexporteure aufgestiegen, und nachdem nun sowohl die Weinberge im Hunter Valley als auch die im Barossa Valley auf einem guten Weg waren und seine neue Tabakplantage reichlich Gewinn abwarf, blühte das Geschäft.

Allmählich wurde er jedoch unruhig und wollte nach Hause, doch bis Smithson sich bei ihm meldete, musste er hierbleiben. Was in aller Welt trieb der Mann eigentlich? Es ging doch im Grunde nur darum, das verdammte Schließfach zu öffnen, nachzusehen, ob dessen Inhalt seiner Sache dienlich wäre, und ihm darüber Bericht zu erstatten. Ein Gewissen war ja schön und gut, doch manchmal musste man einfach handeln, selbst wenn es nicht korrekt war.

Er brütete gerade über einem Bier, als der Hotelbesitzer hereinkam und sich über den Tresen lehnte. »Ein Anruf für Sie«, sagte er leise. »Ich hoffe, es ist der, auf den Sie gewartet haben.«

»Das hoffe ich auch«, antwortete Harold ernst, ehe er an die Rezeption eilte und nach dem Hörer griff. »Hallo? Smithson?«

»Ich bin's, Baker.«

»Oh, hallo Mr Baker.«

»Sie müssen nicht gleich so schwer enttäuscht klingen«, gab Baker trocken zurück.

»Tut mir leid, ich hatte auf einen Anruf von Smithson gehofft.«

»Noch immer keine Nachricht von ihm? Sind Sie deshalb noch in Sydney?«

»Wie ich Ihnen schon bei unserem letzten Telefonat gesagt habe, verweigert er bisher die Kooperation, und so muss ich eben einfach abwarten. Haben Sie irgendwelche Neuigkeiten über das Verfahren? Konnten Sie die andere Seite bremsen?«

»Sie haben eine Verschiebung des Gerichtstermins abgelehnt und halten nach wie vor daran fest, dass ihr Anspruch rechtsgültig sei. Ich habe meine Kontaktleute sämtliche Unterlagen durchgehen lassen, und leider können wir keinen Gegenbeweis finden – ja, sie haben sogar einige Fakten ausgegraben, die sich sehr nachteilig auf gewisse Personen auswirken könnten.«

»Sagen Sie jetzt nichts«, warnte Harold. »Ich weiß nicht, ob die Telefonverbindung sicher ist.« Er seufzte tief. »Haben Sie auch irgendwelche guten Nachrichten für mich?«

»Hamish hat seine Dokumente gefunden, und ich wurde von einer seriösen Anwaltskanzlei in Dubbo davon verständigt, dass man Abschriften davon angefertigt hat und das Original jetzt sicher bei ihnen in der Kanzlei im Safe liegt.«

»Das ist nicht das Einzige, was in einem verfluchten Schließfach liegt«, fauchte Harold. »Und wenn das Gewissen eines alten Mannes nicht wäre, hätten wir zumindest eine Chance, dieses Rätsel aufzudröseln und der ganzen Sache ein Ende zu machen.«

Baker schwieg einen Moment, und Harold dachte schon, die Verbindung sei unterbrochen worden, doch dann räusperte er sich, und Harold wartete gespannt, was nun käme. »Uns bleibt nicht viel Zeit«, sagte Baker. »Kann man sich darauf verlassen, dass sich Smithson nicht an seine Klientin wendet und sie um Rat fragt?«

»Sie kennen sich schon sehr lange«, wich Harold aus, »und ich kann mich momentan auf gar nichts verlassen. Ich muss einfach Geduld haben – aber diese lange Warterei macht mich langsam wahnsinnig.«

»Das verstehe ich, aber ich muss Ihnen noch etwas anderes sagen, Harold, und deshalb werden Sie von jetzt an ganz vorsichtig sein müssen.«

»Was denn?«

»Es hat nichts mit dem Verfahren zu tun«, warf Baker rasch ein, »aber nach unserem letzten Telefongespräch habe ich ein Telegramm von einer gewissen Person bekommen, die im Zentrum der Debatte steht. Sie hat sich darin nach Ihrem Aufenthaltsort erkundigt.«

»Was haben Sie ihr geantwortet?«

»Da Sie, als das Telegramm eintraf, schon aus Hobart zurück waren, konnte ich ihr wahrheitsgemäß antworten, dass Sie geschäftlich in Sydney sind und bald in Melbourne zurückerwartet werden.«

Harold wollte schon erleichtert aufatmen, als Baker fortfuhr: »Es kam allerdings noch ein zweites Telegramm von Ihrer Gattin, das weitaus beunruhigender ist. Es wurde vor einer Woche bei Ihnen zuhause zugestellt, wovon ich soeben erst erfahren habe. Sie erbittet eine sofortige Antwort von Ihnen.«

Harold stellten sich die Nackenhaare auf. »Was schreibt sie?«

»Gerüchte über dich in Hobart, STOP. Bestätige Aufenthaltsort, STOP.«

Harold fluchte und ballte die Faust. »Wie zum Teufel hat sie davon erfahren?«

»Ich habe nicht die leiseste Ahnung«, antwortete Baker. »Sie und ich sind die Einzigen, die wissen, dass Sie dorthin gereist sind – abgesehen von Mrs Ryan.« Er räusperte sich. »Ihre Mutter müsste meine Antwort mittlerweile bekommen haben, sodass sie etwas beruhigt sein dürfte, aber es könnte eine gute Idee sein, wenn Sie Ihrer Gattin selbst noch ein Telegramm schicken. Sie wissen ja, wie Frauen sind.«

»Allerdings«, murmelte Harold, während ihn eine böse Vorahnung durchzuckte. Er bedankte sich bei Baker, legte den Hörer auf und blieb noch ein paar Minuten in Gedanken vertieft in der Hotelhalle stehen.

Edna tratschte bestimmt über die Besucher in Skye House, doch ihr Geplapper würde garantiert keine solche Verbreitung finden, dass es an die Ohren der besseren Kreise Hobarts drang, ganz zu schweigen von einem Schiff mitten auf dem Ozean. Aber Florence Hardwick war ein ganz anderes Kaliber. Mit Sicherheit wetzte sie längst die Messer, nachdem er sie praktisch aus dem Haus geworfen hatte. Er hatte ihre Drohungen nicht vergessen und war sicher, dass sie diejenige gewesen war, die Anne informiert hatte, um sich zu rächen.

»Verdammte Weiber«, knurrte er, zog sich seinen Buschhut tief ins Gesicht und stürmte aus dem Hotel. Er hatte bereits genug Probleme am Hals, auch ohne dass diese dämliche Florence Hardwick noch zusätzlichen Ärger machte.

Wütend stapfte er die Straße entlang zum Telegrafenamt, wo er ein Vermögen für ein Telegramm an Anne ausgab, in dem er ihr seinen Aufenthaltsort nannte und ihr seine treue Ergebenheit und seine Sehnsucht nach ihr versicherte. Anschließend kehrte er ins Victoria Hotel zurück und betrank sich.

16

An Bord der SS Southern Cross

Sie luden neue Kohle und andere Vorräte im alten Hafen von Fort Dauphin in Madagaskar. Da dort jedoch Unruhen herrschten, die sich gegen die französische Herrschaft auf der Insel richteten, hatte der Kapitän den Passagieren geraten, nicht von Bord zu gehen. Es hatte verdrossenes Murren und laute Beschwerden gegeben, und einige der abenteuerlustigeren Männer hatten sich der Anordnung widersetzt und waren an Land gerudert.

Christy und die anderen Frauen waren es leid, ständig auf dem Schiff zu sein. Sie waren an Deck gegangen und hatten sehnsüchtig auf die schöne sandige Bucht hinter Le Fort geblickt, auf das türkisfarbene Wasser und das üppige Grün des Regenwaldes, der weite Teile der Insel bedeckte. Von Unruhen sahen sie keine Spur, da am Kai weder Aufständische versammelt noch von irgendwoher Schüsse zu hören waren.

»Das ist nicht fair«, grollte Kathryn und sah dem kleinen Boot nach, das eine Gruppe Männer an Land brachte. »Warum dürfen sich immer nur die Männer amüsieren?«

»Geh doch mit Lucy ein bisschen im Pool schwimmen«, schlug ihr Christy vor, die in Korsett, Unterrock und dem engen Mieder ihres Kleids vor Hitze beinahe verging.

»Es ist viel zu heiß, um auch nur einen Finger zu rühren«, erklärte Anne. »Ich mache ein Nickerchen unter dem Ventilator in meiner Kabine.«

»Das ist eine wunderbare Idee«, sagte Christy. »Ich glaube, das mache ich auch und gehe später schwimmen, wenn es ein bisschen abgekühlt hat.«

»Also, Lucy und ich gehen jetzt gleich schwimmen«, erklärte Kathryn. »Wenn ihr es euch anders überlegt, wisst ihr ja, wo ihr uns findet.«

Als die Mädchen davonsausten, spazierte Christy zurück zu ihrer Kabine und legte rasch die vielen Schichten Kleidung ab, die für die feine Gesellschaft an Bord als unabdingbar galten, die jedoch in dieser Gluthitze unerträglich beengend waren. Als junges Mädchen hatte sie nur sehr wenige Kleider besessen und hatte sommers wie winters das Gleiche getragen, doch als sie mit dem Schiff nach Melbourne gefahren war, hatten ihre Arbeitgeber darauf bestanden, dass sie Korsett und Unterrock anzog und dazu lange Unterhosen und Strümpfe, da sie schon fast achtzehn war und ihre Figur weibliche Formen angenommen hatte.

Als sie in Ballarat ankam, war Hochsommer gewesen, und sie war wegen der Hitze und der einengenden Kleiderschichten fast in Ohnmacht gefallen, bis die englische Frau eines Hotelbesitzers ihr geraten hatte, alles abzulegen, und ihr stattdessen ein paar Sachen aus dünner Baumwolle überlassen hatte.

Nun ließ sich Christy ein kühles Bad ein und wusch sich den Schweiß von der Haut, ehe sie ein hauchdünnes Nachthemd überstreifte. Die Jalousien waren vor der Doppeltür heruntergezogen, die aber offen stand, damit möglichst viel Luft hereinkam. Der Deckenventilator surrte angenehm, als sie sich aus der Kristallkaraffe, die der Steward auf den Tisch gestellt hatte, ein Glas Eiswasser einschenkte und sich auf der Chaiselongue ausstreckte. Es wäre interessant gewesen, an Land zu gehen und die Insel zu erforschen, da sie sehr exotisch wirkte, doch wahrscheinlich hätte sie gar nicht genug Energie gehabt, um irgendwohin zu gehen.

»Du wirst langsam alt«, murmelte sie. »Alt und träge.« Sie lächelte bitter, trank das Wasser und sagte sich, dass das nicht stimmte. Die Hitze von Madagaskar war feucht und raubte einem jegliche Energie – ganz ähnlich wie im Norden von Queensland. Im Outback dagegen, das sich rings um Wallangarra meilenweit erstreckte, herrschte eine trockene Hitze. Hier fühlte sie sich immer noch heimisch, obwohl sie jetzt im kühlen, fast schon schottischen Klima Tasmaniens lebte.

Sie schloss die Augen und ließ sich in jene ferne Zeit zurücktragen, als sie noch jung und voller Energie gewesen war.

Die Kutsche war am Abend ihrer Ankunft in Melbourne um fünf Uhr abgefahren, und kaum hatten sie endlich die Stadtgrenze hinter sich gelassen, trabten die Pferde schneller. Die Federung der Kutsche quietschte, während die gelb lackierten Räder über den unebenen Boden rumpelten, und die Passagiere, die teils im Inneren der Kutsche, teils mitsamt dem Gepäck dicht an dicht auf dem Dach saßen, wurden kräftig durchgeschüttelt.

Christy hielt ihr Bündel fest auf den Knien, dankbar dafür, dass sie früh genug da gewesen war, um einen Sitz an der Tür zu ergattern, sodass sie aus dem Fenster sehen und immer wieder frische Luft schnappen konnte, um dem Geruch der eng aneinandergepressten ungewaschenen Leiber und der schmutzigen Kleider zu entgehen. Die Hitze war erdrückend, und sie spürte, wie der Schweiß ihr Haar und ihre Unterwäsche durchfeuchtete. Dem Kutscher zufolge waren es siebzig Meilen bis nach Ballarat, sodass er mit ihrer Ankunft am nächsten Morgen rechnete. Sie konnte nur hoffen, dass die Temperatur in der Nacht sinken und die Reise erträglicher machen würde.

Eingequetscht in eine Ecke der Kutsche, wurde der Ledersitz unangenehm warm, und fast beneidete sie die Chinesen auf dem Dach, denn dort gab es wenigstens genug Luft zum Atmen. Sie versuchte, sich zu entspannen, doch im Gegensatz zu Jamie war sie viel zu aufgeregt von all dem, was sie in Melbourne gesehen hatte. Auch der Gedanke, dass sie bald wieder bei Finlay sein und erleben würde, wie es wirklich auf den Goldfeldern zuging, von denen sie so viel gehört hatte, trug zu ihrer Nervosität bei.

Während sie durch endlos weites, fruchtbares Weideland fuhren, dachte sie noch einmal an ihren kurzen Aufenthalt in Melbourne zurück. Sie waren auf einem Ochsenkarren vom Hafen in die Stadt mitgefahren. Dadurch war ihnen zwar der lange Fußmarsch oder die teure Fahrt mit der Straßenbahn erspart geblieben, aber die sechzehn Ochsen waren nur im Schneckentempo vorangekommen, da sie einen riesigen Karren ziehen mussten, der hoch mit schweren Säcken beladen war.

Melbourne war eine Offenbarung gewesen. Die Menschen dort waren so elegant gekleidet, dass Christy schlagartig bewusst wurde, wie ländlich und schäbig sie in ihrem einfachen Wollkleid, den abgetragenen Stiefeln und der ebenfalls gebrauchten Jacke aussehen musste, doch schon bald vergaß sie ihr Aussehen und weidete sich an der Schönheit der betriebsamen Stadt.

Melbourne war viel größer und prächtiger als Hobart und strahlte Reichtum und Gelassenheit aus, obwohl die Stadt erst vor zwanzig Jahren gegründet worden war. Die Häuser bestanden aus hellem Sandstein und waren mit Türmchen und Steinmetzarbeiten dekoriert. An jeder Ecke gab es Hotels, Restaurants und Cafés, und große Geschäfte mit allem, was man sich nur wünschen konnte, säumten die breiten Straßen, auf denen mit Wolle und anderen Gütern beladene Ochsengespanne entlangrollten.

Gemeinsam mit Jamie hatte sie die eleganten Brücken über den braunen Yarra bestaunt und die vielen Menschen, die an seinen Ufern saßen. Die Leute picknickten auf ebenmäßigen Rasenflächen oder schlenderten durch die Schatten der Eukalyptusbäume, Kiefern und Akazien. In den Parks wuchsen exotische Blumen, und an den Kreuzungen der ordentlich geharkten Kieswege standen verzierte Springbrunnen, während langbeinige Ibisse an den gepflegten Wiesen pickten oder um die Teehäuser der Orangerie herumstolzierten, in der Hoffnung, ein Häppchen stibitzen zu können.

Ehrfürchtig waren sie die Collins Street entlangspaziert und hatten das Gebäude des Melbourne Clubs, das Goode House und das Olderfleet-Gebäude bewundert, ehe sie in die gedämpfte Atmosphäre der jüngst fertig gestellten St.-James-Kathedrale eintraten, die aus Basalt und Sandstein erbaut worden war. Dann hatten sie in der Bourke Street Halt gemacht und die Bauarbeiten am Parlamentsgebäude beobachtet, das sehr prachtvoll zu werden versprach.

Sie sah zu Jamie hinüber, der mit verschränkten Armen und dem Kinn auf der Brust eingeschlafen war, seinen Werkzeugkasten und ihren Webstuhl hinter seinen Füßen verwahrt. Er wäre gerne in Melbourne geblieben, weil er gemerkt hatte, dass es dort jede Menge Arbeit für Schreiner gab, doch Christy hatte unbedingt nach Ballarat weiterreisen wollen, ehe ihnen das Geld ausging. Melbourne war schön, doch sie hatten bald feststellen müssen, dass es auch sehr teuer war. Jamie war über ihre Abreise nicht erfreut gewesen, und da sie es nicht geschafft hatte, ihn aufzuheitern, hatte sie ihn vor sich hin schmollen lassen, während sie die Fahrkarten für die Kutsche und etwas zu essen besorgt hatte.

Der Mann, der ihr die Fahrkarten verkauft hatte, hatte sie vor den rohen Kerlen gewarnt, die ihr dort begegnen würden, und als sie heimlich ihre Mitreisenden musterte, erkannte sie, was er gemeint hatte. Es waren in erster Linie vierschrötige Männer unbestimmten Alters mit schwieligen Händen und in robuster Kleidung. Jeder von ihnen trug einen breitkrempigen Hut voller Schweiß- und Schmutzflecken, und ihre derben Stiefel waren staubbedeckt und abgenutzt. Auch sprachen sie kein Wort, sondern tippten lediglich an ihre Hutkrempe, ehe sie sich zurücklehnten, einschliefen und im Schlaf schnarchten oder vor sich hin murmelten.

Als sie weiterfuhren und sich die Dunkelheit herabsenkte, konnte Christy nicht mehr aus dem Fenster schauen, sondern wurde von der kühlen Brise und dem sanften Schaukeln der Kutsche in den Schlaf gewiegt.

Es kam ihr vor, als wäre kaum eine Minute vergangen, als sie auf einmal den Ruf des Kutschers vernahm. Sie registrierte, dass die Pferde zum Stehen gekommen waren, ein neuer Tag angebrochen war und die anderen Passagiere sich eilig zum Aussteigen anschickten. Rasch nahm sie ihr Bündel und folgte Jamie, als er aus der Kutsche sprang.

Die Chinesen kletterten vom Dach, beladen mit Taschen, Spaten und Äxten. Lange Zöpfe hingen unter ihren sonderbaren kegelförmigen Hüten hervor. Sie musste einfach hinschauen, da sie solche Menschen noch nie gesehen hatte und von ihren mandelförmigen Augen und ihrer goldgelben Haut fasziniert war.

Ein unsanfter Rippenstoß von Jamie lenkte sie ab. »Lass uns zusehen, dass wir was zu essen kriegen«, sagte er mit einem Gähnen. »Ich bin am Verhungern.«

Christy schob das Bündel bequemer in ihren Armen zurecht und musterte die Stadt, in der sich Finlay niedergelassen hatte. Sie hatten vor einem großen Hotel Halt gemacht, dessen Veranda auf einen hölzernen Gehweg hinausging, der sich an ähnlichen Gebäuden vorbeizog, an der breiten, staubigen Straße entlang. Auf der anderen Straßenseite überschatteten Markisen einen weiteren Plankenweg. Die Gebäude bildeten eine wilde Mischung aus verschiedenen Stilen, Größen und Höhen.

Die Sonne ging gerade auf, und der Himmel zeigte sich über den rostigen Wellblechdächern in einem schimmernden Pfirsichgrau, doch trotz der frühen Stunde war es bereits warm, auf der Straße wimmelte es von Männern und Maultieren, Pferden und überladenen Wagen, und der Hufschmied schuftete schon fleißig in seiner Schmiede. Sämtliche Geschäfte hatten geöffnet und verkauften alles, vom Zahnstocher bis zu riesigen Goldgräbersieben, während draußen Spaten und Äxte in hohen Stapeln neben Karren voller eingedoster Grundnahrungsmittel wie Mehl, Zucker und Reis auf Käufer warteten.

Ein Stück weiter die Straße hinab waren mehrere prächtige Gebäude zu sehen, und als sie sich die Beine vertraten und ihre steifen Glieder zu lockern suchten, indem sie den Plankenweg entlangschlenderten, stellte Christy fest, dass es keine Privatvillen waren, sondern Postamt und Rathaus.

Sie machten am General Store Halt, wo ein ordentlich beschriftetes Holzschild über einer Seitentür darauf hinwies, dass sich hier das Büro von *C. Smithson, Esquire, Notar und Rechtsanwalt*, befand. Die Tür war verschlossen, und ein Zettel verriet ihnen, dass Smithson sein Büro erst um neun Uhr aufmachte. Ihnen blieb also mehr als genug Zeit, um sich zu orientieren und etwas zu essen zu besorgen.

Sie folgten Essensgerüchen und stießen auf einen Mann, der sich an einem Grillrost zu schaffen machte, auf dem Fleisch, Maiskolben und eine Pfanne voller Zwiebeln brutzelten. Jamie erstand zwei kleine Steaks mit Zwiebeln, die jeweils in einem riesigen Brotkanten verschwanden, und dazu einen buttertriefenden Maiskolben. Mit den Speisen in der Hand gingen sie hinüber zu den Bänken unter der schattigen Veranda, setzten sich und stillten ihren Hunger.

Christy war fasziniert von den Menschen Ballarats. Es schien weder Frauen noch Kinder zu geben, und die Männer sahen in ihren derben Sachen alle gleich aus – breitkrempige Hüte und dichte, zerzauste Bärte, die bei manchen bis zur Taille reichten. Viele trugen einfach nur Hosen über ihrer langen Unterwäsche, gehalten von Hosenträgern oder einem Stück Schnur, und sie alle wirkten, als hätten sie monatelang nicht mehr gebadet, geschweige denn ihre Sachen gewaschen.

Auch gab es viele Chinesen, die in ihrer fremdartigen Sprache miteinander plauderten, während sie vorüberhasteten, außerdem etliche dunkeläugige Männer in weiten Gewändern und mit Tüchern auf dem Kopf, die Kamele führten. Solche Menschen hatte sie noch nie gesehen, außer in den abgegriffenen Bilderbüchern in der Schule. Die Kamele wirkten völlig gelassen, wie sie da schwer beladen mit Werkzeug und Geräten die Straße hinabtrotteten, doch ihr Fell sah aus, als würde es sich unter den bunten Fransendecken schälen, und sie gaben sonderbare Knurrlaute von sich, als wollten sie gegen ihr Los protestieren.

Sie aß zu Ende, wusch sich Hände und Gesicht im Pferdetrog und bürstete sich rasch die Haare, ehe sie sie wieder zu einem Knoten aufsteckte. Dann ließ sie Jamie mit einer Flasche Bier bei ihren Sachen zurück und machte sich zu weiteren Erkundungen auf.

Sie stellte fest, dass die Stadt in einem breiten Tal zwischen sanften, dicht von Bäumen bewachsenen Hügeln lag. Überall gab es Anzeichen dafür, dass das Gold der kleinen Stadt Wohlstand beschert hatte, denn noch das kleinste Haus war frisch gestrichen und hatte saubere Fenster, die Geschäfte waren gut sortiert, und es gab sogar einen kleinen Park mit gepflegtem Rasen, schattenspendenden Bäumen, Bänken und bunten Blumenbeeten.

Am Stadtrand angelangt, blickte sie auf endlose üppige Weiden und grün schimmernde Eukalyptushaine, hinter denen sich eine Zeltstadt erstreckte – dort mussten sich die Goldsucher niedergelassen haben.

Sie beschirmte die Augen gegen die Sonne, die inzwischen über dem höchsten Hügel stand, und fragte sich, ob Finlay in einem dieser Zelte war oder ob man ihn in die Stadt gebracht hatte, damit seine Wunden versorgt werden konnten. Smithsons Brief hatte so wenige Informationen enthalten, dass sie überhaupt nicht wusste, womit sie zu rechnen hatte, und sie konnte nur beten, dass er bereits weit genug genesen war, um sich überreden zu lassen, mit ihr nach Tasmanien zurückzukehren.

Christy schlenderte zurück und stellte fest, dass Jamie mit einem großen, derb aussehenden Mann mit wettergegerbtem Gesicht und kräftigen Armen ins Gespräch vertieft war. Als sie näher kam, schüttelten sie sich die Hände, und der Mann verschwand durch die Schwingtür im Saloon.

»Das war Fred Harris«, erklärte Jamie, der auf einmal viel besser gelaunt war. »Er ist der Besitzer des Gasthauses hier und hat mich gebeten, ein paar Arbeiten für ihn zu verrichten.« Er grinste. »Ich hab ihm gleich gesagt, dass wir nicht lange hier sein werden, aber er hat Fenster und Fußböden, die abgeschliffen, und verschiedene Möbel, die repariert werden müssen, und er bietet mir eine faire Bezahlung an.«

Christy schmunzelte angesichts seiner Begeisterung, froh, dass er nicht mehr so missmutig war. »Das ist wunderbar«, sagte sie, als die Rathausuhr gerade die volle Stunde schlug. »Wann fängst du an?«

»Jetzt«, antwortete er, griff nach seinem Werkzeugkasten und hängte sich den Seesack über die Schulter. »Ich muss ja nicht mitkommen zu Smithson. Lieber verdiene ich mir gleich ein bisschen Geld.«

Christy hatte eigentlich nicht vorgehabt, den Anwalt alleine aufzusuchen, doch da Jamie so fröhlich war, wollte sie nicht mit ihm streiten. »Ist gut. Ich hole dich dann, sobald ich weiß, wo Finlay ist.«

Jamie eilte in den Saloon, während sich Christy notdürftig Haar und Kleid glattstrich, ehe sie Bündel und Webstuhl wieder aufnahm. Je höher die Sonne stieg, desto wärmer wurde es, und ihr war in dem wollenen Kleid und dem engen Korsett vor

Hitze leicht schwindelig. Aber bis sie Finlay gefunden und sich eine Bleibe für die Nacht besorgt hätte, musste sie so zurechtkommen.

Sie ging auf die frisch lackierte Tür zu, stellte fest, dass sie inzwischen unversperrt war, und betrat den kleinen, quadratischen Vorraum, von dem aus eine steile Treppe mit auf Hochglanz polierten Stufen nach oben führte. Ihr schweres Bündel an sich gedrückt, stieg sie langsam hinauf, während ihre Schritte in der Stille widerhallten. Sie erreichte den Treppenabsatz, wo eine weitere Treppe ins nächste Stockwerk führte, sah eine Tür mit Smithsons Namen und klopfte zaghaft an.

Sie hatte sich Smithson älter, dick und mit beginnender Glatze vorgestellt, doch tatsächlich war er erst Anfang dreißig und sehr groß und schlank. Er hatte ein schmales, bleiches Gesicht, freundliche braune Augen und ein gewinnendes Lächeln, das sie auf der Stelle beruhigte.

»Ich bin Christy MacInnes«, sagte sie, noch außer Atem davon, ihre Habseligkeiten die lange Treppe hinaufzuschleppen. »Sie haben mir wegen meines Bruders Finlay geschrieben.«

»Freut mich sehr, Sie kennenzulernen«, erwiderte er mit dem vornehmen Akzent eines echten Engländers und schüttelte ihr die Hand. »Gestatten Sie, dass ich Ihnen das abnehme; es sieht schwer aus.«

Augenblicklich war Christy wieder auf der Hut, als er ihr das Bündel abnahm, denn sie hatte nicht erwartet, es mit einem Engländer zu tun zu bekommen, und er klang genau wie die Männer, die für den Gutsherrn und dessen Verwalter gearbeitet hatten.

Zögernd folgte sie ihm in sein Büro, in dem nichts als ein Schreibtisch, zwei Stühle und drei große Aktenschränke standen. Das Sonnenlicht wurde durch Jalousien abgehalten, die vor den Fenstern zur Straße hinaus halb heruntergezogen waren. Von der Decke hing eine Petroleumlampe.

»Sie sehen erhitzt und durstig aus, Miss MacInnes. Darf ich Ihnen eine Erfrischung anbieten?« Mit seiner eleganten Hand mit den langen Fingern zeigte er auf eine Wasserkaraffe und eine Flasche Kräuterlikör, die auf einem der verschrammten Aktenschränke standen.

Sie entschied sich für Wasser, da ihr von der Hitze schon leicht schwindelig war, und hatte bereits zwei Gläser geleert, als er sich auf seinem abgewetzten Lederstuhl hinter seinem ebenso betagten Schreibtisch niederließ. Während sie trank, registrierte sie die gerahmten Urkunden, die seine Qualifikationen belegten, betrachtete die große Wanduhr und die Regale voller dicker Gesetzbücher sowie mehrere Packen aufgerollte und mit rosafarbenem Band zusammengebundene Dokumente. Nirgends fand sich etwas Persönliches, das irgendwelche weiteren Informationen über ihn preisgegeben hätte.

»Wie schwer ist mein Bruder verletzt?«, fragte sie, während sie sich auf die Kante des einzigen Besucherstuhls setzte. »Und wo ist er? Ich muss ihn sehen.«

»Er ist auf dem Boden eines Grubenschachts gefunden worden«, sagte Smithson. »Offenbar war eine Sprosse seiner Leiter morsch und ist unter seinem Gewicht gebrochen.« Er musterte sie ernst. »Er hat mehrere Knochenbrüche und eine Gehirnerschütterung erlitten, also hat ihn sein Freund Joseph O'Driscoll auf seinem Wagen in die Stadt gebracht. Er bezahlt die Frau eines Hotelbesitzers dafür, dass sie sich um ihn kümmert.«

»Welches Hotel ist es?«

»Das Ballarat Hotel, gleich gegenüber«, antwortete er.

»Dann muss ich zu ihm«, sagte sie und machte Anstalten, sich zu erheben.

»Er ist nicht mehr dort, Miss MacInnes, und anscheinend weiß niemand, wo er steckt.«

Sie ließ sich erneut auf den Stuhl fallen. »Aber wenn er schwer verletzt war, kann er doch nicht weit gekommen sein«, wandte sie ein. »Außerdem ist die Stadt klein; er kann sich nicht einfach in Luft aufgelöst haben.«

»Hier herrscht ein ständiges Kommen und Gehen«, erklärte Smithson ernst. »Und Mrs Harris hat mir versichert, dass es ihm an dem Abend, bevor er verschwunden ist, schon deutlich besser ging, weil er in seinem Zimmer zusammen mit Joe dem Alkohol zugesprochen hat. Vielleicht hat er einfach beschlossen, zu einem anderen Goldfeld weiterzuziehen. Soweit ich gehört habe, ist Finlay bisher nie gern lange am selben Ort geblieben.«

»Aber Sie haben ihm doch sicher gesagt, dass Sie mir geschrieben haben?«

»Selbstverständlich, aber er hat mich angewiesen, gleich noch einmal zu schreiben und Ihnen mitzuteilen, dass Sie auf keinen Fall herkommen sollen.« Er seufzte. »Der Brief wartet jetzt wahrscheinlich in Tasmanien auf Sie.«

Christy runzelte die Stirn und dachte fieberhaft nach. »Das verstehe ich nicht«, murmelte sie. »Er kennt mich gut genug, um zu wissen, dass ich einen solchen Brief nicht ignoriere. Ihm muss klar gewesen sein, dass ich kommen würde, also warum ist er so überstürzt aufgebrochen?«

Smithson schenkte ihr noch ein Glas Wasser ein. »Es tut mir leid, Miss MacInnes, aber mit Mutmaßungen darüber kann ich Ihnen nicht dienen.«

In Gedanken versunken nippte Christy an ihrem Wasser. »Sie haben in Ihrem Brief geschrieben, dass Finlays Gold gestohlen worden sei. War das vor oder nach seinem Unfall?«

»Sein Freund Joseph hat mir erzählt, dass Finlay das Gold am Morgen nach seinem Unfall bei sich hatte und es noch am selben Tag zur Bank bringen wollte«, erwiderte er, wobei er ihrem Blick ein wenig auswich.

»Dann war es also vielleicht gar kein Unfall«, sinnierte sie. »Eine gebrochene Leitersprosse, ein Mann, der in einem tiefen

Schacht einen lebensgefährlichen Sturz erleidet, und ein fehlender Goldschatz – das alles zusammen klingt ziemlich nach einem falschen Spiel, wenn Sie mich fragen.«

»Das ist mir auch schon in den Sinn gekommen«, gab er zu, »und es wäre nicht der erste mysteriöse Unfall hier in der Gegend. Rivalitäten und Missgunst flammen rasch auf, und wenn dann noch Alkohol ins Spiel kommt, kann schnell alles aus dem Ruder laufen.« Er seufzte. »Aber Joseph hat mir versichert, Ihr Bruder sei bei den anderen Goldgräbern beliebt gewesen. Er hat weder mit seinen Funden geprahlt, noch wurde er aggressiv, wenn er betrunken war. Außerdem habe ich von einigen Leuten gehört, denen er geholfen hat, als sie in Not oder krank waren.«

»Ich habe in Hobart auch solche Geschichten gehört, Mr Smithson. Gold macht die Menschen gierig«, murmelte Christy. Er sagte nichts, und so sprach sie hastig weiter: »Ich muss mit diesem Joseph O'Driscoll reden. Wo finde ich ihn?«

»Bei den Goldminen an der Eureka Stockade«, antwortete er zögernd. »Aber das ist kein Ort für ein junges Mädchen wie Sie, und …«

»Ich bin fast achtzehn«, erklärte sie entschieden, »und kein Kind mehr. Joseph und die anderen Goldgräber haben vielleicht eine Ahnung, wo Finlay hingegangen ist. Ich muss mit ihnen sprechen.«

»Dann schicke ich einen Boten und bitte Joseph hierherzukommen«, antwortete er ebenso entschieden.

Sie rutschte ungeduldig auf dem Stuhl hin und her. »Das dauert zu lange. Wie weit ist es denn zu diesen Goldminen?«

»Einige der Goldgräberzelte kann man von hier aus sehen, aber ich würde Ihnen ernsthaft davon abraten, allein dorthin zu gehen.«

»So gefährlich kann es doch bestimmt nicht sein, oder?«

»Die Männer sind derb und ordinär und nicht an die Gesellschaft anständiger Frauen gewöhnt, Miss MacInnes.« Er musterte sie freundlich und seufzte schließlich ergeben. »Aber wenn Sie so darauf bestehen, begleite ich Sie eben.«

Christy schlug die Augen auf, als sie eine angenehme kühle Brise durch die offene Tür hereinwehen spürte. Die Sonne war inzwischen tiefer gesunken, und der Himmel wurde schon dunkler. Sie hörte das leise Rumoren der Schiffsmotoren und fühlte das sanfte Rollen des Schiffs, das durch die glasklare See pflügte, während hinter ihnen Madagaskar verschwand. Dennoch war sie in Gedanken immer noch bei jenem ersten Tag in Ballarat.

Charles Smithson war trotz ihrer Widerspenstigkeit so nett zu ihr gewesen. Er hatte sie nach ihrem jüngeren Bruder gefragt und nach ihrem Leben, bevor sie nach Australien gekommen waren, und als er erfuhr, dass sie keinen Schlafplatz hatten, bot er ihnen die Räume im oberen Stockwerk an, solange sie wollten, wenn sie ihm dafür jeden Abend ein warmes Essen kochte. Christy hatte zunächst unlautere Motive vermutet, doch die Räume erwiesen sich als sauber und möbliert, und da ihr Bruder bei ihr sein würde, Smithson sehr respektabel wirkte und es sie keinen Penny kostete, hatte sie schließlich eingewilligt.

Christy erhob sich von der Chaiselongue und holte sich ihren Morgenmantel, um ihn über das dünne Nachthemd zu ziehen, ehe sie die Jalousien hochzog und auf ihren privaten Deckabschnitt trat.

Die Zeit in Ballarat und Bendigo hatte ihr Leben verändert, denn dort hatte sie nicht nur eine harte Lektion über die Launen der Liebe und all deren Nuancen bekommen, sondern sie hatte auch den Schmerz des Verrats und der verlorenen Liebe verkraften müssen – das waren die schlimmen Folgen ihrer Naivität und Leichtgläubigkeit.

Sie seufzte tief, während sie die kühle Luft einatmete. Trotz ihres Alters und allem, was sie durchgemacht hatte, verspürte sie noch immer die tiefe Reue und den Schmerz von einst. Ärgerlich über ihre Rührseligkeit, sagte sie sich, dass ein bisschen Schwimmen sie sicher auf fröhlichere Gedanken brächte, und wollte schon hineingehen und ihren Badeanzug überstreifen, als es klopfte und ein brauner Umschlag unter der Tür hindurchgeschoben wurde.

Sie betrachtete das Telegramm reichlich beklommen, hob es schließlich auf und hielt es noch einen Moment in der Hand, ehe sie es nervös öffnete.

Harold hat Schlüssel STOP Erbitte dringend Rat STOP
Smithson

Christy taumelte und wäre fast auf dem nächsten Stuhl zusammengebrochen. Ihr Herz hämmerte, und ihre Gedanken waren in solchem Aufruhr, dass sie sich den vollen Auswirkungen dieser schlimmen Nachricht fast nicht zu stellen vermochte. Immer wieder las sie die wenigen vernichtenden Worte, bis sie verschwammen.

Sie schloss die Augen, während ihr Herz raste. Harold war also tatsächlich in Bellerive gewesen – aber nicht zu einem heimlichen Stelldichein mit Florence, sondern um Christys geheimste Sachen zu durchsuchen. Wie er den Schlüssel und die Schließfachnummer gefunden und sie dann mit Charles' Kanzlei in Sydney in Verbindung gebracht hatte, blieb ihr ein Rätsel, denn sie hatte geglaubt, all diese Informationen so tief vergraben zu haben, dass niemand irgendwelche Schlüsse ziehen könnte.

Doch sie hatte sich geirrt – oh, wie sehr hatte sie sich geirrt –, und nun hatte Harold den armen Charles in eine entsetzliche Lage gebracht.

Sie merkte, wie sie zitterte, und zwar nicht wegen der kühlen Brise, die vom Meer her wehte, sondern aufgrund der Erkenntnis, dass etwas Gravierendes passiert sein musste, wenn es Harold zu dieser Handlungsweise veranlasst hatte. Hatte Baker auch damit zu tun? Hatte er mit seinem Telegramm die Absicht verfolgt, Harolds heimliche Reise zu ihrem Haus zu vertuschen? Und was war mit Hamish und James? Steckten sie alle in einem Dilemma, das sie ohne Harolds Hilfe nicht beseitigen konnten?

Dass die drei ihr keinerlei Mitteilung gemacht hatten, bedeutete, dass sie beschlossen hatten, ihr nichts zu sagen. Obwohl sie begriff, dass sie sie nur schützen wollten, wallte doch Ärger darüber in ihr auf, dass man sie nicht informiert hatte. Es war eine irrationale Reaktion, das wusste sie, denn was hätte sie aus dieser Entfernung schon tun können? Doch der Gedanke, dass Harold derart im Verborgenen agierte, kränkte sie, und sie fragte sich, was er bei seiner Suche wohl noch gefunden hatte.

Sie las das Telegramm noch einmal und überlegte, wie lange Charles wohl gebraucht hatte, bis er sich dazu durchgerungen hatte, sie zu kontaktieren. Er wusste, was in diesem Schließfach lag, und er wusste, dass es nicht nur sie betreffen würde, sondern ihre ganze Familie. Der arme Mann musste vor Sorge fast außer sich gewesen sein, als er diese Nachricht versendet hatte. Ihr blieb nichts anderes übrig, als darauf zu vertrauen, dass er das Richtige tun würde, ganz egal, was es für Konsequenzen hatte.

Als der Himmel noch dunkler wurde, zog sie den Morgenmantel enger um ihren Körper und dachte daran, wie Charles sie vor all den Jahren so klug beraten und diese Schriftstücke aufgesetzt hatte, von denen sie gehofft hatte, dass sie ihr die Freiheit schenken würden, ihr Leben weiterzuführen – sowie die Sicherheit, die sie so dringend für die Menschen brauchte, die sie liebte.

Doch jetzt holten die Sünden der Vergangenheit sie ein, und obwohl sie nicht genau wusste, wer ihre Familie zu vernichten drohte, hatte sie doch eine gewisse Vermutung. Es war Zeit, sich dem zu stellen, was sie getan hatte, und all das, was ihr lieb und teuer war, mit allen Mitteln zu verteidigen.

17

Sydney

Mit seiner Geduld am Ende stürmte Harold in das Haus, in dem Smithsons Büroräume lagen. Am Empfangstresen traf er auf einen Mann mittleren Alters, der dem Aussehen nach nur der Sohn von Smithson senior sein konnte.

»Ich muss Charles Smithson sprechen«, erklärte er.

»Es tut mir leid, aber mein Vater ist heute nicht im Büro«, antwortete der Mann gelassen.

»Wo ist er? Ich muss ihn dringend sprechen.«

Der andere musterte ihn kühl. »Sind Sie Harold Ross?«

»Ja, allerdings, und ich habe es satt, hier in Sydney herumzusitzen und zu warten, bis Ihr Vater sich entscheidet. Die Angelegenheit eilt, und ich habe schon fast zwei Wochen in dieser verfluchten Stadt vergeudet.«

Das Lächeln des anderen reichte nicht ganz bis zu den Augen. »Mein Vater ist sehr beschäftigt, trotz seines Alters«, antwortete er. »Aber ich bin sicher, dass er sich, wenn Ihre Angelegenheit so dringend ist, wie Sie sagen, bei Ihnen melden wird, falls er das für nötig hält.«

Harold unterdrückte seinen Ärger und sagte sich, dass er keine andere Wahl hatte, als nach Plan B vorzugehen. Er zog den dicken Umschlag aus seiner Innentasche. »Wenn ich hier schon festsitze, brauche ich ein Schließfach«, fauchte er.

»Natürlich, Sir.« Er schob ihm das entsprechende Formular über den Tisch und wartete, bis Harold es ausgefüllt hatte. »Wenn Sie mir bitte folgen wollen«, sagte er, nachdem er die Gebühr entgegengenommen hatte, und schloss die Bürotür hinter sich ab.

Harold folgte ihm den Korridor entlang in ein Treppenhaus, das zu einer dicken Stahltür führte. Smithsons Sohn schirmte die Alarmanlage ab, als er das Rad in der Mitte der Tür drehte, und entriegelte sie dann mithilfe zweier Schlüssel. Dahinter öffnete sich ein riesiger Keller mit vielen Reihen von Schließfächern. Das Licht war dämmrig, und die Schließfächer erstreckten sich weit ins Dunkel, sodass er die Nummern nicht erkennen und nicht abschätzen konnte, wo Christys Fach liegen mochte.

Der andere öffnete ein Schließfach in der Nähe. Harold legte den wertvollen Umschlag hinein und schloss ab, wobei er registrierte, dass es die Nummer dreiundsechzig trug. Damit war klar, dass es sich weit entfernt von Christys Fach befand, dessen Nummer in den Viertausendern lag. Er steckte den Schlüssel in die Westentasche und seufzte erleichtert auf, denn nun war er seine ständige Sorge los. Mit jedem Tag in der Stadt war seine Angst größer geworden, der Umschlag könnte gestohlen werden.

Er folgte Smithsons Sohn aus dem Keller wieder nach oben und verließ ohne ein weiteres Wort das Haus. Nach wie vor plagte ihn der Verdruss, als er zum Hotel zurückging, um sein Pferd zu holen. Jetzt war erwiesen, dass die Sicherheitsvorkehrungen für die Schließfächer selbst den geschicktesten Einbrecher überfordern würden, und so hatte es wenig Sinn, in den üblen Vierteln Sydneys nach einem solchen zu suchen.

Er sattelte sein Pferd und sagte sich, da Smithson senior ja offenbar den ganzen Tag nicht zurückkehren würde, könnte er ebenso gut die Stadt verlassen und frische Luft schnappen. Hier gab es eine ganze Menge Automobile und Lieferwagen, die Auspuffgase ausstießen und für permanenten Lärm sorgten, während er sich nach Ruhe sehnte, weit weg von den Menschenmassen.

Seinem Pferd behagte der Krach ebenso wenig, und so

scheute es immer wieder und schüttelte den Kopf, wenn die Automobile eine Fehlzündung hinlegten oder Leute in solcher Hast über die Straße eilten, dass sie nicht einmal auf eine Lücke im Verkehr warteten.

Harold hielt die Zügel fest in der Hand und versuchte das Tier durch gutes Zureden zu beruhigen, während er die Stadtmitte hinter sich ließ und auf die Hügel zu ritt, die in der Ferne zu sehen waren. Der morgendliche Regen hatte nachgelassen, und alles glitzerte, und je weiter er sich von dem Qualm und dem Lärm entfernte, desto frischer und angenehmer wurde die Luft.

Der Vorort Surrey Hills strahlte Frieden und Beschaulichkeit aus. Die Häuser standen in Reih und Glied in ruhigen, von Bäumen gesäumten Straßen, die sich in steilen Kurven aus der geschäftigen Stadt hinaus wanden. Ohne das Verkehrsgetümmel und mit nur vereinzelten Fußgängern auf den Gehwegen spürte Harold, wie sich das Pferd entspannte, und er konnte die Zügel allmählich lockerer lassen.

Sein Verdruss ließ ihm jedoch nach wie vor keine Ruhe, und seine Gedanken überschlugen sich. Die langen, schwierigen Telefonate mit James und Hamish hatten im Streit geendet, und da sie genauestens darauf achten mussten, was sie auf den offenen Leitungen sagten, waren die erbosten Wortwechsel höchst unbefriedigend gewesen.

Die Gespräche hatten jeweils damit geendet, dass beide Brüder erklärt hatten, sie würden auf der Stelle nach Sydney kommen, um ausführlich und vorbehaltlos darüber zu sprechen, was er herausgefunden hatte und was er plante – und das waren Begegnungen, auf die er sich definitiv nicht freute.

Smithson erwies sich ebenso als Plage, indem er so endlos herumlavierte. Obwohl Harold klar war, dass der andere eine schwere Entscheidung treffen musste, wünschte er, der Mann würde ein bisschen Mumm aufbringen und das verfluchte

Schließfach öffnen. Schließlich hatte Harold ihm die ganze Geschichte anvertraut, und falls die richtigen Papiere darin lagen, wäre Christy sicher damit einverstanden, sie einzusetzen, um die Klage abzuwehren. Inzwischen hatte er das Ganze restlos satt, denn er hatte sein Bestes getan und fühlte sich allmählich isoliert von der Familie, für die er sich mit aller Kraft einsetzte. Ohne Beistand durch die anderen konnte er seine Aufgabe unmöglich erfüllen.

Seine Gedanken wurden von Motorenlärm unterbrochen, der sich rasch näherte. Noch ehe er reagieren konnte, kam ein Automobil mit hoher Geschwindigkeit über die Hügelkuppe gerast.

Das Pferd bockte und ging mitten auf der Straße durch, sodass Harold seine liebe Not hatte, es unter Kontrolle zu halten und es vor dem heranrasenden Fahrzeug in Sicherheit zu bringen.

Der Fahrer trat auf die Bremse, sodass die Reifen auf dem feuchten Asphalt quietschten, ehe das Auto eine Fehlzündung erzeugte und direkt auf Harold und sein Pferd zuschlitterte.

Das Tier bäumte sich auf, wieherte panisch und schlug mit den Hufen in die Luft. Der Wagen geriet ins Schleudern, schwankte auf zwei Rädern und entging den wirbelnden Hufen nur um wenige Zentimeter.

Harold erhaschte einen Blick auf das kreidebleiche Gesicht des Fahrers, der mit dem Lenkrad rang, während die Bremsen kreischten und die schmalen Reifen über den dünn mit Wasser bedeckten Straßenbelag schlitterten.

Harold klammerte sich erbittert im Sattel fest, während das Pferd weiter bockte und versuchte, ihn abzuwerfen.

Das Auto kam quietschend zum Stehen, der Fahrer drückte auf die Hupe, stieß Verwünschungen aus und ruderte mit den Armen, ehe er den Motor aufheulen ließ und mit einer Reihe knallend lauter Fehlzündungen davonraste.

Das Pferd bäumte sich erneut auf und kam dann mit solcher Wucht wieder auf der Erde auf, dass Harold beinahe über seinen Kopf geschleudert worden wäre. Doch noch ehe er sich wieder gefangen hatte, schnaubte das Tier und bäumte sich ein letztes Mal so heftig auf, dass Harold herunterfiel.

Harold spürte den Aufprall in allen Knochen, als sein Körper unsanft auf dem harten Boden landete. Die Luft blieb ihm weg, und während der Hufschlag des fliehenden Pferdes langsam in der Ferne verklang, schlug sein Kopf gegen den Randstein, und er verlor das Bewusstsein.

Charles Smithson war müde, denn es war ein langer, anstrengender Tag gewesen, und er fragte sich, ob er mit seinen neunundsiebzig Jahren nicht langsam an den Ruhestand denken sollte. Das Testament seiner Mandantin wurde von ihren geldgierigen Verwandten angefochten, und er hatte die letzten Stunden damit zugebracht, sie von dem Versuch abzuhalten, gerichtlich dagegen vorzugehen. Doch offenbar schreckte sie das Risiko, einen großen Teil des Erbes durch Anwalts- und Gerichtskosten einzubüßen, nicht genug, um die Rivalitäten innerhalb der Familie beizulegen, und nun würde alles durch sämtliche Instanzen gezerrt werden.

Nach der Besprechung war er zum Friedhof gegangen, um Blumen auf das Grab seiner Frau zu legen und die Sache mit ihr zu besprechen, genau wie er es während ihrer Ehe immer getan hatte, wenn ihn etwas beschäftigte, denn sie war auf ihre sanfte, zurückhaltende Art sehr klug. Traurigerweise konnte sie ihm nun keine Antworten mehr geben, doch allein, über seine Probleme reden zu können, brachte ihn oft schon einer Lösung nahe, und er fühlte sich hinterher meistens wohler.

Das Intermezzo auf dem stillen Friedhof hatte seine Lebensgeister wieder etwas erfrischt, doch er machte sich immer noch Sorgen wegen Christy und des Telegramms, das er ihr hatte schicken müssen. Er konnte sich gut vorstellen, wie sehr es sie erschüttert hatte, und wünschte, er hätte seine Entscheidung treffen können, ohne sie zu informieren. Doch damit hätte er das Versprechen gebrochen, das er ihr vor all den Jahren gegeben hatte, nämlich niemals zu verraten, was sich in diesem Schließfach befand – und ihre enge Freundschaft verlangte absolute Aufrichtigkeit auf beiden Seiten.

Langsam erklomm er die Stufen zu seinem Büro. Die Eingangstür war unverschlossen, und so ging er direkt in den Flur, wo er seinen Sohn am Empfangstresen mit der Buchführung für das Bestattungsinstitut beschäftigt fand. »Es ist schon sechs Uhr vorbei, John, und höchste Zeit, dass du nach Hause gehst zu deiner Frau und deinen Kindern«, sagte er matt.

John musterte ihn liebevoll. »Du hast offensichtlich einen anstrengenden Tag hinter dir«, antwortete er und schlug das Geschäftsbuch zu. »Probleme mit dem Jackson-Testament?«

Charles seufzte. »Wo ein Testament ist, ist auch immer ein Verwandter«, sagte er mit ironischem Unterton. »Und die arme Mrs Jackson dreht sich wahrscheinlich im Grab um.« Er warf seine Aktentasche auf den Tresen und rieb sich das Gesicht. »Irgendetwas, was ich wissen muss, ehe ich in meine Wohnung hinaufgehe?«

»Du hattest Besuch von einem wütenden Mr Ross, der für irgendwelche Dokumente ein Schließfach angemietet hat.«

Charles hob eine Braue. »Tatsächlich?«, murmelte er und nahm seine Aktentasche vom Tresen, ehe John den stählernen Rollladen herunterließ und verriegelte.

»Ich hatte das Gefühl, er wollte unser Sicherheitssystem auskundschaften«, erwiderte John, während er die Bürotür hinter sich abschloss und den großen Schlüsselbund einsteckte. Stirnrunzelnd musterte er seinen Vater. »Du solltest ein bisschen kürzertreten, Dad. Du siehst heute Abend sehr erschöpft aus. Willst du nicht mitkommen und bei uns zu Abend essen?

Margaret kocht immer genug für ein halbes Bataillon, und du weißt, dass du herzlich willkommen bist.«

Charles klopfte ihm auf die Schulter, dankbar und stolz, dass sein Sohn ein so braver, fürsorglicher Mann war. »So gut mir auch das Essen deiner Frau schmeckt und ich die Gesellschaft meiner Enkel genieße, ich muss über vieles nachdenken und brauche ein bisschen Zeit für mich selbst. Aber vielen Dank, John. Vielleicht morgen.«

John wollte gerade die Tür nach draußen öffnen, als er innehielt und in seine Jackentasche griff. »Das hätte ich fast vergessen«, sagte er entschuldigend. »Heute Morgen ist ein Telegramm für dich gekommen. Ist es das, auf das du gewartet hast?«

Charles warf einen Blick darauf, nickte und wünschte seinem Sohn eine gute Nacht. Anstatt seine Wohnräume im dritten Stock aufzusuchen, kehrte er in sein Büro zurück. Da es bereits dunkel wurde, entzündete er die Gaslampen und machte Feuer gegen die Kälte, die Ende Juli in Sydney herrschte. Dann hängte er Hut und Mantel auf, schenkte sich ein großes Glas Whisky ein und setzte sich in seinen Lieblingssessel.

Er trank einen großen Schluck, setzte das Glas vorsichtig auf dem Beistelltisch ab und öffnete nach kurzem Zögern das Telegramm.

> Wenn Ballarat-Verbindung bekannt STOP Hilf Harold
> beim Kampf STOP Wenn nicht STOP Zuerst mehr
> Information STOP Christy STOP

Charles ließ das Telegramm sinken und dachte intensiv nach, während die Nacht hereinbrach. Die Gaslampen zischten und flackerten in der Zugluft. Christy hatte auf der Stelle erfasst, was passiert sein musste – genau das, was sie vor all den Jahren schon befürchtet hatten. Doch mit der Zeit hatte das Gefühl der Bedrohung immer mehr nachgelassen, bis sie die Gefahr beinahe schon vergessen hatten.

Dass sie jetzt wieder auftauchte, war ein schwerer Schlag für ihn, doch wie viel schlimmer musste es für Christy sein? Es tat ihm leid, dass sie die Last nun ganz allein tragen musste, und er wünschte, er könnte an ihrer Seite sein, um ihr den Trost und den Rat zu spenden, den sie jetzt brauchte.

In Zeiten wie diesen musste Christy die Unterstützung ihres Mannes besonders fehlen, dachte er traurig. Er war ein so weiser Ratgeber gewesen und hatte sie so innig geliebt, und da er in der Zeit ihrer schlimmsten Probleme an Christys Seite gewesen war, hätte er alles verstanden und sich auf dem gefährlichen Terrain, das sie nun betreten mussten, als loyaler Unterstützer erwiesen.

Er überlegte, was ihr nun wohl durch den Kopf ging und wie sie damit zurechtkam. Zweifellos war es frustrierend, so weit weg und nur bruchstückhaft informiert zu sein. Hinzu kam aber noch, dass sie jetzt gegenüber ihrer Tochter und ihrer Enkelin manches offenbaren musste – und zwar sehr persönliche und private Dinge. Anne wusste bereits einen Teil davon, weshalb diese Papiere vor acht Jahren zu den anderen gelegt worden waren. Doch wie viel Christy ihr anvertraut hatte, konnte er nicht einschätzen.

Jetzt, wo sie von Thomasina Brown zum Handeln gezwungen wurde, würde Christy ihre Familie auf das Schlimmste vorbereiten müssen, indem sie ihr alles erzählte. Ihn schmerzte die Erkenntnis, dass es ihr sehr schwerfallen würde, das alles wieder aufzuwühlen. Doch Christy war schon immer eine Kämpferin gewesen, von dem Moment an, als sie in seinem Büro in Ballarat aufgetaucht war. Das hatte sich auch gezeigt, als er sie auf der Suche nach ihrem Bruder zum Eureka-Goldfeld begleitet hatte, wo sich die Ereignisse überstürzt hatten.

Nach wie vor machte er sich deswegen Vorwürfe. Er hätte

ihr einschärfen sollen, dass sie auf sich aufpassen sollte, hätte sie genauer im Auge behalten und den Entwicklungen früher einen Riegel vorschieben müssen. Schließlich hatte er sich zu ihrem Hüter aufgeschwungen – und dann genau in dem Moment jämmerlich versagt, als sie ihn am dringendsten gebraucht hätte.

Charles trank seinen Whisky aus und schloss die Schreibtischschublade auf. Er hatte den Schließfachschlüssel hier deponiert, nachdem er mit seinem Gewissen gerungen und Christy das Telegramm geschickt hatte. Nun war es an der Zeit, sich erneut mit den Dokumenten vertraut zu machen, die Thomasina Browns Klage hoffentlich zu Fall bringen würden.

Etwas später kehrte er wieder in sein Büro zurück, ließ sich ermattet auf seinen Stuhl fallen und breitete die Papiere auf dem Schreibtisch aus. Die Lesebrille auf der Nasenspitze, ging er jedes Schriftstück sorgfältig durch, überprüfte und verglich, um sich zu vergewissern, dass alles übereinstimmte und sie damit Mrs Browns Ansprüche auf Wallangarra als unbegründet abweisen könnten, auch wenn sie angeblich einen Beweis für das Gegenteil hatte. Wo in aller Welt sie aber diesen ausgegraben hatte, war ihm nach wie vor ein völliges Rätsel.

Doch als er die Dokumente zusammenlegte und sie wieder in den dicken gelbbraunen Umschlag schob, beschlich ihn das nagende Gefühl, dass er etwas übersehen hatte – und zwar eventuell etwas Wichtiges. Er hielt einen Moment lang inne und zerbrach sich den Kopf darüber, was das nur sein könnte, bis er einsehen musste, dass er zu müde war, um sich zu konzentrieren. Falls ihm tatsächlich etwas entgangen war, würde es ihm bestimmt nach seiner wohlverdienten Nachtruhe wieder einfallen.

Er legte den Umschlag in die Schreibtischschublade, steckte den Schlüssel ein und setzte die Brille ab. Indem er sich mit zwei Fingern die Nasenwurzel massierte, versuchte er, das dumpfe Hämmern aufkommender Kopfschmerzen zu bekämpfen. Schließlich rieb er sich die Augen und schenkte sich noch einen Whisky ein. Er brauchte ihn eigentlich nicht, doch auf diese Weise konnte er den Moment noch ein wenig hinausschieben, wo er erneut Harold gegenübertreten musste. Sein Widerwillen, jemandem mitzuteilen, was in diesen Papieren stand, wurde immer größer, denn er hatte sie schon mehr Jahre in seiner Obhut, als er zählen konnte, und fühlte sich persönlich dafür verantwortlich.

Es war tatsächlich eine Büchse der Pandora, die ihn Christy zu öffnen gebeten hatte, und doch vertraute sie darauf, dass er ihr den Gerichtssaal ersparte und die Presse von ihr fernhielt. Gerade für die Presse wäre es ein gefundenes Fressen, wenn sie Wind von der Sache bekäme. Doch vor Harold konnte er die Information nicht länger geheim halten, und er konnte nur hoffen, dass der Mann besonnen damit umging – und sehr diskret.

Er legte ein Blatt Papier auf seine Schreibunterlage und setzte mehrmals dazu an, eine Antwort an Christy zu verfassen. Als er schließlich zufrieden war, schrieb er den Text noch einmal ab und steckte den Zettel ein. Das Telegrafenamt war zu jeder Tages- und Nachtzeit geöffnet, und er würde das Telegramm heute noch absenden.

Charles Smithson konnte vor Müdigkeit kaum mehr aufrecht gehen. Zudem verspürte er ein Engegefühl in der Brust, als er nach Hut und Mantel griff und das Haus verließ. Als er feststellen musste, dass es schon wieder regnete, zog er den Hut tief ins Gesicht und trottete durch die Straßen, die trotz der späten Stunde und des schlechten Wetters noch immer belebt waren. Zumindest war die Luft jetzt frischer, und er konnte wieder leichter atmen.

Er verschickte sein Telegramm und suchte dann das Victoria Hotel auf, wo er langsam die Stufen zu Harolds Zimmer im ersten Stock hinaufging und an die Tür klopfte. Als keine Antwort kam, drehte er am Türknauf, nur um festzustellen, dass abgeschlossen war. Er klopfte erneut, wartete und gab schließlich auf. In gewisser Weise war er erleichtert, Harold erst morgen gegenübertreten zu müssen. Andererseits war ihm jedoch daran gelegen, die Sache schnell zu klären, und dabei spielte Harold eine wichtige Rolle.

Er ging wieder nach unten und wollte schon den Nachhauseweg antreten, als ihm ein Gedanke kam und er den breiten Durchgang zu den Ställen ansteuerte, wo mehrere Pferde die Köpfe herausstreckten und einen Mann beobachteten, der die Pflastersteine fegte.

»Ist das Pferd von Mr Ross hier?«

Schmale Augen musterten ihn aus einem wettergegerbten Gesicht, das von jahrelanger harter Arbeit sprach. »Nä, bedaure, Kumpel«, antwortete der Mann in breitem Cockney-Englisch. »Er is' heut früh davongeritten und noch nich wieder da.«

»Wenn er zurückkommt, würden Sie ihm dann das hier geben? Und ihm ausrichten, dass er sich bei mir melden soll, egal zu welcher Uhrzeit?« Charles drückte dem Mann eine Visitenkarte und eine Sixpenny-Münze in die schmutzige Hand. »Es ist sehr wichtig«, erklärte er.

Der andere tippte an seine abgenutzte Kappe. »Alles klar, Chef. Sie können sich auf mich verlassen.«

Langsam ging Charles nach Hause. Mehr konnte er heute nicht mehr tun, und sein Bett rief nach ihm. Doch als er die Tür hinter sich geschlossen hatte, wurde ihm plötzlich klar, was ihn im Hinterkopf geplagt hatte, und so stieg er nicht wie geplant die Treppe hinauf zu seiner Wohnung, sondern kehrte in sein Büro zurück, um die Dokumente noch einmal unter die Lupe zu nehmen.

Die Uhr auf dem Kaminsims schlug Mitternacht, als er die Papiere schließlich endgültig in den Umschlag steckte und alles wegschloss. Seine schlimmsten Befürchtungen hatten sich bewahrheitet. Ein unerlässliches Dokument fehlte – und ohne das könnte Christy sowohl Wallangarra verlieren als auch ihren guten Ruf.

Seine Finger waren so steif, dass er beinahe die Kristallkaraffe fallen gelassen hätte. Whisky tropfte auf den Schreibtisch, als er sich mühsam nachzuschenken versuchte. Schließlich gab er das Unterfangen auf, da seine Kopfschmerzen immer schlimmer wurden und Whisky keine Lösung war. Er musste ein Pulver nehmen und sich schlafen legen, bevor er sich alles noch einmal durch den Kopf gehen lassen und darüber nachsinnen konnte, was Christy wohl mit diesem unverzichtbaren Dokument gemacht hatte.

Mühsam kam er vom Stuhl in die Höhe, drehte den Gaskamin und die Lampen aus und öffnete die Tür. Gerade wollte er die lange Treppe nach oben zu seinen Privaträumen in Angriff nehmen, als ihn ein heftiger Schwächeanfall überkam. Er umklammerte den Treppenpfosten und kämpfte dagegen an, doch seine Beine gaben nach, und in seinem Kopf wurde es dunkel. Er war bereits bewusstlos, als er auf dem Boden aufkam.

Wutschnaubend stapfte Harold im strömenden Regen durch die Finsternis der verlassenen Straßen von Sydneys Vororten. Nicht genug damit, dass man ihm Geldbörse und Taschenuhr gestohlen hatte, während er bewusstlos auf der verdammten Straße lag, jetzt plagten ihn auch noch bohrende Kopfschmerzen, und er war durchnässt bis auf die Haut. Zu allem Überfluss war sein dämliches Pferd durchgegangen und hatte ihn weit draußen im Niemandsland allein zurückgelassen. Er fühlte sich, als wäre jeder einzelne Knochen in seinem Körper angeschlagen, und so verfluchte er den Fahrer dieses Automobils und schwor sich, dem Kerl, falls er ihm jemals wieder über den Weg liefe, einen derartigen Fausthieb zu verpassen, dass er nicht mehr wusste, welcher Wochentag war.

Die Absätze seiner Stiefel klapperten laut über das Straßenpflaster, als er endlich den Stadtrand erreichte und durch die schlecht beleuchteten Straßen trottete. Er beachtete die Prostituierten nicht, die zweifelhafte Vergnügungen anboten, und hielt die Augen nach Gestalten offen, die ihn als leichtes Opfer für einen weiteren Raub erachten könnten. Er hatte schon im Voraus Mitleid mit jedem, der es versuchte, denn der Betreffende würde schnell merken, dass er nur auf eine Schlägerei gewartet hatte.

Der Regen tropfte ihm vom Hut, auf den langen Mantel und in den Jackenkragen hinein, während der kalte Wind durch sein nasses Hemd blies und er vor Kälte und Wut darüber, dass sein Pferd ihn abgeworfen hatte, zitterte. Als es zwei Uhr schlug, hatte er endlich das Victoria Hotel erreicht, wo er sofort den Stall aufsuchte, voller Sorge, ob sein Pferd den Rückweg gefunden hatte.

Das Tier wieherte ihm aus dem Stall einen Gruß entgegen, und obwohl Harold miserable Laune hatte, war er enorm erleichtert, den blöden Gaul zu sehen.

»War nicht deine Schuld, Kumpel«, knurrte er, während er die Box betrat und das Tier abtastete, um sich zu vergewissern, dass ihm nichts fehlte. Es hatte ein Hufeisen verloren, doch davon abgesehen hatte es alles unbeschadet überstanden – ganz im Gegensatz zu Harold.

Er tätschelte seinem Pferd den Hals, ehe er die Stalltür wieder schloss. Als er hinter sich Schritte vernahm, fuhr er hastig herum und ging in Abwehrhaltung, bis er sah, dass er dem alten Stallburschen gegenüberstand.

»Immer mit der Ruhe, junger Mann«, sagte der Alte und hob die Hände. »Ich tu Ihnen nix.«

Harold löste die Fäuste. »Sie haben mich erschreckt«, sagte er, »und ich bin heute Nacht nicht in Stimmung dafür, dass sich Leute von hinten heranschleichen.«

»Der Gaul is' vor zwei Stunden gekommen«, sagte der andere, während er Harold mit seinen hellen Augen ansah und seinen beklagenswerten Zustand registrierte. »Sie ham wohl 'ne schlimme Nacht gehabt.«

»Allerdings. Danke, dass Sie sich um mein Pferd gekümmert haben«. Er wühlte in seinen Taschen nach einer Münze, doch die Diebe hatten ihn bis auf den letzten Penny ausgeraubt.

»Ich hab 'ne Nachricht für Sie«, sagte der Pferdeknecht und reichte ihm Smithsons Visitenkarte. »Er hat gesagt, es is' dringend, und Sie sollen sich bei ihm melden, egal, wie spät es is'.«

Harolds Laune verbesserte sich augenblicklich. »Danke, guter Mann. Wir sehen uns dann in der Frühe«, sagte er, ehe er aus dem Hof humpelte und sich so schnell wie möglich zu Smithsons Büro aufmachte.

Die Rum Lane lag in tiefster Finsternis, sodass er sich an den Häuserwänden entlangtasten musste. Mittlerweile war es schon fast drei Uhr morgens, aber Smithson hatte ja ausdrücklich darum gebeten, dass er sich unabhängig von der Uhrzeit bei ihm melden solle, also hatte er keinerlei Gewissensbisse, als er klingelte und an die Tür klopfte.

Er stand im Regen und wartete. Neben ihm floss ein Kanaldeckel über, und das Wasser ergoss sich sprudelnd über die Pflastersteine. In keinem einzigen Fenster brannte Licht, der Mond hatte sich hinter den Dächern verborgen, und die Dunkelheit war vollkommen. Er lauschte angestrengt, ob sich vielleicht Schritte näherten, doch ringsum war alles still.

Mit beiden Fäusten hämmerte er gegen die Tür, ehe er den Briefschlitz hochklappte und hineinspähte. In der stockfinsteren Diele konnte er rein gar nichts erkennen, und es war auch kein Laut zu vernehmen. Harold versuchte am Türknauf zu drehen, aber natürlich war abgeschlossen – die Smithsons schienen fanatische Anhänger der Gewohnheit zu sein, alles abzuschließen –, also drückte er weiter auf die Klingel.

Smithson war ein alter Mann, also brauchte er wahrscheinlich seine Zeit, um die Treppe hinunterzusteigen, überlegte er. Aber mittlerweile hätte doch sicher auch der seligste Schläfer den Krach gehört, den er veranstaltete.

Wie um das zu beweisen, riss jemand im Haus gegenüber ein Fenster auf und brüllte wütend heraus: »Hören Sie verflucht noch mal auf mit dem Krach und lassen Sie anständige Leute schlafen, Sie Flegel!«

»Ich muss unbedingt Smithson sprechen. Es ist dringend«, rief Harold hinauf.

»Wahrscheinlich schläft er«, brüllte der andere. »Genau wie ich es gern täte.« Damit knallte er das Fenster zu.

Harold trat einen Schritt zurück und blickte an Smithsons dreistöckigem Haus nach oben, in der Hoffnung, ein Licht angehen zu sehen, doch alles blieb völlig still, das Haus war für die Nacht abgeschlossen und die Fenster schwarz.

Er zog seinen Hut zurecht und wandte sich zum Gehen. Smithson schlief offenbar wie ein Toter, aber das Klingeln des Telefons würde ihn doch sicher wecken? Mit diesem Gedanken kehrte er eilig zum Hotel zurück.

Ein mattes Gaslicht flackerte im Flur, als er die Tür aufschloss und leise hineintappte. Bis auf das Geräusch des Wassers in den Regenrinnen und dem typischen Knarzen eines alten Hauses war es still. Er griff nach dem Telefon und bat die Vermittlung, ihn mit Smithson zu verbinden. Nach mehreren Minuten meldete sich die Dame wieder und sagte ihm, dass offenbar niemand zuhause war.

Er erklärte ihr gereizt, dass er zufällig ganz genau wusste, dass jemand da war, doch nachdem es erneut minutenlang geklingelt hatte, schien es, als hätte die Dame vom Amt recht. Smithson war nicht da.

Er ging hinauf in sein Zimmer, ohne das Telegramm zu bemerken, das unter der Tür gelegen hatte und nun vom Luftzug unters Bett geweht wurde. Vorsichtig zog er die patschnassen Sachen aus, wobei er immer wieder zusammenzuckte, da ihm jede Bewegung Schmerzen durch sämtliche Glieder jagte. Er musterte die Blutergüsse an seinem Oberkörper und wunderte sich, dass er sich bei seinem Sturz keine Knochen gebrochen hatte. Dann ging er ins Badezimmer und nahm ein heißes Bad.

In ein großes Handtuch gewickelt, kehrte er anschließend ins Zimmer zurück und kroch unter die Decken, vor Schmerzen und von dem Schock immer noch zitternd. Da er trotz seiner Erschöpfung nicht einschlafen konnte, lag er da und starrte an die Decke. Er konnte nicht begreifen, warum Smithson ihm diese Nachricht hinterlassen hatte und dann ausgegangen war.

Irgendwann musste er eingeschlafen sein, denn als er das nächste Mal die Augen aufschlug, schien die Sonne herein und es war schon fast neun Uhr. Er schnappte vor Schmerz nach Luft, als er zu hastig aufstand, und biss beim Anziehen die Zähne zusammen. Schließlich musste er feststellen, dass es sogar wehtat, die Treppe hinunterzusteigen. Er ignorierte den verführerischen Duft von Kaffee und gebratenem Speck und eilte unverzüglich zu Smithsons Büro.

Der Sohn näherte sich soeben vom anderen Ende der Straße, und sie nickten einander kurz zu. »Ihr Vater hat mir ausrichten lassen, dass ich mich sofort bei ihm melden soll«, erklärte Harold, als der andere einen Schlüssel in die Außentür steckte. »Aber er scheint ausgegangen zu sein.«

Stirnrunzelnd öffnete John Smithson die Tür. »Mein Vater war gestern Abend sehr müde«, sagte er. »Ich bezweifle, dass er irgendwo anders war als in seinem Bett.«

Harold folgte ihm in den quadratischen Vorraum und wartete ungeduldig, bis der andere die Innentür aufgeschlossen hatte. »Wenn ich nur auch so tief und fest schlafen könnte«, murmelte er.

John trat in den Vorraum, schnappte erschrocken nach Luft und rannte zu seinem Vater, der mit leichenblassem Gesicht und beängstigend still am Fuß der Treppe lag.

»Rufen Sie einen Krankenwagen«, herrschte er Harold an und warf ihm seinen Schlüsselbund zu. »Das Telefon steht im Büro.«

Harold brauchte eine Weile, bis er endlich den richtigen Schlüssel gefunden hatte, und schloss die Tür auf. Binnen Sekunden hatte er Hilfe alarmiert und eilte zurück an den Fuß der Treppe. Smithson lag inzwischen in den Armen seines Sohnes und schien sich ein wenig erholt zu haben. Trotzdem sah er entsetzlich aus, und Harold rechnete mit dem Schlimmsten.

»Holen Sie ein Glas Wasser«, wies John ihn an. »Im Hinterzimmer ist ein Wasserhahn.«

Harold kam gerade mit dem Wasser zurück, als das schrille Läuten der Klingel Hilfe ankündigte. Er öffnete die Haustür und trat beiseite, um zwei Männer mit einer Krankentrage hereinstürmen zu lassen, begleitet von einem Arzt. Beklommen wartete er neben John, während Smithson untersucht wurde.

Der alte Mann war außer Lebensgefahr, doch er war eindeutig verwirrt und sprach nur undeutlich. Rasch legte man ihn auf die Trage und transportierte ihn zu dem Pferdewagen hinaus, der am Beginn der Rum Lane wartete. Durch die weit geöffneten Hintertüren schob man die Trage vorsichtig hinein.

John ging mit Harold aus dem Haus und schloss die Tür ab, ehe er neben seinem Vater in den Wagen stieg. Der Fahrer knallte mit der Peitsche, und das Pferd trottete los, während unentwegt die Glocke bimmelte, um dem Gefährt durch den Verkehr einen Weg zum Sydney General Hospital zu bahnen.

Harold kehrte zum Hotel zurück und holte sein Pferd. Auf dem eiligen Ritt zum Krankenhaus schmerzte ihn jeder Muskel und jede Sehne in seinem Leib.

Smithsons Sohn marschierte vor dem Behandlungszimmer nervös auf und ab. »Gibt es etwas Neues?«, fragte Harold.

Smithson junior schüttelte den Kopf, die Augen in seinem kreidebleichen Gesicht voller Angst. »Ich habe ihm immer gesagt, er soll kürzertreten«, murmelte er. »Er ist schon fast achtzig und hat seit einiger Zeit ein schwaches Herz. Diese ganze Aufregung wegen Christy war zu viel für ihn.« Er blieb stehen und sah Harold an. »Ich heiße übrigens John. Danke für Ihre Hilfe, aber Sie brauchen nicht hierzubleiben.«

»Oh doch«, erwiderte Harold. »Er hat mir ausrichten lassen, dass er mich dringend sprechen will – und ich muss wissen, warum.«

»Wahrscheinlich hatte es etwas mit dem Telegramm zu tun, das er gestern bekommen hat.« John vergrub die Hände in den Taschen, den besorgten Blick auf den Vorhang gerichtet, hinter dem die Ärzte seinen Vater behandelten.

»Telegramm? Was für ein Telegramm?«

»Es kam von der SS *Southern Cross*.«

Harold war außer sich vor Wut. Der alte Narr hatte seine Worte ignoriert und Christy in dieses Schlamassel mit hineingezogen, was sie zweifellos schwer erschüttert haben musste. »Wissen Sie, was darin stand?«

Er schüttelte den Kopf. »Ich habe es nicht aufgemacht, daher habe ich keine Ahnung.«

»Ich muss es sehen. Es könnte unsere einzige Hoffnung darauf sein, diesem Ärger ein Ende zu machen.«

»Also, ich gehe hier nicht weg, bevor ich nicht weiß, wie es um Dad steht, und ich lasse Sie unter keinen Umständen allein in seinem Büro herumstöbern. Sie werden sich in Geduld üben müssen.«

Harold holte flach und stockend Luft, während er seinen wachsenden Verdruss zu unterdrücken suchte. »Ich übe mich jetzt schon seit zwei Wochen in Geduld«, versetzte er. »Und falls dieses Telegramm ihm die Erlaubnis erteilt, das Schließfach zu öffnen, dann muss ich unbedingt Zugriff auf die Papiere bekommen, die darin liegen.«

»Darüber entscheide ich«, erklärte John grimmig. »Gehen Sie einfach, Mr Ross, und erlauben Sie mir, mich auf meinen Vater zu konzentrieren.«

Harold kochte innerlich, als er sich auf einen Stuhl in der Nähe fallen ließ und die Arme verschränkte. Er würde nicht von der Seite dieses Mannes weichen, bis er wusste, was in diesem Telegramm stand.

18

An Bord der SS Southern Cross

Das Schiff hatte für ein paar Stunden an der Insel Mauritius angelegt, und Christy war froh, dass Anne endlich ein liebevolles und zerknirschtes Telegramm von Harold erhalten hatte, das sie aufheiterte und ihr neue Hoffnung darauf machte, dass ihre Heimkehr den Neubeginn bedeuten könnte, den sie sich so sehr für ihre Ehe wünschte.

Jetzt hielten sie mit Volldampf auf die Westküste Australiens zu. Der Indische Ozean sah aus wie blaues Glas und die Hitze flimmerte darüber wie ein greller, tanzender Schleier, was Christy genossen hätte, wenn sie sich nicht solche Sorgen darüber gemacht hätte, was sich in Sydney abspielte.

Seit sie Charles das Telegramm geschickt hatte und gleich noch eines an Harold und ein weiteres an den Familienanwalt Baker, hatte sie sich fast völlig zurückgezogen. Sie suchte Zuflucht in ihrer Kabine, außerstande, gesellschaftlichen Umgang zu pflegen, da ihre Gedanken voll und ganz von der schrecklichen Lage beherrscht wurden, in die man sie gebracht hatte. Es waren Entscheidungen zu treffen, die weitreichende Konsequenzen haben konnten. Diese Last vermochte sie nicht länger allein zu tragen, doch nachdem Anne nun endlich wieder froh war, musste sie unbedingt einen kühlen Kopf bewahren und behutsam mit den Empfindlichkeiten ihrer Tochter umgehen.

Komplett verschonen konnte sie Anne allerdings nicht. Die Last musste geteilt werden, wenn sie die Sache gemeinsam zu einem guten Ende bringen wollten, und je näher sie Australien kamen, ohne dass sie Antwort auf ihre Telegramme erhielt, desto klarer lag auf der Hand, dass sie sich Anne anvertrauen musste, auch wenn sie Angst vor ihrer Reaktion hatte.

Halbherzig widmete sie sich ihrem Nachmittagstee, als ein Klopfen an ihrer Kabinentür sie aus ihren trüben Gedanken riss. »Wer ist da?«, rief sie gereizt.

»Ich bin's, Grandma. Darf ich reinkommen?«

Wenn sie Kathryn jetzt abwies, würde sie sich nur den Kopf darüber zerbrechen und damit alles noch komplizierter machen. »Ja, Liebes«, antwortete Christy deshalb und bemühte sich um einen freundlichen Tonfall.

Kathryn sah in dem grünen Tageskleid, das ihr rotbraunes Haar und ihre strahlenden Augen betonte, hinreißend aus, doch ihr fröhliches Lächeln verschwand in dem Moment, als sie Christy sah, und sie stürmte quer durch den Raum zu ihr hin. »Was ist denn los, Grandma? Bist du krank?«

Christy rang sich ein Lächeln ab. »Ach du liebe Zeit«, sagte sie mit einem nervösen Lachen. »Sehe ich so schlimm aus?«

Kathryn ging neben Christys Stuhl in die Hocke und ergriff ihre Hand. »Du siehst wirklich krank aus, Grandma. Soll ich den Schiffsarzt rufen?«

»Natürlich nicht«, wehrte sie ab. »Die Hitze macht mir zu schaffen, weiter nichts. Bitte mach keine Umstände, Kathryn.«

Kathryn sah sich in der Kabine um, registrierte die herumliegenden Kleidungsstücke, das ungemachte Bett und das zerdrückte Kleid, das Christy am Morgen gedankenlos übergezogen hatte. »Mutter und ich machen uns große Sorgen um dich«, sagte sie ernst. »Du gehst uns jetzt schon seit zwei Tagen aus dem Weg, dabei passt es gar nicht zu dir, dich so zu verkriechen.« Sie musterte das kaum angetastete Teetablett. »Und offenbar isst du auch nicht genug«, fügte sie hinzu.

»Natürlich esse ich genug«, versetzte Christy abwesend. »Aber bei so einer Hitze hatte ich noch nie großen Appetit. Mir fehlt nichts, ehrlich.«

»Ich hole jetzt Mutter«, erklärte Kathryn entschlossen, und noch ehe Christy sie aufhalten konnte, war sie schon zur Tür hinausgeeilt.

»Oh Gott«, stöhnte sie und ließ sich in ihrem Stuhl zurücksinken. »Ich schaffe das nicht – wirklich nicht.« Sie schloss die Augen und versuchte, das Bild ihres geliebten Mannes heraufzubeschwören. Sie sehnte sich danach, seine Stimme zu hören und sich von seiner Klugheit leiten zu lassen, denn er war ihr *darach* – ihre Eiche –, ihr Fels in der Brandung, und sie brauchte ihn jetzt mehr denn je.

Sie hörte das leise Rumoren der Schiffsmotoren und das sanfte Rauschen der See, und ihr schien darin ein Flüstern zu erklingen: *Bleib stark, Christy. Ich bin bei dir.*

Sie lächelte, und ihr Puls beruhigte sich, während ihre Angst sich legte, und sie begriff, dass er sie immer begleiten würde, genau wie er es zu Lebzeiten getan hatte. Dieses Wissen gab ihr Kraft, und sie erhob sich rasch, um sich zu frisieren und ein frisches Kleid anzuziehen, ehe Anne und Kathryn zurückkehrten.

Sie musterte sich im Spiegel, während sie ihr Haar zu einem lockeren Knoten zusammensteckte. Nun verstand sie, warum Kathryn so besorgt gewesen war. Ihr Gesicht war verhärmt, unter ihren glanzlosen Augen lagen Schatten, und in ihrem Kinn zuckte ein Nerv. Sie sah uralt aus und fühlte sich auch so.

Ohne zu klopfen, stürmten die beiden herein, als sie sich gerade Puder ins Gesicht tupfte. »Seht ihr«, sagte sie trotzig, »mir geht's blendend, bis auf diese schreckliche Hitze.«

»Du siehst furchtbar aus«, erklärte Anne tonlos. »Ich hole jetzt den Schiffsarzt.«

Christy packte sie am Arm. »Nein, Anne. Ich brauche keinen Arzt. Ihr müsst aufhören, euch Sorgen um mich zu machen.«

»Ich kann nicht anders, als mir Sorgen zu machen«, entgegnete Anne. »Willst du dich jetzt für den Rest der Reise hier verbarrikadieren?«

»Ich möchte lediglich meinen Tee zu Ende trinken und friedlich hier unter dem kühlenden Ventilator sitzen, während ich das herrliche blaue Meer bewundere.« Um ihrer Aussage Nachdruck zu verleihen, steckte sie eines der winzigen Gurkensandwiches in den Mund.

»Es sieht dir gar nicht ähnlich, dich völlig zurückzuziehen und dich an nichts mehr zu beteiligen«, klagte Anne. »Wir haben dich kaum mehr zu Gesicht gekriegt, seit wir Madagaskar verlassen haben; du hast sogar hier drinnen gegessen und bist nicht mal in Mauritius mit uns an Land gegangen.«

»Mir ist heiß, und ich brauche nach unserer langen Reise ein bisschen Zeit für mich«, sagte sie bedächtig und schenkte ihrer Tochter ein müdes Lächeln. »Aber kommt doch später wieder und leistet mir Gesellschaft.« Sie leckte sich die trockenen Lippen, plötzlich ganz nervös. »Ich muss etwas ziemlich Wichtiges mit euch besprechen, ehe wir in Melbourne eintreffen.«

Anne kniff argwöhnisch die Augen zusammen. »Was ist denn? Du stirbst doch nicht etwa an einer grauenhaften Krankheit, oder?«

»Nichts dergleichen«, erklärte sie. »Aber wenn, dann würde ich dein mangelndes Mitgefühl als ausgesprochen belastend empfinden.«

Anne lief dunkelrot an. »Natürlich fühle ich mit dir, so habe ich das nicht gemeint. Aber du benimmst dich in letzter Zeit seltsam und siehst auch nicht gut aus – außerdem ist es eine schreckliche Angewohnheit von dir, uns erst überhaupt nichts zu sagen und uns dann mit einer grässlichen Enthüllung zu schockieren.« Sie runzelte die Stirn. »Als ob dir das Spaß machen würde.«

Christy musste sich im Stillen eingestehen, dass ihre Gewohnheit, Dinge für sich zu behalten, für ihre Familie ärgerlich sein musste, doch es war eine alte Gewohnheit, die sie nicht einfach ablegen konnte.

»Es tut mir leid, wenn meine Art belastend ist, und es macht mir selbstverständlich keinen Spaß, dich im Unklaren zu lassen«, sagte sie. »Aber es gibt Dinge, die ich lieber für mich behalte, solange es nicht unbedingt nötig ist, sie anderen mitzuteilen.« Sie reckte das Kinn und fing den verständnislosen Blick ihrer Tochter auf. »Allerdings gibt es etwas, was ich mit dir besprechen muss, Anne, und zwar unbedingt noch heute.«

»Na dann, schieß los.«

»Nein, es ist besser, wenn wir uns unter vier Augen unterhalten, nach deinem Nachmittagstee.«

Kathryn runzelte die Stirn. »Warum kannst du es uns nicht einfach gleich sagen?«

»Weil ich noch nicht so weit bin und mir erst einiges durch den Kopf gehen lassen muss.«

»Mein Gott. Das klingt wirklich ernst.«

»Das ist es auch«, sagte Christy leise. »Aber es ist nichts, worüber du dir den Kopf zerbrechen müsstest.« Sie durchquerte die Kabine und zog die Tür auf, um die beiden hinauszuschicken.

Kathryn verschränkte die Arme. »Bevormunde mich nicht, Grandma«, sagte sie ausdruckslos. »Ich kenne dich gut genug, um zu wissen, dass etwas sehr im Argen liegt, und wenn du etwas zu sagen hast, dann finde ich, dass ich es auch erfahren sollte.«

Christy unterdrückte ihre Ungeduld. »Es tut mir leid, Kathryn, ich wollte dich nicht bevormunden, aber was ich mit deiner Mutter zu besprechen habe, betrifft dich wirklich nicht, und es wäre mir lieber, wenn du das einfach akzeptieren würdest, ohne dich querzustellen.«

Christy fing Annes Blick auf und versuchte, ihr wortlos begreiflich zu machen, dass Kathryn nicht erfahren sollte, was sie zu sagen hatte – und die Botschaft schien anzukommen, denn Anne seufzte tief und nahm ihre Tochter am Arm.

»Lass uns gehen, Kathryn«, sagte sie. »Deine Großmutter dramatisiert mal wieder, wie üblich. Ich komme nach dem Tee noch mal vorbei, wenn du mit Lucy in der Tanzstunde bist, und wir sehen uns dann hinterher.«

Kathryn gab sich unwillig, doch Anne schob sie hinaus, ehe sie Christy einen letzten sorgenvollen Blick zuwarf und die Tür hinter sich schloss.

Christy atmete erleichtert aus. Sie war froh, dass sie etwas Zeit gewonnen hatte, um sich auf das Gespräch vorzubereiten. Sie räumte ihre Kleider weg, stellte das kaum angetastete Tablett vor die Kabine und trat an die Reling, um die leichte Brise aufzufangen, die vom türkisfarbenen Meer her wehte.

Als sie die Augen schloss und das Gesicht zur Sonne hob, konnte sie ihn fast an ihrer Seite spüren – groß, aufrecht und verlässlich –, ihr Fels in der Brandung, ihr bester Freund, ihr Mann. Er würde ihr helfen, den sich zusammenbrauenden Sturm zu überstehen – genau wie er es vor all den Jahren getan hatte, in Queensland.

Sydney

Harold war den ganzen langen Vormittag bei John Smithson geblieben, hatte das Kommen und Gehen von Ärzten und Schwestern verfolgt und war immer besorgter geworden, da ihm niemand sagte, was mit Charles Smithson los war.

Erst um die Mittagszeit kam endlich ein Arzt und erklärte ihnen, dass Smithson einen leichten Schlaganfall erlitten habe und seine rechte Hand teilweise gelähmt sei. Die Prognose sei jedoch gut, und man hoffe auf seine vollständige Genesung.

»Darf ich ihn sehen?«, fragte John beklommen.

»Aber nur ein paar Minuten«, erwiderte der Arzt ernst. »Er braucht absolute Ruhe und wird bald auf die Station verlegt.«

Harold hatte keine Erlaubnis bekommen, den Bereich hinter dem Vorhang zu betreten, und so vergrub er die Hände in den Hosentaschen und ging erneut auf und ab. Sein Geduldsfaden war zum Zerreißen gespannt. Das nutzlose Wissen, dass irgendwo in Smithsons Büro die Antwort auf all die quälenden Fragen lag, brannte in ihm wie Feuer.

Der Vorhang wurde ein Stück aufgezogen, und Smithson junior erschien. »Er ist aufgeregt«, sagte er, »und es ist zwar schwer zu verstehen, was er sagt, aber ich glaube, er fragt nach Ihnen.«

Rasch folgte ihm Harold an das Krankenbett und registrierte erschrocken, wie alt und hinfällig Smithson wirkte. Sein Gesicht war eingefallen und schien auf der einen Seite herunterzuhängen, und seine Oberlippe schimmerte bläulich. »Hier bin ich, Mr Smithson«, sagte er leise.

»Ross?« Das Wort kam dem alten Mann undeutlich über die Zunge.

»Ja, Mr Smithson. Ich bin Harold Ross.«

»Schlüssel«, stieß er hervor und hob seine unversehrte Hand von dem weißen Laken, um auf das Sakko zu zeigen, das über einer Stuhllehne hing.

Harold wartete, bis John es geholt hatte, dann nahm er es und bückte sich zum Bett hinab. »Gestatten Sie mir, diese Papiere anzusehen?«, fragte er.

»Ja«, hauchte er, während ihm eine Speichelspur übers Kinn lief. »Im Schreibtisch.« Die bleiche Hand griff nach Harolds Revers. »Fehlt«, nuschelte er, während er Harold mit flammendem Blick in die Augen sah. »Es fehlt was.«

Harold und John beugten sich näher zu ihm. »Was fehlt?«

Charles schloss die Augen und sank tiefer in die Kissen, als wäre er von dem Gespräch erschöpft. Seine nächsten Worte flüsterte er so leise, dass Harold nichts verstand.

»Was hat er gesagt?« Er hielt das Ohr dicht vor den Mund

des alten Mannes, doch das Einzige, was er hörte, war ein Zischlaut innerhalb eines Wortes, das ihm nichts sagte. Er sah John an. »Haben Sie das verstanden?«, erkundigte er sich.

Smithson junior schüttelte den Kopf. »Wir haben dich nicht verstanden, Dad«, sagte er, wobei sein Ohr beinahe die verzerrten Lippen des Alten berührte. »Was fehlt?«

Sie sahen ihm an, wie er kämpfte und wie seine Lippen versuchten, seiner widerspenstigen Zunge das Wort abzutrotzen. »Eidesss …ung«, presste er hervor.

John runzelte die Stirn. »Eine eidesstattliche Erklärung?«, hakte er nach. »Eine eidesstattliche Erklärung fehlt?«

Doch Charles' Augen waren geschlossen, sein Mund stand offen und beide Hände ruhten schlaff auf der Bettdecke.

»Wir bekommen heute nicht mehr aus ihm heraus«, sagte Harold. »Der arme alte Knabe.« Er richtete sich auf und musterte John, der durch die ganze Aufregung sichtlich gealtert wirkte. »Es tut mir leid, dass Ihrem Vater das zugestoßen ist. Aber Sie haben doch gehört, wie er gesagt hat, dass ich mir die Papiere anschauen darf, nicht wahr?«

John hielt die Hand seines Vaters fest und nickte zögerlich. »Ja.«

»Dann kommen Sie; hier können wir nichts mehr ausrichten.«

»Ich bleibe hier, bis er auf die Station gebracht wird. Wir können uns im Büro treffen, wenn ich meine Familie davon informiert habe, was passiert ist.«

»Und wie lange wird das dauern?«

»Mindestens zwei Stunden.«

Harold griff nach seiner Taschenuhr, ehe ihm einfiel, dass sie mitsamt seiner Geldbörse gestohlen worden war, und schnaubte verdrossen. »Dann treffen wir uns um zwei Uhr.«

Er wartete die Antwort des anderen gar nicht ab, sondern stürmte durch den Vorhang und eilte davon. Er musste Geld von der Bank holen und brauchte etwas zu essen und mindestens eine Kanne Kaffee. Dann würde er sich eine neue Uhr besorgen und sich auf das vorbereiten, was er unter Christys Papieren finden mochte.

Erst eine Stunde später kehrte er in sein Hotelzimmer zurück und entdeckte Christys Telegramm auf dem Bett. Er riss den Umschlag auf und las die kurze Nachricht.

Verlasse mich auf dich STOP Charles und Baker haben Antworten STOP Christy

An Bord der SS Southern Cross

Christy riss das soeben eingetroffene Telegramm von Charles auf, woraufhin sich ihre Stimmung weiter verschlechterte. Nun wusste sie ohne jeden Zweifel, was die Panik ausgelöst hatte. Sie steckte es ein und wartete nervös auf Anne.

Anne legte kühle Gelassenheit an den Tag, als sie eine Stunde später Christys Kabine betrat. »Was ist eigentlich los?«

Christy holte tief Atem und flehte innerlich um die Kraft, die sie brauchte, um das hier durchzustehen. Dann griff sie nach der Hand ihrer Tochter.

»Ich brauche dein Verständnis und deine Unterstützung, Anne«, begann sie leise, »da sich eine heikle Situation ergeben hat und wir über das Versprechen reden müssen, das ich dir kürzlich in London gegeben habe.«

Anne erblasste, und auf ihrer Miene machte sich Argwohn breit. »Was für eine Situation?«

Christy hielt ihre Hand ganz fest. »Es tut mir leid, mein Schatz. Ich erkläre dir gleich alles, aber ich wollte dich vorwarnen, dass ich vielleicht gezwungen sein könnte, dieses Versprechen zu brechen.«

Anne wurde aschfahl und klammerte sich an Christys Hand, um nicht umzukippen. »Aber warum?«, keuchte sie. »Was ist denn passiert?«

Christy zog sie mit sich auf die Chaiselongue und setzte sich neben sie. »Ich fürchte, dass jemand unser Geheimnis entdeckt hat und jetzt die Familie damit bedroht.«

Anne schüttelte den Kopf, während in ihren Augen Zornestränen glitzerten. »Du hast mir versichert, dass es außer Daddy niemand weiß«, grollte sie. »Du hast geschworen, du hättest diese Papiere so gut versteckt, dass sie nie gefunden werden würden.«

»Das habe ich zu dem Zeitpunkt, als ich dir das Versprechen gegeben habe, auch geglaubt«, antwortete sie aufrichtig. »Und ich kann dir garantieren, dass die Papiere, die du vor acht Jahren gefunden hast, nicht die sind, mit denen wir jetzt bedroht werden. Jemand muss irgendwie etwas entdeckt haben – vielleicht ein anderes Schriftstück oder einen Brief, von dem ich nichts weiß.«

Anne riss ihre Hand weg und sprang auf. »Wer ist diese Person?«, herrschte sie Christy mit erhobener Stimme an und ballte die Fäuste. »Und womit bedroht sie uns?«

Christy tat sich schwer, die richtigen Worte zu finden. Sie tappte ebenso im Dunkeln wie Anne und wusste, dass alles, was sie sagte, ihre Tochter noch mehr verletzen würde. »Ich weiß nur sehr wenig«, gestand sie, »und kann nur vermuten, dass die betreffende Person das Besitzrecht an Wallangarra infrage stellt – vielleicht sogar das an Yarrabinda.«

Anne runzelte die Stirn. »Aber warum? Diese Anwesen sind doch seit Jahren im Besitz unserer Familie.«

»Die Person, die den Ärger verursacht hat, ist wahrscheinlich entfernt mit deinem Vater verwandt.«

»Mit Daddy?«, fragte sie mit zitternder Stimme. »Aber wie das?«

»Nicht mit deinem Daddy«, entgegnete Christy sanft, »sondern mit dem Mann, der dich gezeugt hat.«

»Oh mein Gott«, keuchte Anne und ließ sich auf die Chaiselongue zurücksinken.

Christy sah ihrer Tochter förmlich an, wie ihre Gedanken sich überschlugen, und wappnete sich vor dem Sturm, der sicher gleich losbrechen würde.

»Aber was hat diese Person mit unserem Familienbesitz zu tun – und wie hat sie von dir und ihm erfahren? Du hast mir gesagt, er sei tot und dein schmutziges kleines Geheimnis sei mit ihm gestorben.« Ihr Gesicht war vor Zorn verzerrt, ihre Augen starr. »Oder war das nur eine weitere deiner vielen, vielen Lügen?«

Christy schüttelte den Kopf. »Er ist seit langem tot und begraben, das kann ich dir versichern.«

»Wie ist unser Geheimnis dann herausgekommen?«

Christy biss sich auf die Lippe, denn diese Frage plagte sie schon seit dem Moment, als sie Charles' Telegramm bekommen hatte. »Ich habe nicht die leiseste Ahnung«, gestand sie. »Und ich werde keinesfalls anfangen zu spekulieren.«

»Ich nehme an, die betreffende Person verwendet diese Informationen, um die Familie zu erpressen«, murmelte Anne düster. »Aber ich begreife noch immer nicht, wie Yarrabinda und Wallangarra damit zusammenhängen.«

»Es ist viel zu kompliziert, um das jetzt zu erklären, Anne, vor allem, da ich keine Ahnung habe, mit welcher Art von Bedrohung wir es zu tun haben«, antwortete sie. »Wie auch immer die Fakten liegen, es empfiehlt sich, auf das vorbereitet zu sein, was uns in Melbourne erwarten könnte – und deshalb muss ich möglicherweise Kathryn ins Vertrauen ziehen.

»Nur über meine Leiche«, keuchte Anne. »Sie braucht nichts von deinem abstoßenden Benehmen zu erfahren, und ich verbiete dir, ihr auch nur ein Wort davon zu sagen.«

»Anne, ich verstehe und respektiere dein Bedürfnis, Kathryn zu schützen, und ich hoffe aus ganzem Herzen, dass es nicht notwendig sein wird, ihr etwas davon zu erzählen. Aber wenn sich die Drohung dieser Person nicht abwehren lässt, dann werden wir alle gezwungen sein, uns dem grellen Licht der Öffentlichkeit zu stellen, wie es ein Gerichtsverfahren mit sich bringt. Und dazu müsst ihr beide die ganze Wahrheit darüber wissen, was vor all den Jahren passiert ist.«

»Was meinst du damit? Ich dachte, du hättest mir schon alles gesagt?«

»Ich habe dir gesagt, was du hören wolltest«, sagte sie. »Und da du nicht besonders neugierig in Bezug auf den Mann warst, der dich gezeugt hat, beziehungsweise auf die Umstände deiner Entstehung, habe ich alles etwas geglättet.«

Annes Augen wurden schmal. »Du hast *alles etwas geglättet?*«, zischte sie wutentbrannt. »Warum sagst du nicht die verdammte Wahrheit, damit wir es ein für alle Mal hinter uns haben?«

Christy zuckte unter Annes derben Worten zusammen, doch angesichts der schwierigen Situation konnte sie es ihr nachsehen. »Die Wahrheit ist hässlich, Anne, und du warst damals nicht in Stimmung, sie dir anzuhören.«

Anne musterte sie kalt. »So schlimm kann er ja nicht gewesen sein, wenn du mit ihm ins Bett gegangen bist«, fauchte sie.

Christy begriff, wie sehr ihre Tochter daran glauben wollte, dass ihr leiblicher Vater doch seine guten Seiten gehabt hatte, und um ihr nicht noch mehr Kummer zu bereiten, beschloss sie, seine Vorzüge hervorzuheben und seinen wahren Charakter für sich zu behalten.

»Ich war jung und naiv und litt noch schwer an Liebeskummer, und er hat mich eingelullt, mir das Gefühl gegeben, etwas Besonderes zu sein. Trotz all seiner Fehler – und er hatte viele –

besaß er enorm viel Charme, und das machte es leicht, sich in ihn zu verlieben.«

Damit schien Anne zufrieden zu sein. Eine Weile saß sie in Gedanken vertieft da. »Wie lange weißt du schon von dieser Bedrohung?«, fragte sie schließlich.

»Seit zwei Tagen«, gestand Christy, wobei ihr Blick kurz zu dem braunen Umschlag auf dem Nachttisch wanderte. »Ich habe ein Telegramm aus Sydney bekommen. Es stammt von einem Mann, dem ich zeit meines Erwachsenenlebens vertraut habe, und betrifft den Schlüssel zu einem seiner Schließfächer.«

Anne runzelte die Stirn. »Aber wenn dieser Mann dir ein Telegramm geschickt hat, dann muss auch er unser Geheimnis kennen.« Sie ballte die Fäuste und sprang erneut auf, während die Augen in ihrem wutverzerrten Gesicht blitzten. »Wie vielen Leuten hast du es eigentlich noch erzählt, Mutter?«

»Charles war dabei, als das alles passiert ist«, sagte Christy und beäugte ängstlich Annes Fäuste. Anne war so wütend, dass sie womöglich gar gewalttätig wurde. »Ich habe keine Geheimnisse vor ihm.«

»Anscheinend hast du überhaupt keine Geheimnisse«, versetzte Anne bitter. »Es wundert mich, dass du keine Anzeige in die Zeitung gesetzt und es gleich in ganz Australien herumposaunt hast.«

Christy sagte nichts – es war zwecklos.

Anne vergrub das Gesicht in den Händen und stieß einen gequälten Schrei aus. »Wenn das herauskommt, wissen es alle, und wir werden zum Gespött ganz Australiens.« Sie hob ruckartig den Kopf, und ihre tränennassen Augen blitzten gefährlich. »Das wird Kathryns Ruf ruinieren und ihr wahrscheinlich den Zugang zur Universität versperren. Und was ist mit Harold? Er wird sicher nichts mehr mit mir zu tun haben wollen, wenn er erfährt, was ich bin. Du hast mein Leben ruiniert«, tobte sie. »Ich hasse dich.«

Christy versuchte ihr zu vermitteln, dass Harold wahrscheinlich längst Bescheid wusste und, statt sich von ihr abzuwenden, sein Möglichstes tat, um sie zu beschützen.

»Ich höre auf nichts mehr, was du sagst«, schrie Anne. »Du bist eine Lügnerin, und ich wünschte, ich wäre nie geboren.«

Christy begriff, dass nichts, was sie hätte sagen oder tun können, ihre Tochter beruhigen würde, die sich aufführte wie ein Kleinkind im Trotzalter, und so verkniff sie sich eine Erwiderung und wartete ungeduldig darauf, dass der Sturm aus Wut und Tränen sich verzog.

Trotzdem plagte sie die Scham über ihren jugendlichen Leichtsinn, der ihrer Tochter solchen Kummer bescherte und sie mit dem Stigma der Unehelichkeit zeichnete, das jetzt auch die nächste Generation zu belasten drohte. Sie konnte nur hoffen, dass Charles ihrer Antwort auf sein erstes Telegramm rasch Taten folgen ließ und eng mit Harold und Baker zusammenarbeitete, um die Katastrophe abzuwenden.

Es quälte sie, so weit weg von zuhause zu sein, so dass ihr die Hände gebunden waren und sie sich darauf verlassen musste, dass sich andere für sie einsetzten. Doch während sie ihrer Tochter dabei zusah, wie sie mit den Tatsachen rang, begriff sie, dass sie ihren eigenen Kampf auszufechten hatte.

Als Anne ihre Gefühle etwas unter Kontrolle gebracht hatte, griff Christy weder nach ihrer Hand, noch redete sie ihr gut zu. Anne würde eine solche Geste nur verächtlich zurückweisen, was sie ihr nicht einmal verdenken konnte. »Harold weiß es vermutlich inzwischen«, sagte sie ruhig und reichte ihr Charles' erstes Telegramm. »Ja, im Grunde muss er es schon gewusst haben, bevor er dir das erste Telegramm geschickt hat. Es ist eindeutig, dass es nichts daran ändert, was er für dich empfindet.«

»Das kannst du nicht wissen«, grollte Anne. »Das sagst du nur, um mich zu beruhigen.«

»Doch, ich weiß es«, entgegnete Christy. »Wenn du die Nachricht liest, wirst du feststellen, dass es Harold war, der den Schlüssel gefunden hat, den Zusammenhang erkannt und meinen Freund Charles aufgesucht hat.«

Anne las das Telegramm und sah ihre Mutter danach mürrisch an. »Das verstehe ich nicht«, murmelte sie. »Was soll an einem Schlüssel so wichtig sein?«

»Er passt zu einem Schließfach, das Charles die letzten vierzig Jahre für mich gehütet hat. In dem Fach liegen die Papiere, die ich aufbewahrt habe, um das Schlimmste zu verhindern, falls so etwas passiert wie jetzt«, antwortete sie.

»Dann verstehe ich aber nicht, warum du Kathryn alles sagen willst«, wandte Anne ein, während sie mit den Tränen kämpfte und sich die Augen mit einem durchnässten Taschentuch abtupfte. »Wenn dieser Freund von dir mithilfe dieser Papiere die Bedrohung abwenden kann, muss Kathryn doch nie erfahren, wie schändlich du dich damals benommen hast.«

»Vielleicht gelingt es ihm aber nicht«, sagte Christy seufzend. »Die Person, die uns angreift, könnte unabhängig von den Beweisen, die wir vorlegen, ihre Ansprüche gerichtlich einklagen wollen.«

»Aber warum?«

Christy zuckte die Achseln. »Gier. Die Chance, etwas zu bekommen, worauf man ein Recht zu haben glaubt. Die Gelegenheit, einen Batzen Geld nur dafür zu bekommen, dass man den Mund hält. Es geht nur um Geld, Anne, und manche Leute schrecken vor nichts zurück, um es an sich zu reißen.«

Anne ließ sich wieder auf die Chaiselongue sinken, das tränennasse Gesicht von ihren schweren Gedanken gezeichnet. »Wenn diese Person gerichtlich gegen die ganze Familie vorgeht, dann müssen Hamish und James aber auch Bescheid wissen.« Sie wandte sich mit geröteten Augen an Christy, das Gesicht verhärmt von Sorge, ehe sie erneut in lautes Schluchzen ausbrach. »Ich ertrage die Schande nicht«, jammerte sie. »Ich ertrage das einfach nicht.«

»Reiß dich zusammen, Anne«, mahnte Christy. »Die Schande ist ausschließlich meine, und ich werde damit fertigwerden. Du wirst noch krank, wenn du so weitermachst.«

»Ich habe noch nie jemanden so sehr gehasst wie dich«, fauchte Anne. »Du hast nichts als Schande über mich gebracht – und ich bin mir absolut sicher, dass der Rest der Familie genauso denkt.«

Christy verspürte einen Stich tiefer Reue, vermengt mit einem Anflug von Furcht. »Ich kann nur hoffen, dass sie mich genug lieben, um mir meine jugendliche Unbesonnenheit und mein mangelndes Urteilsvermögen zu verzeihen«, erwiderte sie traurig. »Aber ich glaube an Harold. Er hat die weite Reise nach Hobart auf sich genommen, um den Schlüssel zu finden, und tut sein Möglichstes, um uns alle zu beschützen – genau deshalb ist er ja jetzt bei meinem Freund Charles in Sydney.«

Anne starrte sie an. »Dann war er also wirklich in Hobart – und du hast davon gewusst?«

»Nein, damals, als das Telegramm von Florence kam, wusste ich es noch nicht«, erklärte sie. »Aber ich kann dir versichern, Anne, dass er nicht dort war, um sich mit dieser Frau zu treffen, sondern um sein Möglichstes zu tun, damit sich die Familie gegen diese Geschichte zur Wehr setzen kann. Und was deine Brüder betrifft« – sie gestattete sich ein angedeutetes Lächeln –, »so vermute ich, dass sich Hamish aufführt wie ein Elefant im Porzellanladen und James in aller Ruhe mit Harold und Charles daran arbeitet, die Angelegenheit zu klären, bevor wir wieder nach Hause kommen. Sie mögen vielleicht schockiert sein, aber ich denke doch, dass unsere Familienbande stark genug sind, dass sie damit fertigwerden, egal, wie die Sache weitergeht.«

»Aber es ist alles eine solche Schande«, schluchzte Anne. »Ich glaube, ich kann ihnen nie wieder in die Augen sehen.«

»Die Schande werden wir gemeinsam tragen, wenn wir wieder alle zusammen sind«, sagte Christy traurig. »Aber ganz egal, was sie von dem halten, was ich damals getan habe – deine Brüder werden dich nicht im Stich lassen, und Harold ist ein braver, ehrenwerter Mann, der sich nie wegen etwas, wofür du überhaupt nichts kannst, von dir abwenden würde.«

»Aber die Gesellschaft wird mich schneiden«, schniefte Anne. »Ich werde mein Leben lang von meiner schändlichen Herkunft gezeichnet sein.«

Christy merkte, dass sie sich im Kreis drehten, doch sie reichte Anne ein sauberes Taschentuch und wartete, bis der Tränenstrom versiegt war, ehe sie weitersprach.

»Ich warte auf eine Rückmeldung von Baker und Harold«, sagte sie schließlich. »Je nachdem, was sie auf meine vielen Fragen antworten, müssen wir Kathryn eventuell einweihen. Und wenn das der Fall ist, musst du ruhig bleiben und einen klaren Kopf bewahren, damit du ihr beistehen kannst.«

»Sie wird sich gegen mich wenden«, schniefte Anne. »Ich mache da nicht mit, und ich verbiete dir, ihr auch nur ein Wort zu sagen.«

»Hast du aus den ganzen Geschichten, die ich dir in den letzten Monaten erzählt habe, denn gar nichts gelernt?«, fragte Christy müde. »Es geht hier nicht um dich, Anne, sondern darum, dass unsere Familie zusammenhält und sich gemeinsam gegen diese Attacke wehrt. Kathryn würde es keiner von uns beiden verzeihen, wenn die Sache schiefgeht und sie erfährt, dass wir sie im Dunkeln gelassen haben.«

»Dann werde ich eben dafür sorgen, dass sie es nie erfährt«, fauchte Anne. »Und wenn du ihr gegenüber auch nur ein Sterbenswörtchen davon verlauten lässt, rede ich nie wieder mit dir.«

Christy holte Luft und rang darum, ihre Tochter nicht als hoffnungslosen Fall zu betrachten. »Das könnte sich eventuell als unmöglich erweisen, Anne«, erklärte sie streng. »Kathryn ist nicht dumm, und du kannst ihr so etwas nicht verschweigen – erst recht nicht, wenn der Rest der Familie darüber Bescheid weiß und nach Antworten verlangt, sobald wir an Land gehen.«

»Das werden sie nicht tun, wenn ich ihnen Telegramme schicke und verlange, dass sie es lassen sollen«, murmelte sie.

»Sei nicht naiv«, versetzte Christy scharf. »Wenn sie den Machenschaften, die sich momentan zuhause abspielen, keinen Riegel vorschieben können, erfährt garantiert die Presse davon, und der Skandal ist unausweichlich.«

Sie legte eine Hand auf Annes Hände, die diese nervös im Schoß rang. »Ich verspreche, Kathryn nichts zu sagen, bis wir etwas von Zuhause gehört haben und genauer wissen, was los ist.«

»Für dich ist es leicht, Versprechungen zu machen, die du gar nicht halten willst«, entgegnete Anne. »Ich lasse jedenfalls nicht zu, dass meine Tochter mit hineingezogen wird – und das ist mein letztes Wort.«

»Vielleicht bleibt dir gar keine Wahl«, erwiderte Christy kühl. »Falls sich meine schlimmsten Befürchtungen bestätigen, sehe ich mich gezwungen, es ihr zu sagen, ganz egal, wie du darüber denkst.«

Anne zerknüllte das Taschentuch in ihren verkrampften Händen. »Ich hätte mir denken können, dass du meine Gefühle ignorieren würdest«, sagte sie bitter. »Aber Kathryn ist meine Tochter, und ich entscheide, was richtig für sie ist.«

»Ich bin alt genug, um meine eigenen Entscheidungen zu treffen«, erklärte Kathryn, während sie mit aschfahler Miene durch die dünnen Vorhänge vor der Verandatür in die Kabine trat.

Christy spürte, wie ihr die Farbe aus dem Gesicht wich, und registrierte, dass auch Anne totenbleich geworden war. »Wie lange lauschst du schon?«, stieß sie hervor.

»Lange genug, um zu begreifen, was ihr zwei mir jahrelang verheimlicht habt«, entgegnete sie, während sie darum rang, ihre Gefühle unter Kontrolle zu halten und die Tränen zurückzudrängen.

»Oh, Kathryn«, schluchzte Anne und streckte die Arme nach ihr aus. »Ich kann nichts dafür. Deine Großmutter …«

Kathryn ignorierte die flehend ausgestreckte Hand und musterte die beiden Frauen. »Ich bin von euch beiden schockiert«, erklärte sie. »Aber wenigstens verstehe ich jetzt, warum du und Grandma euch entzweit habt.«

»Du hättest nicht lauschen dürfen«, schimpfte die völlig aufgelöste Anne.

Kathryn setzte sich steif auf einen Stuhl und strich ihr Kleid über den Knien glatt. Sie musste Zeit gewinnen und ihre Gefühle im Zaum halten. »Ich weiß, dass das falsch war«, räumte sie schließlich ein, »aber ich habe mir Sorgen um Grandma gemacht. Sie hat sich in letzter Zeit seltsam benommen und wirkte so begierig darauf, unter vier Augen mit dir zu reden, dass ich Angst bekommen habe, sie könnte ernsthaft erkrankt sein.« Trotzig hob sie das Kinn. »Außerdem hatte ich Angst, dass ihr wieder zu streiten anfangt, und ich wollte da sein, um zur Not einzugreifen.«

»Wir streiten nicht«, protestierte Anne.

»Ihr liefert euch seit Jahren immer wieder Wortgefechte«, entgegnete Kathryn. »Und du bist ständig auf Streit aus, Mutter. Also versuch bloß nicht, es zu leugnen.«

»Du hast keine Ahnung, was für eine Qual es ist, diese Schande zu ertragen«, schluchzte Anne in ihr Taschentuch. »Seit ich alles weiß, kann ich ihr kaum mehr in die Augen sehen, und jetzt passiert auch noch diese schreckliche Geschichte, dabei wollte ich dich doch nur beschützen, und …«

»Das reicht, Mutter«, sagte Kathryn in schneidendem Ton. »Tränen und hysterische Anfälle bringen uns nicht weiter. Du schiebst immer alles auf die anderen, wenn etwas schiefgeht, dabei ist es höchste Zeit, dass du dir mal überlegst, wie du selbst eigentlich mit Menschen umgehst. Grandma hat viel mehr Rückgrat als du.«

»Wie kannst du es wagen, so mit mir zu reden!«, stieß Anne hervor.

»Ich wage es, weil deine selbstsüchtige und egozentrische Haltung dich blind dafür macht, dass diese Sache die ganze Familie betrifft.« Hastig blinzelte sie die aufwallenden Tränen weg. »Es wundert mich nicht, dass du so verbittert bist – was Grandma getan hat, ist ja beschämend –, aber jetzt müssen wir beide mit dem Stigma deiner Unehelichkeit leben.«

Sie wandte sich zu Christy um, die ihre Enkelin angstvoll anstarrte. »Ich habe dich immer geliebt, zu dir aufgesehen und dich bewundert – aber du bist nicht die Frau, für die ich dich gehalten habe, und es fällt mir schwer zu begreifen, dass du all das so lange für dich behalten hast.«

»Ich habe dieses eine Geheimnis bewahrt, um deine Mutter zu schützen«, stieß Christy hervor. »Ich bin kein schlechter Mensch, Kathryn, und was ich getan habe, habe ich aus Liebe getan«, sagte sie mit zitternder Stimme. Sie musterte das tränenüberströmte Gesicht des jungen Mädchens. »Ich wollte, dass es niemals jemand erfährt.«

»Aber irgendjemand hat es erfahren«, versetzte Kathryn, »und jetzt tut mein Vater sein Möglichstes, um das Schlamassel, das du hinterlassen hast, in Ordnung zu bringen.«

»Das ist nicht fair, Kathryn«, gab Christy zurück, während ihr Tränen und Schmerz die Kehle zuschnürten. »Ich habe keine Kontrolle über das, was zuhause vor sich geht – und wenn deine Mutter nicht …« Sie biss sich auf die Lippe und verstummte, so sehr schämte sie sich. Beinahe hätte sie sich dazu hinreißen lassen, die Schuld ihrer Tochter zuzuschieben.

Kathryn richtete ihre eisigen grünen Augen auf Anne. »Was hast du getan, Mutter?«

Anne rutschte auf der Chaiselongue hin und her. »Ich habe ein paar Papiere in Mutters Safe gefunden, als ich nach ihren Opalen gesucht habe«, sagte sie. »Dann habe ich sie zur Rede gestellt, und sie war gezwungen, alles zuzugeben.« Sie rutschte an den Rand der Chaiselongue, begierig darauf, ihr Tun zu rechtfertigen. »Kannst du dir auch nur ansatzweise vorstellen, wie es war, plötzlich zu erfahren, dass dein Vater, den du heiß geliebt hast, in Wirklichkeit gar nicht dein Vater war? Und dass deine Mutter dich jahrelang angelogen hat und alles, woran du geglaubt hast, in einem Augenblick verloren war?«

»Nachdem ich euch beide heute gehört habe, weiß ich genau, wie du dich gefühlt hast«, antwortete Kathryn. »Wenn das rauskommt, kann ich mein Studium an der Universität vergessen und werde wahrscheinlich keine Chance haben, jemals Lehrerin zu werden.« Sie wischte sich die Tränen ab und rang um die Beherrschung.

»Es tut mir ja so leid, Kathryn«, flüsterte Christy, gequält vom echten Kummer ihrer Enkelin. »Ich wollte nicht, dass du jemals davon betroffen wirst.«

»Aber es betrifft mich doch, nicht wahr?« Sie musterte die beiden in Tränen aufgelösten Frauen und holte stockend Atem. »Unabhängig von alldem habe ich euch alle beide lieb«, sagte sie leise, »und Grandma hat recht, wir müssen als Familie zusammenhalten und stark sein, um dieser Bedrohung zu begegnen – und das können wir nicht, wenn wir uns weiter darüber streiten, wer schuld ist.«

Anne brach in lautes Schluchzen aus und stürzte herbei, um ihre Tochter in die Arme zu nehmen.

Christy fing Kathryns Blick auf und drückte ihr einen zarten Kuss auf die Wange, ehe sie sich die Tränen abwischte. Sie hatte in ihrem Leben schon viele Schwierigkeiten überwunden, doch sie wäre außerstande gewesen, diesen letzten Kampf ohne die Liebe ihrer Enkelin und eine vereinte Familie durchzustehen.

Christy holte zitternd Atem. Bald würde sie ihre wenig erbauliche Geschichte erzählen müssen, und obwohl sie zum unschuldigen Opfer der grausamen Täuschung durch einen Mann geworden war, lastete die Schuld schwer auf ihrem Herzen. Sie hatte nie gewollt, dass die beiden von ihrer unrühmlichen Vergangenheit erfuhren. Wenn sie die Geburtsurkunde zusammen mit den anderen Dokumenten in dem Schließfach bei Charles deponiert hätte, hätte Anne sie niemals gefunden, und sie müsste sich jetzt nicht mit all den alten Wunden herumschlagen.

Ich müsste es trotzdem, dachte sie und blickte auf die Musselinvorhänge vor der Verandatür, die sich in der Meeresbrise bauschten. Das drohende Gerichtsverfahren hätte es dennoch gegeben; die Familie hätte trotzdem kämpfen müssen – und sie wäre in jedem Fall gezwungen gewesen, ihrer unbarmherzigen Tochter und ihrer schockierten Enkelin alles zu gestehen und dabei womöglich alle beide zu verlieren.

Als es Nacht wurde und die Sterne am Himmel aufgingen, kehrte allmählich wieder Ruhe ein. Kathryn half ihrer Mutter auf die Beine und gab Christy einen sanften Kuss auf die Wange. »Ich habe dich sehr lieb«, murmelte sie und umarmte sie, »und ich begreife inzwischen, wie tapfer es von dir war, dieses Geheimnis so lange mit dir herumzutragen.«

»Dann verzeihst du mir also?«, fragte sie.

»Natürlich.« Kathryn gab ihr noch einen Kuss und löste sich dann von ihr. »Aber von jetzt an gibt es keine Geheimnisse mehr, und morgen früh möchte ich die ganze Geschichte hören, wie es zu der Situation gekommen ist, in der wir jetzt stecken. Mit allen Einzelheiten. Ich bin weder naiv noch prüde und begreife wesentlich mehr, als ihr beiden mir zutraut.«

Während Kathryn ihre erschütterte Mutter aus der Kabine

führte, trat Christy aufs Deck hinaus und atmete tief durch. Die Luft in der nächtlichen Finsternis war kühl, und je näher sie Australien kamen, desto näher kamen sie dem Winter der südlichen Hemisphäre, ein Segen nach der Hitze der Tropen.

Ein Zittern überlief Christy – eine Reaktion auf den emotionalen Aufruhr, den sie durchlitten hatte und der noch auf sie wartete. Sie hob das Kinn und straffte die Schultern. Sie würde weder daran zerbrechen noch die Menschen, die sie liebte, im Stich lassen.

Kathryn hatte ein Recht darauf, alles zu erfahren, doch wo sollte sie beginnen? Die Geschichte, die sie zu erzählen hatte, war ein wirres Geflecht aus Lügen, Täuschungen und Verrat, in dessen Mitte sie selbst gefangen war – genau wie vor all den Jahren, als sie auf den Eureka-Goldfeldern in die Falle getappt war.

19

Sydney

Harold stieg gerade die Treppe hinunter, um rasch bei Baker anzurufen, als die Haustür krachend aufflog und Hamish hereingestampft kam. Schmutzig, staubbedeckt und unübersehbar miserabler Laune, funkelte er Harold böse an und stürmte schnurstracks in die Bar. »Ich brauche ein kaltes Bier«, polterte er. »Hab in der Staubwolke von tausend bescheuerten Rindviechern gesteckt, seit ich aus Quilpie abgereist bin.«

»Ohne die Rinder wäre es doch bestimmt schneller und leichter gegangen?«

»Allerdings, aber die Rinder mussten verlegt werden, sonst wären sie an der Dürre eingegangen, und nachdem ich ein gutes Angebot von einem Viehhändler bekommen hatte, dachte ich mir, ich schlage gleich zwei Fliegen mit einer Klappe. Sie sind jetzt schon unten am Viehhof, mit meinen Treibern.«

Er lehnte sich an den Tresen, stellte einen Fuß auf die niedrige Messingstrebe, die an dessen unterem Ende entlanglief, und wischte sich mit einem schmutzigen Taschentuch das schweißnasse Gesicht, während er zusah, wie sein Bier gezapft wurde. »James schon da?«

»Nein, aber ich habe oben zwei Zimmer für euch reserviert«, sagte Harold und warf einen Blick auf die große Uhr über der Bar. »In etwa zehn Minuten habe ich einen Termin, um mir Christys Papiere anzusehen, also kipp dein Bier runter und lass uns verschwinden.«

Die schäumende Flüssigkeit verschwand mit wenigen großen Schlucken in Hamishs Kehle, schnell gefolgt von zwei Fingerbreit Whisky. »Höchste Zeit, dass der alte Schnarchsack zur

Vernunft gekommen ist«, knurrte er, während er Geld auf den Tresen warf und an seiner Hutkrempe zog. »Wir haben schon genug Zeit vergeudet.«

Da es nicht Hamish gewesen war, der tagelang in Sydney ausgeharrt hatte, konnte sich Harold nur mit Mühe eine scharfe Entgegnung verkneifen. Er sagte dem Wirt, wo sie zu finden wären, falls James eintraf, und verließ mit Hamish das Hotel.

Auf dem Weg informierte er seinen Schwager über den aktuellen Stand der Dinge und wappnete sich vor dem Ausbruch, der garantiert kommen würde.

»Dieser dämliche Tattergreis«, stieß Hamish hervor. »Jetzt, wo Ma Bescheid weiß, wird sie vor Sorge umkommen. Glaubst du, sie muss Anne und Kathryn alles sagen?«

»Ich fürchte, sie wird es nicht vermeiden können«, antwortete er. »Wenn wir die Sache nicht bereinigen können, bevor sie zurückkommen, lässt sich ohnehin nicht mehr verbergen, was los ist.«

»Bei dem Gespräch wäre ich gern dabei«, murmelte Hamish. »Es würde einiges klären, und wir müssten nicht mehr im Dunkeln tappen. Ma könnte sicher im Handumdrehen Klarheit schaffen.«

»Ja, wahrscheinlich«, sagte Harold seufzend, während sie auf eine Lücke im fließenden Verkehr warteten. »Aber Sorgen mache ich mir vor allem um Anne und meine Tochter, denn wenn unsere Mutmaßungen zutreffen, sind sie garantiert am Boden zerstört.«

»Ma kriegt das hin. Sie ist gut in so was«, sagte Hamish ungerührt.

Sie rannten über die Straße, und Harold blieb auf der anderen Seite stehen, während ihm der Schmerz durch die Rippen schoss. »Eure Mutter gibt sich gern stark und tut so, als könnte nichts sie erschüttern, aber ich vermute, das hier hat ihr einen

Heidenschreck versetzt, und sie wird ihre Mühe haben, mit den Folgen klarzukommen.«

Hamish schürzte die Lippen. »Du hast recht«, murmelte er. »Meine blöde Schwester kann auf Knopfdruck zu flennen anfangen und macht aus allem ein Riesendrama. Ich weiß nicht, wie du mit ihr klarkommst, Kumpel. Hast dir echt 'ne Medaille verdient.«

»Das mag wohl sein«, versetzte Harold spitz, da er seine schwierige, launische Frau nicht mit ihrem Bruder diskutieren wollte. Er ignorierte den Schmerz in seinen Rippen und marschierte weiter. »Hoffen wir einfach, dass wir unter diesen Papieren etwas finden, was die Ehre deiner Mutter schützt und Wallangarra in der Familie hält. Hast du Abschriften der Besitzurkunden dabei?«

Hamish klopfte auf die Tasche seines langen Viehtreiber-Mantels. »Hier drin«, knurrte er. »Beryl hat das verfluchte Zeug ans Futter genäht, damit ich es nicht verliere.«

Harold gab keine Antwort, zog aber im Stillen den Hut vor Hamishs Frau. In der Rum Lane angelangt, gingen sie auf Smithsons Haus zu, wo sie die Tür offen vorfanden und eintraten.

John Smithson sah mitgenommen aus, was Harold ein schlechtes Gewissen verursachte, weil sie ihn vom Krankenbett seines Vaters weggeholt hatten. Er stellte die beiden Männer einander vor, woraufhin sie einander misstrauisch beäugten und sich die Hände schüttelten.

»Wie geht's Ihrem Vater?«

»Er war noch auf der Krankenstation und hat geschlafen, als ich gegangen bin«, antwortete John und kam hinter dem Empfangstresen hervor. »Man hat ihm schwere Beruhigungsmittel gegeben, deshalb dürfen meine Familie und ich ihn erst morgen wieder besuchen.« Er ging vor ihnen her ins Büro seines Vaters, nahm Harold den Schlüssel ab und schloss die Schreibtischschublade auf.

Harold griff nach dem dicken Umschlag und hätte ihn am liebsten sofort aufgerissen, um zu sehen, was Christy vor ihnen verborgen hatte. Aber er konnte sich gerade noch beherrschen. »Ist Ihnen irgendetwas in Bezug auf die fehlende eidesstattliche Erklärung eingefallen?«

John rieb sich die Stirn. »Ich habe seinen Schreibtisch und die Aktenschränke durchsucht und sogar seine Privaträume, bevor ich im Schließfach nachgesehen habe, aber ich habe nichts gefunden.« Er reichte ihm einen dicken braunen Umschlag. »Während ich hier gewartet habe, habe ich mir erlaubt, Ihr Schließfach zu öffnen, Mr Ross. Ich nehme an, dass Sie es jetzt nicht mehr brauchen.«

Harold konnte ihm nicht in die Augen sehen, als er den Umschlag entgegennahm und ihn in die tiefe Tasche seines Mantels stopfte.

John nahm einen Aktenordner vom Schreibtisch und reichte ihn Hamish. »Ich hatte noch keine Zeit, alles durchzusehen, aber das hier scheint die jahrelange Korrespondenz meines Vaters mit Ihrer Mutter zu umfassen. Das Telegramm, das sie ihm kürzlich geschickt hat, habe ich dazugelegt.«

Hamish klappte den Aktenordner auf und las das Telegramm, ehe er John verständnislos anblickte. »Was meint sie mit Ballarat-Verbindung? Diese Brown lebt in Adelaide, und soweit wir wissen, ist sie dort auch geboren und aufgewachsen.«

»Ihre Mutter hat meinen Vater vor über vierzig Jahren in Ballarat kennengelernt«, erklärte John gequält. »Das ist die einzige Verbindung, die ich herstellen kann.« Er fuhr sich mit seiner blassen Hand über das verhärmte Gesicht, das von Sorge und Erschöpfung gezeichnet war. »Es tut mir leid, aber ich muss jetzt nach Hause zu meiner Familie.«

Harold stopfte das dicke Paket zusammen mit dem aus Bellerive mitgebrachten Umschlag wieder in die Manteltasche und schüttelte dem anderen herzlich die Hand. »Danke für alles,

John«, sagte er herzlich. »Bitte richten Sie Ihrem Vater schöne Grüße von uns aus, verbunden mit den besten Wünschen für seine baldige Genesung.«

»Der Arzt hat mir schon gesagt, dass es einige Zeit dauern könnte – er ist alt und hat sich viel zu sehr für seine Klienten und seine Arbeit aufgeopfert. Wenn er aus dem Krankenhaus entlassen wird, zieht er zu uns.«

Er öffnete die Haustür und reichte Harold seine Visitenkarte. »Falls Christy ihn nach ihrer Rückkehr besuchen möchte, kann sie mich unter dieser Anschrift erreichen.«

Sie schüttelten sich erneut die Hände, ehe sich am Ende der Rum Lane ihre Wege trennten.

»Ist eigentlich ein ganz netter Kerl, auch wenn er Hände hat wie eine Frau«, knurrte Hamish. »Ein Jammer, das mit dem Alten. Wahrscheinlich weiß er genauso gut Bescheid wie Ma und hätte die Geschichte schnell aufklären können, statt herumzutrödeln.«

Harold stimmte ihm insgeheim zu. »Was mich beunruhigt, ist, dass diese eidesstattliche Erklärung fehlt«, erwiderte er stattdessen. »Charles lag offenbar sehr viel daran, mich davon zu informieren, aber er war einfach zu benommen, um mir noch mehr zu sagen.«

»Tja, irgendwo muss sie ja sein«, versetzte Hamish. »Vielleicht liegt sie auch bei Baker.«

»Den wollte ich gerade anrufen, als du gekommen bist.« Er blickte auf seine neue Taschenuhr. »Es ist noch früh. Ich läute gleich mal bei ihm an.«

Während Hamish in Richtung Stall verschwand, um sein Bündel zu holen, ging Harold ins Hotel und bestellte Bier und Sandwiches auf sein Zimmer, ehe er den Anruf nach Melbourne tätigte. Es dauerte lange, bis Baker sich meldete. Harold wollte schon aufgeben und es unter seiner Privatnummer versuchen, als endlich am anderen Ende der Hörer abgenommen wurde.

»Baker? Ich bin's, Harold.«

»Bedauere, Mr Ross, hier ist Mr Bakers Gehilfe. Mr Baker musste einen Mandanten in Echuca aufsuchen und kommt erst morgen wieder. Soll ich ihm etwas ausrichten?«

»Sagen Sie ihm, er soll mich sofort anrufen, wenn er ins Büro kommt. Es ist dringend.« Als er auflegte, stand Hamish neben ihm. »Du hast mitbekommen, was los ist, oder?« Auf Hamishs verdrießliches Nicken hin fuhr er fort. »Dann lass uns mal nachsehen, was in diesen Papieren steht. Könnte eine lange Nacht werden.«

Hamish ließ sich seinen Zimmerschlüssel geben und folgte Harold die Treppe hinauf in Harolds Zimmer. Er legte sein Bündel in eine Ecke, warf den Hut darüber und zog den langen Viehtreiber-Mantel aus. Dann kramte er in der Innentasche, löste die eingenähten Schriftstücke heraus und warf sie zusammen mit dem Briefwechsel im Ordner auf das Bett.

»Da haben wir ja einiges zu lesen«, grummelte er und musterte den Packen Papier, den Harold aus dem großen Umschlag genommen und zu den Sachen aus Bellerive gelegt hatte. »Wie willst du die Sache angehen?«

»Vielleicht könntest du mit den Briefen anfangen? Sie sind etwas Persönliches von eurer Mutter, und ich käme mir komisch vor, wenn ich sie lesen würde.«

»Als du ihren Safe und Dads Schreibtisch durchwühlt hast, warst du auch nicht so zimperlich«, versetzte Hamish. »Ich will jetzt endlich sehen, was Smithson die ganze Zeit versteckt gehalten hat.«

Harold wollte schon etwas einwenden, als die Tür aufging und James hereinkam – bewaffnet mit einem kleinen Fass Bier und einer schicken ledernen Reisetasche. Hinter ihm erschien das Schankmädchen aus der Gastwirtschaft, mit drei Gläsern und einer großen Platte, die mit mehrstöckigen Sandwiches beladen war.

Sein Blick wanderte sofort zu den Papierstapeln auf dem Bett. »Offenbar hast du Smithson doch noch überreden können, dich an das Schließfach zu lassen«, sagte er. Er stellte das Fass auf den Tisch und seine Tasche auf den Boden, ehe er Hut und Mantel ablegte. Das Mädchen platzierte Sandwiches und Gläser neben das Bierfass. »Habt ihr schon alles durchgelesen?«

»Wir wollten gerade anfangen. Schön, dass du's geschafft hast«, sagte Harold.

»Wo warst du denn so lange?«, grollte Hamish.

»Ein Problem auf Yarrabinda hat mich aufgehalten. Clarice musste schnellstens ins Krankenhaus, wegen Verdachts auf eine Fehlgeburt.« Er gab dem Schankmädchen ein Trinkgeld und schloss die Tür hinter ihr, ehe er sich auf einen Stuhl fallen ließ. »Gott sei Dank war es falscher Alarm, aber sie muss bis zum Ende der Schwangerschaft in der Klinik bleiben. Ich lasse sie nicht gern allein, aber sie sieht ein, dass es nötig ist, und da ihre Mutter bei ihr bleibt, ist sie ganz zufrieden.«

»Na, Hauptsache, du bist jetzt da«, sagte Hamish, voller Ungeduld angesichts der privaten Einzelheiten, die ihn nicht die Bohne interessierten. »Fangen wir mal mit dem Lesen an und schauen wir, ob wir dieses Schlamassel aufklären können. Je schneller wir das hinkriegen, desto eher können wir alle wieder nach Hause.«

Sie bedienten sich an Bier und Sandwiches, suchten sich jeder einen Platz, und nachdem sie die Papiere untereinander aufgeteilt hatten, begannen sie zu lesen.

Es wurde Nacht, während sie über den Papieren brüteten, die Dokumente untereinander austauschten und darüber debattierten – manchmal auch hitzig. Als der Morgen graute, wussten sie genug von Christys Geschichte, um viele Puzzleteile an den richtigen Stellen einzufügen. Sie saßen da und starrten einander an, während sie ihre schlimmsten Befürchtungen bestätigt sahen. Der Kampf darum, Wallangarra zu behalten und Christys Geheimnis zu wahren, wäre aussichtslos, wenn sich diese eidesstattliche Erklärung nicht fand und sich als das Wunder erwies, das sie dringend brauchten.

An Bord der SS Southern Cross

Christy hatte ausnahmsweise einmal zu einem Schlafpulver gegriffen, doch ihre Träume waren lebhaft, zerrissen und verstörend, und gegen Mitternacht war sie mit rasendem Herzschlag in völlig zerwühlten Laken aufgewacht, das Kissen schweißnass.

Ein unerlässliches Beweisstück würde fehlen, wenn sie das Schließfach öffneten, und ausgerechnet das hatte sie nach Charles' erstem Telegramm über dem Schreck und der traumatischen Auseinandersetzung mit Tochter und Enkelin zunächst völlig vergessen. Doch gerade diese Erinnerungslücke könnte sich in ihrem Kampf als fatal erweisen.

Rasch hatte sie die Bettdecke beiseitegeschlagen und sich angezogen und war zum Büro des Zahlmeisters geeilt, um weitere Telegramme an Baker und Charles zu versenden, in denen sie beide anwies, sich gemeinsam darum zu bemühen, das Schriftstück wiederzufinden.

Ein wenig erleichtert ging sie wieder zu Bett, lag jedoch wach und sann darüber nach, was in aller Welt sie geritten hatte, als sie die eidesstattliche Erklärung von den anderen Papieren getrennt hatte, die im Schließfach bei Charles lagen. Jedenfalls war sie nicht bei klarem Verstand gewesen, als diese Erklärung abgegeben worden war; ihr ganzes Dasein hatte sich im Aufruhr befunden, und jeder Tag war ein Kampf ums Überleben gewesen. Im Lauf der Jahre hatte sie immer wieder erwogen, das Dokument an einen anderen Ort zu bringen, und es sich dann doch wieder aus dem Kopf geschlagen, denn sie wollte es nie wieder sehen und auch nicht zulassen, dass ihr neues Leben von ihrem alten beschmutzt wurde.

Irgendwann schlief sie doch ein, und als sie das nächste Mal die Augen aufschlug, stellte sie fest, dass der Morgen dämmerte. Ihr Kopf fühlte sich an, als wäre er mit Watte gefüllt, und ihre Lider waren schwer, als sie hinausblickte und zusah, wie der Himmel heller wurde und die Farbe des Meers von Dunkelblau zu Türkis überging. Ihr graute vor dem bevorstehenden Tag, und sie wusste, dass sie sich zusammenreißen musste, um den nötigen Mut für die Konfrontation mit Anne und Kathryn aufzubringen. Doch es führte kein Weg daran vorbei, und sie flehte im Stillen darum, dass die beiden ihre schreckliche Lage verstanden und nicht allzu schlecht von ihr dachten.

Sie stieg aus dem Bett und wusch sich in dem winzigen Badezimmer, ehe sie ihr Gesicht zurechtmachte und sich frisierte. Je besser sie aussah, desto stärker würde sie sich fühlen, und da der Morgen recht frisch war, legte sie sich zu ihrem schlichten Kleid den Schal ihrer Mutter um die Schultern.

Die Kabinenkellnerin brachte das Frühstückstablett herein, und Christy setzte sich an den Tisch, entschlossen, tüchtig zuzulangen, damit sie den Tag mit einem klaren Kopf beginnen konnte.

Während sie die pochierten Eier und den gebutterten Toast verspeiste und den starken Tee trank, ging sie in Gedanken noch einmal all die Dinge durch, die sie den beiden sagen musste. Die Ereignisse hatten sich in ihr Gedächtnis eingebrannt, und manche der Szenen ließen sie erschauern, doch Kathryn hatte recht. Diesmal musste sie den beiden reinen Wein einschenken. Sie durfte nicht – etwa aus Angst, jemanden zu verletzen – etwas auslassen oder Tatsachen beschönigen, um sich selbst in ein besseres Licht zu rücken. Es war ihre Schuld, dass ihre Familie in dieses Schlamassel geraten war, und deshalb war es auch ihre Aufgabe, umfassend zu erklären, was dazu geführt hatte.

Sie beendete ihr Frühstück und trat mit einer zweiten Tasse Tee auf das Deck hinaus. Der Wind war kühl und deutete bereits auf den australischen Winter hin, trotz des riesigen Sonnenballs, der gerade am Horizont aufging. Sie dachte an die Männer in Sydney, die sich ihr zuliebe zweifellos die größte Mühe gaben, während sie nur beten konnte, dass ihre letzten Telegramme früh genug eintrafen, um ihnen zu helfen.

Christys Gedanken wurden vom Eintreffen Kathryns und Annes unterbrochen. Mit tiefer Sorge registrierte sie, dass Kathryn einen erschöpften Eindruck machte, während Anne mit verhärmtem Gesicht, rotgeränderten Augen und unsicheren Schritten die Kabine betrat.

»Hast du überhaupt geschlafen, Schätzchen?«, fragte sie ihre Enkelin, während sie zusammen der erschöpften Anne auf einen Stuhl halfen.

»Nicht viel«, gestand sie. »Mutter war sehr aufgeregt.«

»Ich habe kein Auge zugetan«, klagte Anne. »Mir hat sich alles im Kopf gedreht wie ein Mühlrad, und irgendwann dachte ich, ich werde verrückt von den vielen Sorgen.«

»Dann ist es höchste Zeit, dass du dich zusammenreißt«, mahnte Christy streng. »Es ist nicht allein dein Problem, und ein solches Theater zu machen hilft niemandem weiter.«

Anne musterte sie mürrisch. »Du hast leicht reden«, knurrte sie. »Du hast ja starke Nerven.«

»Die hast du auch«, gab Christy zurück. »Aber ich vermute, du tust denen von Kathryn nicht gut, also gib dir einen Ruck und hör auf, dir selbst leidzutun.«

»Ich hätte mir gleich denken können, dass ich von dir kein Mitgefühl erwarten darf.« Sie schniefte in ihr Taschentuch und funkelte ihre Mutter vorwurfsvoll an.

Christy ignorierte sie. »Kathryn, ich hoffe, du hast ein ordentliches Frühstück zu dir genommen. Einer Krise begegnet man immer am besten mit einem vollen Magen.«

»Mutter war nicht danach, zum Frühstück nach unten zu gehen, also habe ich uns etwas Leichtes auf die Kabine bestellt. Aber offen gestanden hatte keine von uns großen Appetit.«

»Ich konnte keinen Bissen hinunterbringen – geschweige denn den anderen Passagieren gegenübertreten«, stieß Anne hervor. »Diese ganze Aufregung macht mich noch krank.«

»Mutter, bitte sei nicht so theatralisch«, bat Kathryn in ziemlich schneidendem Ton. »Ich weiß, das alles war ein schlimmer Schock, aber es hat uns alle getroffen, und dein Getue bringt uns wirklich nicht weiter.«

Ehe Anne antworten konnte, ergriff Christy das Wort. »Ihr habt mich gebeten, euch den Grund dafür zu nennen, dass wir uns jetzt in dieser Situation befinden, also lasst uns mal zur Sache kommen.«

Sie holte tief Luft. »Ihr wisst von den ersten zwei Jahren, die meine Brüder und ich in Hobart verbracht haben, also beginne ich an dem Punkt, als Jamie und ich in Ballarat eintrafen, auf der Suche nach Finlay, der im Jahr zuvor aufgebrochen war, um auf den Goldfeldern sein Glück zu machen.«

Kathryn machte es sich auf der Chaiselongue bequem, während Anne den Blick gesenkt hielt, sich immer wieder die Augen tupfte und theatralische kleine Seufzer ausstieß.

Christy zog den Schal ihrer Mutter fester um ihre Schultern und vergrub die Finger in der weichen, alten Wolle. »Ich hatte einen Brief von Charles Smithson bekommen, einem englischen Anwalt, der erst vor kurzem in Australien eingetroffen war und mir nun mitteilte, dass Finlay sowohl schwer verletzt als auch ausgeraubt worden war und Hilfe brauchte. Doch als wir dort eintrafen, hatte Finlay die Stadt verlassen, und niemand schien zu wissen oder sich dafür zu interessieren, wohin er gegangen war.«

»Aber er muss doch Freunde gehabt haben, die sich um ihn gekümmert haben?«

»Goldgräber haben eigentlich keine Freunde«, erwiderte sie. »Sie haben nur Rivalen, und auch wenn sie sich vielleicht manchmal zusammengetan haben, um für niedrigere Schürfgebühren und einen faireren Preis für ihr Gold zu kämpfen, haben sie doch die meiste Zeit allein verbracht, ihre Funde geheim gehalten und ihren kleinen Claim eifersüchtig bewacht.«

Christy fand, dass die beiden mehr über das Leben der Goldschürfer erfahren sollten, und so sprach sie weiter. »Ein Mann, der beim Stehlen erwischt wurde, wurde vor ein Buschgericht gestellt und nach kurzem Prozess an einem Baum aufgeknüpft. Regelmäßig gab es Streit, meistens wegen der Barmädchen oder wegen der chinesischen Goldgräber, die immer zahlreicher auf die Goldfelder strömten, und Prügeleien unter Betrunkenen vor den Kneipen waren an der Tagesordnung. Es war eine derbe Gemeinschaft, die dem Alkohol zusprach, mit einem gnadenlosen Lebensstil, dem sich nur sehr wenige Frauen aussetzen wollten, es sei denn, sie waren dorthin gekommen, um ihr Geld im ältesten Gewerbe der Welt zu verdienen.«

Kathryn riss die Augen auf. »Meine Güte«, stieß sie hervor. »Das klingt ja wie im Wilden Westen, nur ohne Cowboys und Indianer.«

»Wild war es allemal«, stimmte Christy zu, »aber auf seltsame Weise habe ich mich dort zuhause gefühlt und begriffen, was die Männer dorthin getrieben hatte. Genau wie sie war ich eine Art Gischt – wie Wellenschaum auf der Suche nach einer Sache oder einem Ort, an dem man festmachen kann. Ich war gekappt von allen Bindungen, die mich zuvor gebunden hatten, und hatte die Freiheit, zu gehen, wohin ich wollte. Es war ein berauschendes Gefühl, und ich habe mich kopfüber hineingestürzt.«

»Das klingt ja, als wärst du nichts als eine Zigeunerin gewesen«, sagte Anne geringschätzig.

Christy schmunzelte. »Vielleicht war ich das. Das Zigeunerleben hat mir damals entsprochen – und obwohl ich mit meinem jetzigen Leben zufrieden bin, genieße ich es immer noch, neue Orte zu sehen und neue Erfahrungen zu machen.«

Sie verlagerte ihre Sitzposition, entschlossen, sich nicht ablenken zu lassen. »Ihr müsst die Mentalität von jemandem begreifen, den das Goldfieber gepackt hat«, sagte sie. »In den allerersten Jahren konnte man in Orten wie Castlemaine die Goldnuggets einfach, ohne zu graben, vom Boden aufklauben, und diese Verheißung unfassbaren Reichtums hat den ersten Goldrausch ausgelöst. Die Männer waren besessen von der Idee, an Flüssen und Schlammtümpeln oder tief unter der Erde, wo goldführende Wasserstraßen unter jahrhundertealten Ablagerungen vergraben waren, ein Vermögen zu finden. Doch es war harte Arbeit, noch dazu an einem der erbarmungslosesten Orte der Erde, und viele begriffen schon bald, dass es ein naiver Traum war, und gingen wieder nach Hause.

Andere marschierten dagegen Hunderte von Meilen auf der Suche nach Gold, ihr Bündel auf dem Rücken und die Schürfwerkzeuge auf die Schultern gebunden oder an den Sattel ihres Pferdes geschnallt. Den lieben langen Tag gruben, siebten und wuschen sie sich durch Schlamm und Gestein, und wenn sie Glück hatten, sahen sie ein bisschen Gold in ihren Pfannen glitzern. Einige wenige kamen zu Reichtum, aber die meisten fanden nur ein Nugget von ein paar Unzen Gewicht, das sie schon bald für Frauen, Tabak und Alkohol verschleudert hatten. Doch es gab immer die Aussicht darauf, den goldenen Schatz zu finden – und genau das trieb sie an.

Sie gaben jegliche Kultiviertheit auf und verschwendeten keine Zeit mehr darauf, sich zu waschen oder zu rasieren oder ihre Kleider sauber zu halten. Sie vergaßen ihre Frauen und Kinder, ihr Zuhause, ihre Familien und die Arbeit, die sie zurückgelassen hatten, und verbrachten ihr Leben damit, durch die abgelegensten Gegenden der Welt zu streifen und einem Traum nachzujagen, der mit jedem Jahr nebulöser wurde.«

»Wie traurig«, sagte Kathryn leise. »Ist das auch mit Finlay passiert?«

»Auf jeden Fall hatte ihn das Goldfieber gepackt, und ich vermute, dass er sich genau wie ich unter den Streunern zuhause gefühlt hat, denn jeder Goldsucher, mit dem ich je gesprochen habe, hat von der Freiheit gesprochen, in den endlosen Weiten des öden Outbacks umherzuziehen.« Sie trank einen Schluck Tee, merkte, dass er kalt und bitter geworden war, und klingelte nach der Kabinenkellnerin, um Kaffee zu bestellen.

»Hast du ihn wiedergefunden?«

»Letztlich hat er mich gefunden«, antwortete sie traurig. »Aber es war kein frohes Wiedersehen, denn man merkte ihm an, dass ihn das Glück verlassen hatte. Nach ein paar Stunden war er wieder verschwunden, und danach habe ich ihn nie mehr gesehen.«

»Vielleicht zieht er immer noch da draußen herum«, mutmaßte Kathryn. »Ich hoffe, er hat eines Tages sein Gold gefunden«, fügte sie wehmütig hinzu.

Christy bezweifelte, dass Finlay noch lebte, denn er war nur noch ein Schatten des kräftigen jungen Mannes gewesen, der von Hobart aufgebrochen war, und obwohl er bei ihrer letzten Begegnung erst Ende zwanzig gewesen war, hatte sie ihn zu ihrem Entsetzen kaum wiedererkannt, als er in Wallangarra aufgetaucht war.

Sein verfilzter Bart hatte bis zur Taille gereicht, seine Stiefel waren mit Papier ausgestopft und wurden von einem Stück Schnur zusammengehalten, und seine Kleider glichen verdreckten Lumpen. Nachdem er sie ausgezogen hatte, kamen darunter eitrige Wunden zum Vorschein. Sein einst feuerrotes Haar war von der Sonne ausgebleicht, seine Augen waren trüb und sein Gesicht so rot und rissig wie die Erde unter seinen Füßen.

Christy blinzelte die Tränen weg, als sie daran dachte, wie sie ihn gebeten hatte dazubleiben, damit sie sich um ihn kümmern könnte, doch die Wanderlust hatte ihn erneut gepackt, und so war er mitten in der Nacht davongeschlichen, ohne sich zu verabschieden.

»Er wurde wie so viele andere«, sagte sie, während sie in die Gegenwart zurückkehrte. »Verloren und verarmt – aber nach wie vor unablässig von seinem Traum angetrieben. Ich hoffe nur, er hat seinen Frieden gefunden.«

Das nachdenkliche Schweigen wurde durch die Kabinenkellnerin unterbrochen, die den Kaffee brachte. Nachdem sie wieder gegangen war, schenkte Kathryn allen dreien ein und reichte Teller mit Keksen und Kuchen herum. »Ich habe ein paar alte Lithographien von Ballarat und Bendigo und den Eureka-Palisaden gesehen«, sagte sie, während sie ihren Platz auf der Chaiselongue wieder einnahm. »Sie sind in einer Sammlung in der Staatsbibliothek. Aber wie war es wirklich, Grandma?«

Christys Blick verschwamm, und während sie die Szenerie beschrieb, wurde sie erneut in die Vergangenheit zurückversetzt.

Während der Wagen über die harte Erde der Hauptstraße rollte, zeigte Charles ihr die neuen Gebäude, die überall in der Stadt aufragten. Dann gelangten sie in das breite, einsame Tal und sahen rote Erde und weite grüne Hügel, durchzogen von Bächen und gezeichnet von unzähligen Schürfstellen.

Der Himmel hatte jede Farbe verloren, und die Hitze lag in flimmernden Wellen über der tiefroten Erde. Die wenigen Bäume und vereinzelten Zelte in der Ferne sahen aus, als stünden sie in einem großen Binnenmeer. Der klagende Schrei einer Krähe begleitete das Klirren des Pferdegeschirrs und das Knarren der Wagenräder, während hoch über ihnen ein Adler kreiste und intensiv Ausschau nach Beute hielt.

Christy schwitzte trotz des großen schwarzen Schirms, den ihr Charles geliehen hatte, und sie spürte, wie sich unter ihrem Korsett der Schweiß sammelte und ihr über den Körper rann. Wenn sie diesen Tag überlebte, käme das einem Wunder gleich.

Charles schien ihr Unbehagen zu bemerken und reichte ihr einen ledernen Wasserbeutel. »Ich würde Ihnen empfehlen, Mrs Harris im Ballarat Hotel bezüglich Ihrer Kleidung um Rat zu fragen«, sagte er taktvoll. »Sicher findet sie etwas für Sie, das dem Klima angemessener ist.«

»Ich kann mir keine neuen Kleider leisten«, entgegnete sie, verlegen darüber, mit einem Mann, den sie kaum kannte, über ein solches Thema zu sprechen.

»Bestimmt leiht sie Ihnen etwas«, sagte er. »Myrtle Harris hat ein Händchen für so was. Sie geht auch geschickt mit der Nähnadel um und verdient gutes Geld damit, für die Mädchen im Red Rooster Saloon Kleider zu nähen.« Er sah, wie sie die Stirn runzelte. »Das ist eine Bar, in der ein bestimmtes Gewerbe verkehrt«, erklärte er und wurde vor Verlegenheit ganz rot.

»Wir werden nicht lange genug hier sein, um uns den Kopf über Kleidung zu zerbrechen«, schaltete sich Jamie ein. »Sobald wir Finlay gefunden haben, fahren wir nach Melbourne zurück.«

Charles zog die Brauen hoch. »Oh. Ich dachte, Sie hätten Arbeit hier – außerdem kann es natürlich eine ganze Weile dauern, bis wir herausfinden, wohin Finlay gegangen ist.«

»Es ist nett von Ihnen, dass Sie uns bei sich wohnen lassen«, sagte Jamie, »und ich bin dankbar für die Arbeit, aber wenn wir Finlay nicht finden, gehen meine Schwester und ich nach Melbourne zurück.«

Christy hatte inzwischen registriert, was für Gelegenheiten zum Geldverdienen sich hier boten, und ließ sich rasch von Weite und Wildheit dieser Gegend begeistern. Die Vorstellung, in das volle, laute Melbourne zurückzukehren, behagte ihr nicht besonders. »Und wenn ich gar nicht zurückgehen will?«, fragte sie provokant.

»Dann gehe ich allein.« Er verschränkte die Arme und parierte ihren herausfordernden Blick mit einem ebensolchen.

In Christy regte sich leise Panik, wenn sie sich vorstellte, ganz allein hierzubleiben, aber sie beschloss, diese Drohung fürs Erste zu ignorieren. Jamie war offenbar nach wie vor schlechter Laune, und sie wollte ihn nicht noch mehr reizen, indem sie ihm widersprach. Zum Glück schien Charles zu begreifen, dass es unklug wäre, sich einzumischen, und konzentrierte sich stattdessen darauf, das Pferd um Baumstümpfe, Bäche und tiefe Gruben herumzulenken, die das riesige Tal durchzogen.

Sie blickte auf das Gewirr von Zelten, das sich ins Endlose zu erstrecken schien. Beim Näherkommen erkannte sie grob gezimmerte Hütten, die als Läden oder Kneipen dienten, sowie provisorische Behausungen aus Baumrinde und plattgedrückten Petroleumbehältern. Manche waren schlichte, kuppelförmige Bauten aus gebogenen Weidenzweigen, abgedichtet mithilfe von Schilf, Lehm und Rinde, die man – wie sie später erfuhr – »Humpies« nannte.

Es gab einfache Zelte aus Segeltuchstreifen, die über einen Ast gespannt und mit Holzpflöcken und Schnüren am Boden festgemacht worden waren. Andere waren einmal weiß gewesen und wirkten regelrecht erhaben. Alles war von dem roten Staub überzogen, der in Schwaden durch das Tal wirbelte. Die Blätter der wenigen Eukalyptusbäume bewegten sich im heißen Wind wie kleine Silbermünzen.

Christy merkte, dass in dieser Zeltstadt großer Arbeitseifer herrschte, denn überall in den Flüssen und Bächen waren Männer am Goldwaschen oder hoben in großen Holzkisten Schlamm aus den Gruben, den sie dann in so genannte »Wiegen« füllten, wo er gesiebt und gewaschen wurde. Niemand beachtete sie, als das Pferd sie immer tiefer in das Camp brachte. Sie lauschte aufmerksam, als Charles ihr alles über Goldpfannen, Schleusenkästen und Wiegen erklärte.

Er zeigte auf eine flache Anhöhe gegenüber. »Das ist der Bakery Hill«, sagte er. »Dort haben sich die Goldgräber im Dezember 1854 versammelt, um der Flagge mit dem Kreuz des Südens die Treue zu schwören – und dort drüben stehen die Überreste der Eureka-Barrikaden, wo sie gegen Polizei und Regierungstruppen gekämpft haben. Wer dabei nicht umgekommen ist, wurde verhaftet, und auf die, die fliehen konnten, wurde ein Kopfgeld ausgesetzt – aber ihr Aufstand gegen eine ungerechte Justiz ist inzwischen zu einem Symbol der Hoffnung für alle Arbeiter geworden. Sie sind für das Recht eingetreten, sich ihren Lebensunterhalt zu verdienen, ohne durch hohe Gebühren oder Geldbußen bestraft zu werden, und inzwischen wächst die Gewerkschaftsbewegung überall in Australien.«

»Sie wissen wesentlich mehr über Geschichte als ich«, sagte Christy.

»Ich habe nach meiner Ankunft gezielt alles über Australien gelesen, was mir in die Hände kam. Ich kann Ihnen meine Bücher gern ausleihen, wenn Sie möchten. Sie sind durchaus interessant.«

»Und was ist das da drüben?«, fragte sie, indem sie auf etwas zeigte, was wie ein riesiges hölzernes Fort aussah.

»Das sind die Reste des alten Regierungscamps. Einige Gebäude werden nach wie vor von der Polizei genutzt, die hier dringend gebraucht wird. Neuerdings gibt es immer wieder Probleme mit den frisch zugewanderten Chinesen, die sich nicht damit abfinden können, dass sie fürs Schürfen eine Gebühr entrichten müssen.«

Er zog an den Zügeln, und das Pferd blieb stehen. »Joe müsste hier irgendwo sein«, sagte er und half Christy herunter.

Sie klopfte sich den Staub vom Kleid, bis sie merkte, dass das Zeitverschwendung war, und sah sich um. Joseph O'Driscoll hatte sein Lager im Schatten von mehreren Eukalyptusbäumen aufgeschlagen. Seine Behausung bestand aus einem zwischen vier Pfosten aufgespannten Streifen Segeltuch, mit Wänden aus Sackleinwand und einem Stück Fliegengitter als Tür. Ein zwischen zwei Bäumen gespanntes Stück Schnur diente als Wäscheleine. Vor dieser provisorischen Behausung bildete ein Ring aus Steinen die Feuerstelle, auf deren Ascheglut ein mit einer dunklen Flüssigkeit gefüllter Teekessel stand. Bei genauerem Hinsehen konnte sie auf der trüben Oberfläche tote Fliegen und Ameisen ausmachen und erschauerte.

Während Charles davonging, um Joseph zu suchen, und die Fliegen ihnen mit lästigem Summen um die Köpfe schwirrten, trat Jamie nach der Asche und schnaubte. »Da ging's uns ja auf Skye noch besser«, knurrte er. »Man müsste verrückt sein, wenn man so leben wollte.«

»Genau das ist es, was das Goldfieber mit einem anrichtet«, erklärte der Mann, der in diesem Moment lächelnd auf sie zukam. »Und ich wäre Ihnen dankbar, wenn Sie mir keine Asche in den Tee scharren würden.«

Beim Klang seiner melodiösen Stimme fuhr Christy herum und blickte in ein Paar dunkelblaue, blitzende Augen. Sein Haar war so schwarz, dass es in der grellen Sonne bläulich wie ein Rabenflügel schimmerte, als er seinen breitkrempigen Hut abnahm und sich mit einem Taschentuch über das markante Gesicht fuhr. Seine Brauen waren ebenso dick und buschig wie sein Bart, und er hatte lange, dichte Wimpern. Obwohl seine Kleider abgetragen und schmuddelig waren, wirkten sie an seinem wohlproportionierten Körper merkwürdig elegant.

»Das ist Joseph O'Driscoll«, stellte Charles den Mann vor.

»Ach, lassen wir die Förmlichkeiten doch beiseite«, erwiderte er und schüttelte ihnen die Hände. »Sagen Sie einfach

Joe. Möchten Sie vielleicht Tee, Miss MacInnes? Sie sehen aus, als würden Sie in Ihrer Aufmachung furchtbar schwitzen.«

Christy nickte, außerstande zu sprechen, da sie den Blick nicht von ihm abwenden konnte, als er sie anlächelte und dabei seine makellosen weißen Zähne zeigte. Außerdem bildete sich ein Grübchen auf seiner Wange.

»Es ist Buschtee: schwer, schwarz und stark, mit einem Eukalyptusblatt, damit er mehr Körper bekommt«, erklärte er, während er in die Hocke ging und durch die Asche harkte. Dann spähte er in den Teekessel und verzog das Gesicht. »Ich fürchte bloß, hier sind schon mehr Körper als nötig drin, aber die fische ich gleich raus.«

Christy erschauerte bei der Vorstellung, dieses widerlich aussehende Gebräu trinken zu müssen, doch sie war zu höflich und zu eingeschüchtert, um sein Angebot abzulehnen.

»Möchten Sie sich nicht in den Schatten setzen, Christy?« Charles nahm ihren Arm und führte sie zu einem Stuhl unter den Bäumen. »Hier ist es ein bisschen kühler, und die Fliegen sind auch nicht so lästig.«

Christy fegte die Fliegen beiseite, die sich ständig auf ihr Gesicht zu setzen versuchten und um ihren Strohhut und ihren schwarzen Schirm herumschwirrten. Sie schwitzte dermaßen, dass sie das Gefühl hatte zu schmelzen; ihre Kleidung war restlos durchgeschwitzt, und das Korsett scheuerte auf der Haut. Doch trotz all der Unannehmlichkeiten hatte sie nur Augen für Joe.

Sie saß im Schatten und verfolgte, wie er mit Jamie und Charles plauderte und das Feuer neu entfachte. Trotz seiner langen Arme und Beine bewegte er sich mit der Grazie eines Tänzers, während er sich am Feuer zu schaffen machte und sie dabei geflissentlich ignorierte.

Sie rutschte auf ihrem Stuhl hin und her und wollte nichts,

als ihm wieder in die Augen sehen und sich in seinem Lächeln sonnen – und doch verwirrten sie ihre Gefühle, denn es war noch nicht lange her, da hatte sie nachts wegen Peter Keller in ihre Kissen geweint.

Indem sie sich sagte, dass die Hitze ihr den Verstand vernebelt hatte, unterdrückte sie diese verstörenden Empfindungen und versuchte sich auf das zu konzentrieren, weswegen sie gekommen waren. »Soweit ich weiß, haben Sie meinen Bruder gefunden, Mr … äh … Joe.«

»Das ist richtig, und es war ein böser Schreck, weil er ganz verkrümmt und zerschlagen da unten gelegen ist. Ich bin nur froh, dass ich ihn gefunden hab, bevor es zu spät war – er war nämlich wirklich schwer verletzt.«

Die Augen mit den langen Wimpern fixierten sie, und sein Blick schien sie bis ins Innerste zu durchdringen. »Aber wir haben hier einen guten Arzt, der hat ihn wieder zusammengeflickt, und natürlich ist Myrtle Harris auch eine prima Krankenschwester.« Er sah sie mit einem Grinsen an, das seltsame Dinge in ihrem Inneren anrichtete, ehe er sich wieder dem Feuer zuwandte, um mit einem Zweig den köchelnden Tee umzurühren und mit einem Blechlöffel die toten Insekten herauszufischen.

»Haben Sie irgendeine Ahnung, wohin er gegangen sein könnte?«, stieß sie mühsam hervor. Unerklärlicherweise war ihre Kehle plötzlich wie zugeschnürt.

Joe ging in die Hocke und stopfte Tabak in seine Tonpfeife. »Nun ja, also, er kann eigentlich überall sein«, sagte er in seinem singenden Tonfall, ehe er am Stiefelabsatz ein Streichholz anriss und den Tabak entzündete. Dann zog er an der Pfeife und blies eine Rauchwolke in die Luft. »Überall in diesem herrlichen Land kann man Gold finden, und Finlay war fest entschlossen, sich seinen Anteil zu sichern.«

»Aber er hatte doch schon etwas gefunden«, versetzte

Christy. »Und das wurde ihm am Tag seines sogenannten Unfalls gestohlen.«

Auf einmal verloren die blauen Augen ihr Leuchten, und die dunklen Brauen trafen sich über der langen, geraden Nase. »Soll das ein Verhör werden, junge Frau?«, fragte er leise.

»Ganz und gar nicht«, verneinte sie hastig. »Es passt eben nur allzu gut zusammen, dass seine Leiter zerbricht und sein Gold verschwindet, während er verletzt am Boden des Schachts liegt.«

»Aye, genau das hab ich mir auch gedacht«, antwortete er mit einem ernsten Nicken. »Charles und ich haben darüber gesprochen, aber hier haben die Leute wenig Vertrauen, und ohne irgendwelche Beweise können wir rein gar nichts machen.«

»Was ist denn aus seinem Claim geworden? Er hat ja die Lizenzgebühr dafür entrichtet, und wenn er dort Gold gefunden hat, muss der Claim wohl wertvoll sein.«

»Die Lizenz hat er mir gegeben«, sagte er. »Charles war dabei, als er sie mir überreicht hat. Finlay dachte, er würde die Nacht nicht überleben, wissen Sie.«

»Aber er hat sie überlebt«, sagte Christy. »Warum haben Sie ihm die Lizenz dann nicht zurückgegeben?«

»Ach, der Mann war verschwunden, bevor ich wieder in die Stadt gekommen bin. Wenn er sie zurückhaben wollte, wusste er ja, wo er mich findet. Er war mein Kumpel und hätte bloß fragen müssen.«

Christy runzelte die Stirn, denn sie kannte ihren Bruder gut genug, um zu wissen, dass er niemals eine Schürfstelle aufgegeben hätte, solange sie noch Erträge brachte. »Haben Sie seither noch mehr Gold gefunden, Joe?«, fragte sie vorsichtig.

»Ja, es ist noch was drinnen, aber nicht viel.« Er wühlte in seiner Tasche und hielt ein kleines Nugget in die Sonne, so dass es glitzerte. »Würden Sie das als kleines Willkommensgeschenk anlässlich Ihrer Ankunft in Ballarat akzeptieren, Miss MacInnes?«

Sie wusste nicht, was sie sagen sollte, und noch ehe sie antworten konnte, hatte er ihr das Nugget in den Schoß geworfen. »Danke«, stammelte sie. »Aber das wäre nicht …«

»Ach, Finlay hätte bestimmt das Gleiche getan.« Er goss den dickflüssigen Tee in Blechtassen und reichte jedem eine. »Aber seien Sie vorsichtig«, warnte er sie, als er sich zu ihr beugte. »Er ist heiß, und Sie könnten sich die Finger verbrennen.«

Sie lief feuerrot an, während er ihr tief in die Augen sah, und hielt den Atem an, bis er sich abwandte. Sprach er wirklich vom Tee, oder war das eine subtile Warnung, dass es nicht klug wäre, tiefer nachzubohren? So oder so, er brachte sie aus der Ruhe, und sie wusste nicht, ob sie ihm vertrauen konnte.

»Ich habe überall herumgefragt, ob jemand etwas weiß«, sagte er zu Charles, »aber Sie wissen ja, wie die Leute sind – einer zugeknöpfter als der andere, ob sie nun etwas wissen oder nicht. Wenn es Finlay gut genug ging, um zu verschwinden, kann er inzwischen über alle Berge sein.«

»Ich habe Christy schon gesagt, dass es vermutlich so ist«, erklärte Charles ernst. Er blies auf den Tee, nippte vorsichtig daran und verbrannte sich die Lippen. »Aber er weiß, dass ich seiner Schwester geschrieben habe, also können wir hoffen, dass er zurückkommt, um sie zu treffen.«

»Tja, das wär 'ne feine Sache, aber ich würde jetzt nicht drauf wetten«, murmelte Joe. »Finlay hat klar und deutlich gesagt, dass er seine Verwandten nicht hier haben will.« Er sah zu Christy hinüber. »Tut mir ehrlich leid, junge Frau. Aber es ist das Beste, wenn man der Wahrheit ins Auge blickt.«

Christy fragte sich, ob er ihr denn tatsächlich die Wahrheit gesagt hatte, doch da Charles seine Aussagen zu stützen schien, musste sie ihm wohl glauben.

Er wandte sich an Jamie, der zwischen den Zelten in der

Nähe umhergeschlendert war. »Und was ist mit Ihnen? Wollen Sie auch Gold suchen?«

Jamie schüttelte den Kopf und setzte sich auf den Boden, um aus seinem Becher zu trinken. »Für mich ist das nichts. Ich bin Schreiner und werde mein Glück in Melbourne machen.«

Joe lachte und schlug Jamie auf die Schulter. »Aye, das ist 'ne sagenhafte Stadt, ehrlich wahr, und Geld gibt's dort auch jede Menge. Ich habe die Damen mit ihren eleganten Kleidern und ihrem Schmuck gesehen – und die Männer in ihren Kutschen, mit Gespannen von tänzelnden Vollblütern. Das Gold hat die Leute reicher gemacht, als sie sich je hätten träumen lassen – und sie können ihr Geld gar nicht schnell genug ausgeben.«

»Haben Sie Gold gefunden?«

»Allerdings, ja«, flüsterte er. »Aber es ist nicht ratsam, allzu laut darüber zu sprechen – die Bäume haben hier Ohren.« Er stürzte den kochend heißen Tee hinunter und kippte den Rest ins Feuer, dass es zischte. »Ich wünsche Ihnen alles Gute«, sagte er, »aber der Tag zieht ins Land, und ich muss wieder an meine Schürfstelle. Richten Sie Melbourne schöne Grüße von mir aus, junge Frau, und küssen Sie ein paar der hübschen Damen für mich, Jamie.«

Irgendwie schaffte es Christy, nicht damit herauszuplatzen, dass sie in Ballarat bleiben würde, und so machte sie nur einen raschen Knicks und eilte hinter ihrem Bruder und Charles zum Wagen zurück.

Christy tauchte wieder aus der Vergangenheit auf und musste feststellen, dass ihr Kaffee kalt geworden war und die beiden anderen Kuchen und Kekse aufgegessen hatten. Mit gelindem Schrecken registrierte sie, dass es schon fast Mittag war, und so klingelte sie erneut nach dem Kabinenservice und bestellte ein leichtes Mittagessen, das um ein Uhr in ihrer Kabine serviert werden sollte.

»Es klingt, als ob dieser Charles ein sehr netter Mann war«, sagte Kathryn. »Du kannst von Glück sagen, dass du einen guten Freund gefunden hattest, dem du vertrauen konntest. Aber dieser Joe mit seinem irischen Charme wirkt ein bisschen wie ein Schlitzohr.«

»Das war er auch«, antwortete sie, »und das Goldnugget habe ich immer noch. Versteht ihr, es kam mir nicht richtig vor, es zu verkaufen, da ja nicht Finlay selbst es mir gegeben hatte, und so habe ich es zuhause in einer Schatulle aufbewahrt, zusammen mit ein paar anderen Erinnerungsstücken aus dieser Zeit.« Sie dachte an den Jutebeutel mit den dreißig Silbermünzen und rang mit aller Kraft darum, die Erinnerung daran für den Moment beiseitezuschieben.

»Offenbar bist du ja dort geblieben, aber was war mit Jamie?«, wollte Anne wissen. »Hat er dich wirklich allein gelassen und ist nach Melbourne zurückgekehrt?«

»Er ist tatsächlich gegangen, aber vorher hat er mir noch geholfen, mein Geschäft aufzubauen.«

Anne musterte sie argwöhnisch. »Und was war das für ein Geschäft? Ich hoffe, du erzählst uns jetzt nicht, dass du Bardame geworden bist – ich glaube nämlich, das könnte ich nicht ertragen.«

»Bring mir ein bisschen mehr Respekt entgegen, Anne«, entgegnete sie verärgert. »Nicht dass ich etwas gegen diese Mädchen hätte – sie haben hart gearbeitet und mussten sich mit den schrecklichsten Widrigkeiten abfinden, um ihren Lebensunterhalt zu verdienen. Ich habe sie dafür bewundert, dass sie ihr Los akzeptiert und alles erhobenen Hauptes durchgestanden haben.«

»Also wirklich«, keuchte Anne.

»Ja, wirklich«, wiederholte Christy. »Ich war sogar mit ihnen allen gut befreundet – vor allem mit einer Französin namens Nadine. Sie war nur zwei Jahre älter als ich, aber sie hatte einen

Ehemann, der sie regelmäßig verprügelte, und da ist sie davongelaufen. Nellie Simpson hat sie aufgenommen, und schließlich hat sie bei ihr im Red Rooster Saloon gearbeitet.« Sie seufzte traurig. »Nach ihrem Tod hat sie mir sehr gefehlt. Sie war eine echte Freundin, mit einem wunderbaren Humor, und hat mich oft herzlich zum Lachen gebracht.«

»Wie ist sie denn umgekommen?«, wollte Kathryn wissen.

»Einer von Madam Nellies Stammkunden war ein richtig brutaler Kerl. Meistens hat sie ihn mit Big Sadie verkuppelt, weil die wusste, wie sie mit ihm umgehen musste. Aber Sadie war in der Nacht zuvor abgehauen, und die anderen Mädchen waren beschäftigt, also musste sich Nadine mit ihm abgeben. Er hat sie totgeprügelt.« Christy brach die Stimme. »Die arme Nadine – sie war dem einen Schläger entkommen, nur um von einem anderen umgebracht zu werden. Ich denke immer noch mit großer Zuneigung an sie, selbst nach all den Jahren.«

»Du liebe Güte«, sagte Anne und erschauerte. »Nicht zu fassen, dass du mit solchen Leuten befreundet warst.«

Christy zuckte die Achseln. »Man freundet sich eben mit den Leuten an, die einem begegnen, und weil es auf den Goldfeldern kaum Frauen gab, sind wir zusammengekommen. Es waren nicht alles schlechte Menschen. Ich habe schnell gelernt, mich von denen fernzuhalten, die wirklich schlecht waren, und da Charles und Joe auf mich aufgepasst haben, habe ich mich ziemlich sicher gefühlt.«

»Und wie hast du dann dein Glück gemacht, Grandma?«, drängte Kathryn ungeduldig.

»Auf den Goldfeldern war ich vom ersten Augenblick an ebenso fasziniert von der Chance, mein Glück zu machen, wie es die Goldsucher waren. Aber ich hatte nicht die Absicht, in der Erde nach Gold zu graben oder Gerüchten von einer reichen Goldmine draußen in der Wüste nachzujagen – ich wollte in Gold bezahlt werden.« Sie lächelte. »Ich konnte Jamie überreden, lange genug zu bleiben, um mir eine Hütte zu bauen, am Rand der Eureka-Felder, und sie mit dem Nötigsten einzurichten. Von dem Geld, das er mit seinen Reparaturarbeiten im Hotel verdient hatte, hat er mir die Lizenz fürs erste Jahr bezahlt, und so habe ich eine Kantine und eine Wäscherei aufgemacht.«

»Eine Wäscherei?«, stieß Anne entsetzt hervor.

Christy zuckte die Achseln. »Es war ein ehrlicher Broterwerb, der genug zum Leben einbrachte, und die Männer fühlten sich wohler mit sauberen Sachen und einer vernünftigen Mahlzeit im Bauch.«

Sie schmunzelte bei der Erinnerung an das rustikale Blockhaus mit einem robusten Riegel an der Tür und Eisenstäben vor den Fenstern, wo sie im Hinterzimmer gelebt hatte und sich tagaus, tagein an einem heißen Herd und über großen Waschbottichen abgerackert hatte, die über einem Feuer vor der Tür erhitzt werden mussten. Wäscheleinen hingen zwischen den Eukalyptusbäumen hinter der Hütte, und wenn die heißen Winde wehten – was häufig der Fall war –, geriet sie regelmäßig in wilde Hektik, um alles in Sicherheit zu bringen, ehe es von rotem Staub bedeckt war.

Als sich abzeichnete, dass sie die wachsende Menge an Arbeit nicht mehr allein bewältigen konnte, überredete sie die Tochter einer der Bardamen, ihr beim Bügeln zur Hand zu gehen. Bei der entsetzlichen Hitze war dies keine angenehme Arbeit, doch es war besser als manch andere Art des Geldverdienens, und als Christy Ballarat verließ, verkaufte sie ihr Geschäft zu einem Spottpreis an das junge Mädchen. Bei ihrer Rückkehr, viele Jahre später, war aus dem Blockhaus ein florierendes Hotel geworden und aus dem jungen Ding eine Respektsperson mit vier strammen Söhnen und einem Ehemann, der ein angesehenes Mitglied des Stadtrats war.

Christy blinzelte die Bilder weg. »Charles hat zweimal die

Woche nach mir gesehen, und Joe hat sich fast jeden Abend gemeldet, aber bei mir lief alles bestens. Man zahlte hauptsächlich in Gold, und Madam Nellie riet mir, eine Waage anzuschaffen, um die Nuggets zu wiegen, und dazu einen winzigen Pickel, um die richtige Menge abzuschlagen, damit man mich nicht beschuldigte, meine Kunden zu betrügen – und bereits am Ende des ersten Jahres hatte ich einen sehr erfreulichen Kontostand.

Einen Teil des Geldes habe ich dazu genutzt, die Hütte zu erweitern, um denjenigen, die nicht zelten wollten, eine Unterkunft anzubieten, und für einen Shilling und neun Pence die Nacht oder eine halbe Unze Gold bekamen sie ein sauberes Bett, ein Abendessen und ein Frühstück.«

»Hattest du denn keine Angst davor, dein Haus mit derben Männern zu teilen?«, fragte Kathryn.

»Ich hatte einen stabilen Riegel an der Tür und Eisenstäbe am Fenster. Offen gestanden hat es sich ein bisschen wie ein Gefängnis angefühlt, aber im Großen und Ganzen haben sich die Männer mir gegenüber respektvoll verhalten. Sie wussten ja, dass ich kein leichtes Mädchen war und sie sofort hochkant rausfliegen würden, wenn sie Ärger machten – und natürlich war Joes regelmäßige Anwesenheit ein gutes Abschreckungsmittel.«

»Du hast dich in ihn verliebt, stimmt's?« Kathryn sah sie unverwandt an.

Christy nickte. »Es war leicht, sich in ihn zu verlieben – er besaß einen unwiderstehlichen Charme und hatte eine Art, sich um einen zu kümmern, dass man sich beschützt fühlte und sich wie etwas ganz Besonderes vorkam.« Sie seufzte tief. »Er konnte auch wunderbare Geschichten über Irland erzählen und mich zum Lachen bringen – und das alles machte ihn natürlich für ein einsames junges Mädchen, das seine Familie vermisste und noch immer unter einer unglücklichen Jugendliebe litt, ungemein attraktiv.«

»Es tut mir leid, Grandma, aber ich muss das fragen: War Joe mein Großvater?«

Christy sah zu Anne hinüber, ehe sie antwortete. »Ja, das war er – und ich war so in ihn vernarrt, dass ich dachte, wir würden bis ans Ende unserer Tage zusammenbleiben.«

»Und was hat euch daran gehindert?« Annes Stimme klang brüchig, und auf ihren Wangen zeichneten sich rote Flecken ab.

»Joe hatte Geheimnisse, Anne«, sagte sie leise. »Und diese Geheimnisse wurden erst gelüftet, als es für mich schon zu spät war und sich die Uhr nicht mehr zurückdrehen ließ.«

Ehe Anne zu weiteren Fragen ansetzte, hob Christy die Hand. »Das Mittagessen wird bald da sein, und die Geschichte ist zu lang und zu kompliziert, um sie im Eiltempo abzuhandeln. Außerdem brauche ich eine Pause – die Rückkehr in die Vergangenheit hat mir ziemlich zugesetzt.«

20

Sydney

Hamish und James mussten Schlaf nachholen und hatten ihre Zimmer aufgesucht, nachdem sie sich alle drei die ganze Nacht lang der emotional erschöpfenden Aufgabe gewidmet hatten, die privatesten Papiere ihrer Mutter durchzugehen. Dabei hatten sie feststellen müssen, dass diese ihrem Anliegen in keiner Weise dienlich waren, sondern Thomasina Browns Behauptung zu bestätigen schienen, dass sie mit ihnen verwandt sei und das Recht auf einen Anteil an Wallangarra habe.

Harold lag ausgestreckt auf seinem Bett und hatte die Doppeltür zur Veranda weit aufgerissen, um den übelriechenden Pfeifen- und Zigarrenrauch sowie den penetranten Gestank von verschüttetem Bier loszuwerden. Von draußen kam ein kühler Wind herein, und der Straßenlärm machte es ihm unmöglich, richtig zu schlafen, doch er war zu müde, um sich zu regen, und so zog er sich die Decke über die Ohren und vergrub den Kopf unter dem Kissen.

Er war gerade wieder eingedöst, als ihn ein Hämmern an der Tür aufschreckte. »Hau ab«, brüllte er.

»Da ist ein Anruf für Sie«, rief der Wirt.

»In Ordnung. Komme schon.« Harold fluchte leise, ehe er sich vom Bett wälzte, sich anzog und hinauseilte. Nachdem er in seiner Hast fast die Treppen hinuntergefallen wäre, ignorierte er den wissenden Blick des Wirts und griff sich den Telefonhörer. »Hallo. Wer ist da?«

»Hier ist Baker. Sie haben mir ausrichten lassen, dass ich Sie dringend anrufen soll.«

Harold brauchte einen Moment, um den Nebel aus seinem schmerzenden Schädel zu vertreiben, der vom Bier und von der Müdigkeit herrührte. »Wissen Sie irgendetwas über eine eidesstattliche Erklärung, die Christy bei Ihnen hinterlegt haben könnte?«, fragte er.

»Sie hat im Lauf der Jahre mehrere eidesstattliche Erklärungen abgegeben. Welche davon meinen Sie?«

Harold umklammerte den Telefonhörer. Baker konnte manchmal wirklich schwer von Begriff sein. »Diejenige, die mit dem Problem zu tun hat, an dem wir gerade arbeiten«, stieß er zwischen zusammengebissenen Zähnen hervor.

»Mit der damaligen Zeit habe ich nichts zu tun«, erwiderte Baker durch das Rauschen in der Leitung. »Das Dokument muss bei Smithson liegen. Er hat sich damals um ihre Angelegenheiten gekümmert.«

Harold berichtete ihm rasch von Smithsons Zustand. »Er fällt fürs Erste aus, und sein Sohn ist kein Anwalt und weiß von nichts. Aber das Dokument ist lebenswichtig, Baker. Wir müssen es finden.«

»Tja, ich habe es nicht, und es war auch mit Sicherheit nicht unter den Papieren in ihrem Safe, als wir die Testamentseröffnung beantragt haben. Warum ist es denn so wichtig? Nachdem Sie das Schließfach geöffnet haben, haben Sie doch inzwischen sicher genug beisammen, um die Ansprüche abzuwehren?«

»Was wir gefunden haben, hilft unserer Sache überhaupt nicht«, sagte Harold zögerlich, allzu bewusst, dass der Wirt vorgab, die Stufen vor der Tür zu fegen, während er lauschte. »Offen gestanden ist es genau umgekehrt. Ich habe keine Ahnung, was in dieser eidesstattlichen Erklärung steht, aber Smithson schien der Meinung zu sein, es sei enorm wichtig.«

»Tut mir leid, Harold, ich wünschte, ich könnte Ihnen helfen, aber ich fürchte offen gestanden, ich kann es nicht. Ich werde Christys Unterlagen noch einmal genauestens durchsehen, um sicherzugehen, aber machen Sie sich keine allzu großen Hoffnungen.« Es entstand eine Pause, dann sprach er in besorgtem Tonfall weiter: »Ich habe ein Telegramm von ihr bekommen, in dem sie mir alle möglichen Fragen gestellt hat, die ich ihr beantworten musste. Mittlerweile weiß sie, wer und was dahintersteckt und worum und um welche Zeit es geht, und ich kann nur hoffen, dass ihr etwas einfällt, das uns weiterhilft.«

»Ich schicke ihr noch heute früh ein Telegramm und frage sie nach dem fehlenden Dokument. Es müsste noch genug Zeit sein, dass sie antworten kann, ehe sich alles zuspitzt.«

»Sind Christys Söhne bei Ihnen?«

»Ja.«

»Und wann wollen Sie aus Sydney abreisen? Die Gerichtsverhandlung ist in einer Woche, und wir müssen schon vorher in Adelaide sein.«

»Das ist mir bewusst«, erwiderte Harold, »aber wenn wir das verdammte Ding nicht finden, sind wir geliefert. Können Sie die Anwälte dieser Brown nicht überreden, uns mehr Zeit zu lassen?«

»Bedauere, nein. Sie wissen, dass sie uns in der Hand haben, und weichen keinen Schritt zurück.«

Harold seufzte frustriert. »Na gut. Dann müssen wir eben bluffen, denn so wie die Dinge liegen, haben wir das schlechtere Blatt. Suchen Sie diese eidesstattliche Erklärung, Baker, und ich versende das Telegramm.«

Er beendete das Gespräch und stieg die Treppe hinauf, um Hut und Mantel zu holen. Es hatte wenig Sinn, die Brüder zu wecken, denn er hatte ihnen nichts Neues zu sagen.

Als er wenig später vom Telegrafenamt zurückkehrte, warf er sich auf sein Bett, überwältigt von dem Gefühl, versagt zu haben. Er hatte Christy enttäuscht, und jetzt konnte er nichts mehr tun. Die einzige Möglichkeit, die ihm jetzt noch blieb, bestand darin, alles zu verbergen, was sie herausgefunden hatten, und dieser Brown genug Geld anzubieten, um sie zum Schweigen zu bringen und loszuwerden – und dieser Gedanke verursachte ihm Übelkeit.

An Bord der SS Southern Cross

Das Mittagessen war eine triste Angelegenheit gewesen, und die erlesenen Speisen waren größtenteils auf den Tellern liegen geblieben. Schweigend saßen die drei Frauen da, als die Kabinenkellnerin frischen Kaffee brachte und die Reste der Mahlzeit abräumte.

Christy musste sich die Beine vertreten, und so ließ sie die anderen ihren Kaffee trinken und machte einen raschen Spaziergang, zweimal rund um das Deck. Nun kam der schwierigste Teil ihrer Geschichte, denn die Preisgabe der Ereignisse würde ihre Tochter verletzen und jegliche Illusion zerstören, die sie vielleicht noch über ihren leiblichen Vater gehabt hatte. Christy verlangsamte ihren Schritt, lehnte sich über die Reling und blickte aufs Meer hinaus, voller Widerwillen, in ihre Kabine zurückzukehren und Anne gegenüberzutreten.

Joseph O'Driscoll hatte mit seinem einnehmenden Wesen, seinem Lächeln und seiner weichen, schleppenden Sprechweise ihr Herz gestohlen, doch am Ende hatte er es ihr gebrochen, und das war sie teuer zu stehen gekommen – und nun würde auch die nächste Generation dafür bezahlen müssen. Sie seufzte tief und ging den Weg zurück, den sie gekommen war. In wenigen Tagen wären sie in Melbourne, und sie konnte nur hoffen, dass ihre Telegramme angekommen waren und entsprechend gehandelt wurde.

»Entschuldigen Sie, Madam, aber das ist gerade für Sie gekommen.«

Aus ihren Gedanken hochgeschreckt, nahm sie dem jungen Offizier das Telegramm ab, murmelte ein Dankeschön und riss es auf. Es war von Baker, der sie in groben Zügen über Thomasina Browns Ansprüche und die Gerichtsverhandlung in Kenntnis setzte, die zwei Tage nachdem das Schiff in Adelaide vor Anker gegangen wäre, stattfinden sollte. Die eidesstattliche Erklärung erwähnte er nicht. Christy knüllte das Telegramm frustriert zusammen. Mittlerweile musste er doch bestimmt ihre dringenden Anweisungen erhalten haben.

Statt in ihre Kabine zurückzukehren, ging sie rasch nach unten zum Büro des Zahlmeisters, um sich zu erkundigen, ob sie möglicherweise bei Baker anrufen konnte. Die Antwort war höflich, aber bestimmt: Eine solche Kommunikation war nicht möglich – und so sandte sie stattdessen ein knapp formuliertes Telegramm ab und kehrte mit wachsender Panik in ihre Kabine zurück.

Anne und Kathryn unterhielten sich leise und sahen erwartungsvoll auf, als sie eintrat. Christy hielt schnurstracks auf die Cognacflasche zu und schenkte sich eine großzügige Menge ein, die sie in zwei Schlucken austrank.

»Guter Gott«, keuchte Anne. »Was ist denn los?«

Christy schilderte ihnen, was genau in dem Telegramm stand. »Und, bevor ihr fragt, ich habe Thomasina Brown nie kennengelernt und habe absolut keine Ahnung, wie sie zu der Schlussfolgerung gekommen ist, dass sie Anrechte auf Wallangarra hat. Aber wenn Baker meinen Anweisungen folgt, müsste er imstande sein, der Sache ein Ende zu bereiten.«

Sie ließ sich auf einen Stuhl fallen und warf das zerknüllte Telegramm auf den Tisch. »Ich wünschte, der Mann würde sich mit seiner Antwort beeilen«, knurrte sie. »Diese anhaltende Ungewissheit macht mich noch wahnsinnig.«

»Folglich«, murmelte Kathryn, »müssen wir ohne das Dokument der Gerichtsverhandlung beiwohnen, und alles wird öffentlich bekannt werden.« Sie seufzte tief. »Das verdirbt uns die ganze Reise, aber noch schlimmer finde ich, wie sich die ganze Sache auf dich und Mutter ausgewirkt hat. Ich wünschte, ich könnte etwas – irgendetwas – tun, um euch zu helfen.«

»Das ist lieb von dir, Schätzchen, aber da kann niemand etwas machen. Da es allein meine Schuld war, dass dieses Schlamassel überhaupt erst entstanden ist, kann ich mir nur selbst die Verantwortung zuschreiben.«

Rasch erklärte sie, warum gerade dieses Schriftstück nicht bei den anderen lag, und schenkte sich eine Tasse starken schwarzen Kaffee ein, um die Wirkung des Cognacs abzumildern. Sie brauchte einen klaren Kopf, um mit ihrer schmerzlichen Geschichte fortzufahren, denn jetzt war wichtiger denn je, dass ihre Tochter und ihre Enkelin alles bis zur letzten Einzelheit erfuhren. Sie sollten auf das gefasst sein, was ihnen bevorstand.

Anne war erneut den Tränen nahe, während Kathryn fest ihre Hand hielt. »Es ist ein Albtraum«, sagte sie mit zitternder Stimme. »Es ist unerträglich, daran zu denken, was uns vielleicht bevorsteht, wenn wir nach Hause kommen.«

»Was auch immer es ist, Mutter, wir gehen es gemeinsam an – als Familie.«

Christy wünschte insgeheim, ihre Tochter würde sich zusammenreißen und zu jammern aufhören, doch sie sagte nichts, sondern suchte ihr ein frisches Taschentuch heraus und nahm Platz, um den beiden den nächsten Teil ihrer Geschichte zu erzählen.

»Das Leben auf den Goldfeldern bestand nicht nur aus harter Arbeit ohne jedes Vergnügen«, begann sie. »Es gab Tanzabende, Pferderennen und spontane Feiern, und es war ein Heidenspaß, den Wanderpredigern zu lauschen und sie zu veralbern. Wie wir nach einem langen Arbeitstag noch die Kraft zum Tanzen aufgebracht haben, ist mir ein Rätsel. Wir hatten wohl einfach den Elan und die Ausdauer der Jugend und mussten uns austoben.

Charles sah sich als mein Beschützer, nachdem Jamie abgereist war und mich allein zurückgelassen hatte. Während die Monate ins Land zogen, besuchte er mich immer öfter, stets mit einem kleinen Geschenk – etwa einer Süßigkeit, einem Haarband oder einer Feder für meine Sonntagshaube.« Sie lächelte versonnen. »Joe passte das natürlich gar nicht. Die beiden Männer waren grundverschieden und ertrugen einander nur mir zuliebe und wegen ihrer Verbindung zu Finlay. Ich habe versucht, die Lage zu entspannen, indem ich sagte, dass Charles mein guter Freund sei und nur aufmerksam sein wolle. Joe erklärte mir, dass ich naiv sei und Charles ganz offensichtlich versuche, mich ihm vor seinen Augen auszuspannen. Wir hatten einen schrecklichen Streit deswegen.«

»Aber er hatte recht, oder?«, sagte Kathryn. »Charles wollte dich für sich gewinnen.«

Christy nickte. »Ich wusste das, und als offen zutage trat, dass sich zwischen den beiden Männern eine Feindschaft entwickelte, musste ich Charles darauf ansprechen und so vorsichtig wie möglich abweisen. Das fiel mir schwer, weil er ein so liebenswürdiger, freundlicher Mann war, der aus seinen Gefühlen keinen Hehl machte. Aber ich konnte ihm einfach nicht die Zuneigung entgegenbringen, die er sich von mir erhoffte.«

Christys Hand zitterte so sehr, dass die Kaffeetasse auf der Untertasse klirrte. »Er war tief getroffen und warnte mich, dass es dumm von mir sei, auf einen Mann wie Joe hereinzufallen. Er deutete sogar an, dass Joe nichts Gutes im Schilde führe und womöglich gar etwas mit Finlays Unfall zu tun gehabt habe – oder zumindest mit dem Diebstahl seines Goldes. Aber ich glaubte ihm nicht, sondern dachte, dass er nur aus Enttäuschung so redete. Ich sagte ihm, er solle mich und Joe in Ruhe lassen und uns nicht alles verderben.«

Heiße Tränen wallten in ihr auf, als sie an seinen traurigen Blick dachte – und daran, wie er sich mit hängenden Schultern von ihr abgewandt hatte und davongeschlurft war. »Am liebsten hätte ich die harten Worte zurückgenommen, als ich sah, wie sehr ich ihn verletzt hatte, und ihm versichert, dass ich ihn als guten und loyalen Freund schätzte und es mir leidtäte. Doch da kam Joe um die Ecke, zog mich in seine Arme und küsste mich, und als ich mich das nächste Mal umsah, war Charles verschwunden.«

Christy versagte die Stimme, und sie räusperte sich energisch, entschlossen, es hinter sich zu bringen, ohne die Fassung zu verlieren. »Von da an ging mir Charles aus dem Weg, und noch im selben Monat gab er sein Büro auf und verließ die Stadt. Viel später erfuhr ich, dass er nach Adelaide gegangen war. Was am meisten wehtat, war die Tatsache, dass er sich nicht von mir verabschiedet hatte. Ich vermute, er hat das getan, um mich für all den Schmerz zu bestrafen, den ich ihm zugefügt hatte.

Es war ein so befremdliches Gefühl, mich ihm nicht mehr anvertrauen oder seine Gesellschaft genießen zu können, und so wandte ich mich mehr und mehr Joe zu. Heute ist mir klar, dass damit allmählich alles aus dem Ruder lief.«

Christy dachte an einen milden Sommerabend ein paar Wochen nach Charles' Verschwinden. Die Sterne waren so hell und so zahlreich, dass es ihr vorkam, als bräuchte man nur nach oben zu greifen, um sie vom Himmel zu pflücken. Sie hatte auf Wolken geschwebt, als sie mit Joe zu der romantischen Musik getanzt hatte, die aus dem Haus kam, das an diesem Tag fertiggebaut worden war. Und als er ihr den billigen kleinen Ring an den Finger steckte und sie bat, ihn zu heiraten, hatte sie ihre Welt für vollkommen gehalten.

»Kurz nachdem Charles abgereist war, hat mir Joe einen Heiratsantrag gemacht, und ich habe ja gesagt. Er gab mir einen Ring, den er aus einem Streifen Blech gehämmert hatte, und versprach mir, dass er mir vor unserer Hochzeit einen richtigen kaufen würde. Und dann erzählte er mir, dass er von einem Grundstück in der Nähe von Quilpie gehört habe, das zu einem Spottpreis zum Verkauf stehe, und dass wir uns doch dort niederlassen und Rinder züchten und unsere Kinder aufziehen könnten.

Ich hatte eigentlich nicht vorgehabt, Ballarat zu verlassen oder mein florierendes Geschäft aufzugeben, doch der Gedanke, mit ihm irgendwo ganz neu anzufangen, begann sich in mir festzusetzen, und als er von dem aufregenden neuen Leben erzählte, das uns winkte, ließ ich mich allmählich überreden und begann mich mit der Idee anzufreunden.«

Christy verstummte und dachte daran, wie Joe sie dazu überredet hatte, ihr Geschäft zu verkaufen, und wie er ihr das Gold gezeigt hatte, das er jüngst gefunden hatte und das seinen Anteil an den Kosten für die Rinderfarm und die ersten Tiere ausmachen sollte.

»Ich hatte nicht die leiseste Ahnung von Rinderzucht«, gestand sie, »aber Joe versicherte mir, er hätte vor dem Goldrausch auf einer Rinderfarm gearbeitet und wüsste für den Anfang genug, und dass wir erfahrene Männer einstellen würden, die uns bei der Arbeit unterstützen würden. Peinlicherweise muss ich zugeben, dass ich zu verliebt und zu verblendet war, um klar zu denken – ganz zu schweigen davon, dass ich gründlich über die Konsequenzen eines solchen Unterfangens nachgedacht hätte. Als er mir dann ein paar Tage später erzählte, dass er den Besitzern ein Telegramm geschickt und sich ihnen als Käufer angeboten habe und sie eingewilligt hätten, war ich ebenso erfreut wie er und bemühte mich darum, den Verkauf meines Geschäfts schnell unter Dach und Fach zu bringen.

Joe hatte es enorm eilig damit, dass wir heirateten und unser neues Leben in Wallangarra begannen, und so hat er bei einem

Wanderprediger, der sich gerade in der Stadt aufhielt, unsere Hochzeit organisiert.«

Anne zog die Brauen hoch. »Mir scheint, dass er es viel zu eilig hatte und dass es überaus unklug von dir war, dich so schnell zu einer so folgenschweren Entscheidung drängen zu lassen.«

»Das ist mir heute auch klar, aber ich hatte niemanden, der mir einen Rat gegeben hätte – und selbst wenn Charles da gewesen wäre, hätte ich wahrscheinlich nicht auf ihn gehört«, sagte sie traurig.

»Du hast also mit ihm geschlafen«, stellte Anne schonungslos fest. »Und bestimmt ist er kurz danach verschwunden.«

»Ja, ich habe mit ihm geschlafen«, antwortete sie, während ihr das Blut in die Wangen stieg, »aber er hat mich nicht verlassen, und wir wurden regulär getraut.«

»Du hast ihn geheiratet?«, keuchte Anne. »Aber ich dachte … Du hast doch gesagt …«

»Ich weiß, was ich gesagt habe, und das war auch nicht gelogen, Anne. Lass mich einfach zu Ende erzählen, meine Liebe, dann verstehst du mich besser.«

Die Schiffskabine verschwamm vor ihren Augen, und sie wurde wieder mitten in das Geschehen der Goldgräberstadt hineingezogen.

Es war ein heißer Sommertag, und das Zelt des Predigers stand am Stadtrand von Ballarat. In der Stadt herrschte heitere Stimmung, da hier, wo es so wenige Frauen gab, nur selten eine Hochzeit gefeiert wurde. Christy schien es, als wäre die gesamte Bevölkerung gekommen – sogar ein paar Chinesen waren dabei.

Madam Nellie und ihre Mädchen hatten ihr für die Anfahrt einen Einspänner zur Verfügung gestellt und ihn mit Papierblumen, Glöckchen und Bändern geschmückt. Myrtle Harris hatte ihr aus einem Ballen zartgelben Musselinstoffs, den Christy bei einem Handlungsreisenden erstanden hatte, im Nu ein Kleid geschneidert und es mit weißer Baumwolle gefüttert, damit es in der grellen Sonne nicht durchsichtig war.

Myrtle hatte ihr auch die Haare gemacht und ihr Bänder und Wildblumen in die Locken geflochten, bevor sie ihr half, sich für den großen Tag anzuziehen. Mit einem Strauß aus Kängurublumen, roten Zylinderputzern und zartrosafarbenen Malvenblüten trat Christy nervös auf den Plankenweg hinaus, begleitet von den lauten Jubelrufen der Schaulustigen. Nach einer kurzen Kutschfahrt mit Myrtles Ehemann Fred, der sie zum Traualtar führen sollte, traf sie vor dem großen Zelt ein, das mit Wimpeln und Lametta geschmückt war.

»Bist du dir deiner Sache wirklich sicher, Kindchen?«, fragte Fred mit seinem starken Cockney-Akzent.

»Oh ja«, hauchte sie. »Ich war mir nie sicherer. Ich wünschte nur, Charles und meine Brüder wären hier.«

»Die lassen sich wirklich einen seltenen Anblick entgehen«, sagte er. »Du siehst wunderhübsch aus, Herzchen. Dein Joe kann sich glücklich schätzen.«

Als sie das riesige Zelt betraten, schlug Madam Nellie einen krachend lauten Akkord auf dem verstimmten Klavier an, das sie aus ihrem Saloon hatte herüberkarren lassen. Die versammelte Gemeinde wandte sich um, als Christy den provisorischen Mittelgang zwischen den Reihen hölzerner Bänke entlangschritt. Sie erkannte den Prediger, der schon oft in die Stadt gekommen war – und der sowohl als Verkünder von Höllenfeuer und Verdammnis wie auch als einer der besten Kunden von Madam Nellie berüchtigt war. Aber Christy hatte nur Augen für Joe, der in seinem geliehenen Anzug groß und gut aussehend dastand und an dem zum Altar umfunktionierten Tisch auf sie wartete.

Der Prediger war sichtlich hoch erfreut darüber, ein so aufmerksames Publikum zu haben, und hielt eine flammende

Predigt, in der er sämtlichen Anwesenden vorhielt, dass sie unwürdige Sünder seien, die mit dem Teufel im Bunde standen und für alle Ewigkeit in der Hölle schmoren würden.

Joe hörte sich das einige Minuten lang an, dann beugte er sich vor. »Das hier ist eine Hochzeit, mein Freund«, sagte er. »Nicht das Jüngste Gericht. Würden Sie sich vielleicht ein bisschen mäßigen und dann fortfahren?«

Der Prediger mäßigte sich und fuhr fort, und nachdem sie ihr Ehegelübde abgelegt und sich geküsst hatten, sandte er rasch einen seiner Helfer aus, damit er mit einem Eimer die Spenden dieser ungewöhnlich großen Zuhörerschaft einsammelte.

Christy und Joe trugen sich ins Amtsbuch ein und erhielten eine in Schnörkelschrift verfasste Urkunde, die besagte, dass sie jetzt rechtmäßig getraute Eheleute waren. Madam Nellie kämpfte sich tapfer durch eine fröhliche Music-Hall-Nummer, während Joe seine Braut unter tosendem Beifall und Jubelrufen wieder hinausführte. Kaum draußen angelangt, wurden sie im heftigen Gedränge beinahe umgeworfen, weil die Leute schleunigst dem Hotel zustrebten, wo der Empfang abgehalten werden sollte. Hochzeiten waren feuchtfröhliche Angelegenheiten, vor allem wenn die Temperaturen auf fast vierzig Grad anstiegen, wie es im Zelt der Fall gewesen war.

Christy hängte sich lachend bei Joe ein und sah zu ihm auf. Sie konnte kaum glauben, dass ein so gut aussehender und wundervoller Mann nun tatsächlich ihr Ehemann war.

Joe küsste sie leicht auf die Lippen und hob sie hoch. »Du bist eine wunderschöne Braut«, flüsterte er an ihrer Wange, »und ich werde dich jedem einzelnen Bewohner dieser Stadt präsentieren.«

Christy fühlte sich absolut sicher in seinen Armen, als er sie die Hauptstraße entlangtrug, begleitet von lauten Glückwünschen sowie den derben Pfiffen und Rufen von einigen der Goldschürfer, die sich bereits kräftig an dem selbstgebrauten

Grog erfrischt hatten, den sie in einer geheimen, im Gebüsch versteckten Destille gebrannt hatten.

Joe trug sie die Stufen zur Veranda des Ballarat-Hotels hinauf und stellte sie vorsichtig auf die Beine, ehe er von seinen Kumpanen in die Bar gezerrt wurde. Christy fand sich inmitten von Nellies Mädchen wieder, die vor Freude über die Hochzeit und Erleichterung darüber, ausnahmsweise einmal einen Tag frei zu haben, in einem fort plapperten.

Christy dachte daran zurück, wie die anderen neidisch ihr Kleid bestaunt und ihr versichert hatten, wie glücklich sie sich schätzen dürfe, einen Mann wie Joe zu bekommen. Plötzlich hatte sie geglaubt, ein bekanntes Gesicht in der Menschenmenge auf dem Plankenweg erspäht zu haben, während die Mädchen kicherten und derbe Scherze über ihre Hochzeitsnacht machten.

Sie hatte sich auf die Zehenspitzen gestellt und die wilde, wogende Masse fieberhaft nach jenem lieben Gesicht abgesucht, von dem sie gefürchtet hatte, es nie wiederzusehen. Doch als die laute Grubenglocke läutete und die Menge sich ins Innere des Hotels schob, hatte sie es nirgendwo mehr gesehen. Tief enttäuscht musste sie einsehen, dass sie sich geirrt hatte – und dass es sehr dumm von ihr gewesen war, ihn hier zu vermuten, nachdem er doch keinen Zweifel daran gelassen hatte, dass er nichts mehr mit ihr zu tun haben wollte.

Christy blinzelte die Szene weg, die gerade vor ihrem geistigen Auge ablief, und registrierte, dass sowohl ihre Tochter als auch ihre Enkelin sie verdutzt ansahen. Um den Fluss ihrer Geschichte nicht zu unterbrechen, wartete sie nicht ab, bis die beiden ihr die Fragen gestellt hatten, die ihnen bestimmt unter den Nägeln brannten, sondern sprach hastig weiter.

»Wir haben die Nacht in meiner alten Pension verbracht, was ein sehr seltsames Gefühl war, nachdem mir das Haus nicht mehr gehörte, und am nächsten Morgen Joes Wagen beladen.

Es hat über eine Woche gedauert, bis wir in Quilpie ankamen, und dann fast noch einmal einen halben Tag, um das Gehöft in Wallangarra zu erreichen. Nachdem wir die ganze Zeit unter einem Stück Segeltuch auf der Erde geschlafen hatten, sehnte ich mich nach einem heißen Bad und einem ordentlichen Bett.«

»Sah es damals schon genauso aus wie heute?«, wollte Anne wissen.

»Weit gefehlt«, antwortete Christy tonlos. »Das Anwesen hat einem älteren Paar gehört, das mit der Arbeit nicht mehr zurechtkam. Das Gehöft bestand aus weiter nichts als ein paar Holzschuppen, umgeben von einer Veranda, die so morsch war, dass sie kurz vor dem Zusammenbrechen war. Die Fliegengitter waren zerrissen und nutzlos, und das Dach bestand aus rostigem Wellblech, das seit Jahren nicht mehr geflickt oder ersetzt worden war.«

Sie seufzte tief. »Das Mobiliar war im Kaufpreis enthalten, doch es stellte sich heraus, dass alles voller Termiten war und man die Sachen nur noch ins Feuer werfen konnte. Das Vieh war verkauft worden, und die landwirtschaftlichen Geräte rosteten in den baufälligen Schuppen vor sich hin. Der Windmotor war so altersschwach, dass er kaum noch Wasser aus dem Brunnen nach oben brachte.«

»Dann wundert mich aber, dass ihr den Kauf abgeschlossen habt«, sagte Kathryn.

»Fast hätte ich es gelassen. Ja, Joe und ich sind sogar furchtbar in Streit geraten, als wir über das Anwesen ritten und sahen, wie verwildert alles war und wie viel Arbeit es kosten würde, alles wieder in Schuss zu bringen. Dabei dürft ihr nicht vergessen, dass ich absolut keine Ahnung von Landwirtschaft hatte. Für mich war es ohnehin von Anfang eine mühevolle Aufgabe.«

»Und warum habt ihr das Gehöft dann doch gekauft?«, fragte Anne.

»Wir konnten ja nirgendwo anders hin, und ich wollte nicht zurück auf die Goldfelder. Ich hatte gesehen, was mit den Männern passierte, die das Goldfieber gepackt hatte, und das wollte ich nicht für Joe und mich – oder für das Kind, mit dem ich, wie ich damals bereits vermutete, schwanger war.«

Sie warf einen Blick auf Anne, ehe sie weitersprach. »Joe hat den Kaufpreis heruntergehandelt und dem alten Ehepaar eingeredet, dass ihnen niemand ein besseres Angebot machen würde. Mir taten die beiden leid, aber ich wusste, wir würden jeden Penny unserer Ersparnisse brauchen, um das Anwesen herzurichten und alles Nötige zu ersetzen. Schließlich haben sie eingewilligt, und wir sind nach Charleville gefahren, um den Kaufvertrag zu unterzeichnen.«

Christy merkte, dass ihr Mund trocken war und ihre Hand leicht zitterte, als sie sich ein Glas Wasser einschenkte. Sie hielt einen Moment inne, um einen Schluck zu trinken und ihre Gedanken zu sortieren.

»Erst nachdem wir beide die Papiere unterzeichnet hatten, gestand mir Joe, dass er nicht ganz so viel Geld besaß, wie er behauptet hatte, und schlug vor, dass ich das Anwesen bezahlen sollte und er dann seine letzten Ersparnisse dafür verwenden würde, den Viehbestand aufzustocken und die Grundausstattung zu kaufen, die wir brauchen würden, um den Betrieb wieder zum Laufen zu bringen.«

Sie holte bebend Atem. »Ich war von seinem Eingeständnis schockiert, schließlich hatte ich gesehen, wie viel Gold er gefunden hatte. Aber er hat mir weisgemacht, er hätte einen großen Teil davon für unsere Hochzeit und den Kauf eines Wagens mit Pferden sowie Vorräte für den ersten Monat ausgegeben. Da saß ich nun in diesem Büro, mit unterschriebenen Urkunden, einem misstrauischen Notar und zwei alten Leuten, die auf ihr Geld warteten, und ohne irgendeinen Ausweg. Also bin ich – in Begleitung des Notars – zur Bank gegangen. Dort musste ich endlos auf das Telegramm von der Filiale in Eureka warten, dann konnte ich das Geld übergeben.«

»Hat er sein Versprechen gehalten und Vieh gekauft?«

»Zuerst mussten wir das Haus bewohnbar machen und haben jede wache Stunde damit verbracht, es zu reparieren und zu renovieren und Spinnen, Schlangen und Skorpione zu verjagen. Zum Glück fanden wir im umliegenden Buschland genug Bauholz, aber die Werkzeuge, die die alten Leute hinterlassen hatten, waren unbrauchbar, daher mussten wir neue kaufen. Käfer hatten unseren Reis und unser Mehl befallen, während unser Zucker von Ratten, Ameisen und umherstreunenden Wombats und Beuteltieren gefressen wurde. Die Vorräte gingen uns aus, also mussten wir neue kaufen und dazu noch stabile Metallfässer, um alles zu lagern. Doch dann stellten wir fest, dass die Termiten schon an den erneuerten Stützbalken unter unserem Haus fraßen.

Joe konnte mit dem Metall der nutzlosen alten Gerätschaften aus der Scheune Umhüllungen für die Balken anfertigen, aber mit der Regenzeit im Sommer kamen Stechmücken und Fliegen, also mussten wir neue Fliegengitter für Fenster und Türen kaufen sowie Dachrinnen und Abflussrohre reparieren, damit der Regen vom Haus abgeleitet und in Wasserbehälter geführt werden konnte. Als der Windmotor endlich repariert und Anne zur Welt gekommen war, hatten sich Joes finanzielle Ressourcen erschöpft, und wir lebten von meinen Ersparnissen.«

»Aber warum habt ihr das Gehöft nicht einfach verkauft und euch etwas Kleineres in der Stadt gesucht?«, fragte Kathryn. »Das klingt ganz danach, als hättet ihr von der Hand in den Mund gelebt – und mit einem neugeborenen Kind auf dem Arm musst du doch der Verzweiflung nahe gewesen sein.«

»Das Anwesen war nach wie vor nicht in einem Zustand, in dem man es hätte verkaufen könnten – außerdem hätte es ohnehin niemand haben wollen«, antwortete sie. »Und ja, wir waren verzweifelt – ich, weil ich jetzt für Anne verantwortlich war, und Joe, weil sich seine Träume, schnell zu einem erfolgreichen Viehzüchter aufzusteigen, zerschlagen hatten.«

»Was habt ihr dann gemacht?«, fragte Anne.

»Ich bin nach Charleville gefahren, habe mir Rat bei einem benachbarten Farmer geholt und einen großen Teil meiner Ersparnisse auf gutes Zuchtvieh vom Rindermarkt verwendet. Mithilfe seiner Treiber haben wir die Tiere auf das einzige Stück Land geschafft, das wir von Giftpflanzen hatten befreien können, und die Männer haben rasch einen ihrer Windmotoren aufgestellt, um aus dem frischen Bohrloch Wasser in die Tröge pumpen zu können.«

»Das klingt, als hättest du die Verantwortung für die Farm übernommen. Was hat Joe denn gemacht, während du alles organisiert hast?«, fragte Anne.

»Von dem Regen war das Gras dicht und hoch gewachsen. Das zog die Kängurus und Wallabys der ganzen Umgebung an, also habe ich Joe gebeten, mehr Holz zu schlagen. Dann habe ich kräftigen Maschendraht gekauft, und so konnten wir einen Känguruzaun bauen, der hoch genug war, um sie fernzuhalten.«

Sie hielt inne und überlegte, wie sie Annes Frage am besten beantworten sollte. »Joe hatte den Glauben an das Projekt verloren – er war ständig schlechter Laune und jammerte herum; ja, er drohte sogar damit, fortzugehen und dem Gerücht zu folgen, dass man in Avoca in Victoria Gold gefunden habe. Ich glaube, er fühlte sich in dem kleinen Haus mit einer erschöpften Frau und einem kleinen Baby eingeengt und sehnte sich längst wieder nach der Freiheit eines ungebundenen Mannes und der aufregenden Suche nach Gold.«

»Und, hat er dich dann da draußen sitzen lassen?«, fragte Anne beklommen.

»Nicht sofort«, antwortete Christy. »Als die Weide gesichert war, ging auch mein Geld zur Neige, und ohne eigene Finanzmittel konnte Joe nirgendwohin gehen. Ich tat es den einheimischen Aborigine-Frauen gleich, indem ich mir Anne mit einem Stück Stoff auf den Rücken band. Und dann bin ich in die Stadt geritten und habe mir eine Stelle als Köchin im Wirtshaus besorgt, während Joe sich um die Rinder gekümmert hat.«

Sie schmunzelte angesichts der entsetzten Mienen der beiden jüngeren Frauen. »Es war ein rauer Ort, und die Arbeit war hart, aber daran war ich gewöhnt. Wenigstens habe ich dort Leute kennengelernt und Freunde gefunden. Ich hatte ein eigenes Leben und dazu noch ein paar Scheine in der Tasche.

Während ich dort tätig war, habe ich den Wirt überredet, mich einen Eintopf aus Ziegenfleisch ausprobieren zu lassen – Wallangarra wurde nämlich nach wie vor von den verflixten Biestern geplagt. Der erwies sich dann als solcher Erfolg, dass ich richtige Treibjagden auf die Tiere veranstaltet habe. Ich habe sie geschlachtet und gehäutet, das Fleisch an das Wirtshaus und die Häute an den Gerber verkauft. Die weiblichen Ziegen gaben gute, fette Milch, deshalb habe ich zwei davon behalten, dazu einen zahmen Ziegenbock, und Anne gedieh prächtig. Natürlich musstest du dich erst an den Geschmack gewöhnen, aber das hat nicht lange gedauert.«

»Ich mag Ziegenmilch immer noch«, gestand Anne, »obwohl sie heutzutage schwer aufzutreiben ist.«

»Wie lange hat es gedauert, bis ihr Wallangarra auf Vordermann gebracht hattet?«

»Tja, Kathryn, wir waren etwa anderthalb Jahre dort und unsere Herde wuchs und gedieh, als Joe auf einmal verkündete, dass er genug davon habe, von der Hand in den Mund zu leben. Er wollte wieder zurück nach Ballarat. Er hat keinen Hehl daraus gemacht, dass Anne und ich in seinen Plänen keine Rolle spielten, und von mir verlangt, ihm Geld für die Reise zu geben. Er hat mir versprochen, alles zurückzuzahlen, wenn er sein Glück gemacht hatte.«

Sie holte zitternd Atem. »Ich habe ihm kein Wort mehr geglaubt, denn er hatte schon zu vieles versprochen, was er nicht gehalten hatte – und ich trug nach wie vor diesen blechernen Ehering, der mich in den Finger schnitt. Ich wusste, dass ich ihn, wenn er erst einmal mit dem Geld verschwunden war, wahrscheinlich nie wiedersehen würde.«

»Ich schätze mal, das war kein großer Verlust«, sagte Anne.

»Er war mein Ehemann, und damals glaubte ich, ohne ihn nicht leben zu können«, antwortete sie leise und kehrte in Gedanken zu jenem letzten Tag zurück, den Joe in Wallangarra verbracht hatte.

Es war Hochsommer, und die Hitze stand flirrend über dem dürren Gras, während das Wasser in den Bächen allmählich restlos versickerte. Die Eukalyptusbäume welkten, und selbst die Vögel waren verstummt, bis auf das gelegentliche Krächzen einer Krähe.

»Ich kann nicht länger hierbleiben«, schrie Joe. »Ich weiß, dass du irgendwo Geld versteckt hast – und als meine Ehefrau hast du nicht das Recht, es mir vorzuenthalten.«

»Ich habe es selbst verdient«, schrie Christy zurück, die schluchzende Anne auf ihrer Hüfte. »Außerdem muss ich deine Tochter ernähren.«

»Aber ich habe dir doch schon versprochen, dass ich es dir zurückzahle«, fauchte er. »Und da draußen gibt es Gold, du dummes Stück – genug, um uns alle beide reicher zu machen, als wir uns überhaupt nur vorstellen können. Aber ich brauche ein Grundkapital, um mir eine Ausrüstung zuzulegen.«

»Dann musst du dir das Geld eben verflucht noch mal verdienen«, schrie sie über Annes Gebrüll und das Meckern der Ziegen. »Du schuldest mir sowieso schon einiges für den Hauskauf und das Vieh und so ungefähr alles, wovon wir in den letzten Monaten gelebt haben – und bilde dir bloß nicht ein, du könntest das Pferd und den Wagen mitnehmen – das brauche ich nämlich beides selbst.«

»Ich nehme mit, was ich verdammt noch mal will«, polterte er und hieb mit der Faust auf den Küchentisch. »Du hast kein Recht auf gar nichts. Ich bin dein Ehemann, und du wirst verflucht noch mal tun, was ich dir sage.«

Sie duckte sich vor seiner erhobenen Faust, nach wie vor die heulende Anne auf der Hüfte, als auf einmal die Tür aufflog. »Wenn du sie anrührst, schlag ich dich zu Brei, du Mistkerl.«

Christy und Joe erstarrten, als zwei Männer den Raum betraten. »Alles in Ordnung, Christy? Er hat dich doch nicht geschlagen, oder?«

In ungläubigem Staunen blickte sie in die beiden Gesichter. Als sie begriff, wer da zu ihrer Rettung erschienen war, wurden ihr die Knie weich.

Christy kehrte in die Gegenwart zurück. »Ich war überglücklich, die beiden zu sehen, aber noch ehe es Nacht wurde, hatten sie meine ganze Welt zum Einsturz gebracht«, sagte sie ruhig. »Sie haben mir nämlich den wahren Charakter des Mannes, mit dem ich zusammengelebt habe, vor Augen geführt und dafür gesorgt, dass er verhaftet wurde.«

Sydney

Harold saß mit Hamish und James in der Bar, als im Flur das Telefon klingelte. Sie warteten angespannt, als der Wirt an den Apparat ging. Vielleicht war es Baker, der ihnen mitteilen wollte, dass er die eidesstattliche Erklärung gefunden hatte.

»Ein gewisser John Smithson für Sie, Harry«, sagte der Wirt. »Klingt ein bisschen aufgeregt.«

Harold rannte zum Telefon, die zwei Brüder im Schlepptau. »Hallo, John. Was ist los?«

»Ich war den ganzen Tag im Krankenhaus und bin gerade ins Büro gekommen, um nach dem Rechten zu sehen. Mein Assistent hat mir zwei Telegramme gegeben, die heute Morgen für meinen Vater gekommen sind.«

Harold verdrehte genervt die Augen. »Ja, ja, reden Sie schon, John.«

»Eines stammt von Ihrer Schwiegermutter, das andere von ihrem Anwalt, Baker. In beiden steht mehr oder weniger das Gleiche, also bin ich sofort zu unserer Bank gegangen und habe den Brief geholt, den sie dort deponiert hat.«

»Was steht drin?«

»Ich weiß nicht. Ich habe ihn nicht aufgemacht.«

»Dann machen Sie ihn auf, Mann, Herrgott noch mal«, blaffte Hamish, der gelauscht hatte.

»Hier steht ausdrücklich, dass er erst nach ihrem Tod geöffnet werden darf, und ich bin zu einer solchen Maßnahme nicht berechtigt«, erklärte er steif.

»Ach, jetzt machen Sie mal halblang«, fauchte Hamish und riss Harold den Hörer aus der Hand. »Wo sind Sie?«

»Im Büro.«

»Bleiben Sie, wo Sie sind«, schnaubte er. »Wir sind in nicht mal fünf Minuten bei Ihnen.«

Er knallte den Hörer auf die Gabel und lief ohne Hut und Mantel in den Regen hinaus, gefolgt von James und Harold. Für einen so schweren Mann bewegte er sich sehr schnell, und die anderen mussten sich anstrengen, um mit ihm Schritt zu halten.

Die Tür stand offen, und Licht fiel hinaus auf die Rum Lane. Sie stürzten ins Haus, wo John bereits in der Diele auf sie wartete. Seine Proteste verstummten schnell, als er Hamishs Gesicht sah, und mit einer matten Geste händigte er ihnen sowohl die beiden Telegramme als auch den ungeöffneten Brief aus.

James und Harold lasen das knapp gefasste Telegramm von Christy und das ausführlichere von Baker, während Hamish den großen Umschlag aufriss und ihm einen Brief sowie einen Bogen dickes Pergament entnahm. Alle drei drängten sich aneinander, um die Schriftstücke zu lesen.

Hamish stieß einen Schrei aus und reckte die geballte Faust in die Luft, James stampfte lachend auf den Boden, während Harold John um den Hals fiel und mit ihm den Korridor hinauf und hinunter tanzte. »Sie hat es geschafft«, brüllte er dem perplexen Mann ins Ohr. »Christy hat ohne den geringsten Zweifel bewiesen, dass Thomasina Brown keinerlei rechtliche Ansprüche hat.«

John war sichtlich erschüttert vom Jubelrausch der drei Männer und vor allem von Hamishs Gebrüll. »Darf ich das lesen?«, fragte er beinahe ängstlich.

Hamish reichte ihm die eidesstattliche Erklärung, die sie alle vor einer Katastrophe bewahrt hatte. »Aber machen Sie nicht zu lang«, knurrte er. »Wir verschwenden nur kostbare Zeit zum Feiern.«

21

An Bord der SS Southern Cross

Allmählich wurde es Nacht. Christy war erschöpft, doch sie wusste, sie durfte den Rest ihrer Geschichte nicht unerzählt lassen. Und so kehrte sie nach einem weiteren kurzen Rundgang über Deck etwas erfrischter zurück, nur um festzustellen, dass während ihrer Abwesenheit zwei weitere Telegramme eingetroffen waren.

Sie öffnete zuerst das von Baker. Er berichtete, er habe ihr Testament gelesen und daraus entnommen, dass die eidesstattliche Erklärung zusammen mit ihrem abschließenden Brief bei der Bank von Smithsons Firma hinterlegt sein müsse. Daraufhin habe er den Mann unverzüglich instruiert, sie zu holen.

Mit einem Seufzer der Erleichterung machte sie das Telegramm von Harold auf: Er und ihre Söhne hielten die eidesstattliche Erklärung jetzt in Händen und würden am nächsten Morgen in aller Herrgottsfrühe nach Melbourne aufbrechen. Er ließ alle herzlich grüßen und äußerte die Hoffnung, dass Baker das Verfahren nun bald zu einem glücklichen Abschluss bringen werde.

Sie reichte den beiden anderen die Telegramme und begann, unruhig auf und ab zu gehen. »Aber damit ist es nicht vorbei, oder?«, murmelte sie. »Das ist es erst, wenn Thomasina Brown Ruhe gibt.«

»Bestimmt sorgt Baker dafür, dass sie ihm mit ihrer Unterschrift zusichert, nicht mit der Sache an die Presse zu gehen«, sagte Anne. »Ihm ist doch wohl klar, welchen Schaden diese Frau anrichten könnte, wenn sie nicht zum Schweigen gebracht wird.«

Christy lächelte matt. »Bei dir hört es sich an, als wäre sie ein Raubtier, aber ich vermute, sie ist nichts als eine ganz normale Frau, die ernsthaft geglaubt hat, sie hätte Ansprüche auf Wallangarra.«

Sie verstummte und dachte über das nach, was sie gerade gesagt hatte, ehe sie eine Entscheidung traf. »Ich gehe in Adelaide vom Schiff«, erklärte sie.

»Warum denn das?«, stieß Anne hervor.

»Weil ich sie sprechen muss, wenn sie die Person ist, die ich in ihr vermute.« Sie hob die Hand, um Proteste abzuwehren. »Ich werde Baker ein Telegramm schicken, um ihm von meinen geänderten Plänen zu berichten, und ihn bitten, ein diskretes Treffen mit Mrs Brown zu vereinbaren.«

»Das halte ich für sehr unklug«, sagte Anne. »Damit könntest du dir allen möglichen Ärger einhandeln.«

»Das glaube ich nicht«, antwortete Christy und ging hinaus.

Kurz darauf kehrte sie zurück, nachdem sie Getränke und Abendessen auf ihre Kabine bestellt hatte. Als alles gebracht worden war und sie wieder unter sich waren, hob sie ihr Glas. »Auf Harold, Baker und Charles. Meine edlen Ritter.«

Kathryn kicherte. »Ich kann mir den alten Baker nicht als Ritter vorstellen, aber Daddy ist schon immer mein Held gewesen, also trinke ich gerne auf ihn.«

Anne nippte nur an ihrem Glas und stellte es dann beiseite. »Sieh lieber zu, dass du deine Geschichte zu Ende erzählst, wenn du übermorgen an Land gehen willst. Ich muss unbedingt wissen, wer die beiden Besucher waren und warum Joe verhaftet wurde.«

Christy genoss den kühlen Wein und nahm sich eines der köstlichen kleinen Canapés, die das Mädchen auf einer Silberplatte gebracht hatte. Eigentlich war es ein Witz, dachte sie, während sie sich die dünne Scheibe Räucherlachs auf dem knusprigen Salzcracker im Mund zergehen ließ, dass sie hier im Luxus schwelgte, nachdem sie seinerzeit restlos pleite gewesen war und fürchten musste, nicht einmal genug Geld zu haben, um sich und ihre Tochter Anne zu ernähren.

»An unserem Hochzeitstag hatte ich geglaubt, Charles in der Menge erspäht zu haben, aber als ich ihn dann nicht fand, sagte ich mir, dass ich mich bestimmt geirrt hatte. Was ich allerdings nicht wusste, war, dass er während seiner Zeit in Adelaide einige höchst unappetitliche Dinge über Joe erfahren hatte und nach Ballarat zurückgekehrt war, um mir zu raten, mich von Joe fernzuhalten. Aber er war erst nach der Trauung eingetroffen und hatte einsehen müssen, dass es zu spät war.«

»Was hat ihn dann veranlasst, den weiten Weg nach Quilpie auf sich zu nehmen, um dich zu suchen?«, wollte Kathryn wissen.

»Und warum hat er so lange auf sich warten lassen? Du warst doch schon fast zwei Jahre aus Ballarat weg, als er aufgetaucht ist«, bemerkte Anne verdrossen.

»Charles war kein Mann von schnellen Entscheidungen«, antwortete Christy mit schiefem Lächeln. »Das habt ihr sicher schon daran gemerkt, wie lange er gebraucht hat, um mir dieses erste Telegramm zu schicken. Er hatte unanfechtbare Beweise dafür, dass Joe ein übler Tunichtgut war, aber er hatte von Myrtle – mit der ich brieflich in Kontakt geblieben war – erfahren, dass ich ein Kind erwartete. Deshalb wusste er einfach nicht, was er tun sollte.«

»Und was hatte er nun für Beweise?«, wollte Anne wissen.

»Er hatte herausgefunden, dass Joe bereits verheiratet war und eine Familie in Adelaide hatte, die er verlassen hatte, um auf Goldsuche zu gehen.«

Betretenes Schweigen machte sich breit, während Christy noch einen Schluck Wein trank und ein weiteres Canapé verspeiste. »Seine Frau hatte Mühe, ihre vier Kinder zu versorgen, doch der weichherzige Charles schaffte es, ihr eine Stelle als Haushälterin auf einem Weingut zu besorgen. Dort konnte sie kostenlos wohnen und bekam das Schulgeld für ihre Kinder bezahlt.«

»Das war ja wirklich sehr nett von ihm«, sagte Anne. »Aber ich verstehe im Grunde nicht, was ihn dazu veranlasst hat.«

»Er hat ein gutes Herz, Anne, was ein großer Segen ist.«

»Du hast gesagt, an dem Abend seien zwei Besucher nach Wallangarra gekommen«, sagte Kathryn. »War der andere Jamie?«

Christy schüttelte den Kopf. »Jamie hatte sich ein sehr erfolgreiches Leben in Melbourne aufgebaut, mit einem rasch wachsenden Schreinerbetrieb, und obwohl wir uns gelegentlich schrieben, hatten wir nur wenig gemeinsam und sahen uns erst wieder, als ich mit deinem Großvater nach Yarrabinda gezogen bin.«

Sie hielt inne und dachte an ihren kleinen Bruder, der in seiner Kindheit immer so wütend darüber gewesen war, was für schlechte Karten ihm das Schicksal zugeteilt hatte. Er hatte schließlich gelernt, all diese Energie in harte Arbeit und einen unbändigen Ehrgeiz umzumünzen und sich nach oben durchzukämpfen.

»Er hat ein Mädchen aus Aberdeen geheiratet, dessen Familie ausgewandert war. Leider ist sie im Kindbett gestorben, und er blieb den Rest seines Lebens allein. Er hat einen erfolgreichen Betrieb aufgebaut und galt als einer der besten Möbelschreiner von ganz Australien, als er eines Tages auf der Rückreise von Yarrabinda an einem schweren Herzinfarkt gestorben ist. Der Schreibtisch war sein verspätetes Hochzeitsgeschenk für mich, und auch wenn er inzwischen ein bisschen alt und verschrammt ist, ist er für mich ein wertvolles Familienerbstück.«

»Und was ist aus seinem Vermögen geworden?«, erkundigte sich Anne. »Wahrscheinlich hast du es geerbt, oder?«

»Offen gestanden nicht. Er hat es gestiftet, um das James MacInnes College für angehende Schreiner zu gründen, und ich habe zufällig erfahren, dass es mittlerweile zur Universität von Melbourne gehört und eines der angesehensten Lehrinstitute von ganz Victoria sein soll.«

Sie trank einen weiteren Schluck und stellte das Glas ab. »Aber ich schweife ab. Als Charles im Barossa Valley war, hat er einen jungen Mann kennengelernt, der dort als Hilfswinzer gearbeitet hat und hoffte, eines Tages sein eigenes Weingut zu besitzen.«

Sie lächelte sanft. »Der junge Mann hatte einen Traum, und er hatte nie aufgehört, nach dem Mädchen zu suchen, das er liebte und das er durch die Machenschaften seiner Tante verloren hatte. Er war der Sohn bayerischer Einwanderer, die der brutalen religiösen Verfolgung in ihrer Heimat entkommen waren, um auf einem australischen Weingut ein neues Leben zu beginnen. Aber sie waren bei einem schrecklichen Unwetter auf See ums Leben gekommen, und er wurde dann vom Bruder seines Vaters und dessen Frau aufgenommen. Sein Name war Peter Keller.«

Kathryn schnappte nach Luft. »Das war ja Großvater! Kaum zu glauben!«

»Ich sage mir immer, es war Schicksal, dass er und Charles sich begegnet sind und dass Peter und ich füreinander bestimmt waren. Ich hatte geglaubt, er hätte sich nur während der langen Sommerferien mit mir amüsieren wollen, und er dachte, ich hätte ihn vergessen, als ich nicht auf seine Briefe geantwortet habe. Aber seine Tante hatte sowohl seine als auch meine Briefe versteckt und ihm stattdessen geschrieben, ich hätte das Hotel verlassen und sie wüsste nicht, wohin ich gegangen sei. Mir hatte sie erzählt, Peter hätte sich mit einer anderen verlobt. Kurz danach habe ich die Nachricht von Finlays Unfall bekommen und bin wirklich weggegangen.«

»Wahrscheinlich hatte Charles Daddy erzählt, in welchen Schwierigkeiten du steckst, und sie sind deswegen beide in Wallangarra aufgetaucht«, mutmaßte Anne. »Das muss ein ganz schöner Schock gewesen sein.«

»Allerdings, doch das war nicht annähernd so schockierend wie die Erkenntnis, dass mein Ehemann bereits verheiratet und unsere Trauung ein kompletter Schwindel war«, antwortete sie mit tonloser Stimme. Dann holte sie tief Luft. »Ihr müsst wissen, dass Joe und der Prediger unter einer Decke gesteckt haben. Er hat dem Mann einen Judaslohn von dreißig Silbermünzen gezahlt, damit er die Trauung vornahm und eine gefälschte Heiratsurkunde ausstellte.« Sie sah zu, wie die Bläschen in ihrem Champagnerglas aufstiegen. »Diese Münzen habe ich später bekommen – und sie bis heute aufbewahrt, genau wie diesen blechernen Ehering – als Erinnerung daran, wie leicht ich mich habe täuschen lassen.«

Sie seufzte und fragte sich, ob Harold die Sachen wohl bei seiner Suche gefunden hatte und was er sich dabei gedacht hatte. »Charles ist nämlich direkt nach der Trauung auf den Prediger losgegangen. Zum ersten Mal in seinem Leben fuhr er richtig aus der Haut und verpasste ihm einen Hieb auf die Nase. Er hat ihm ein Geständnis abgerungen und es sich von ihm unterschreiben lassen, außerdem nahm er ihm den Jutebeutel mit den Münzen ab. Der Prediger ist daraufhin aus der Stadt verschwunden und hat sich nie wieder in der Gegend blicken lassen. Und was Joe angeht …« Sie lächelte wehmütig. »Charles und Peter waren auf dem Polizeirevier gewesen, bevor sie in Wallangarra erschienen sind, und es hat nicht lange gedauert, bis drei Wachmänner kamen, um Joe festzunehmen. Charles und Peter haben darauf bestanden, dass er, bevor sie ihn ins Gefängnis warfen, ins Gerichtsgebäude in Charleville gebracht wurde, damit er vor dem Richter eine eidesstattliche Erklärung abgeben konnte.

Joe hat eingesehen, dass das Spiel aus war, und zugegeben, dass er mich unter Vorspiegelung falscher Tatsachen geheiratet und er kein Geld zum Erwerb von Wallangarra beigetragen hatte, obwohl die Besitzurkunde auf uns beide lautete. Da er nicht mein rechtmäßiger Ehemann war, hatte er kein Recht, irgendwelche Ansprüche auf das Anwesen geltend zu machen. Diese eidesstattliche Erklärung ist es, die uns jetzt davor bewahrt, vor Gericht erscheinen zu müssen.«

»Es fällt mir schwer zu akzeptieren, dass O'Driscoll ein so skrupelloser Mensch gewesen ist«, sagte Anne und erschauerte. »Ich hoffe bei Gott, dass ich keinen seiner schrecklichen Charakterzüge geerbt habe.«

»Natürlich nicht«, sagte Christy und nahm ihre Hand. »Du bist meine Tochter, die Enkelin von Anne und Angus MacInnes, und in deinen Adern fließt das Blut der Wikinger. Außerdem war Joe nie ein richtiger Vater – diese Rolle hat Peter übernommen, sowie er dich das erste Mal gesehen hat.«

»Er war ein wunderbarer Vater«, sagte Anne unter Tränen, »und er fehlt mir so sehr.«

»Er fehlt uns allen«, sagte Christy, »aber ich glaube fest daran, dass er uns nicht wirklich verlassen hat, sondern über uns wacht, bis wir wieder mit ihm vereint sind. Mach ihn stolz, Anne, denn er hat dich sehr geliebt und wollte, dass du ein glückliches, ausgefülltes Leben führst.«

Anne nickte und tupfte sich die Nase mit ihrem Taschentuch, ehe sie sich mit geröteten Augen an ihre Mutter wandte. »Dann ist Joe wohl wegen Bigamie ins Gefängnis gewandert. Tja, das geschah ihm recht. Er war ein übler Schuft, und ich hoffe, er hat eine lange Haftstrafe bekommen.«

Christy nickte und erzählte damit die einzige Lüge in der ganzen bösen Geschichte. Anne hatte schon genug zu verkraften, und Christy würde niemals irgendjemandem verraten, dass sich damals in Ballarat ein Zeuge gemeldet und einen schriftlichen Eid geleistet hatte, aufgrund dessen Joe wegen versuchten Mordes an Finlay und Diebstahls seiner Goldfunde sowie seiner Mine gehenkt worden war. Diese Geschichte hatte später auch Finlay bestätigt, als er sich ein einziges Mal in Wallangarra hatte blicken lassen.

»Und wer genau ist nun diese Thomasina Brown?«, fragte Anne.

»Sie ist Joes Enkelin, und bevor du fragst: Ich habe keine Ahnung, wie sie an die Original-Besitzurkunden von Wallangarra gekommen ist.«

»Oh, Mum«, seufzte Anne. »Es tut mir so leid, dass ich dir solchen Kummer bereitet habe, seit ich die Geburtsurkunde gefunden habe. Jetzt ist mir klar, warum du mir nicht die Wahrheit darüber sagen wolltest, was vor all den Jahren passiert ist. Ich bewundere dich für den Mut und die Kraft, die dich das alles hat durchstehen lassen. Kannst du mir verzeihen?«

Christy streckte die Arme aus und zog ihre Tochter an sich, erleichtert, dass sie ihren Zwist beigelegt hatten und sich jetzt wieder nahe sein konnten.

Zum ersten Mal seit vielen Nächten schlief Christy tief und fest und träumte von den gemeinsamen Jahren mit Peter. Zuerst war sie misstrauisch gewesen und hatte Angst gehabt, vom Regen in die Traufe zu geraten, doch als Peter in eines der Nebengebäude zog und ihr half, Wallangarra zu voller Blüte zu bringen, hatte sie begriffen, dass er nie ein falsches Spiel mit ihr spielen würde. Seine beständige Liebe würde eine sichere Grundlage für ihre gemeinsame Zukunft sein.

Sie hatten ein Jahr nach Joes Festnahme geheiratet, und schon bald hatte Anne zwei kleine Brüder bekommen. Nur einmal war in ihrem gemeinsamen Leben eine Wolke am Horizont erschienen. Als Hamish etwa fünf Jahre alt war, war ein junger Mann aufgetaucht, der nach Joe suchte. Er hatte sich als Joes

Sohn ausgegeben und behauptet, ein Recht auf einen Anteil an der Rinderfarm zu haben. Peter hatte ihn über die wahren Besitzverhältnisse aufgeklärt, woraufhin er verschwunden und nie zurückgekehrt war. Christy hatte sich stets gefragt, ob Hamish das Gespräch an diesem heißen Sommertag belauscht hatte, denn er hatte sich währenddessen auf der hinteren Veranda aufgehalten. Da er jedoch nie irgendetwas davon erwähnte, hatte sie irgendwann aufgehört, sich den Kopf darüber zu zerbrechen.

Sowie sie Wallangarra in die Hände eines zuverlässigen Geschäftsführers übergeben konnten, hatten sie Peters Traum verwirklicht, indem sie Yarrabinda kauften. Dort hatten sie gelebt, bis James genug gelernt hatte, um das Weingut zu übernehmen. Schon sehr früh war klar gewesen, dass Hamish ein geborener Rinderzüchter war, und so hatten sie ihm Wallangarra überlassen und sich in das Haus zurückgezogen, das Peter in Bellerive für Christy gebaut hatte und wo er seiner zweiten Leidenschaft nachgehen konnte, nämlich edle Vollblutpferde zu züchten. Er hatte jedes Versprechen gehalten, das er ihr je gegeben hatte, und sie waren stets glücklich miteinander gewesen.

Als sich die *Southern Cross* zwei Tage später langsam dem Kai in Adelaide näherte, stand Christy neben Anne und Kathryn auf Deck und suchte in der Menge unten an Land nach Baker.

»Da ist Harold«, rief Anne und zeigte glückstrahlend auf ihren Mann. »Und da sind Hamish und James – und Baker ist auch dabei. Anscheinend bekommen wir ein richtiges Empfangskomitee.«

Kaum hatte sich die Gangway auf den Kai gesenkt, stürmte Harold hinauf, riss Anne in seine Arme und küsste sie, bis sie keine Luft mehr bekam. »Verzeih mir, dass ich mich so dumm benommen habe«, sagte er leise. »Können wir noch einmal von vorn anfangen?«

»Oh ja«, antwortete sie mit bebender Stimme. »Ich liebe

dich, Harold, wirklich, und ich kann dir gar nicht genug für all das danken, was du in den letzten Wochen getan hast.« Sie küssten sich innig und zogen schließlich auch Kathryn in ihre Umarmung. So standen sie da – als Familie vereint und mit frohen Aussichten auf die Zukunft, nachdem sämtliche Schatten der Vergangenheit verjagt worden waren.

Christy verfolgte das alles mit einem liebevollen Lächeln. Dann ließ sie die anderen allein und schritt die Gangway hinab, um unten sofort von ihren Söhnen bestürmt zu werden. Sie waren das Einzige, was sie jetzt brauchte, denn sie hatten ohne jeden Zweifel bewiesen, dass ihre Jugendsünden vergeben waren. Sie war wieder zum Herz ihrer Familie geworden.

Epilog

Christy hatte darauf bestanden, sich allein mit Thomasina Brown zu treffen, und als sie schließlich das Zimmer verließ, das die Adelaider Anwälte ihnen für ihre Unterredung unter vier Augen zur Verfügung gestellt hatten, schüttelte sie ihr lächelnd die Hand. »Ihr Großvater wurde in Eureka vor Gericht gestellt und irgendwo neben dem Goldgräberfriedhof in der Nähe der ehemaligen Goldfelder begraben. Vielleicht möchten Sie ihn einmal besuchen.«

»Seit ich weiß, was Sie mit ihm durchgemacht haben und aus welchem Grund er gehenkt wurde, glaube ich nicht, dass ich mir die Mühe machen werde.«

Thomasina hatte genauso blaue Augen wie Joe, ihr Haar war ebenso schwarz wie seines, und sie war noch nicht einmal fünfundzwanzig Jahre alt. Sie hatte unter den Papieren, die man ihrer Großmutter nach Joes Hinrichtung zugesandt hatte, eine Abschrift der Heiratsurkunde sowie Abschriften der damaligen Besitzurkunden von Wallangarra gefunden. Ihre Großmutter hatte den Umschlag nie geöffnet. Sie hatte noch einmal geheiratet und wollte den Mann vergessen, der sie und ihre Kinder so schlecht behandelt hatte, und so war der Umschlag nach ihrem Tod in einen Schrankkoffer voller Sachen geraten, der lange Zeit vergessen auf dem Dachboden stand – und dort hatte Thomasina ihn gefunden.

»Es tut mir leid, dass ich Ihnen solchen Ärger bereitet habe, Mrs Keller, und es ist sehr großzügig von Ihnen, einen Treuhandfonds für die Ausbildung unserer beiden Jungen einzurichten«, sagte Thomasina ernst.

»Das ist doch das Mindeste«, sagte Christy. »Schließlich war Ihre Mutter die Halbschwester meiner Tochter, und ich fühle mich mitverantwortlich für das, was Ihr Großvater vor all den Jahren angerichtet hat. Ich danke Ihnen dafür, dass Sie alle Papiere unterschrieben haben. Ich weiß, ich kann mich darauf verlassen, dass Sie niemandem erzählen werden, was wir vereinbart haben, aber Sie wissen ja, wie Anwälte sind – sie müssen alles Schwarz auf Weiß haben.«

Thomasina nickte. »Wahrscheinlich werden wir uns nicht wiedersehen, aber es hat mich gefreut, Sie kennenzulernen.« Sie wandte sich um, lief die Stufen hinab und war schon bald unter den zahlreichen Passanten auf dem Gehweg verschwunden.

Christy lächelte liebevoll, als sie ihre attraktiven Söhne sah, die geduldig in der großen Empfangshalle gewartet hatten, ging zu ihnen und hängte sich bei ihnen ein. »Sind Harold und die anderen gut abgereist?«

James nickte. »Er und Anne waren glücklich wie zwei Jungvermählte, als sie für die Reise nach Melbourne deine Kabine für sich allein bekommen haben. Anne war regelrecht aufgekratzt, was höchst befremdlich war. Aber ich glaube, Kathryn ist sehr erleichtert, dass die beiden wieder zueinandergefunden haben. So kann sie die kurze Fahrt nach Melbourne mit ihren Freundinnen genießen.«

Christy lachte. »Ich schlage vor, wir gönnen uns ein sündhaft teures Mittagessen mit literweise Champagner, und ihr erzählt mir haargenau, was während meiner Abwesenheit passiert ist. Und dann darfst du, Hamish, mir eine Kutsche bestellen, damit ich meine Enkel besuchen kann. Es ist höchste Zeit, dass unsere Familie öfter zusammenkommt, und ich dachte mir, es könnte Spaß machen, mit den Jungs im Busch zelten zu gehen.«

Sie sah zu ihrem hochgewachsenen, rothaarigen Sohn auf und musste über seine säuerliche Miene kichern. »Du darfst auch mitkommen, du Dummkopf«, spöttelte sie. »Ich weiß doch, wie gern du im Busch kampierst und meinen Geschichten lauschst – und ich habe eine ganze Menge Geschichten zu erzählen, die dir vielleicht einige Dinge in einem klareren Licht erscheinen lassen.«

»Ich weiß nicht, ob ich mich darauf verlassen kann, dass du nicht auf dumme Gedanken kommst, also begleite ich euch wohl lieber«, sagte er mit verschmitztem Zwinkern. Er drückte ihr einen Kuss auf die Schläfe und stieß ihr dabei fast den Hut vom Kopf. »Du bist wirklich eine sagenhafte Frau, Ma, und ich bin stolz darauf, dein Sohn zu sein, aber könnten wir bitte ab sofort ein ruhiges Leben führen?«

Christy kicherte erneut und drückte ihre Söhne an sich. »Ich werde versuchen, mich zu benehmen, aber ich kann nichts garantieren – es steckt noch eine ganze Menge Abenteuerlust in mir, und es bereitet mir das größte Vergnügen, euch alle auf Trab zu halten.«

Eine Frau zwischen zwei Kulturen, eine Liebe gegen alle Widerstände

Dinah Jefferies
DIE TOCHTER DES
SEIDENHÄNDLERS
Roman
Aus dem Englischen
von Angela Koonen
416 Seiten
ISBN 978-3-404-17747-9

Vietnam, 1950. Die junge Nicole stand von jeher im Schatten ihrer schönen Schwester Sylvie. Als Tochter eines französischen Seidenhändlers und einer Vietnamesin soll sie nun in Hanoi ein Stoffgeschäft übernehmen. Bald kommt Nicole mit Einheimischen in Berührung, die sich gegen die französische Fremdherrschaft auflehnen. Dabei entdeckt sie voller Schrecken, dass ihr Vater in dunkle Machenschaften verwickelt ist. Als sie sich in den charismatischen Mark verliebt, gerät ihre Welt abermals ins Wanken. Denn Mark scheint auch für ihre Schwester Gefühle zu hegen. Auf der Suche nach ihrem Platz in einer Welt, in der nichts ist, wie es scheint, fasst Nicole einen kühnen Plan ...

Bastei Lübbe

Ein mitreißender Roman über dunkle Geheimnisse, überraschende Wahrheiten und die Liebe

Pauline Peters
DIE RUBINROTE KAMMER
Roman
528 Seiten
ISBN 978-3-404-17342-6

London, 1907: Gegen den Willen ihrer adeligen, einflussreichen Familie lebt die junge Victoria allein mit dem alten Butler ihres kürzlich verstorbenen Vaters. Sie ist nicht reich, aber glücklich. Doch ihre Welt gerät ins Wanken, als hässliche Andeutungen über ein dunkles Familiengeheimnis laut werden. Der einzige Mann, der ihre Fragen beantworten könnte, wird ermordet ... Victorias guter Ruf ist in Gefahr, doch als Retter in der Not entpuppt sich der attraktive Journalist Jeremy Ryder. Aber kann sie ihm vertrauen?